青岛大学学术专著出版基金资助

宋元诗学转型研究

王术臻 ◎ 著

中国社会科学出版社

图书在版编目（CIP）数据

宋元诗学转型研究／王术臻著.—北京：中国社会科学出版社，
2018.6
ISBN 978 - 7 - 5161 - 7936 - 9

Ⅰ.①宋⋯　Ⅱ.①王⋯　Ⅲ.①诗学－研究－中国－宋元时期
Ⅳ.①I207.2

中国版本图书馆 CIP 数据核字（2016）第 070587 号

出 版 人	赵剑英	
责任编辑	任　明	
责任校对	李　莉	
责任印制	李寡寡	

出　　版	中国社会科学出版社	
社　　址	北京鼓楼西大街甲 158 号	
邮　　编	100720	
网　　址	http://www.csspw.cn	
发 行 部	010 - 84083685	
门 市 部	010 - 84029450	
经　　销	新华书店及其他书店	

印刷装订	北京君升印刷有限公司	
版　　次	2018 年 6 月第 1 版	
印　　次	2018 年 6 月第 1 次印刷	

开　　本	710×1000　1/16	
印　　张	15.75	
插　　页	2	
字　　数	260 千字	
定　　价	75.00 元	

凡购买中国社会科学出版社图书，如有质量问题请与本社营销中心联系调换
电话：010 - 84083683

目　　录

引　言

晚宋刘克庄是"《江湖诗集》派"的核心人物，在叶适、赵汝谈等人之后，主盟诗坛四十几年，对唐宋诗学的方方面面都有深入思考，对于诗学拯救也进行过有益的探索，"后村诗学"基本上可以代表有宋一代的诗学理论成就；而宋末元初的刘辰翁则后来居上，从宋代诗学文化观念中脱胎而出，开创了全新的诗学理论体系，培养起大批诗学后起之秀，占尽天时、地利、人和，"须溪诗学"竟然直接左右了中国近百年的诗学走向。

晚宋严羽在主流诗坛之外独树一帜，鼓吹盛唐格调论，此一诗学主张在宋、元两朝追随者并不多，处境寂寥，却深刻地影响了明代诗学，而且一直到清代，还有人在利用《沧浪诗话》一书所提供的诗学资源来标举"神韵"说。

因此，要研究宋、元、明、清四朝诗学，刘克庄、严羽、刘辰翁三家诗学是无论如何也绕不过去的。假如我们将韩愈视为宋诗的开山祖师，将严羽视为明代盛唐格调派的远祖，那么刘辰翁就应是元诗的宗师。宋元诗学的转型历程，基本上可以从刘克庄、严羽、刘辰翁三家诗学的对话与碰撞中得到说明。

然而，自从王国维提出"一代有一代之文学"的说法之后，诗歌史的研究者往往将目光盯在有唐一代，导致后人心目中唐诗独尊而宋元无诗，其实王国维的这个说法并不能完全反映出中国诗学的成就及其真实的演变历史，它本身具有很大的偏颇性，今人面对绵延不绝的丰厚的诗学资源，无须尊奉其说而不敢越雷池一步，宋、元两代的诗歌与诗学理论都极有价值，必然要成为学人的重要研究课题。

近现代学者对宋诗的研究已经相当成熟，从陈衍到钱钟书等当代学人，逐渐将宋代诗学研究推向深入，出现了一大批优秀研究成果，而元诗研究则显得相对薄弱，虽然近几十年也出现了不少厚重的研究著作，然而，"元诗"作为一种历史上与"唐诗""宋诗"鼎足而立的独立的诗歌体制，似乎还没有真正进入现代人的审美视野。对元诗艺术之美的冷落与偏废，无疑是对中国诗学精神内涵进行阐释的一大缺失，要实现元诗身份在当代的确立与元诗精神在中国艺术史中的复活，则任重而道远。

本书尝试从刘辰翁与元诗的关系入手，抓住"张力"诗学这个关键命题，同时提出了"元诗学派"这一新的诗学理论表述，试图增强对元代诗学进行阐释的有效性，重新审视元诗本相，从而确立元诗的价值与地位。

总体来看，本书是想就宋元诗学史上的一些关乎全局的重大问题提出自己的看法，这个写作目的就决定了本书在基本研究方法上首先必须兼顾义理与考据。在某些历来被误解的问题上，本书尤其加强了论证的实证性。

作为一个对学术史的澄清过程，本书的写作力求贯彻以下原则：

其一，尽量避开后人议论的干扰，努力钩稽第一手文献材料，对诸多疑难问题作实事求是的考证和论述。

其二，将文本细读与文化背景的考论紧密结合，以考据眼光看待诗学内部问题和诗学发展演变史。

其三，有一分材料说一分话，尽量做到以史证史，述而不作。

由于本书的意图在于揭明一些重要的诗学问题，而不在于建构一种自己的诗学理论，所以在对诗学事实的阐述与考证上，力求简洁明了，只追求将问题自身的真相还原到位，而不过多地使用现代术语、概念、理论。行文上则以"辞达"为主，尽量做到下笔谨慎。

第一章

晚宋诗学生态考论

晚宋诗坛不仅仅是"江西"与"晚唐"的天下,① 其中还有多种诗学主张同时在发展,呈现多元纷呈的诗学生态,这一时期的诗学极为发达,出现了像刘克庄、严羽等一批专门的诗学评论家,这些诗学资源又直接催生了元代诗学理论,因此,要厘清元代诗学的来龙去脉,就必须对晚宋各诗学流派作一详尽的考察。

第一节　端平更化与诗学命运

端平更化深刻地影响了宋廷的政治与文化进程,要考察晚宋诗学生态,就需要仔细梳理此一时期的诗学流派。下面我们首先考察晚宋政治与诗学命运之关系。

一　南宋政治文化的转折

嘉定十七年（1224 年）,宁宗病笃,史弥远矫诏立沂王子贵诚,更名昀,宁宗驾崩后,命子昀嗣皇位,是为理宗,而封皇子竑为济王,出居湖州。宝庆元年（1225 年）春,"谕旨逼竑死,寻诏贬为巴陵郡公。"（《宋史·理宗本纪》）

史弥远的擅立皇子之举遭到真德秀等朝臣的反对,结果反使史弥远士人遭到梁成大、莫泽、李知孝的弹劾,"三人共为弥远鹰犬,凡忤弥远意者,三人必相继击之,于是名人贤士,排斥殆尽"（《宋史纪事本末》卷二十五）,并以江湖诗人"谤讪时政"为由,劈《江湖诗集》,诏禁士大

---

① 我们说的"晚宋",大致是指宋理宗端平（1234—1236 年）至南宋灭亡（1279 年）四十几年的历史。

夫作诗。

绍定六年（1233 年），史弥远卒，理宗亲政，当时制造江湖诗祸的言官梁成大、李知孝等被罢免（《宋史·理宗本纪》），诗禁解除，朝廷由此开始了新一轮的政治更化。

理宗时代的更化不仅仅是指端平三年（1234—1236 年）的变革，而且包括理宗亲政之后的整个历史时期。有学者认为："历史上把理宗亲政后的振兴图治，称为端平更化，即指开始于端平元年（1234 年）的变革。实际上，端平只有三年，中经嘉熙（1237—1240 年）四年，再至淳祐（1241—1252 年），又十二年，从端平到淳祐年间的近二十年，理宗均致力于变革图治，因此确切地说，端平更化应为端平—淳祐更化。"① 这种论断是符合历史实际的，如淳祐四年（1244 年）杜范《相位五事奏札》说："且端平尝改绍定矣，而弊反甚于绍定，嘉熙又改端平矣，而弊益甚于端平，淳祐又重改嘉熙矣，而弊又加甚焉，何哉？盖端平失于轻动，嘉熙失于徇情，而淳祐则失于专刻。"（《清献集》卷十三）就是将端平、嘉熙、淳祐视为政治运作的三个不同阶段，只是这三个阶段的更化呈现不同的特点而已。

端平更化的参与者刘克庄提出"端平之心"的概念。其《辛亥五月一日召对札子》说："或者见其如此，遂目陛下与大臣改端平之政矣，甚者以为改端平之心矣。""……谓陛下与大臣改端平之心者，诬也。"（《大全集》卷五十二）《后村先生刘公行状》说："对札二，首言端平变局，伴于元，今陛下登庸旧弼，垂意□宁，而人谓端平之政改矣，端平之心亦改矣。"洪天锡《后村先生墓志铭》说："对疏首言……端平之政或可改也，端平之心不可改也。"什么是"端平之心"呢？刘克庄解释说："端平之政或可改也，若夫召故老，起诸贤，抑世卿，杜近习，去副封，开言路，绌赃吏，减斛面，数大节目，皆陛下与大臣端平之初心。天命之眷顾，国祚之灵长，人心之亲附系焉，自始至今，孰敢议其非者，断乎不可改已。"刘克庄将"召故老，起诸贤，开言路"等端平政治理念视为国家之根本大法，因此，"端平之心"实际上可以视为一种政治原则、政治理念，贯穿南宋后期的政治运作过程。

端平更化的前期与后期对诗人的影响有很大区别。更化初期，随着端

---

① 蔡东洲、胡昭曦：《宋理宗宋度宗》，吉林文史出版社 2004 年版，第 103 页。

平初期政治的解冻以及金国的灭亡给士人带来的激励，诗学出现了一个积极性的反弹，而端平更化后期，随着党争的加剧，诗人仍不免要极力回避诗祸的打击，致使诗学仍旧难以摆脱历史的低迷状态。

二　政治解冻与朝廷的昌诗政策

绍定癸巳（1233 年），史弥远死，诗禁解除，诗学又重新获得自由发展的时机。[①] 作为诗学解禁的标志，刘克庄《病后访梅九绝》的写作，最能说明当时诗学环境的改变。

刘克庄在 1225 年因为"言官李知孝、梁成大笺《落梅》诗与朱三郑五之句，激怒当国，几得谴"（《后村先生刘公行状》），而在端平更化伊始，刘克庄于 1234 年就敢于作九首绝句，回溯往事，发表感慨，其一云："梦得因桃数左迁，长源为柳忤当权。幸然不识桃并柳，却被梅花累十年。"其二云："区区毛郑号精专，未必风人意果然。犬彘不吞舒亶唾，岂堪与世作诗笺。"公然表示对于史弥远以诗罪人、排斥异己的不满。又《后村先生刘公行状》说："公在麟寺，南塘为卿，游二公间，以文字相得，欢甚。"刘克庄与诗人赵汝谈的这次交游发生在端平元年，可见诗禁解除之后当时诗人的轻松心态。

另外，岳珂经历了 1233 年发生在自己身上的诗祸，而在端平更化之后，他自编嘉熙二年到四年（1238—1240 年）的诗，将其命名为《玉楮集》，像刘克庄、陈起一样，岳珂见证了朝廷由"禁诗"到"昌诗"的政策变化。

端平时期诗学处境的好转和诗学的繁荣，从根本上说是朝廷自上而下"昌诗"的结果，这首先得力于丞相郑清之的推毂。

郑清之在端平更化时期不仅在政治上以元祐自期，倡导了新的政治体制和政治理念，同时又以文坛领袖自任。林希逸《安晚先生丞相郑公文集序》说："公学穷古今，出入经史，胸中所有浩如也，镕炼而出，俄顷千言，形之声歌，兴味尤远，岂常流所可及？"（《竹溪鬳斋十一稿续集》卷十二）释道璨（1270 年前后去世）《和郑半溪》说："词林丈夫安晚氏，笔端有口吞余子。阿戎在傍横点头，万言不直一杯水。文词于道只毫芒，枉劳平生两鬓苍。"（《柳塘外集》卷一）可见郑清之善于权衡文道之轻

----

① 见方回《瀛奎律髓》卷二十刘克庄《落梅》评语。

重，虽讲究儒家立功事业，不以立言为主，但是又绝不轻视文学本体的价值，看来无论是郑清之的政治地位，还是他的文道观念，都有近似北宋欧阳修的地方。

郑清之对诗坛影响最大的，还是他一贯坚持的诗人立场，① 这就使他能够在诗学与政治之间取得平衡，不至于像元以后的权相集团那样极力排挤压制诗学与诗人。郑清之对于诗学的积极态度不仅表现在 1225 年江湖诗祸之中为刘克庄等诗人开脱（《大全集》卷一百二《杂记》），而且表现在他的诗学立场和诗学政策对端平以后诗学的影响。朱继芳《静佳乙稿·挽芸居》说："近吟丞相喜，往事谏官嗔。"（《江湖小集》卷三十二）指出了端平更化之后诗学之所以能够重获自由，乃是得力于权相郑清之的大力提倡。

端平诗学的发达，实际上是朝廷与江湖诗人合作的结果，即在史弥远死后，朝廷对江湖诗人的态度由压制打击转变为"合作利用"。周密《齐东野语》卷十五《诗道否泰》说："于是江湖以诗为讳者两年。其后史卫王之子宅之婿赵汝楳，颇喜谈诗，引致黄简、黄中、吴仲孚诸人。洎赵崇龢进《明堂礼成诗》二十韵，于是诗道复昌矣。"指出了诗禁解除的过程与原因。《宋诗纪事》卷八十五说："汝楳，太宗八世孙，居鄞，宝庆二年进士，史弥远之婿。"可见，端平之后诗学的暂时繁荣完全是受官方左右，值得注意的是，其中黄简、吴仲孚皆江湖诗人，《宋诗纪事》卷六十五说："黄简，建安人，寓吴，工诗，嘉熙（1237—1240 年）中卒，有《东浦集》《云墅谈隽》。"其诗收录进了《江湖集》。《江湖后集》卷二十三说："吴仲孚，字惟信，雪川人，仲方之弟，有《菊潭诗集》。"《江湖后集》卷十七说："吴仲方，字季仁，雪川人，……著《秋潭集》。"这说明，原先被非法化的江湖诗派人士，至此已经完全为朝廷所笼络。

这个诗学政策的逆转，还表现在郑清之与陈起一起合作，振作诗学事业，试图以此来配合国家的更化政治形势，所以在端平伊始朝廷召还的被史弥远集团排挤的士人之中，真德秀、魏了翁、杜范的诗作都被列入了后期的《江湖诗集》，而朝廷刊刻他们的诗作，让他们在诗学界复活，无非是表示朝廷立志更化的姿态罢了。

---

① 郑清之能诗，见上文所引林希逸《安晚堂集序》。

在江湖诗祸之前，陈起是江湖诗人群体的组织者，处于诗坛中心位置。嘉熙二年进士蒋廷玉《赠陈宗之》说："南渡好诗都刻尽，中朝名士与交多。"（《诗渊》，第518页）在1234年端平更化之后，陈起继续刊刻诗集，对诗学的发展仍旧发挥了重要作用，当然，此时的诗学轴心就不仅仅是江湖人物陈起一人，而且有权相郑清之的在朝势力，即郑清之为了政治更化而想修复朝廷与江湖诗人的裂痕，重新建立政治与诗学互相依存的良好关系，后期的江湖诗学实际上是由陈起与郑清之（包括刘克庄）联盟主宰的。

陈起《芸居乙稿》中收有《晚先生觊以丹剂四种古调谢之》等与郑清之交游的诗作四题七首，可知陈起与郑清之交游之密切。陈起《安晚先生送自赞太上感应篇帙首御题诸恶莫作》说："公衮殊相念，奇书寄布衣。"（《江湖小集》卷二十八）指出陈起与郑清之之间的密切关系。《江湖后集》卷五郑清之小传引方回的话说："初，江湖诗狱之兴，史弥远议下大理逮治，时郑清之在锁闱，白弥远，中辍，而陈起仅流配，则起之刻是集，盖感之也。"可见江湖诗集有前、后集之分，主要是时间上的分界，一是江湖诗祸以前，二是江湖诗祸以后。陈起为了报答郑清之的解救之恩而刊刻郑清之的诗集，这一点从陈起的《寿大丞相安晚先生》诗也能得到说明："鲰生戴厚恩，一诗何能酬。拟办八千首，从今岁岁投。"陈起像刘克庄一样，对郑清之的解救感恩戴德，他在江湖诗祸以后为郑清之刻诗也是情理中的事。

而《后集》《续集》刊刻的具体时间，应该是在诗禁解除即1234年端平更化之后。其中的主要原因有以下几方面。

第一，《江湖诗集》所收录的诗家除了郑清之以外，陈起《江湖小集》还收有真德秀、魏了翁、杜范、吴潜、吴渊的诗作，前三位都是端平更化被重新起用的朝臣，吴潜、吴渊是重要朝臣，这些人与郑清之一样都是端平更化时期的朝廷高官，这种诗人构成上的变化，说明后期衡量江湖诗人的标准已经与前期不同，不再局限于是否为布衣诗人或者是否走晚唐的路子，此时的江湖诗派更像是一个表示"诗学运动"的概念。

第二，从陈起应酬郑清之的诗作内容看，陈起是以更化的积极支持者的身份，极力歌颂郑清之的业绩。陈起丙午年（1246年）的《以仁者寿为韵寿侍读节使郑少师》说："端平改化弦，真儒手洪钧。厥今扶公道，皆昔夹袋人。"又说："会须烦潞公，再与佐元祐。"（《江湖小集》卷二十八）己酉年（1249年）的《寿大丞相安晚先生》说："皇穹佑炎祚，黍稷庆有秋。繄谁致此祥，上相今伊周。赫赫命世贤，师道辅前旒。暨汤同格天，康济仰庙谋。"（同上）可见，陈起与郑清之的交往主要是在端平更化之后。

以上两点说明，陈起再度刊刻《江湖诗集》不可能出现于诏禁士大夫作诗的史弥远时代，而是出现在诗禁解除以后的端平更化时期。

陈起和刘克庄都是江湖诗人群体中的核心人物，一个是组织者，另一个则凭借其创作实绩而成为诗坛盟主。在史弥远时代，宋廷压制陈起等诗家的创作活动，陈起、刘克庄等诗人最终不免成为党争的牺牲品，而在端平更化之后，宋廷出于尚文的需要，一改禁诗政策，很快恢复了诗歌的合法地位，处于施恩者地位的郑清之就转而利用陈起、刘克庄的威望，重新收拾诗学，弥合朝廷与江湖诗人的裂痕，重新凝聚诗人群体，以便配合国家更化，陈起自然有意在诗学领域来助郑清之一臂之力。

在端平更化的感召之下，陈起重新刊刻朝野上下的诗集，意在展示"小元祐"的创作实绩，以便与元祐时期的苏黄等诗家相媲美，将其汇集为一种国家文化的标志。陈起重刻诗集时收录郑清之的诗作，并不仅仅是出于报恩思想，其中也有配合政治的更化和政治新气象的时代因素。也就是说，当陈起再次组织刊刻诗集的时候，已经不限于收录江湖布衣诗人的诗作了（现存《江湖诗集》中的大部分都是入仕者），而是着眼于"为时代选诗"，《江湖诗集》冠以"中兴"二字，也说明诗集的刊刻的确是出于时代的风会。

第二节　"端平"诗歌流派

端平更化的政治变革激起了士人建功立业的雄心壮志，给士人带来了"大宋中兴颂"的情结。如洪咨夔《平斋文集》卷八《田家建除体》说："成功一天瓢，收获万京坻。开元贞观盛，闭关更休师。"《恭和御制赐吴叔告已下闻喜宴诗》说："作人欲返皇风古，拔士先随圣化新。收敛文章归献替，安排事业到弥纶。宸章属望丁宁甚，上答天恩莫爱身。"《续洗兵马上李制置》说："还观先正绍兴日，立朝清节高崔嵬。……从今着手快经理，一洗河洛无纤埃。"这种忠君报国的志向与理想对诗学的影响不可低估，它直接左右了士人对诗学功能的认识以及对诗歌风格、流派的评价，从而决定了某种诗体的沉浮命运。

当然，在政治因素介入诗学评价以后，诗学批评就不可能保持其纯粹的诗艺高下的评判原则，而必然会掺入道德伦理的品评，即依据实用主义原则（政教），将众多诗体进行优劣、正邪的等级划分。正是由于批评角度与标准的非单一性，端平时期出现的各种诗学论争就不仅与"何为诗歌"（本色论）有关，更重要的是都与"诗歌何为"（功用论）的界定有关。从某种意义上说，端平时期的诗学批评同时也是政治理想与人格理想的评判与较量。如果将诗学理想与政治理想合而观之，端平诗学大致可以分为四派。

第一，力追"乾淳"派，以刘克庄、林希逸等人的折中江西晚唐思想为代表，追慕陆游、杨万里时代的中兴政治与诗学风范。刘克庄《中兴绝句续选》说："南渡诗尤盛于东都。……乾淳间，则范至能、陆放翁、杨廷秀、萧东夫、张安国一二十公，皆大家数。"（《大全集》卷九十七）在南渡乾淳时代简选出能够代表中兴气象的陆、杨、范等大家数。而刘克庄在宋代众多诗家中，对陆游一家情有独钟。如《大全集》卷九十六《刻楮》说："初余由放翁入，后喜诚斋，又兼取东都南渡江西诸老。"方回也说："刘潜夫初亦学四灵，后乃少变，务为放翁体。"（《瀛奎律髓》卷二十翁卷《道上人房老梅》评语）刘克庄对陆游诗学成就的推重，在《大全集》里往往有之，如其《茶山诚斋诗选》说："陆放翁学于茶山，而青于蓝。"（《大全集》卷九十七）其《李贾县尉诗卷序》说："杜、李，唐之集大成者也，梅、陆，本朝之集大成者也，学唐而不本李、杜，学本朝而不由梅、陆，是犹喜蓬户之容膝，而不知有建章千门之巨丽，爱叶舟之掀浪，而不知有龙骧万斛之负载也。"又，林希逸《跋赵次山云舍小稿》说："后村评中兴家数，以放翁比少陵，诚斋比太白。"（《竹溪鬳斋十一稿续集》卷十三）而其《学记》甚至说："中兴以来，诗之大家数，惟放翁为最，集中篇篇俱好。"（同上书，卷二十九）由于林希逸是刘克庄诗学圈子里的中坚人物，这个评价其实也代表了刘克庄对陆游诗学的偏爱。

第二，力追"庆历"派，以赵汝谈等人的韦柳平淡思想为代表，追慕梅尧臣的平淡。梅尧臣《读邵不疑学士诗卷杜挺之忽来》说："作诗无古今，唯造平淡难。"（《宛陵集》卷四十六）方回《送倪耕道之官历阳序》说："变西昆体诗为盛唐诗，自梅都官圣俞始。"（《桐江续集》卷三十三）而其《学诗吟十首》说："宋诗孰第一，吾赏梅圣俞。绰有盛唐风，晚唐其劣诸。"（同上书，卷二十八）认为梅尧臣在宋代开创了新的诗学流派。

刘克庄就认为陶渊明平淡人品的出现是太平时代祥瑞的象征，《后村诗话》卷一将陶诗比作"天地间之有醴泉、庆云"，只有太平时代才会出现陶潜式的人物。因而，南宋中后期出现了尊崇陶韦柳的思潮，如林希逸《跋赵次山云舍小稿》说："今江西诸吟人又多祖陶谢矣。"（《竹溪鬳斋十一稿续集》卷十三）方回说："天下皆知四灵之为晚唐，而巨公亦或学之，赵昌父、韩仲止、赵蹈中赵南塘兄弟，此四人不为晚唐，而诗未尝不佳。"（《瀛奎律髓》卷二十翁卷《道上人房老梅》评语）"冲淡"，逐渐成为诗人的诗学高标。

第三，力追"元祐"派，以郑清之、洪咨夔等人纯粹的江西诗学思想为代表，追慕模仿黄庭坚以及江西诗派。[①]

第四，在这三派人物之外，严羽又树立了"盛唐"李杜的旗帜，要求超越庆历、元祐、乾淳三代文化和诗学，倡导"工夫须从上作下""截然以盛唐为法"（《沧浪诗话》），要求诗人作开元、天宝人物，这就与当代诗坛三家人物构成了全面的冲突。[②]

假如单纯地从诗歌体制特征来看，端平前后出现了多元并存的诗坛格局。

晚唐诗派：以刘克庄、吴潜等为代表。[③]

江西诗派：以郑清之、洪咨夔等为代表。[④]

韦柳诗派：以赵汝谈兄弟等为代表。

---

① 关于郑清之、洪咨夔的江西诗学，详见下文评析。

② 关于严羽诗学的独特性，参见第二章。

③ 吴潜的诗歌颇具晚唐风味，如《劝农翠山赋唐律二首》："小队旌旗上翠岩，松风十里锁禅关。水深水浅高低涧，春淡春浓远近山。乡思猛随苍鸟去，客心暂与白云闲。天公已是多情杀，特把淋头雨放悭。"《行小圃偶成唐律呈真翁自昭叔夏》："今年花信已成空，白白红红苦雨中。老境摧颓春更好，愁城高垒酒难攻。一生当号知非子，万事都归亡是公。巴得新晴天亦笑，东风吹梦过江东。"《呈萧山知县丙辰九月旦日绝江抵萧山老怀万感偶成唐律一首呈邑大夫》："八年两唤浙江船，吴越青山相对妍。长愧主恩难报答，不知人事几推迁。香浮菊桂秋将暮，景迫桑榆岁可怜。荒县今宵孤馆梦，四千里外楚云边。"（《宝庆四明续志》卷九）

④ 张宏生认为江湖诗人中的江西诗派有 27 位，参见《江湖诗派研究》，中华书局 1995 年版，第 29 页。

理学诗派：以真德秀、魏了翁等为代表。

豪放诗派：这一派人物以曾极、赵汝鐩、乐雷发等为代表。钱锺书《宋诗选注》说乐雷发的诗"比较有雄伟的风格和激昂的情调"①，又说赵汝鐩在江湖派诗人里"才气最豪放，他的古体不但学王建、张籍，也学李白、卢仝"②。

第三节　江西诗学在南宋的延续

一般认为，南宋中后期随着四灵晚唐诗派的兴起，江西诗学逐渐被抑制，甚至给人一种江西派退出历史舞台的感觉，如钱锺书《宋诗选注·徐玑小传》说："江湖派或者唐体风行一时，大大削弱了江西派或者派家的势力，几乎夺取了它的地位。"其实不然，四灵之后的江西诗学仍旧有很大的势力，尤其是在端平更化时期，随着道学中人占据政治优势，儒学人格得到张扬，以郑清之、洪咨夔、刘克庄等为核心，自觉地提升或者实践江西诗学，接续江西诗派命脉，这有利于克服晚唐诗派的弊病，提升诗歌气格，因此，江西诗学在朝廷追慕元祐的政治期待下出现了一个中兴局面，在诗坛上与晚唐对立而发挥作用。

一　江西诗学的中兴之势

江西诗学的再度受到重视，与郑清之、魏了翁等上层人士的推毂大有关系。

魏了翁作为端平时期的理学名臣，极力鼓吹江西诗学，其《黄太史文集序》说："公于是有黔戎之役，……然自今诵其遗文，则虑澹气夷，无一毫憔悴陨获之态，以草木文章发帝杼机，以花竹和气验人安乐，虽百世之相后，犹使人跃跃兴起也。……《荆江亭》以后诸诗，又何其恢广而平实，乐不至淫，怨不及怼也。……虽荐离险艰而行安节和，纯终不疵，呜呼，以其所养若是，设见用于建中靖国之初，将不弭蔡邓之萌而销崇观之纷纷乎？是恶可以词人目之也？……二苏公以词章擅天下，其时如黄、陈、晁、张诸贤，亦皆有闻于时，人孰不曰此词人之杰也，

_____

① 钱锺书：《宋诗选注》，生活·读书·新知三联书店 2001 年版，第 463 页。
② 同上书，第 415 页。

是恶知苏氏以正学直道，周旋于熙丰、圣间，虽见愠于小人而亦不苟同于君子，盖视世之富贵利达，曾不足以易其守者，其为可传，将不在兹乎？……其间如后山，……褚无副衣，匪焕匪安，宁死无辱，则山谷一等人也。张文潜之诗曰：'黄郎萧萧日下鹤，陈子峭峭霜中竹。'是其为可传真在此而不在彼矣。"（《鹤山集》卷五十三）魏了翁大有全面复兴元祐以及江西诗学之意，说黄庭坚的诗"恢广而平实，乐不至淫，怨不及怼"，这正与理学精神相契合，可见魏了翁推崇江西诗学正如陆九渊支持黄庭坚以及江西诗派一样，背后也有其借助诗学推动理学发展的动机。

宋代理学一直与江西诗派渊源甚深，后期江西诗派大多有理学背景。如赵蕃自称江西诗派，其《贾丈用昂字韵作诗中有见及复用韵奉呈并简徐谢二丈》说："同宗有徐谢，我亦漫窥墙。"（《淳熙稿》卷七）其《病卧闻益卿未行不能晤语成四十字》说："《文选》君精理，江西我滥名。"（同上书，卷十一）宋代后期金履祥（1232—1303 年）《濂洛风雅》选入宋代四十八位理学诗人的韵文，在道学之外只收三位诗人：曾几、吕本中、赵蕃，都是江西诗派中人，都说明理学与江西诗学之间内在精神的相通性，从江西诗派以诗为经学（理学）的诗歌模式看，戴复古"本朝诗出于经"的论断，主要就是对于江西诗派而言的。

江西诗学如此受理学青睐，所以它在南宋的诗界一直没有中断，更没有因晚唐诗派的兴起而走向终结。刘克庄《茶山诚斋诗选》说："山谷，初祖也，吕、曾，南北二宗也，诚斋稍后出，临济德山也。"（《大全集》卷九十七）在吕本中、曾几之后，杨万里又将曾纮、曾思父子二人"命之曰江西续派""以补吕居仁之遗"（《诚斋集》卷八十四《江西续派二曾居士诗集序》），方回《次韵赠上饶郑圣予沂并序》说："上饶自南渡以来，寓公曾茶山得吕紫微诗法，传至嘉定中赵章泉、韩涧泉，正脉不绝。"（《桐江续集》卷十五）从南渡后的吕本中、曾几到曾纮、曾思父子，再到赵蕃、韩淲，江西诗学一脉相传。另外谢枋得《萧冰崖诗卷跋》说："诗有江西派，而文清昌之，传至章泉、涧泉二先生，诗与道俱隆。自二先生没，中原文献无足证，江西气脉将间断矣，幸而二先生所敬者有谷罗公在，巍巍然穹壤间之鲁灵光也，冰崖乃谷所知诗家，因取其诗二十六卷刊以示余，逃虚空而闻跫音也。观其诗，可以知其人。"（《叠山集》

卷三）谢枋得又将江西人罗椅、萧立之①归于江西诗派。其实江西诗学的传播不仅仅体现在宗派内部的衣钵相传，更重要的是它作为一种诗学精神一直影响着南宋诗学的特质，比如曾几的门人陆游，以及再传戴复古，包括诗坛领袖刘克庄、著名诗家方岳，无不受江西诗学精神的濡染，② 只不过这些后学在诗学方法上上进而讲究融贯体，走的是由江西入而不由江西出的路径而已。

二　江西诗派中人续补

下面我们着重考察晚宋江西诗学的状况。大致看来，四灵之前的江西诗派人物至少有以下几位。

（一）四灵之前的江西诗派人物

1. 陈造（1133—1203 年）

钱锺书《宋诗选注·陈造小传》说："自从杨万里以后，一般诗人都想摆脱江西诗派的影响，陈造和敖陶孙两人是显著的例外。"陈造对黄庭坚极为推重，其《吟诗自笑用前韵》说："文字光腾万丈长，锦官老杜豫章黄。"（《江湖长翁集》卷二十）且有不少模拟黄庭坚诗句之作，如：

其《闲居十首》说："笑翁浑似鱼千里，小圃周围日几遭。"（同上书，卷十九）源自黄庭坚《王稚川既待官都下有所盼未归予戏作林夫人欸乃歌二章与之》"从师学道鱼千里"、《追和东坡题李亮功〈归来图〉》"小池已筑鱼千里"等诗句。

其《到房交代招饮四首复次韵四首》说："十里髻鬟谁绾结。"（同上书，卷十九）源自黄庭坚《雨中登岳阳楼望君山二首》："绾结湘娥十二鬟。"

其《复次韵寄程帅二首》说："行春倏喜花围屋，借景何殊月在池。"（同上书，卷十四）自注说乃是点化黄庭坚"当官借景未妨民，恰似凿池取明月"（《青神县尉厅葺城头旧屋作借景亭下瞰史家园水竹终日寂然》）。

---

① 萧立之，字斯立，宁都人，淳祐庚戌进士，知南城县，历南昌推官，辰州判，遭世乱，归隐萧田。《江湖续集》收有萧立的诗作，疑此人即为萧立之之误（参见张宏生《江湖诗派研究》，中华书局 1995 年版，第 310 页），钱锺书《宋诗选注·萧立之小传》认为他的五言律是模仿陈师道（生活·读书·新知三联书店 2001 年版，第 490 页）。

② 《宋诗选注》说方岳"本来从江西派入手，后来很受杨万里、范成大的影响"（生活·读书·新知三联书店 2001 年版，第 435 页）。

其《凌晨复有惠急笔次韵》说："碧水如天拟梦鸥。"（同上书，卷十五）自注："山谷诗：梦作白鸥去，江南水如天。"（黄庭坚《杨明叔从予学问甚有成》）

2. 周孚（1135—1177 年）

字信道，号蠹斋，济南人，乾道二年（1166 年）进士。刘宰《书周蠹斋孚集后》评价周孚的诗："诗律严整，且字字有来历，有杜少陵、黄山谷之风。"（《漫塘集》卷二十四）方回说周孚："诗本黄太史。"（《瀛奎律髓》卷四十四周孚《次韵朱德裕见赠予病初起》评语）

3. 庐陵二刘

刘过（1154—1206 年），字改之。刘仙伦，一名儗，字叔儗。由于地缘的关系，有人将庐陵二刘的诗歌归于江西诗派，如竹隐先生徐侍郎赠刘过诗："江西诗社久沦落，晚得一人刘改之。"（《龙洲集》卷十五）岳珂《快目楼题诗》说："江西诗派所在，士多渐其余波，然资豪健和易不常，诗亦随以异，庐陵在淳熙间先后有二士，其一曰刘改之，余及识之。新警峭拔，足洗尘腐而空之矣。独似伤露筋骨，盖与改之为一流人物云。"（《桯史》卷六）岳珂将二刘归于江西诗派，大约是看到了其诗歌"豪健峭拔""足洗尘腐"的一面，与江西派的诗风一脉相承。

4. 姜夔（1155？—1209 年）

《白石道人诗集序》说："三薰三沐，师黄太史氏，居数年，一语噀不敢吐，始大悟学即病，顾不若无所学之为得，虽黄诗亦偃然高阁矣。"项安世《谢姜夔秀才示诗卷》说姜夔的诗："古体黄陈家格律，短章温李氏才情。"（《平庵悔稿》卷七）

（二）与四灵同时或者在四灵之后的江西诗派的传人

除了上述几家之外，以下几位实际上也可以归到江西诗派。

1. 敖陶孙（1154—1227 年）

字器之，号臞斋，长乐人，为太学生题诗三元楼，吊赵汝愚，为韩侂胄所捕，亡命江湖，侂胄败，始登庆元五年进士第，官泉州签判，有《臞翁集》。

敖陶孙诗名很高，而且是诗人中批评朝政、干预政事的典型。元牟巘《潘善甫诗序》说："晦翁罢经筵，敖臞庵为太学诸生，作追送赋，甲寅行吊甚哀而愤愈激，毁《江湖集》，婴奇祸，而名愈高，为诗人重矣。"（《陵阳集》卷十三）敖陶孙以诗鸣江湖，刘克庄《臞庵敖先生墓志铭》

说他："诸文皆有气骨，可行世传远，而天下独诵其诗。……既退既老，占毕于寂寞无人之滨，……然先生诗名益重，托先生以行者益众。"敖陶孙的诗作被陈起收进《中兴江湖集》《江湖后集》，因此敖陶孙于 1225 年与刘克庄、陈起同罹江湖诗祸。

敖陶孙诗有江西风。《四库全书总目提要》说："王士祯（《居易录》）云：臞翁古诗歌行，颇有盛时江西风气。"叶绍翁《悼赵忠定诗》说："太学诸生敖陶孙赋诗于三元楼云：……由此得诗名，《江湖集》中诗最多，予尝以其卷示杜忠可，杜谓典实，其诗率多效陆务观用事，终不肯效唐风，初识南岳刘克庄，得其诗卷曰：'所欠典实尔。'《南岳集》中诗率用事，盖取其说。后得南岳刻诗于士人陈宗之，喜而语宗之曰：'且喜潜夫已成正觉。'"（《四朝闻见录》卷三）敖陶孙像陆游一样坚持反晚唐立场，将"典实"作为衡量诗歌成熟与否的标准，显然是秉承了江西诗派的家法。敖陶孙《诗评》在诗论家中间很有影响，流传很广，而其中对江西诗派推崇备至："山谷如陶弘景只诏入宫，析理谈玄，而松风之梦。""后山如九皋独唳，深林孤芳，冲寂自妍，不求识赏；韩子苍如梨园按乐，排比得伦；吕居仁如散圣安禅，自能奇逸。"另外，敖陶孙《借山谷后山诗编于刘宜之司户因书所见呈宜之兄弟》也说："拾遗诗视孔子道，豫章配孟颜后山。"（《江湖后集》卷十八）都证明敖陶孙对江西诗派的推重。

敖陶孙曾将自己的《诗评》写赠刘克庄。刘克庄《后村集》卷一有《别敖器之》，卷七有《敖器之宅子落成》，又被吴子良引用。敖陶孙的《清明日湖上晚步》"一百五日苦多雨，二十四花能几风"（同上书，卷十九），则是直接点化江西派徐俯的诗句而来。不过，他的诗作常常有黄庭坚诗歌的意境格致，如其《洗竹简诸公同赋》说："舍东修竹密如栉，一日洗净清风来。脱巾解带坐寒碧，置觞露饮始此回。平林远霭开图画，西望群山如过马。诗翁意落帆影外，孤村结庐对潇洒。百年奇事笑谈成，向来无此苍龙声。闲身一笑直钱万，剜粉劖青留姓名。"（《江湖小集》卷四十四）陈衍《宋诗精华录》卷四评价此诗："笔致潇洒，真是诗人之诗。"而其中"平林远霭开图画"即点化黄庭坚的诗句："人得交游是风月，天开图画即江山。"（《王厚颂二首》）"山随宴坐图画出，水作夜窗风雨来。观水观山皆得妙，更将何物污灵台。"（《题胡逸老致虚庵》）

2. 曾极

《后村诗话》卷二说曾极："《同泰寺》云：'此身终属侯丞相，谁办金钱赎帝归。澄心堂纸云一幅，降笺何用许价高。'《缘写宋文章荆公书堂》云：'愁杀天津桥上客，杜鹃声里两眉攒。'皆峭拔有风骨。"《诗人玉屑》卷十九说："蔡西山贬道州，曾景建寄诗云：……晦庵跋有云：'景建诗甚佳，顾老拙不足以当之。'"所谓"峭拔有风骨"与老成朴拙，都符合于江西诗派的风调，而不同于晚唐诗的秀整工巧。

试看其《往舂陵作》："杖策行行访楚囚，也胜流落峤南州。鬓丝半是吴蚕吐，襟血全因蜀鸟流。径窄不妨随划栗，路长那更听钩辀。家山千里云千叠，十口生离两地愁。"（罗大经《鹤林玉露》卷十引）其《红泉精舍》："十里长松一幅巾，温汤静濯满衣尘。石门隔断世间事，仙窟能容鹤上人。已主谢公为北道，更依华子作西邻。红泉可酒兼宜茗，便合躬耕老此身。"（《江西诗征》卷二十一引）的确能体现劲峭老成的风格。

（三）继承江西诗学的上层人士

端平时期，学习江西诗派形成一时风气，正如陈起所说："近诗通谱江西社，新酿搀先天下秋。"① 上层士人之中，继承江西诗学的则有郑清之、洪咨夔、岳珂、王迈等。

1. 洪咨夔（1176—1236 年？）

字舜俞，号平斋，理宗朝以言事忤史弥远罢，弥远死，以礼部员外郎召，官至刑部尚书，翰林学士知制诰，有《平斋文集》。钱锺书《宋诗选注·王迈小传》说："许多号称有胆量、敢批评的人在诗歌里都表现得颇为温柔敦厚，洪咨夔却不是那样，王迈更不是那样，他在作品里依然保存那股辣性与火劲。"② 可见王迈的诗风是对晚唐留连光景、自得自适的突破。

钱锺书《宋诗选注·洪咨夔小传》说："他的诗歌近江西派的风格，也受了些杨万里的影响，往往有新巧的比喻。"③ 洪咨夔非常推崇元祐与江西诗学，其《豫章外集诗注序》说："我朝列圣以人文陶天下，学问议论文章之士，莫盛于熙、丰、元、绍间，……如诗家曰苏黄，曰黄

① 《江湖后集》卷二十四《胡季怀有诗约群从为秋泉之集辄以山果助筵戏作二选》。
② 钱锺书：《宋诗选注》，生活·读书·新知三联书店 2001 年版，第 407 页。
③ 同上书，第 401 页。

陈，……豫章生于庆历，天地清宁，日月正明，禀于气者全也，公得清宁正明之全气，气全而神王，挟丰隆，骑倒景，飘飘乎与造物者游，放为篇章，超轶绝尘，独立万物之表，坡翁盖心服之，而后山师焉。其集尝拟《庄子》分内外篇，外集如韩淮阴驱市人背水而战，暗与兵法合，内集如诸葛武侯八阵，奇正相生，鬼神莫窥其奥，汇分之意严矣，君子之学日进而日新，日新而日化，进则人，新则道，化则天，逝者如斯，不舍昼夜，正以是也，文与诗亦然，论诗者不沂其始，无以知其进而新，不极其终无以知其新而化，内集断自入馆以后，极其终矣，外集起初年《溪上吟》，沂其始也。"（《平斋文集》卷二十九）他对黄庭坚诗学价值给予了高度正评，略同于陆九渊的江西诗派"植立不凡""宇宙之奇诡"说。洪咨夔《平斋文集》卷六《题李杜苏黄像·太白》赞苏轼说："黑风撼海晨乌青，海怪出没云涛腥。矫首独立天冥冥，保一以静吾清宁。"赞黄庭坚说："神为骖骓气为车，秋云扶疏春风腴。汤饼睡起茗碗须，意往独与奚奴俱。"都非常恰切地概括了苏轼、黄庭坚的诗歌风格。看来洪咨夔欲将"李杜"与"苏黄"或者"盛唐"与"元祐"合二为一，追求"劲健"与"气骨"，所谓"戟髯洒洒精神健，剑脊棱棱气骨奇"（《敬和老人石菖蒲》），的确是他自身人格与诗格的写照。

　　洪咨夔常常点化江西诗句。如其《用虞提刑刚简见寄诗韵答之》说："纷纷世故肱三折，忽忽年华指一弹。"乃是化用黄庭坚《寄黄几复》"持家但有四立壁，治病不蕲三折肱"之诗意。其《水仙兰》说："七里香花陪隶耳，涪翁醉眼被粗瞒。"也是从黄庭坚《次韵中玉水仙花》《王充道送水仙花五十枝欣然会心为之作咏》《吴君送水仙花并二大本》《刘邦直送早梅水仙花》等咏水仙诗脱胎而来。其《酬黎倅元夕》说："乐事赏心无过此，不关花信几番风。"则是点化江西派中人徐俯"二十四番花信风"之诗句。

　　2. 岳珂（1183—1243 年？）

　　字肃之，晚号倦翁，侨居江州（今江西九江）。曾预开禧北征之役。淳祐元年（1241 年），以言官劾横敛罢，居吴门。珂好文学，喜书法，与刘过、辛弃疾等有交往。有《桯史》十五卷等传世。其《玉楮集》八卷，收嘉熙二年（1238 年）至四年（1240 年）的诗作共 385 篇，可以窥见端平之后的诗学趋向。

　　岳珂论诗一反晚唐派的苦吟雕琢，倡导诗歌言志兴寄传统。其《高宗皇帝韦杜三诗御书赞》说："古者赋诗，惟以言志。或陈卒章，或撅首意。"（《宝真斋法书赞》卷二）其《孝宗皇帝杜甫夜宴左氏庄诗御书赞》说："根六艺兮正以葩，蔽一言兮思无邪。……有臣甫兮不浮心夸，穷不诎兮之死靡他，志不忘君兮于天之涯，九渊兮鲸牙，汹怒兮奔拿，阅三百年兮鼓吹群蛙，皦如英韶兮屏淫斥哇。"（同上）其《赵季茂通判惠诗走笔奉和十篇》说："微吟因兴寄，会意只心知。"（《玉楮集》卷四）

岳珂论诗讲究天然与人工的统一。《玉楮集》卷四《赵季茂通判惠诗走笔奉和十篇》说："天巧与天宜，雕镂焉用诗。"《次韵赵季茂寄诗》说："得句须旬锻，未应无所为。"卷六《予园泰堂之傍有奇石小有有洞箭括有门车箱有》说："天巧谢斫削，人为谩捪探。"又其《沈鎣达书简帖赞》说："《梦溪笔谈》载公之论书曰：书之神韵虽得于心，书之法度必资于学。……顾翰墨文章之不殊，而俱未若公之知言知言，伊何以神合天。"（《宝真斋法书赞》卷十一）岳珂并不是不重视诗艺锻炼，而是追求最终"以神合天"，这就类似于黄庭坚试图"以昆体工夫造老杜浑成之境"的理念。

事实上，岳珂也是江西诗派的倾慕者，其《黄鲁直诗稿帖赞》说："句法之奇，日炼月锻。……长吉之心欲呕弥明之息犹鼾。天巧呈露，风期汗漫，予方溯诗派而未能，所以掩斯卷而三叹也。"（《宝真斋法书赞》卷十五）其《黄鲁直食面帖赞》说："山谷书法，本于天才，变而成家，如万壑崖，骨瘦气清，霜寒籁哀，故其言曰：法安出哉，我师我心，奚彼之侪。……规矩崛奇，关机阖开。故其跋曰：自本心来。"（同上）表达了自己对黄庭坚锻炼精粹、奇崛瘦硬诗风的倾慕。

《四库全书总目》之《玉楮集》提要评价岳珂的诗："轩爽磊落，气格亦有可观者。"岳珂自己也说："律严诗格壮，铃度置邮忙。"（《玉楮集》卷四《次韵赵季茂寄诗》）又说："壮怀徒激烈，聊复以诗鸣。"（同上书，卷五《宿溪声阁望香炉峰偶成二律》）摒弃晚唐诗歌的纤弱卑靡之气而追求诗歌高昂磊落的气格，这一点与江西诗派同调。如其《九月十三日始就郊墅拜宝谟阁直学士提举江州》说："槐影西清舞翠鸾，竹宫高接五云环。职陪温洛图书地，名在元封卜祝间。昼访未承龙阁问，晨香犹厕羽衣班。祠官到处无公事，且听松声老此山。"（同上书，卷四）此诗不重对偶，瘦硬老成，与晚唐诗派的小巧纤秀很不相同。

此外，岳珂也学习苏轼，如其《黄鲁直一笑帖赞》说："五湖浪卷四海立，墨风雨中起蛟蛰。"（《宝真斋法书赞》卷十五）其《排湾遇风对岸即彭泽旧县二首》说："黑风吹海立，白雨过江来。"（《玉楮集》卷七）显然是化用了苏轼《有美堂暴雨》"天外黑风吹海立"的语意。

3. 裘万顷

字符量，淳熙十四年（1187年）进士，端平年间知隆兴府，有《竹斋诗集》。陈起《江湖小集》收其诗作。《竹斋诗集》附录有真德秀《送裘司直得请西归》诗，魏了翁有《题竹斋遗像》，赵蕃有《赠云卿诗并序》，刘克庄有《挽竹斋诗》，可见裘万顷也是当时的诗学名家。

宋陈元晋《跋裘元量竹斋漫存诗》说："尝见章泉老先生言公之诗，气和韵远，当入江西后派，……窃独爱其《与弟元德安乐窝诗》，有莫春浴沂，风雩咏归气象，是可以知其人矣。"（《渔墅类稿》卷五）钱锺书《宋诗选注》裘万顷小传说他的诗"常常流露出江西派的套语，跟江湖派终不相同"。如其《竹斋述事》说："梦魂惊断渺难续，卧听竹里风泠泠。寒蛩争鸣绕四壁，缺月半堕横疏棂。平生细字发欲白，午夜短檠灯尚青。稻粱作计吾不愿，愿学沧海鸿飞冥。"确与晚唐的纤秀工巧不同，显示出江西后学瘦硬枯劲的一面。

4. 王迈（1184—1248年）

字实之，号臞轩，仙游（今福建）人，端平元年召试馆职，淳祐元年（1241年）通判吉州，迁邵武军。王迈《代简奉寄三山方时父遇游几叟明复》说："词绝似秦七，诗已迫黄九。……英辞沮金石，真气干星斗。"（《臞轩集》卷十二）评诗以黄庭坚为参照标准，可知他对于江西派的倾向性。其《人日六言五首》说："要得胸中活法，勿求纸上空言。"（同上书，卷十四）则是要求继承江西派的活法论。

又说："常常灌溉胸次，久久功用入神。"乃是点化黄庭坚《再用前韵赠子勉四首》"句法俊逸清新，词源广大精神"两句，以及《荆南签判向和卿用予六言见惠次韵奉酬四首》"覆却万方无准，安排一字有神"之诗意。

另外，其《寒食呈陈崇清》说："一百五日山寒节，八十六翁行地仙。"（同上）乃是点化徐俯诗句。王迈又极为推崇杨万里，其《读诚斋新酒歌仍效其体》说："谁知先生诗更奇，刊落陈言付刍狗。俗人欲诵先生诗，先吸天浆漱渠口。"（同上书，卷十三）其《山中读诚斋诗》说："肝肠定不餐烟火，翰墨何曾着点埃。……巴西社里陈黄远，直下推渠作社魁。"（同上书，卷十六）其《山中读诚斋诗》说："四海诚斋老，千年百卷诗。不亲门下炙，却恨我生迟。嚼句有何味，班荆坐许时。太羹元淡泊，妙处少人知。"（同上书，卷十四）很欣赏杨万里诗歌的超迈奇妙之处。

5. 罗椅

字子远，号磵谷，庐陵人。《江湖集》《江湖续集》收有罗椅的诗作。

罗椅成名很早，周密《癸辛杂识》续集卷上说："少年以诗名，高自标致，常以诗投后村。……捐金结客，驰名江湖。……于是尊饶双峰为师。"刘克庄《大全集》卷八有《答罗天骥》诗，据程章灿《刘克庄年谱》①，此诗作于绍定元年（1228 年）。刘克庄《大全集》卷十又有《题庐陵罗生诗卷》："门巷萧然人迹少，华裾客子袖文过。"此诗原编于端平元年诸诗之后，当为端平二年（1235 年）作。

罗椅《与葛山诗人论诗》说："屏弃江西，乃年来江西不得时，故为人所轻姗，但就陈、黄中取数篇入吾意者读之，便知古人有不可及。"（《谷遗集》卷一）罗椅为江西诗派的命运感到可惜，对于江西派黄、陈之学有足够的尊重，因而罗椅有继承江西派之志，其《与危骊塘论诗》说："瑰辞语，数千百言，句为之端确，字为之推敲，所谓灵丹一粒，点铁成金也。"（同上）其《伍诰复祠》说："涪翁诗有云：'荆公六艺学，妙处端不朽。诸生用其短，颇复凿户牖。'是则涪翁于新经又欲采其妙矣。"（同上书，卷三）都是对黄庭坚诗学的亲和之论。其《与危骊塘论诗》说："故用意必深，欲自深而造平淡；下语欲健，欲自健而造浑成。"诗歌创作主张下"健语"，与晚唐诗派的气格卑弱不同，而恰是江西诗派诗风之一，而在诗学理论上又回应了黄庭坚的"以昆体工夫造老杜浑成境地"以及其"平淡而山高水深"之论。

（四）认同江西诗学的代表性人物

江西诗学绝不仅仅限于以上几家，端平时期朝野上下对江西诗学有一种普遍的认同，形成了一种时代风气，如：

1. 崔与之（1158—1239 年）

字正子，绍熙四年（1193 年）进士，理宗朝累除广东安抚使，拜参知政事、右丞相，致仕卒，有《菊坡集》。

---

①　贵州人民出版社 1993 年版，第 111 页。

崔与之也支持江西诗派讲究以书卷学问为诗歌根本的论点，其《危大著出守潮阳同舍饯别用社工部北风随爽气》说："天地清淑气，人才随所得。君独禀其全，济之以学力。……填胸书万卷，绚采云五色。清和闲诏沪，劲直沮金石。"其《张秘书分符星渚同舍乌别用山谷晚风池蓬香度》说："全才得之天，学力培其本。"（同上）崔与之在诗学方法上也善于点化前人语意，如其《嘉定甲以礼部尚书得请便道还家作此诗》说："九重天上别龙颜，万里江南衣锦还。圣主有怜双鬓白，老臣长抱寸心丹。短篷疏雨春听浪，瘦马轻寒晓度关。何处好寻幽隐地，长松流水白云闲。"（同上）其中的颔联乃是点化杜甫《野望》"惟将迟暮供多病，未有涓埃答圣朝"与《蜀相》"两朝开济老臣心"之语意。

当然，崔与之像中兴诗家一样，并不死守江西诗派的藩篱，而是善于领悟其诗学精神，如其《峡山飞来寺》说："万里星槎海上旋，名山今喜得攀缘。猿挥孙恪千年泪，月照维摩半夜禅。磴长荒苔人迹少，岩攒古树鹊巢悬。江流上溯曹溪水，时送钟声到寺前。"（《江西诗征》卷十七）此诗克服了江西诗派的槎牙粗率，颇有沉郁雅健的气格。

2. 魏了翁

魏了翁也常有点化江西诗句之作，如其《送李左史郊外和范沪州赠李韵》说："须信人生归去好，此行惟有雁行知。"自注："坐间偶歌吕居仁《落江红曲》，故末语及之。"（《鹤山集》卷八）而其《次韵王茶马海棠四绝》之一说："二十四番花信风，川原何处着繁红。"（同上书，卷七）其《翌日约客有和者再用韵四首》说："二十四番花信尽，只余箫鼓卖饧香。"（同上书，卷九）则是直接借用了徐俯的诗句"夜来一阵催花雨，二十四番花信风"（《走笔答上饶》）。

3. 刘宰（1166—1239 年）

字平国，号漫塘病叟，以不乐韩侂胄用兵，遂引退，屏居云茅山之漫塘三十年。有《漫塘文集》三十卷。其《送赵子野归》说："聚散云萍浑若此，临分一笑大江滨。"（《漫塘集》卷二）乃是点化黄庭坚《王充道送水仙花五十枝欣然会心为之作咏》"坐对真成被花恼，出门一笑大江横"之诗句。

（五）与江西诗派颇有渊源的江湖诗人

除上述江西派中人之外，当时许多江湖诗人如刘克庄、戴复古、方岳等都与江西派有很深的渊源，并不是江西诗学的颠覆者。

1. 刘克庄

刘克庄早年诗学也是由江西而入。《大全集》卷九十六《刻楮》说："初余由放翁入，后喜诚斋，又兼取东都南渡江西诸老，上及于唐人大小家数。"又为《江西诗社宗派图》作总序和小序，称扬江西诗学，可知刘克庄的确是"出于杨陆，源于江西"①，所以对江西诗派尤其褒扬有加，如其《江西诗派序》说："豫章稍后出，荟粹百家句律之长，究极历代体制之变，……自成一家，虽只字半句不出，遂为本朝诗家宗祖。"（《大全集》卷九十五）其《江西诗派序》又说"后山树立甚高""后山诗文高妙一世"，都可以说明刘克庄与江西诗学的渊源。

2. 方岳

名家方岳（1199—1262 年）也深受江西诗派影响。其《黄宰致江西诗双井茶》说："黄侯授我以江西诗禅之宗派，……乃翁诗家第一祖，不用棒喝行诸方。掀翻杜陵自作古，夜半衣钵谁升堂。单传横出二十六，未许歙梅洪雁行。雅闻滕阁藏墨本，欲往从之山阻长。牙签大册忽在眼，荒苔茅屋森珊瑚无此光。"（《秋崖集》卷十五）钱锺书《宋诗选注》评方岳的诗说："看来他本来从江西派入手，后来很受杨万里、范成大的影响。"②

3. 林希逸

林希逸（1190？—1269 年），字肃翁，号鬳斋，又号竹溪，福清人，绍定年间进士。淳祐中迁秘书正字，景定年间擢司农少卿，历中书舍人，直宝谟阁。诗文集有《竹溪鬳斋十一稿》三十卷。

其《读黄诗》说："我生所敬涪江翁，知翁不独俄诗工。逍遥颇学漆园吏，下笔纵横法略同。自言锦机织锦手，与寄每有《离骚》风。内篇外篇手分别，冥搜所到真奇绝。颉顽韩柳追庄骚，笔意尤工是晚节。两苏而下秦晁张，闭门觅句陈履常。当时姓名比明月，文莫如苏诗则黄。……生前忍苦琢诗句，飘泊不忧无死处。今人更病语太奇，哀公不遇今犹故。"（《两宋名贤小集》卷三百零二）表示了对黄庭坚及江西诗派的敬重之情。

4. 陈鉴之

陈鉴之，字刚父，初名璟，三山人，淳祐七年（1247 年）进士，与

---

① 参见罗根泽《中国文学批评史》第三册，上海古籍出版社 1984 年新一版。
② 钱锺书：《宋诗选注》，生活·读书·新知三联书店 2001 年版，第 435 页。

林希逸同时，《江湖小集》等多种江湖诗集都收有陈鉴之的诗。

　　《两宋名贤小集·东斋小集》说陈鉴之："嘉定时游京师，与倪守斋善守，斋官新安，鉴之偕焉，集中《喜雨歌》《玉湖书院》诸诗俱为守斋而作也。"林希逸《山长陈刚父》说："名在江湖久，青袍鬓已霜。"（《竹溪鬳斋十一稿续集》卷十九）陈鉴之与陈起、林希逸、黄文雷、敖陶孙等江湖诗人有交往，如黄文雷《看云小集》有《次陈刚父见简韵》，陈起《芸居乙稿》有《寄东斋》。

　　陈鉴之对宋诗颇有微词。林希逸《竹溪鬳斋十一稿续集》卷三有诗题为"三十年前，尝与陈刚父论诗云：'本朝诗人极少，荆公绝工致，尚非当行；山谷诗有道气，敖臞庵诸人只是侠气……'"，其中有云："文人纵有诗人少，侠气不如道气多。"但是，陈鉴之的诗歌应该是由江西诗派入手的，如王士禛《居易录》卷二就说："三山陈鉴之刚父《东斋集》稍有江西风气，而笔力苦孱。"《宋百家诗存》卷三十一评价他的诗歌说："古诗排奡中具停蓄之势，律诗亦深稳有致。"

　　陈鉴之《题陈景说诗稿后》说："今人宗晚唐，琢句亦清好。碧海掣长鲸，君慕杜陵老。"（《江湖小集》卷十五）林希逸《山长陈刚父》之二说："君本轻场屋，何心第太常。吟姿如岛瘦，直性似萧刚。"可见陈鉴之的晚唐诗家立场，他希望诗歌由晚唐开拓出去，扩大规模，乃是试图以江西济晚唐，已经不是纯然的江西诗派。

第四节　郑清之对江西诗学的继承

　　自杨万里以后，一般诗人都想摆脱江西诗派的影响，除上述陈造、敖陶孙等人之外，江西诗学的坚守者至少还应该补上端平更化的重要人物郑清之。

　　郑清之尤其钟情于江西诗学。其《山间录拙作求教茸芷俚语将命笑掷幸甚》说："古意窥九嶷，词源决三滢。英风韵风雅，噩噩规诰誓。精刚拿健鹘，妥帖律狂猘。"全面解释了自己与江西诗学的渊源。

　　郑清之极为欣赏黄庭坚，如其《安晚堂诗集》有诗题："三月二十四日自东山到金峨，……草树清幽，泉石雅洁，如在天竺灵隐间，深靓过之，既暮假榻，瀑通夕喧枕，始印鲁直'梦成风雨'诗，……"《安晚堂集》卷七《古风一篇简徐德夫提刑》说："山谷未见坡，气味已相似。"

卷十《再和且答索饮语》说："黄诗未足助盘飧，吴稻讵能为岁恶。"卷十一《村边以汤婆样惠示与诗俱来依元韵》说："遣来绩妪知君状，拟伴涪翁到晓天。"卷十二《山间录拙作求教茸芷俚语将命笑掷幸甚》说："妙指曲不传，夺胎骨可蜕。"都表明郑清之对黄庭坚诗风的亲和。

郑清之的诗集中有大量模拟或者点化黄庭坚诗句之作。

《安晚堂集》卷六《督觉际植花》说："兄弟梅矾是水仙，曝根向暖种宜先。银台金盏惟须酒，不可无渠对雪天。"《再韵简菊坡》说："然未肯弟山矾，介如何必化松石。"诗意来自黄庭坚《王充道送水仙花五十枝欣然会心为之作咏》："含香体素欲倾城，山矾是弟梅是兄。"

卷六《旧冬得蒌蒿数十根植之舍谤今春遂可采撷》说："木鸡退飞山之巅，笑渠芽蕨成儿拳。"诗意来自黄庭坚《观化十五首》："竹笋初生黄犊角，蕨芽已作小儿拳。"

卷六《觉际闲坐纪所见》说："蛛网雨中时恤纬，蜂屯衙后自婴城。"来自黄庭坚《题落星寺四首》："蜂房各自开户牖，处处煮茶藤一枝。"以及黄庭坚《自然堂记》："蜗涎蛛网，经纬几席。"

卷七《冬节忤寒约客默坐爇品字柴作五禽戏体中差小》说："芒端琢句貌疏影，竹边着渠牛砺石。枝横带雪最佳处，近水清寒月先得。语梅正可兄涪翁，冻雨浯溪打碑墨。"诗意来自黄庭坚《题竹石牧牛》："野次小峥嵘，幽篁相依绿。阿童三尺棰，御此老觳觫。石吾甚爱之，勿遣牛砺角。牛砺角尚可，牛斗残我竹。"以及黄庭坚《书磨崖碑后》："断崖苍藓对久立，冻雨为洗前朝悲。"

卷七《谢虚斋和诗》说："关心穑事恐春迟，暂许花风入绣旗。翠浪半天岐麦咏，玉簪数箸刘蒌诗。"自注："见山谷《过土山塞诗》。"

卷七《病后和黄玉泉韵再和前韵》说："为乏刀圭饮卯卮。"自注："见鲁直诗。"

郑清之对于黄庭坚诗歌的偏爱可见一斑。

郑清之的诗歌创作特征也可以印证他对江西诗派的偏好。《四库全书总目》之《安晚堂集》提要评价郑清之的诗说："今观所作大都直抒性情，于白居易为近，其《咏梅》《咏雪》七言歌行二十首，亦颇有可观。"实际上并非如此，郑清之直抒性情的诗并不多见，其诗风与白居易也相去甚远，而完全是宋诗风尚的延续与对江西风格的模拟。这表现在以下三方面。

一　大量写作唱和诗、次韵诗

次韵诗是元祐的标志性诗体，它意味着诗体的"宋诗化"，苏轼的"半"字韵开其端，影响巨大，张戒、杨万里、严羽等每每从"押韵"角度攻击本朝诗，而郑清之则以元祐诗学的继承者自居，处处以元祐诗学为榜样，将唱和诗的写作正宗化和经常化。其《安晚堂诗集》中唱和诗很多，兹不列举。

二　沉迷于"以诗为戏"

郑清之的诗学观已经不再是孟郊的苦吟，而正是继承元祐诗学精神，善于以诗为戏。如其《安晚偶成》就说："眼前丘壑无佳句，自哂诗肠苦未穷。"（《安晚堂集》卷十）郑清之的戏咏也来自黄庭坚等元祐诗体，元祐诗体的一大特点乃是"游戏笔墨"，如黄庭坚《书王知载朐山杂咏后》说："情之所不能堪，因发于呻吟调笑之声，胸次释然，……是诗之美也。"所谓发为"呻吟调笑"之声，在党争与避祸的阴影笼罩之下，其实只剩下"调笑"。苏轼《跋鲁直为王晋卿所书尔雅》说："鲁直以平等观作敧侧字，以真实相出游戏法，以磊落人书细碎事，可谓三反。"（《苏轼文集》卷六十九）指出黄庭坚诗歌题材的琐细和从意蕴上化解悲情的特点。

郑清之自觉继承了宋人以及元祐诸公游戏于文字技巧的写作风习。其《安晚堂集》卷八《和葺芷雪韵》就说："坡翁笑效六一体，八章联翩韵声色。"自注："坡效欧公白战体，以声、色、气、味、富、贵、势、利韵作八章。"卷九《谢郑广文和韵》说："赤手当缚菟。"自注："来诗有白战之语。"卷十一《和林治中雪诗五首》说："老尽青山真是幻，从渠白战更无诗。"郑清之对"白战体"的迷恋与实践，也就是对元祐诗学精神的延续。

三　诗中押险韵

欧阳修《六一诗话》说："予独爱其（韩愈）工于用韵也，盖得其韵宽，则波澜横溢，泛入傍韵，乍还乍离，出入回合，殆不可拘以常格，如《此日足可惜》之类是也。得韵窄，则不复傍出，而因难见巧，愈险愈奇，如《病中赠张十八》之类是也。"元祐苏黄恰好继承了韩愈这种"因难见巧”的用韵特点，费衮《梁溪漫志》卷七说：“作诗押韵是一奇。荆公、东坡、鲁直押韵最工，而东坡尤精于次韵，往返数四，愈出愈奇，如作梅诗、雪诗，押暾字叉字，在徐州与乔太博唱和，押粲字，数诗特工。荆公和叉字数首，鲁直和粲字数首，亦皆杰出。”而这也正是郑清之所乐于实践的诗学课题，其《续诗之宠依韵以谢》说：“莫搜险韵续貓貔。”（《安晚堂集》卷十一）其实他的诗作往往会出现这类“搜险韵”的技法操作，如其《山间录拙作求教葺芷俚语将命笑掷幸甚》中的押韵：“蔽、揭、谜、曳、睨、系、蚋、卫、瘗、滋、誓、猘、箪、褉、锐、蜕、翳、滞、丽、篲、嚏、桂、毳。”（同上书，卷十二）大都是生僻之韵脚，与苏、黄的“愈险愈奇”之作派如出一辙。

郑清之《读鲁直诗》说：“晚唐诗似晚春景，姿媚有余风骨轻。千岁俄逢古垒洗，摩挲篆籀眼增明。”（《永乐大典》卷九零三引）在晚唐诗派兴盛之时，郑清之全盘继承元祐苏黄诗学，意在以江西诗学之气格矫正晚唐卑弱之气。郑清之将诗歌之气格与国运相连，视晚唐诗为衰世的标志，转而追求在诗体内部贯注深厚的文化底蕴与浩然之气势，试图以此来体现端平更化的盛世气象。如其《诸君和篇摩垒致师不容闭壁再绎前韵》说：“登诗坛争长，破愁城相属。……共乐时方清，谁言世之叔。……一笑祝诸贤，行醽天家醁。”（《安晚堂集》卷九）诗学领域的竞技与清平盛世，其实是可以相互促进的，因而郑清之复兴“元诗学”的志向与实践，其实也是他政治事业的一部分。

第二章

"斯文宗主"与诗坛"撼树人":
刘克庄与严羽的诗学之争

江西诗派以"变唐"为旨归,体现了典型的宋调特色;而晚唐诗派则主张回归唐诗范式,以贾岛、姚合的清苦之风相标榜,一开始便以江西诗派的对立面出现。而作为江湖中人的严羽,一方面几乎全盘否定了以苏、黄为代表的宋诗,另一方面又摒弃了江湖诗人群中的中坚——晚唐派,转而标榜盛唐"李杜高岑"的诗风,这又与南宋后期兴起的"自成一家、不拘门户"的诗学新思维分道扬镳,其诗学在当代"诚惊世绝俗之谈"(《答吴景仙书》),具有强烈的挑战性。

严羽敢于对主流的诗学流派和诗学观念进行颠覆,这必然要引起当代诗坛的反响,考察这些或明或暗的论争,有利于准确把握宋元诗学的潮流和嬗变轨迹。下面我们着重考论晚宋诗坛领袖人物刘克庄与江湖人士严羽之间的诗学对话与交锋,以便印证南宋诗学的潮流与大势所在。

第一节 刘克庄与严羽:同时并峙的诗论家

严羽对自己的诗歌鉴赏本领非常自负,《沧浪诗话》说:"仆于作诗不敢自负,至识,则自谓有一日之长,于古今体制,若辨苍素,甚者望而知之。""辨家数如辨苍白,方可言诗。"认为自己具有鉴别古今诗体的"金刚眼睛"。

其实严羽并非那个时代唯一高明的诗学"金刚眼睛",南宋后期具有辨诗才能的批评家不在少数。如刘壎《诗说》记载当时江西著名诗人赵崇嶓、曾原一、黄文雷参诗、论诗的情景:"(周文郁)曰:昔在行都,访白云赵宗丞参诗法,因问何以有盛唐、晚唐、江湖之分,赵公曰:'此当以斤两论,如"齐鲁青未了",如"乾坤绕汉宫",如"吴楚东南坼",

如"天兵斩断青海戎，杀气南行动坤轴"，如"白摧朽骨龙虎死，黑入太阴雷雨垂"等句，是多少斤两？比"风暖鸟声碎，日高花影重"，即轻重见矣。此盛唐、晚唐之分，江湖不必论也。'"（《水云村稿》卷十三）由此可见，在江西一带的严羽同辈人善于参诗者不在少数，而且在能力上，赵崇嶓"以斤两"论的"参诗"本领肯定不亚于严羽"辨家数如辨苍白"的才能。

又临郡建安人黄昇也精于辨诗，① 其《玉林诗话》论萧梅坡的诗："尝鼎一脔，其旨可知，况有三老为之印可乎？"《玉林诗话》又说："盖读唐诗既多，下笔自然相似，非蹈袭也。其间又有青于蓝者，识者自能辨之。""存至味于淡泊之中，非具眼者不能识也。""意亦相似，不知孰先孰后，其优劣必有能辨之者。""此三篇绝类长吉，其间精妙处，恐贺集中亦不多见也。"（《诗人玉屑》卷十九引）黄昇重视诗家之"识"在"辨"诗中的重要性，与严羽所谓的"以识为主""辨家数"的理论相同。

以上事实可以证明，南宋后期"辨诗""品诗"的风气很浓厚，具有高超"辨家数"本领的当代诗论家绝不止严羽一人，也没有证据证明严羽就是为时人所公认的批评大家。当时的诗学批评的权威人物乃是刘克庄。

一　诗坛盟主刘克庄

刘克庄（1187—1269年），初名灼，字潜夫，号后村居士，莆田人，先后师事林亦之、真德秀等理学名家。宁宗嘉定二年（1209年）补将仕郎，调靖安簿。江淮制置使李珏任为沿江制司准遣，随即知建阳县。因咏《落梅》诗得罪朝廷，闲废十年。后通判潮州，改吉州。理宗端平二年（1235年）授枢密院编修官，兼权侍郎官，被免。后出知漳州，改袁州。淳祐三年（1243年）授右侍郎官，再次被免。六年（1246年），理宗以其"文名久著，史学尤精"，赐同进士出身，秘书少监，兼国史院编修、实录院检讨官。景定三年（1262年）授权工部尚书，升兼侍读。度宗咸淳四年（1268年）特授龙图阁学士。第二年去世，谥文定。其季子汇其诗文集为《大全集》二百卷，林希逸为之作序。

刘克庄的两位兄弟也能诗。其弟刘克逊，字无竞，号西墅，以父任调

---

① 黄昇是魏庆之的朋友，黄昇通过《诗人玉屑》来了解严羽诗学，很可能与严羽有交往。

古田令,累迁知邵武军,改潮州,移泉州,一生清贫,工于诗,有《西墅诗集》,叶适、赵汝谈皆称之。叶适《跋刘克逊诗》说:"……克庄始创为诗,字一偶,对一联,必警切深稳,人人咏重。克逊继出,与克庄相上下,然其闲淡寂寞,独自成家,怪伟伏平易之中,趣味在言语之外。"(《水心集》卷二十九)其诗被选入《江湖诗集》。

其弟刘克永有《西斋刻楮前后集》。刘克庄《刻楮集序》说:"吾家季子《刻楮集》仅二百首,然皆超诣,短章稀句,贤于他人篇累韵,其尤高者,……可谓有雅人之高致,极诗家之能事矣。"(《大全集》卷九十六)可见,刘氏家族像邵武"九严"一样,也形成了诗歌创作群体。

另外,与莆田邻近的福清人林希逸与刘克庄交往密切,可以将其看作同一诗学流派。林希逸,字肃翁,号竹溪,又号鬳斋,工诗,诗歌进入《江湖诗集》。端平二年(1235年)进士,历官翰林权直兼崇政殿说书,直秘阁,知兴化军,景定年间(1262年前后)官司农少卿,终中书舍人。师事陈藻,陈藻之学出于林亦之,亦之出于林光朝,在学术上与刘克庄同源。林希逸论诗与刘克庄非常接近,共同形成了福建莆田、福清一带的诗学批评特色,这一诗学流派当然与邵武诗人群很不相同,实际上双方处于一种对抗关系。

刘克庄在朝在野诗名都很高,叶适、赵汝谈、真德秀等前辈将刘克庄视为诗学的新希望,如林希逸《后村先生刘公行状》说:"南塘(赵汝谈)为西宗,得公诸作于北山,甚奇之。……读公《南岳稿》,称觞赏不已,自此遂为文字交。"水心(叶适)评公诗曰:"是当建大将旗鼓者。"西山(真德秀)知公尤至,端平朝,赠书庙堂曰:"当今词人惟赵某、刘某,谓南塘与公也。"刘克庄在当时是公认的诗坛盟主,如林希逸《后村先生刘公行状》说:"凡得铭,得序,得跋,得诗之友,不远千百里而来,力不能来,亦以书至,盖不知其几,皆曰:'斯文无所宗主矣。'"

刘克庄的诗学领袖地位绝不仅取决于其朝臣的身份和诗歌创作实绩,他首先具备了一流的诗论家的素质。

刘克庄《跋宋氏绝句诗》说:"余谓窦氏之少,足以胜王氏之多,他日宋氏于此篇必传。谈者必曰:'后村眼毒。'"(《大全集》卷一百零一)其《刘澜诗集序》说:"贺(贺知章)韩(韩愈)皆自能诗,故能重二李(李白、李贺)之诗。余少有此癖,所恨涉世深,为俗缘分夺,不得专心致意。"(同上书,卷一百零九)刘克庄自称"余少有此癖",其口气很像严羽宣称的"自谓有一日之长",表明他对诗学世界的极度痴迷。

再有，刘克庄举贺知章、韩愈发现李白、李贺一例，意在说明诗评家的素养和眼光对于弘扬"诗道"的重要意义，这会关系到诗学的走向，所以他对诗评家的资格问题要求很严格，反复强调"诗必与诗人评之""诗非本色人不能评"（《刘澜诗集序》），认为"主人（名节人、学问人、文章人、功名人）不习为诗，于诗家高下深浅，未尝涉其藩墙津涯，虽强评要未抓着痒处"。诗学问题只能由诗学内部自己解决，绝不允许外行染指，否则就等于取消了诗歌，只有"于诗家高下深浅，涉其藩墙津涯"的真正高水平的诗论家，才能从诗学的立场和角度给予诗歌创作正确的引导。

但是他同时意识到，诗学是一门精深玄妙的艺术学，所谓"诗道不胜玄，难于问性天"（《敖茂才论诗》），慨叹"夫作诗难，序诗尤难"（《大全集》卷九十四《瓜圃集序》），所以诗学问题的解决绝不可能依靠某一两个诗论家就一蹴而就，一切都必须接受公论和实践的检验，其《跋吴必大检察山林素封集》说："文字巧拙，世有公评。"（同上书，卷一百零九）其《题金华王山甫吟稿》说："江湖有公论，不必问钟嵘。"（同上书，卷四十）其《公论》说："公论无过月旦评。"（同上书，卷四十三）其《甲辰书事》四首之二说："谁谓斯文无定价？独怜之子坐虚名。主司头与笔俱点，宰物心如秤样平。"（同上书，卷十六）刘克庄提出的这些批评原则和方法，正是一个诗论家所应当遵循的。

刘克庄既有诗歌创作成就，又有丰厚的比较系统的诗歌评论，堪称一代辨诗行家和出色的诗学批评家。

二 严羽在晚宋诗坛的异军突起

晚宋福建邵武严氏家族诗人辈出，无论是"三严"还是"九严"，严羽的名气最大，严氏既有丰厚的创作实践，又有诗学理论的写作，是与刘克庄同时并出的诗学名家。

（一）关于严羽的生卒年问题

严羽，福建邵武人。关于严羽的生卒年，学者们有不同的看法。我们认为严羽一生大致与刘克庄相始终。

钱锺书在《宋诗选注》中把严羽的《有感》诗的写作背景定在 13 世纪五六十年代，[①] 他说："宋理宗端平元年（1234 年）宋师会合蒙古

---

① 钱锺书：《宋诗选注》，生活·读书·新知三联书店 2001 年版，第 458 页。

师灭金；理宗端平二年至淳祐六年蒙古师攻四川、湖北、安徽等地；理宗宝祐六年（1258 年）至开庆元年（1259 年）蒙古师攻四川、湖北、湖南等地，结果宋宰相贾似道向蒙古求和，以'称臣纳币'为条件；宋度宗赵禥咸淳三年（1267 年）蒙古师围襄阳，一直围困到咸淳九年。"钱先生断定："严羽这些诗大约是咸淳三年以后所作。"钱先生的推断是非常有道理的。下面我们依据此线索对严羽的生卒年作一考证。

首先，宋末黄公绍《沧浪严先生吟卷序》说："江湖诗友目为三严，与参、仁同时，皆家莒溪之上。"（《适园丛书》本）而作为邵武"三严"之一的严仁曾经涉及关于吴曦叛变以及抗金名将杨巨源被冤杀之事。

黄公绍《沧浪严先生吟卷序》说："蜀吴曦之叛，杨巨源诛曦，为安丙惎而杀之。（严仁）常作《长愤歌》，为时所诵。盖其所立有绝人者。"据《宋史·刘甲传》，开禧三年（1207 年）正月，吴曦称蜀王，二月，"四川宣抚副使司随军转运安丙，及兴州中军正将李好义、监四川总领所兴州合江仓杨巨源等，共诛吴曦。"其后，"安丙以杨巨源自负倡义之功，阴欲除之"，六月，"安丙杀其参议官杨巨源"。《宋史·杨巨源传》说："巨源死，忠义之士为之扼腕，闻者流涕，剑外士人张伯威为文以吊，其辞尤悲切，巨源之属吏也，李壁在政府闻之曰：'嘻，巨源其死矣。'……杨辅亦谓丙杀巨源必召变。……成忠郎李珙投匦献所作《巨源传》，为之讼冤，朝廷亦念其功，赐庙褒忠，赠宝谟阁待制官。"可见，吴曦降金以及杨巨源冤死之事在朝野上下影响非常大，严仁、李壁、李珙等文人诗家对此都有强烈反应。

既然严羽的同族人严仁为抗金名将杨巨源写作《长愤歌》，是在开禧三年（1207 年），那么，即便假定此时严仁仅二十几岁，则严仁的生年当在 1187 年前后，与刘克庄的生年大致相近，而严羽与严仁、严参一起号称"三严"，同是邵武名士，则严羽的生年应该与严仁不相上下，所以将严羽的生年定位于淳熙年间（1174—1189 年）是合理的。

其次，严羽《赠吕仲祥》说："神交三十载，方此挹清芬。""平生海岳交，零落今谁存？"严羽与友人吕仲祥神交三十载，又说以前的诗友所存无几，可见在同辈江湖诗人群体中，严羽乃是一长寿者。《全闽诗话》卷四说："其子凤山，凤山子子野、半山，……盛传宗派。"严羽《送主簿兄之德化任》则说："叔孙伯子俱成集。"依据这两个叙述，严羽祖孙三代并时存在，以诗为业，而且都有诗集流传，因此，即便是以严羽之孙二十岁开始写成诗集计算，则严羽享年应该是七十岁左右，其卒年应当是13 世纪 60 年代。

这样推断起来，严羽的一生大致应该与刘克庄（1187—1269 年）相始终。

（二）严羽的文化身份

乾隆《邵武府志》卷十六说严羽："好结江湖间名士。"严羽自己的诗作里面也经常流露出江湖情结，如其《梦中作》说："少小尚奇节，无意缚珪组，远游江湖间，……"其《剑歌行》说："我亦摧藏江海客。"其《登豫章城》说："奈何平生志，郁抑江湖间。"① 严羽或隐居邵武，或游历江西、湖南、浙江等地，终生没有参与政治运作。

毫无疑问，严羽是一个不事科举、游走江湖的布衣诗人。

南宋中后期，江湖诗人非官非隐，往往干谒名门、追逐利益，与政治教化相关的诗就降格为诗人赖以谋生的工具。② 严羽既然不事科举，那就必然干谒当道、寄食侯门，严羽《答吴景仙书》说："予尝谒李友山，论古今人诗。"刘克庄《大全集》卷九十九有《李贾县尉诗卷序》，可知李贾乃入仕之人。又戴复古《石屏诗集》卷六有题为"昭武太守王子文日与李贾、严羽共观前辈一两家诗及晚唐诗，因有论诗十绝……"的组诗，可知严羽与太守王埜有交往。严羽与二人的交往均与作诗、论诗有关，没有脱离江湖诗人以诗干谒的本分。③

值得注意的是，严羽同时又是理学中人，他是陆九渊弟子包扬（1216

① 本书所引严羽的诗作，凡是未加特别注明者，均见于四库全书本《沧浪集》第二卷和第三卷。

② 如宋林希逸《跋玉融林诗》说："今世之诗盛矣，不用之场屋，而用之江湖，至有以为游谒之具者。"（《竹溪鬳斋十一稿续集》卷十三）宋末元初赵文《萧汉杰青原樵唱序》说："后之为诗者，率以江湖自名，江湖者，富贵利达之求，而饥寒之务去，役役而不休者也。"（《青山集》卷一）。

③ 在现存为数不多的严羽诗歌之中，就有不少这类诗作，如其《梦中作》小序说："予客庐陵日，梦至一大府，主人自称刘荆州，与予觞咏，各赋诗为乐。"《豫章留别诸公》说："经过徐孺宅，出入洪乔门。"《怀南昌旧游》说："昨在南昌府，清游不可穷。"《将往豫章留别张少尹父子》说："同侣时催发，征人不可留。"《还山吟留别城南诸公》说："城南故人与我好，令我忘却归山道。"等等。严羽的《燕》诗最能体现自己作为江湖诗家"以诗为活计"的心态："巢破春雏半不存，衔泥空傍主人门。一生巧计输黄雀，饮啄官仓长子孙。"

年卒）的学生。宋末黄公绍《沧浪严先生吟卷序》说严羽："温粹中有奇气。尝问学于克堂包公。"黄公绍《沧浪严先生吟卷序》又说："余幼时，见东乡诸儒藏严诗多甚，恨不及传。"可知严羽在邵武就是一个儒者兼诗人。又元苏天爵《元故奉训大夫湖广等处儒学提举黄公墓碑铭》说："邑之儒先严斗岩者，至元季年有诏征之，不起，公（黄清老）师事之。斗岩曰：'吾昔受学于严沧浪，今得子相从，吾无恨矣。'公自是于'六经''四书'之旨，悦若有得。"（《滋溪文集》卷十三）从苏天爵的记载来看，邵武人严斗岩和黄清老是将严羽奉为儒学中人的。事实上严羽自己也常以儒者自居，其《张奕见访逆旅》说："报国怜他日，为儒愧此生。"《剑歌行赠吴会卿》说："百年快意当若此，迂儒拳局徒尔为。"另外，其《答吴景仙书》说："吾叔谓说禅非文人儒者之言。"其表叔吴陵也将严羽视为儒生。

总之，除了《沧浪诗话》中涉及"以禅喻诗"的内容之外，没有任何材料能够证明严羽的思想是以佛、道两家为主的，而严羽的正宗理学身份是可以得到确证的。

严羽的理学背景，以及他不事科举与以诗干谒的人生之路及其独立不羁、傲视当世的性格，对于其诗学批评有根本的制约作用。

应当注意，我们说严羽是一个游食江湖之士，乃是仅就其人生方式而言的，其实他与后来（1225年）遭受朝廷打击的"江湖诗人"或者"《江湖诗集》派"的诗人还存在很大的区别，严羽是将自己外于这批"江湖诗人"的，《沧浪诗话》说："江湖诗人多效其体。"就表明了他与以刘克庄、陈起为核心的江湖诗人群体之间的疏离关系。

三　刘克庄与严羽的微妙关系

刘克庄与当时的诗坛名家以及江湖诗人联系非常广泛，计有赵师秀、翁卷、赵汝谈、赵蕃、叶适、陈起、敖陶孙、戴复古、高翥、赵汝鐩等一大批著名诗家，而唯独没有提及江湖诗人严羽及其诗论，此一现象值得深思。关于这一疑问，可以排除两个因素。

其一，严羽在刘克庄时代虽然身处江湖，却以诗鸣世，并非默默无闻的人物，刘克庄没有提及严羽，并不是因为严羽及其诗歌和诗学在当代寂静无声，而是恰好相反。

乾隆《邵武府志》卷十六说严羽"好结江湖间名士"，黄公绍《沧浪严先生吟卷序》说江湖诗友将邵武的严羽与严仁、严参"目为三严",朱霞《严羽传》又说:"群从九人,俱能诗,时称九严,先生其一也。""是先生之在当时,矫然鹤立鸡群矣。"可见严羽在当时邵武的名气比较大。严羽在当时还以"辨诗"出名,黄公绍的序说严羽对古今诗体"讲究精到,石屏戴复古深所推敬",《闽书》卷一百三十说严羽:"即杂出古人之诗,隐其姓名,举以相示,悉能辨别其世代门户。"

严羽所倡导的诗风的转变,首先在邵武一带产生了一定影响。元初黄镇成《武阳耆旧宗唐诗集序》说:"吾乡自沧浪严氏奋臂特起,折衷古今,凡所论辨,有前辈所未及者,一时同志之士,更唱迭和,以唐为宗,而诗道复昌矣。"(《闽中理学渊源考》卷三十九)《全闽诗话》卷四甚至说由于严羽的倡导,在邵武形成了宗派,"殆与黄山谷江西诗派无异"。

刊行于1244年以后的《诗人玉屑》和1262年以后的《对床夜语》都大量转载了严羽的诗论,二书在刘克庄生前刊行流传。与严羽同时的福建人黄昇《玉林诗话》提到过严羽与叶适诗论的分歧,还引用过严羽的一首诗。另外宋末安徽人方回评价过《诗人玉屑》和严羽的诗歌。除此之外,江湖大老戴复古与严羽交往密切,熟悉其诗学,他在江湖诗人群体中也会充当严羽诗学的传播者。

可见,严羽诗学在刘克庄时代的流传就比较迅速、比较广泛。

严羽宣称:"吾评之非僭也,辩之非妄也。天下有可废之人,无可废之言。"(《沧浪诗话》)这证明严羽是很想行使自己的话语权,在诗坛上发出自己的声音的。事实上,无论是在诗歌创作方面,还是在诗歌理论方面,严羽至少在福建邵武、建安一带并非默默无闻,说严羽及其诗歌诗学在当时名噪一时也不为过。作为诗坛盟主人物,刘克庄对邵武以及严羽其人、其诗歌、其诗学,不可能不了解,而严羽最终没有进入刘克庄的诗学圈子而被主流诗家所接纳,必有其他重要原因。

其二,严羽没有被主流诗论家所接纳,也不是刘克庄的诗学批评态度以及其个人偏见所导致的。刘克庄虽然被推为诗坛盟主,但是他并不以势凌人,刘克庄《大全集》卷四十有一首题为"竹溪中评余近诗,发药甚多,次韵一首"诗,认为林希逸的评论对自己"发药甚多",刘克庄敢于接受读者公开的批评,可见他还是坚持诗学批评的"公论"的。

刘克庄一贯坚持不以人废言的批评原则,其批评态度其实是客观公正的。《后村诗话》卷十二说:"予所录(指诗歌)以意义为主,不可以人废言。"又说："秦桧之尝记曾南丰辟陈后山为史属，且涂改后山史稿。世谓元无此事，乃秦谬误，殆以人废言也。按，魏衍为《后山集记》，明言：'元丰四年，神宗命曾典史事，曾荐后山为属，朝廷以白衣难之。'衍乃后山高第，《集记》作于政和五年，秦说有据，非误。"刘克庄认为世人不承认秦桧的记载为事实，是犯了"以人废言"的错误，所以他实事求是地认为"秦说有据，非误"，这也是刘克庄一贯的诗学批评态度。

其《跋郑大年文卷》说："余尝为作文难，论文尤难。"（卷一百零九）其《瓜圃集序》说："夫作诗难，序诗尤难。"刘克庄认识到做诗论家的艰难，评论诗歌必须客观公正，必须有利于诗学发展，否则将会误导诗坛风向。所以，假如刘克庄认同严羽的高论，他不应该不加以褒奖和提携。

正是由于坚持诗学批评的客观性，刘克庄对后辈诗家也多有褒奖提携，如他对庐陵人刘辰翁就有称道，其《刘安人墓志铭》说："膏泽乡之刘，代有名人，科名不绝书，辰翁者，夫人从子，尤高才，擢壬戌第，夫人喜曰：'刘氏益昌矣。'"（《大全集》卷一百六十一）刘辰翁于1262年进士及第，可知此文写于刘克庄去世前七八年，刘克庄在文中特别举出刘辰翁加以赞扬，称道其"高才"，可谓慧眼识英才。

而在福建邵武，严羽的诗学名声不可谓不大，可以推知的是，假如严羽的诗论的确出类拔萃，那么刘克庄是不会不加以褒扬和奖掖的，遗憾的是，类似的褒奖刘克庄至死也没有加给严羽。如刘克庄在《信庵诗》中说："某尝谓：近世善评诗者，无出邵康节、陆放翁。"（同上书，卷九十七）他根本不把严羽放在眼里。

总体来看，同乡人刘克庄最终也无只言片语道及严羽诗学，很难说这是刘克庄的疏忽或者偏见造成的。既然如此，严羽诗学在南宋主流诗坛的缺席就不能不令人深思。

事实上，诗人或诗论家名声的响亮，并不必然意味着其实绩的博大精深、高明超诣。严羽在给表叔吴陵的信中宣称自己是一位无与伦比的辨诗家，而且已经为当代找到正确的诗歌出路——以盛唐为法，然而，他的诗论究竟是不是一条为当时人们所认可的康庄通衢呢？清人钱曾《敏求读书记》评价严羽说："封己负高，师心自是。"如果严羽的诗学不被时代所广泛接受，甚至成为时代的忌讳，那就证明严羽诗学本身存在严重的缺陷，而这正是导致他与刘克庄等主流诗家之间进行对抗的根本原因。

第二节　刘克庄与严羽诗学对话的现实性与表现

在探讨严、刘二家诗学理论内涵的异同之前，我们首先确认两家事实上进行过诗学的交流和论争。

严羽诗学与当时的主流诗学格格不入，在当时即具有强烈的挑战性，甚至是挑衅性。严羽《答吴景仙书》说："仆之《诗辨》，乃断千百年公案，诚惊世绝俗之谈。"严羽偏激的"江西诗派论"以及"盛唐为法"说，与当代的主流看法大相径庭，肯定会引起强烈的反响，明知如此，严羽却义无反顾，"吾评之非僭也，辩之非妄也。天下有可废之人，无可废之言，诗道如是也。""虽获罪于世之君子，不辞也。"（《沧浪诗话》）"所谓不直则道不见，虽得罪于世之君子，不辞也。"（《答吴景仙书》）他要挑战的是当代的诗学权威以及整个的诗坛，大有为坚持真理而献身的倔强姿态。

仔细体味"吾评之非僭也，辩之非妄也。天下有可废之人，无可废之言"这一说法，可知严羽在当时是处在政治权力与诗学世界的双重边缘的人物，他发表"惊世绝俗之谈"，无非是想争取自己的说话的权利而已。

基于严羽的性格，可以更清楚地了解严羽的狂言以及背后的心态，宋末邵武人黄公绍《沧浪先生吟卷序》说严羽："温粹中有奇气。尝问学于克堂包公。为诗宗盛唐。"性格中有奇气，又从心学派包扬那里学会为人为学讲究"自立""自得""自作主宰"，然后在主流诗学之外另立坛坫，"为诗宗盛唐"，黄公绍的三句话竟然可以构成因果联系，知人论世，耐人寻味。

严羽的这种挑战姿态必然要引起诗坛的注意，尤其是诗坛核心人物刘克庄，他必定会对严羽的发难作出及时的反应。从现存文献看，刘克庄并没有明确提及严羽的名字及其诗学批评，但是事实上双方应该在诗学论调与诗学宗旨方面互相了解。

其一，在严羽的诗友之中，福建光泽人李贾与之交往较深，严羽《答吴景仙书》说："尝谒李友山（李贾），论古今人诗，见仆辨析毫芒，每相激赏，因谓之曰：'吾论诗，若哪吒太子析骨还父，析肉还母。'友山深以为然。"可知李贾是最赞成严羽辨诗才华和论诗方法的诗友。而刘克庄曾经给李贾的诗集作过序，《大全集》卷九十九有《李贾县尉诗卷序》

一文，乃是借机与李贾讨论唐宋诗优劣的问题，其中提出的诸多诗歌宗趣方面的大问题很有现实针对性，自然也应该包括对严羽诗学的评价。

其二，刘克庄与曾经在邵武同严羽一起论诗的王埜有交往。刘克庄《淮东总领所宽廉堂记》说："淳祐乙巳，司农少卿淮东总领金华王公埜上章再求去，上留之。"（《大全集》卷八十九）淳祐乙巳是1245年，即黄昇为魏庆之《诗人玉屑》写序的第二年，正是严羽诗学开始向外传播的时期。

其三，江湖诗人戴复古与严羽和刘克庄都有密切的交往，所以，戴复古像李贾一样，可以作为严、刘两家诗学沟通的纽带。刘克庄《题二戴诗卷》说："曩交式之，余年甫三十一。"（同上书，卷一百零九）刘克庄于1217年开始交往戴复古，戴复古于1229年又造访刘克庄，《大全集》卷九有《送戴复古谒陈延平》一文。[①] 到绍定五年（1232年）戴复古出任邵武府学教授，常与太守王埜、严羽、李贾论诗。[②] 戴复古曾评价过严羽的诗论，认为他的诗论是"持论伤太高"。从1229年造访刘克庄到1232年与严羽论学，前后相隔仅三年，戴复古完全可以充当刘、严之间的诗学纽带。

其四，《大全集》卷六有《访李公晦山居》一诗，李公晦即邵武人李方子，号果斋，朱熹高弟，著有《诗评》，论诗崇尚平易冲淡，刘克庄曾为之作序。这可以证明刘克庄不仅到过建阳，[③] 自然也应该通过李公晦，对邵武一带的诗家和诗学作过全面而真切的了解。刘克庄访李公晦山居是在1222年，[④] 而此时严羽已经30岁左右，其诗歌创作风格和诗学观念应该成熟并逐渐为世人所熟知，所以严羽的诗歌和诗学也当为刘克庄所了解。

再看刘克庄与严羽诗学交流的迹象。

其一，双方著述的交流。

刘克庄《跋宋氏绝句诗》说："两年前，余选唐人及本朝七言绝句，

---

① 参见程章灿《刘克庄年谱》，贵州人民出版社1993年版，第115页。

② 严羽有《逢戴式之往南方》《送戴式之归天台山歌》《遇周子陵自行在还言石屏消息》《沁园春·为董叔宏赋溪壮》。戴复古有《祝二严》《江上夜坐怀严仪卿李友山》《严仪卿约李友山高与权酌别》等。

③ 刘克庄1225年任建阳令。

④ 参见程章灿《刘克庄年谱》，贵州人民出版社1993年版，第79页。

各得百篇，五言绝句亦如之。今锓行于泉，于建阳，于临安。"（《大全集》卷一百零一）刘氏此跋作于淳祐四年或五年，[1] 即 1244 年或 1245 年。根据此跋，刘克庄在 1242 年或 1243 年就曾编选刊行《唐五七言绝句》《本朝五七言绝句》《中兴五七言绝句》三书，广泛流传于泉州、建阳、临安等地。刘氏《唐绝句续选》又说："余尝选唐绝句诗，既板行于莆，于建，于杭，后十余年，觉前选太严，而名作多所遗落。"（同上书，卷九十七）此序作于宝祐丙辰，即 1256 年。刘氏此三种选本流传很广，而且到了建阳，而建阳、建安、邵武三地相距很近，严羽 1242 年前后应当在世，应该读过刘氏的这些选本，[2] 而且由于刘克庄编选《唐宋绝句选》是在 1242 年至 1256 年，所以此时的严羽更应当知悉刘克庄唐宋并重的诗学大旨。[3]

值得注意的是，刘克庄通过编选唐宋绝句来体现自己诗学观念的时候，正是福建建阳人魏庆之编纂《诗人玉屑》的时间，[4] 1244 年建阳人黄昇为《诗人玉屑》写序，从此开始了严羽诗学的传播。熟知刘克庄诗学的魏庆之则在 1244 年编辑刊行《诗人玉屑》，大量转载严羽诗论，这显然有与刘克庄对峙的意思。

其二，双方论诗歌存没原因。

刘克庄《跋宋氏绝句诗》说："王筠自谓其家七叶文章，人人有集，由今观之，集恶乎在？盖诗之传，传以工，不传以多也。余谓窦氏之少，足以胜王氏之多，它日宋氏于此篇必传。"（同上书，卷一百零一）刘克庄"诗之传，传以工，不传以多"的论断的针对性值得探讨。

宋末邵武人黄公绍作为严羽的后学，在《沧浪严先生吟卷序》中接着刘克庄的话题，也探讨了诗歌存没的问题，他说："近世称二杜、三严。余幼时，见东乡诸儒藏严诗多甚，恨不及传。"据此可知，"三严"在邵武一带是以诗鸣世，名声很响而且创作量很大，只可惜其诗作不久以后便大部分散佚了。此序写于咸淳四年即 1268 年，距严羽去世仅仅几年的时间。上文

---

① 参见程章灿《刘克庄年谱》，贵州人民出版社 1993 年版，第 189 页。

② 关于严羽的生卒年，见上文考证。

③ 上文我们已经推定严羽于 13 世纪 60 年代逝世。

④ 此处依《万历建阳县志》和崇祯间《闽书》说。宋末元初韦居安《梅诗话》、方回《诗人玉屑考》、谢枋得《叠山集》都认为魏庆之是建安人。建安、建阳、邵武三地相距很近。参见张健《魏庆之及诗人玉屑考》，《人文中国学报》第 10 期。

说过，刘克庄在 1229 年和 1245 年分别接触过戴复古、李公晦、李贾等人，理应熟知邵武一带包括"三严"的诗学和创作，那么刘克庄发表"传以工，不传以多"的看法，极有可能是针对邵武诗人群体而发。

这一点，我们可以通过黄公绍为"三严"诗歌散逸所作的辩解得到印证，《沧浪严先生吟卷序》说："今达官贵人，高文大册，盈箱积案，非不富也，曾不如畸人穷士刊编翰，断碑败壁，一联半句之为贵。非多贱而少贵也，要亦有幸不幸焉耳。"黄公绍此处要表达的意思是，达官贵人的诗作"多"，却比不上畸人穷士的诗作"少"。依刘克庄之见，诗歌流传不在于数量，而在于质量，强调的是诗歌创作"少而必精""精而必传"之间的逻辑关系。针对刘氏的这一看法，黄公绍认为诗歌的贵贱与数量多少无关，诗歌的数量与流传与否也无必然联系，言外之意是，"三严"诗歌的散佚并不是诗歌创作"多而不精"导致的，而仅仅是"天意"而已。

黄公绍何以要与刘克庄立异呢？显然，黄公绍是在为同乡前辈诗人进行辩护。黄公绍是咸淳元年（1265 年）进士，而刘克庄 1269 年才辞世，根据今人程章灿《刘克庄年谱》，刘克庄的《后村诗话》前集和后集至迟在 1256 年编成，[①] 他在 1258 年又刊行了《后集》，[②] 所以从年限上看，黄公绍仍身处刘克庄主宰诗坛的时代，他应该读过刘克庄的文集以及《后村诗话》（包括刘克庄的"传以工，不传以多"之论断），对刘克庄与邵武前辈诗人的诗学特点，以及刘克庄与邵武诗人的关系，应该都比较了解。

从黄公绍这一煞费苦心的辩护中，我们也可以体会到，刘克庄的"多而不传"论实际上就是针对邵武诗人群的。对于严羽诗作的质量问题，宋末元初诗学批评大家方回有一个基本定位，他认为严羽"所自为诗不甚佳"（《桐江集》卷七《诗人玉屑考》），对严羽诗歌评价不高，甚至有轻视之意。《四库全书总目提要》评严羽的诗："顾其所自为作，徒得唐人体面，而亦少超拔警策之处。""志在天宝以前，而格实不能超大历之上。"这都可以证明严羽诗作质量的一般化，刘克庄以"多而不精"来评

---

① 《后村诗话》后记："前后集各二卷，六十岁至七十岁间所作。"

② 《大全集》卷二十七有《温陵诸贤接刊拙稿竹溪且院有诗助噪戏和一首》，前此已有林秀发编《后村居士集》五十卷行世。《大全集》卷三十有《东涧为余序后稿余以国帖唐碑古壶润笔反成桃抛引小诗谢之》。

判严羽诗作，也是所言不诬。

其三，双方论汉魏诗。

严羽崇尚汉魏盛唐诗，主张"宪章汉魏"①，而刘克庄是不主张宗汉魏的。《沧浪诗话》说："又有所谓《选》体。《选》诗时代不同，体制随异，今人例用'五言古诗'为选体，非也。"严羽所指的"今人"应该包括刘克庄。刘克庄《林子显序》说："五言诗，《三百五篇》中间有之，逮汉魏、苏、李、曹、刘之作，号为《选》体。及沈休文出，以浮声切响作古，自谓灵均以来，未睹斯，一唱百和，渐有唐风。"（《大全集》卷九十八）刘克庄所谓的《选》诗则是指汉魏的五言古诗，他划分的依据是永明声律说的产生，也就是"古诗"与"律诗"的区别。而严羽的意见是汉魏五言古诗仅仅是《选》诗的一部分，他在与吴陵辩论时有"汉、魏、晋、宋、齐、梁之诗，其品第相去高下悬绝"的提法（《答吴景仙书》），显然是把《文选》所收的所有诗歌通称为"《选》诗"，这种简单的以时代界定诗体的办法，就无关乎诗体本质即古体和律体之区别了，其从内涵和外延上都与刘克庄差别甚大。

不仅如此，严、刘二人在对待汉魏诗的态度上也绝不同调。刘克庄《宋希仁诗序》说："近世诗学有二：嗜古者宗《选》，缚律者宗唐。其始皆曰：'吾为《选》也，吾为唐也，然童而学之，以至于老，有莫能改气质而谐音节者，终于不《选》不唐，无所就而已。'余谓：诗之体格有古、律之变，久之，情性无今昔之异，《选》诗有芜拙于唐者，唐诗有佳于《选》者，……余不辨其为《选》为唐，要是世间好诗也。"（《大全集》卷九十七）诗歌本是抒写一己之性情气质，不必局限于体格，当然也就无须专宗汉魏盛唐。刘克庄所谓的"《选》体"指的恰好是汉魏诗，"不选"即不宗汉魏。严羽、刘克庄二人在这一问题上的看法实际上是互相对立的。

其四，双方论以禅喻诗。

上文说过，以禅喻诗的批评方法刘克庄使用过。但是后来他又对此进行了否定。其《何秀才诗禅方丈》说："诗之不可为禅，犹禅之不可为诗

① 严羽推崇汉魏诗，有时候甚至到了痴迷的程度，如《沧浪诗话》："玉台体，《玉台集》，乃徐陵所序，汉、魏、六朝之诗皆有之，或者但谓纤艳者为玉台体，其实则不然。"而徐陵序中明明说此书内容是："撰录艳歌，凡为十卷。"严羽之所以犯此等常识性错误，与他过分看重汉魏诗有关。无怪乎冯班讽刺严羽"于此书殆是未读"（《严氏纠谬》）。

也，何君合二为一，余所不晓。"（《大全集》卷九十九）作为诗坛领袖，刘克庄将诗学和禅学视为两个格格不入的范畴，对流行的以禅喻诗说进行了反驳，在当时诗坛上就有了"定论"的意义，使以禅喻诗由流行术语一变而成为时代的忌讳，而严羽却再次沾沾自喜地拾人牙慧，重弹"诗禅合一"的老调，这无疑就是对刘克庄诗学权威的挑战，所以吴陵就警告严羽："说禅非文人儒者之言。"（《答吴景仙书》）从吴陵的态度中可以窥见当时诗学风气转变之一斑。

当然，假如刘克庄对以禅喻诗的反思文章出现于严羽大谈以禅喻诗之后，则更证明刘克庄给这一"俗说"泼冷水，主要是针对严羽的发难而作出的严正回应。

其五，关于是否选择李杜。

刘克庄《唐绝句续选》说："前选未选李、杜，今并屈二公。"而严羽对于刘克庄的不选李杜两家当然是不满的。《沧浪诗话》评价王安石《唐百家诗选》说："前卷读之尽佳，非其选择之精，盖盛唐人诗无不可观者。至于大历已后，其去取深不满人意。况唐人如沈宋、王杨卢骆、陈拾遗、张燕公、张曲江、贾至、王维、独孤及、韦应物、孙逖、祖咏、刘眘虚、綦毋潜、刘长卿、李长吉诸公，皆大名家——李、杜、韩、柳，以家有其集，故不载——而此集无之。荆公当时所选，当据宋次道之所有耳。其《序》乃言'观唐诗者观此足矣'，岂不诬哉？今人但以荆公所选，敛衽而莫敢议，可叹也。"陈正敏《遁斋闲览》说："荆公《百家诗选序》云：'予与宋次道同为三司判官，次道出其家所藏《唐百家诗》，请予择其善者。欲观唐人诗观此足矣。'今世唐之诗人，有如宋之问、白居易、元稹、刘禹锡、李益、韦应物、韩翃、王维、杜牧、孟郊之流，皆无一篇入选者，或谓公但据当时所见之集诠择，盖有未尽见者，故不得而遍录。其实不然，公选此诗，自有微旨，但恨观者不能详究耳。"王安石根据宋次道家藏唐诗进行编选一事，晁公武《郡斋读书志》、周辉《清波杂录》、邵博《邵氏闻见录》的说法相同，只不过周辉、邵博认为荆公此选本的面目为胥吏抄手所误。而陈正敏认为此选本不是受到原始材料匮乏的局限，而是"公选此诗，自有微旨"，即王安石选诗是有意识地详中晚而略初盛，故意不选以上诸家以及李、杜、韩等大家。对于一些事实陈述的文字，严羽的说法基本上与《遁斋闲览》相同，证明严羽的说法来源于《遁斋闲览》，仔细体会严羽的意思，可知他并不是以"荆公当时所选，当据宋次道之所有"为理由对荆公进行辩解，主要目的是对该选本进行大胆的"指瑕"，最终落脚于他对王安石忽略盛唐李杜的不满。因此，严羽对王安石这一选本的委婉批评，实际上也是针对刘克庄"不选李杜，并屈二公"的做法。

通过对以上诸多事实和迹象的考察，可以证明刘克庄与严羽事实上存在着诗学论争，尽管从现存的文献看，双方并没有提及对方的名字。

第三节　严羽对当代诗坛主流的挑战

下面我们具体考察江湖诗人严羽如何运用"析骨还父"的诗学批评方法对当代诗坛展开全面的冲击。

一　诗学世家的自傲

戴复古《赠二严》说严羽："长歌激古风，自立一门户。"这种立志超越众家、自立门户的心态，显然是心学派"自作主宰"思想和禅宗"丈夫自有冲天志，不向如来行处行"风气共同作用的产物，[①] 说明严羽是一个敢于与世人立异的狂狷人物。

江湖诗人大都以杜甫等诗歌大家自期，以便抬高自己"能诗"的本领，而严羽更有引以为傲、增加自身光环的资本，那就是他的"诗学世家"身份，这一点关系到严羽的诗学批评动机，却往往为人所忽略。

其《送主簿兄之德化任》说："唐世诸严盛西蜀，郑公勋业开吾族。……几代诗名不乏人，叔孙伯子皆成集，我兄下笔追唐及。……郑公勋业须人传，康济他时仗君手。"严羽从建功立业与诗学世家两个方面来叙述先人的光荣史，最后将继承祖业的希望寄托于其从政的族兄，言外之意是自己则只能在诗学领域担当起复兴严氏家族诗学威名的重任。

《全闽诗话》卷四引《闽书》说严羽："其子凤山，凤山子子野、半山，邑人上官阆风、吴潜夫、朱力庵、吴半山、黄则山，盛传宗派，殆与黄山谷江西诗派无异。"说严羽祖孙三代以诗为业，可见他继承先辈之志的强烈愿望。严羽以诗学世家自居，这一点很像杜甫与其祖父杜审言之关

[①] 郭绍虞《沧浪诗话校释》说："故禅家每有喝佛骂祖之习，沧浪之狂，实在也是当时禅学的影响。"（人民文学出版社 1961 年版，第 257 页）

系。杜甫《宗武生日》说："诗是吾家事。"严羽念念不忘严氏家族的
"几代诗名"，就有意与杜甫诗学世家相互比照，于是在诗歌创作上严羽
也尽量体现杜甫那种忧心社稷、拳拳国事的"诗圣"情怀，如其《张奕
见访逆旅》说："报国怜他日，为儒愧此生。那言离合际，更触壮心惊。"
即融化了杜甫"乾坤一腐儒"(《江汉》)与"济时敢爱死，寂寞壮心惊"
(《岁暮》)之语意。

可见，在诗人个性与诗歌风格上，严羽企慕李白的倜傥不羁与豪放俊
逸，而在文化身份的定位上，他更希望以杜甫为精神上的参照，[①] 他倡言
"李杜二公正不当优劣"论，也反映出他想集李杜两大诗家之长于一身的
心态。严羽这一自尊自重的"诗学世家"情结，乃是召唤他高自标置，
傲视当世诗坛，替自家争夺诗学正宗的重要动力。

江湖诗人往往以在野身份对上层士大夫构成群体的批评力量，方回说江
湖诗人："往往雌黄士大夫，口吻可畏。"[②] 而严羽也绝非儒雅敦厚之士，其
《梦中作》说自己"少小尚奇节"，其诗作也的确能体现出李白式的狂傲奇
崛气概，严羽宣称自己的诗论："虽获罪于世之君子，不辞也。"就是敢于
挑战文化权威心态的表露，又声称："天下有可废之人，无可废之言。"就
明显透露出他与当代的诗学权威争夺话语权、为诗坛重新立法的意图。

二　严羽颠覆当代诗学秩序的方法

要颠覆现存诗学秩序，最有效的途径是要建立一套全新的理论依据或
者评价标准，为此，严羽创立了一个非常独特的诗学批评方法，其《答吴
景仙书》对此有明确的交代："吾论诗，若哪吒太子析骨还父，析肉还
母。"《五灯会元》卷二说："哪吒太子，析肉还母，析骨还父，然后现本
身，运大神力，为父母说法。"严羽引用这一典故，意在说明自己的论诗
虽然多借助前人成论，却能够抛开其本意而造以己意，最终凌驾于前人之
上。这种对原典的"权宜之计"或"故意误读"，显然是受心学"自立"
意识和"六经皆我之注脚"方法论以及禅宗"活参"思想的影响，在诗

---

① 严羽自号"沧浪逋客"，不仅是作为隐居避世者的标志，而且表示其对杜甫的仰慕，白
居易《读李杜诗集因题卷后》说："暮年逋客恨"，所谓的"逋客"正是指一生失意困顿的杜甫。

② 方回：《瀛奎律髓》卷二十戴复古《寄寻梅》评语，上海古籍出版社 2005 年版，中册第
840 页。

学领域，则是从江西诗派"点化夺换"的诗学方法受到直接启发。严羽向友人李贾揭示此一诗学批评方法，可见他并不避讳自己的诗学意图，他正是要"明目张胆"地采用这个"析骨还父"的策略来建立自己的诗学批评系统，从而解构当代诗学秩序。对这一诗学方法的准确解读，是打开严羽诗学写作动机的一把钥匙。①

严羽对习以为常的"诗禅论"别出心裁地改造使用，最能体现其诗学批评方法的特色。他的"诗禅"论实际上有"以禅论诗"和"以禅喻诗"的区别，②"不涉理路，不落言筌者，……不可凑泊"一节，是以禅理贯通诗理，从"言""意"关系的层面描述诗歌"但见性情，不睹文字"的"入神"境界，郭绍虞称之为"以禅论诗"，是宋人的常谈，并非严羽的发明。严羽真正的独创之处在于他的"以禅喻诗"的方法论，《答吴景仙书》说："其间说江西诗病，真取心肝刽子手，以禅喻诗，莫此亲切。"严羽是将"以禅论诗"理论当作解构江西诗派以及颠覆整个当代诗学体系的"利刃"，然而，解构江西诗派与"以禅喻诗"之间究竟存在着怎样的关系？其实严羽设计了一个诗学批评的策略，"以禅喻诗"理论之下暗含了一个解构过程。严羽设计了四个范畴的等级秩序：

时间	禅宗等级	诗歌、诗人等级	悟性深浅
汉魏盛唐	临济下（大乘禅）	第一义（正）	透彻之悟
大历以后	曹洞下（小乘禅）	第二义（邪）	一知半解之悟
晚唐	声闻、辟支果	第三等（邪）	
宋诗	野狐外道	第四等（邪）	终不悟

按照禅宗理论，只有大乘、小乘之分，声闻、辟支果就在小乘，而严羽又将它们从小乘中独立出来作为第三等级，以对应大历之后的晚唐诗。禅宗有南宗、北宗之分，临济义玄禅师、曹山本寂禅师、洞山良价禅师，都属于南宗，都是最上乘的，无高低之分，而严羽又将曹、洞划归小乘。

---

① 严羽对此方法的运用可谓得心应手，试举一例。赵与时《宾退录》引北宋张舜民评诗："王介甫之诗，如空中之音，相中之色，人皆闻见，难可着摸。"（见影印文渊阁《四库全书》第853册，第673页）。又，包恢《敝帚稿略》卷二《答傅当可论诗》形容陶渊明诗歌说："冥会无迹，空中之音，相中之色，欲有执著……"而严羽则移之用来形容李杜盛唐的诗歌境界。（见影印文渊阁《四库全书》第853册，第673页。）

② 参见郭绍虞《中国文学批评史》下卷，百花文艺出版社1999年版，第65页。

从表面上看，严羽的确是"剽窃禅语，皆失其宗旨"（冯班《严氏纠谬》），然而，对于这些简单的禅学常识，严羽即便是佛学修养不够深邃，也绝不可能无知到如此地步，况且严羽的诗学著作经过魏庆之和黄昇两人的编辑和把关，假如其诗论无意之中出现如此明显的错误，那是不可能轻易地被收录于《诗人玉屑》而被流传的。对于这种看似荒谬的诗学话语，只能有一个合理的解释，那就是严羽为了划分诗歌诗人等级而故意借助禅学术语来作比照，这只是他的诗学批评策略而已。

严羽"杜撰"禅学等级秩序的目的，在于将其与诗歌品级、诗人的才能高低和悟性深浅挂钩，构成一个"禅宗等级—诗体邪正—悟性深浅—诗人等级"的逻辑链条。既然诗歌体制有邪正之分，那么诗人的悟性、才能也就有了高低优劣之等级，而一旦在诗学批评之中渗透进如此浓重的道德评判，批评的重心便由"诗品"转向了"人品"，严羽便以此为"攻心"战术，反复呼吁学诗者要摒弃大历、晚唐、江西诸诗，回归盛唐旗帜之下："入门须正，……以汉魏盛唐为师，不作开元天宝以下人物。"严羽通过以禅喻诗在反复譬说这样一个真理："学晚唐、江西而不学盛唐者即非正派人物。"其诗学批评带有强烈的人格讥讽的意味。

以禅宗等级理论为前提，严羽按照自己的主观意志预先设计了一个关于诗歌和诗人的"金字塔"，并建立起"盛唐"与"非盛唐"二元对立模式，然后说："截然谓当以盛唐为法。""论诗以李杜为准，所谓挟天子以令诸侯也。"将众诗休之间的"平行"关系变成"主导与被主导"的关系，将李杜盛唐视为号令诗国的霸主。然而实际上李杜是唐宋公认的诗家大家数，无须大力提倡，严羽郑重其事地将师法李杜作为自己的一大发明，多少有些滑稽的味道，而究其根本意图，不过是要借助李杜的伟大光芒和巨大势能来贬低其他诗体诗家，进而集矢于当代诗坛主流——晚唐、江西以及韦柳派，实现对诗学秩序的颠覆。严羽声明说"以禅喻诗""是自家实证实悟者，……即非傍人篱壁，拾人涕唾得来者"，从诗学批评策略的角度看，严羽的"以禅喻诗"的确与一般宋人的诗禅论大不相同。将禅学术语改造一番而为我所用，此即严羽的"析骨还父"手法。

严羽诗学体系里有四个相互关联的范畴，除了"诗禅等级"论之外，还有"妙悟论""体制论""别材别趣与本色论"，四者一起指向同一目标——通过对古今诗歌的重新界定与排序，实现对当代诗学秩序的整合。限于篇幅，我们仅就严羽"妙悟论"的实质作一阐释。

　　严羽说："谢灵运至盛唐诸公，透彻之悟也，他虽有悟者，皆非第一义也。"可是严羽心仪的诗学趣味是汉魏风骨与盛唐"雄浑悲壮"的格调（见下文分析），他又何以要将"清新俊逸"的谢灵运诗上升为第一义之悟呢？① 况且谢灵运的诗是否就是像盛唐人一样"惟在兴趣"，后人对此也常有质疑，如许学夷《诗源辨体》卷七说："五言至灵运雕刻极矣，……沧浪谓灵运透彻之悟，吾未敢信也。"究其原因，仍与严羽的批评方法有关。因为江西与晚唐诗派往往以"仙"喻诗，讲究长期的"渐修"功夫，严羽则反其道而行之，极力鼓吹诗人先天的"顿悟"能力："诗道亦在妙悟。""谓之顿门，谓之单刀直入也。"讲究顿悟就意味着在诗学领域可以不要一切前提和积累，直接升高到诗坛最高地位，达到"躐等"的目的，而谢灵运在佛学上恰好是推崇顿悟并且将"悟性等级"说作为维护自己地位的工具。《宋书·谢灵运传》记载谢灵运对孟𫖮说："得道应需慧业，丈人生天当在灵运前，成佛必在灵运后。"汤用彤解释说："此所谓慧业，想必顿照之意也。"② 佛学的"顿悟"说显示了"悟"的超凡特质，它不需要前人的文化传统作根底，谢灵运之所以要标榜顿悟，乃是出于维护其日渐没落的世族身份的需要。③ 严羽标榜严氏家族代代相传的诗学传统，自己则以诗学世家的后起之秀自期自命，希望像杜甫一样，在诗学领域弘扬祖上的光辉，然而当代诗学却是晚唐与江西的天下，在世族的"没落"这一点上，严羽与谢灵运有着共同的命运与感触，要争得自己的发言权，就必须像谢灵运一样在诗人的禀赋（别材）等级方面做文章：将盛唐李杜标榜为"第一义之悟""透彻之悟"，则师法李杜的严羽本人自然就连带地取得了顿悟的特权。

　　在强调了顿悟的特权化之后，谢灵运又反过来要求严守悟性的"等级"性，其《答慧琳问》说："良民多愚也，故教愚矣，若人皆得意，亦

---

　　① 严羽对皎然很推崇："释皎然之诗，在唐诸僧之上。"而皎然恰是谢灵运的后代与推崇者，《诗式》说谢诗："发皆造极，得非空王之道助耶？""但见性情，不睹文字。"将谢灵运视为诗家天才，正好符合严羽的"透彻之悟"说。实际上陶、王、孟、韦皆可视为透彻之悟或者妙悟，而严羽唯独抬高谢灵运一人，主要不是因其诗歌风格与盛唐同调，而是出于诗学策略的考虑，与前辈赵汝谈等人推崇陶、谢有着根本的不同。

　　② 汤用彤：《汉魏两晋南北朝佛教史》，北京大学出版社1997年版，第472页。

　　③ 参见万绳楠整理《陈寅恪魏晋南北朝史讲演录》，黄山书社1987年版，第348页；汪春泓《文心雕龙的传播和影响》，学苑出版社2002年版，第26页。

何贵于摄悟？"其《答骝维问》说："落等级而奇顿悟，将于是乎踬矣。"都在强调顿悟不容僭越，如此一来，自己的文化身份和领袖地位便不容动摇。在严羽那里，诗人悟性的深浅与诗歌的高下邪正是对应的，一般不能超越等级，他首先强调"盖盛唐人诗无不可观者"，然后才是"晚唐人诗亦有一二可入盛唐者""顾况诗多在元白之上，稍有盛唐风骨处""大历之诗，高者尚未失盛唐""李濒不全是晚唐，间有似刘随州处"，等等；表明中晚唐诗人不可能攀升到盛唐的高度，最多只能是"微似"而已。严羽对"荆公体"的解说最耐人寻味："公绝句最高，其得意处，高出苏黄陈之上。"然后又说："而与唐人尚隔一关。"即王安石诗歌虽有"接近"唐风的高明之处，但是永远也不能超越盛唐。总之，严羽凭借禅悟理论首先蹞等僭越，为自己贴上"第一义之悟"的标签，证明唯有自己才有资格做诗坛盟主，"他虽有悟者，皆非第一义"，然后再要求人们严守本分，以便巩固自己的诗学地位和形象，在生存的智慧上，严羽经历了一个由"蹞等级"到"守等级"的过程。

严羽在"以禅喻诗""妙悟论"等方面巧妙地点化夺换，的确显现出他非凡的辩才，可惜严羽的本意并不在于开拓诗道，所以当我们从"批评策略"的层面切入严羽的批评体系，洞悉严羽的写作意图之后，《沧浪诗话》中那些看似矛盾和悖谬之处就会涣然冰释。

三 严羽的诗学宗旨

在厘清了严羽的诗学批评策略和根本意图之后，我们就可以结合南宋诗学背景，具体落实严羽的批评矛头所向。为此，我们首先必须辨明严羽"盛唐体"的内涵及其诗学宗趣。

人们往往依据严羽的"镜花水月"说以及"诗有别材，非关书也"一节，认为严羽的诗学趣味倾向于"王孟"冲淡一派，其实这是对严羽诗学的极大误读。

严羽将张舜民形容王安石诗歌境界的"空中之音，相中之色"一套话语用来形容"盛唐诸公之诗"，[①] 然而严羽所谓的"盛唐体"乃是侧重

---

① 这套话语只是形容诗歌意境的"浑成""透彻"，而且本来是用来形容王安石诗歌的，早于严羽的心学派人物赵与时（1175—1231 年）《宾退录》引北宋张舜民评王安石的诗说："王介甫之诗，如空中之音，相中之色，人皆闻见，难可着摸。"

在"李杜高岑"一派的风格。

其《答吴景仙书》说："仆谓此四字（雄深雅健），不若《诗辨》'雄浑悲壮'之语为得诗之体也。"严羽这个关于"盛唐体"的定义，非常清楚地体现了他的审美情趣与诗学高标，这是严羽反复加以申明的："盛唐诸公之诗，……既笔力雄壮，又气象浑厚"（《答吴景仙书》），"高岑之诗悲壮，读之使人感慨"，等等，这一切关于诗学标准的论说都与王孟一派的风格大相径庭。值得注意的是，严羽关于诗歌品性的界定，更是与他设定的盛唐定义互相配合，他说："诗之品有九，曰高，曰古，曰深，曰远，曰长，曰雄浑，曰飘逸，曰悲壮，曰凄婉。"前五品实际上是对诗歌意境的一般要求，而后四品才涉及意境的类型（诗歌风格），然而这四品却大致不出阳刚阔大之美的范畴，九品之中至少缺少了属于柔美和易范畴的"冲淡"一品。

宋人往往将李杜视为诗学正宗，如晁说之《和陶引辨》说："曹刘、鲍谢、李杜之诗，五经也，天下之大中正也；彭泽之诗，老氏也。"（《景迂生集》卷十四）朱熹《朱子语类》卷一百四十说："作诗先用看李杜，如士人治本经。"严羽的李杜正宗论即延续了宋人的这种审美标准，他说："以李杜二集枕藉观之，如今人之治经，然后博取盛唐名家。"既然将李杜从盛唐中单独分离出来作为一种诗学正宗，甚至将李杜作为裁量诗学价值的唯一尺度，那么盛唐时期的冲淡派当然就不具有第一义的价值了，这是贯穿严羽诗学批评始终的。

其一，对于王维，严羽采取的态度是"存而不论"，《沧浪诗话》只有两处提及王维："王右丞体，王维也。""唐人如沈宋……王维、独孤及、韦应物……诸公，皆大名家。"严羽虽然承认王维的诗学影响并为之立体，但是将王维与其他十七家一起通论，就给人一种王维不过"泯然众人"的印象，王维终归是诗学"名家"而非李杜式的"大家数"，说明严羽根本无意抬高王右丞体。①

其二，严羽重汉魏而轻晋宋（轻视"陶韦"）。他说："汉魏古诗，气

---

① 黄公绍《沧浪吟卷序》说严羽是朱陆传人包扬的弟子，作为理学中人，严羽沿袭朱熹对王维人格和诗格的轻视态度是很自然的，朱熹说："王维以诗名开元间，遭禄山乱，陷贼中不能死，事平复幸不诛，其人既不足言，词虽清雅，亦萎弱少气骨。"（《诗人玉屑》卷十五引，上海古籍出版社 1978 年版，第 315 页）

象混沌，难以句摘，晋以还方有佳句，如渊明'采菊东篱下，悠然见南山'，谢灵运'池塘生春草'之类。谢所以不及陶者，康乐之诗精工，渊明之诗质而自然耳。"① 宋人动辄将陶潜与杜甫相提并论，将其视为《诗经》以后诗学的第一座高峰，苏轼甚至说陶诗："质而实绮，癯而实腴，自曹刘、鲍谢、李杜诸人皆莫及也。"（《追和陶渊明诗引》）而严羽则认为与汉魏相比，陶谢之诗只是停留于"佳句"的水准，而且仅仅轻描淡写地用"质而自然"来评价陶潜的诗句，与苏轼的评论相比，显然是太低了。又说江淹的拟古诗："拟渊明似渊明，拟康乐似康乐。"但是在宋人眼里，陶潜的诗学境界乃是天人凑泊的产物，是不能模拟的，如姜夔《白石道人诗说》说："陶渊明天资既高，……断不容作邯郸步也。"叶适《答刘子至书》说："从来诗人……皆模楷可法，而渊明、苏州，纵极力仿像，终不近似。"（《水心集》卷二十七）严羽一反宋人看法，认为陶诗可拟，这就把陶潜的诗境降低了。又说："晋人舍陶渊明、阮嗣宗外，惟左太冲高出一时。""黄初之后，惟阮籍《咏怀》之作，极为高古，有建安风骨。"严羽只是用"高出一时"来强调陶潜、阮籍、左思三人在晋代的特殊地位，并无意强调陶潜一人的超时代性，况且严羽的关注重点不过仍旧是源自汉魏古诗的"风骨""风力"，而不是陶潜那种平淡而山高水深的"奇趣"，所以严羽此处没有漏掉陶潜，很可能是慑于陶潜在宋代的大名而不得不勉强列入，当真正要摆明诗歌高标的时候，严羽就干脆把他放弃了："谢灵运至盛唐诸公，透彻之悟也，他虽有悟者，皆非第一义也。""谢灵运之诗，无一篇不佳。"这两处涉及诗学大判断的地方都只标举谢灵运一人而不提及陶潜，真正体现了严羽轻视陶潜的心理。

实际上在严羽的诗学高标中只有"汉魏""盛唐"两极，是不包括"晋宋"之风的。严羽论师法对象的文字，《诗人玉屑》本只作"以汉魏、盛唐为师"，而"晋人"则不在师法之列，这是符合严羽诗学宗旨的，《沧浪诗话》其他几处涉及诗学高标的文字也都是只标举"汉魏"而不涉及"晋"诗，如"汉魏五言，皆须熟读。""汉魏尚矣，不假悟也。""汉

---

① 本节后三句各个版本都是将其与上文连在一起，所以这很可能是严羽的"摘句"批评法，即严羽这里所做的比较是针对以上两人的诗句而言，而不是一般的陶谢高低论，否则就与"谢灵运至盛唐诸公，透彻之悟也，他虽有悟者，皆非第一义也""谢灵运之诗，无一篇（字）不佳"等说法相矛盾。

魏之诗，词理意兴无迹可求。"又《答吴景仙书》说："试取汉、魏之诗而熟参之。"等等，可知严羽的本意并不想将晋人与汉魏并置于诗学第一义，当然也就没有极推晋人陶潜的意向。

由"陶谢"高下论必然导致"韦柳"优劣论。由于韦柳二人的个性差异源自师法对象的不同，如元好问《论诗绝句》说："谢客风容映古今，发源谁似柳州深。"自注："柳子厚，宋之谢灵运。"刘熙载《艺概·诗概》说："苏州出于渊明，柳州出于康乐。"所以严羽很自然地下结论说："若柳子厚五言古诗，尚在韦苏州之上。"如此一来，冲淡派陶韦更在谢柳之下了。

其三，严羽不用"冲淡"来界定孟浩然。他在"诗体论"中说："少陵体，太白体，高达夫体，孟浩然体，岑嘉州体，王右丞体，韦苏州体。"严羽没有按照诗人的生年排列为"孟王李高杜岑韦"，而是采用"王韦"组合与"李杜高孟岑"组合，正体现了严羽特定的诗学观念。

唐宋人往往用"王韦"或者"韦柳"来描述一种诗学风格，如司空图《与王驾评诗》："右丞、苏州，趣味澄复。"苏轼《书黄子思诗集后》说："独韦应物、柳宗元发纤秾于简古。"可见"王孟"并举不是唐宋人论诗的习惯，相反，倒是有将孟浩然与李杜相提并论的，如皮日休《郢州孟亭记》："明皇世章句风大得建安体，论者推李翰林、杜工部为之尤，介其间能不愧者，惟吾乡之孟先生也。"（《文薮》卷七）将孟浩然与建安、李杜构成一脉相承的关系，这正是严羽的思路。与冷落王维、韦应物不同，严羽对孟浩然很是推崇，将其视为"妙悟"的典范，不过严羽看重的不是孟浩然的清空淡雅，而是他雅正浑厚、实大声宏的一面："孟浩然之诗，讽咏之久，有金石宫商之声。"这才是孟浩然的本色。[①] 值得注意的是，本节文字《诗人玉屑》本作"孟浩然诸公之诗……"两种说法都符合严羽本意，而多出"诸公"二字就照应了严羽"李杜高孟岑"的组合方式，更能体现严羽对于孟浩然的定位，在他看来，孟浩然诗歌的价值主要不是体现在后人所谓的"神韵"，而是李杜高岑那种宏大雄壮的"格调"，严羽的作品批评实践正是将孟浩然归于李杜一系加以观照："有

---

　　① 胡震亨《唐音癸签》引《吟谱》："孟浩然诗祖建安，宗渊明，冲淡中有壮逸之气。"（上海古籍出版社1981年版，第47页）潘德舆《养一斋诗话》说孟浩然有一部分诗"精力浑健，俯视一切，正不可徒以清言目之"（《清诗话续编》，上海古籍出版社1983年版，第2132页）。

律诗彻首尾不对者,盛唐诸公有此体,如孟浩然诗'挂席东南望……'又'水国无边际'之篇,又太白'牛渚西江夜'之篇,皆文从字顺,音韵铿锵。"如此,则孟浩然接近陶潜、王维的那一面就被忽略了。

总之,严羽的"唐人好诗,多是征戍、迁谪、行旅、离别之作"这一论断一出,就将平易冲淡的"山水田园"诗排斥在外了。从"离骚"悲情,到"汉魏风骨",再到"李杜高孟岑格调",贯穿着"悲壮雄浑、气象浑厚"的诗学精神,这就是严羽的"盛唐"概念。①

四 严羽所要颠覆的诗坛人物

严羽如此界定盛唐体的内涵,就直接导致了他与当代各派诗学势力的激烈冲突。严羽要挑战的诗学人物不外乎以下四派。

第一,与四灵晚唐诗派的鼓吹者永嘉学派叶适针锋相对。黄昇《玉林诗话》说:"叶水心《志徐山民墓》云:'盖魏晋名家,多发兴高远之言,少验物切近之实。……'今按,水心所谓'验物切近'四字,于唐诗无遗论矣,然与严沧浪之说相反。"

第二,暗中排斥韦柳派代表赵汝谈、赵汝说兄弟。刘克庄《瓜圃集序》说:"赵蹈中(汝谈)能为韦体。"② 方回说赵汝说:"有三谢韦柳之风。"③ 实际上南宋后期诗坛上,除了晚唐派与江西派相互倾轧之外,陶谢韦柳之风作为一种诗学高标,也在引领诗学走向,如林希逸《跋赵次山云舍小稿》说:"今江西诸人又多祖陶、谢矣。"④ 推动这次诗学转向的人物还有上饶二泉赵蕃、韩淲(刘克庄《瓜圃集序》)等。以上各家相互唱和,形成了师友群体,既然诗学权威人物已经占得了陶谢韦柳的先机,严羽就不得不在盛唐内涵的界定上缩小范围,以李杜高孟岑"雄浑悲壮"

---

① (清)贺裳《载酒园诗话》评价严羽的诗歌:"古诗亦用功于李白,但力不逮耳。五言律有沈云卿、岑嘉州之遗风,七言律于高适、李祈尤深。"(《清诗话续编》,上海古籍出版社1983年版,第454页)严羽的诗风也可以印证他在理论上对李杜高岑的偏嗜。

② (宋)刘克庄:《后村先生大全集》卷九十四,四川大学出版社2008年版,第五册,第2427页。

③ (宋)方回:《瀛奎律髓》卷二十《梅》诗下评语,上海古籍出版社2005年版,中册第687页。

④ (宋)林希逸:《竹溪鬳斋十一稿续集》卷十三,影印《四库全书》第1185册,第687页。

的格调来取代王韦"冲淡和易"的韵味（上文已论述清楚），仍是出于与世人立异的需要。

第三，端平时期的丞相郑清之是一个地道的"黄庭坚迷"，理所当然成为严羽扫平的对象。其《读鲁直诗》说："晚唐诗似晚春景，姿媚有余风骨轻。千岁俄逢古垒洗，摩挲篆籀眼增明。"（《永乐大典》卷九零三）《安晚堂诗集》中有大量模拟或者点化黄庭坚诗句之作，如《谢虚斋和诗》自注："见山谷《过土山寨》诗。"等等。在讲究学力、喜欢用典、脱胎换骨等方面，郑清之都有实践，称得上江西诗学的忠实信徒。

第四，诗坛盟主刘克庄早年诗学由江西而入，而其诗歌创作则又以晚唐家数为主，也必定成为严羽的重点颠覆对象。刘克庄《刘澜诗集序》说："诗必与诗人评之。""诗非本色人不能评。"① 刘氏定下的这个规矩在当代影响很大，同辈人欧阳守道《书刘养源诗集》说："后村先生又题二百余字，谓诗当于诗家评。"② 连前辈人物叶适也有响应，其《题刘潜夫诗什并以将行》说："评君应得当行家。"③ 所以严羽富有挑战意味的"吾评之非僭"说，实际上是接着刘克庄的话题而展开辩论。严羽的诗友李贾、王子文、戴复古都与刘克庄有交往，通过这些中介，严刘之间彼此必定熟悉对方的诗学，双方发生论争是在所难免的，如"诗禅论"就是他们的论争焦点之一，刘克庄《何秀才诗禅方丈》说："诗之不可为禅，犹禅之不可为诗也。……夫至言妙义，固不在于言语文字，然舍真实而求虚幻，厌切近而慕阔远，……愚恐君之禅进而诗退矣。"④ 而严羽则与之大唱反调，追求"镜花水月"的美学效果。

以上几派人物包括理学名臣、宰相、诗坛盟主，便是严羽所得罪的"世之君子"，这就是我们为严羽"惊世绝俗"的自白所作的注脚。

---

① （宋）刘克庄：《后村先生大全集》卷一百零九，四川大学出版社 2008 年版，第五册，第 2820 页。

② （宋）欧阳守道：《巽斋文集》卷十九，影印《四库全书》第 1183 册，第 660 页。

③ （宋）叶适：《水心集》卷八，影印《四库全书》第 1164 册，第 180 页。

④ （宋）刘克庄：《后村先生大全集》卷九十九，四川大学出版社 2008 年版，第五册，第 2446 页。

第四节　严羽对刘克庄的"析骨还父"

根据郭绍虞先生校释《沧浪诗话》得出的结论，严羽诗学的主要方面其实都能在宋人中找到渊源，指出严羽的论诗每有后墙喝彩之习，[①] 其实这是严羽的诗学批评方法使然。

《沧浪诗话》所涉及的许多重要诗学问题和表述方式，也与刘克庄的诗学如出一辙，显然是刘克庄已经导夫先路。但是严羽在总的诗学判断上又与刘克庄格格不入，与之构成紧张的对立关系，可谓入室操戈，是对刘克庄的"析骨还父"。

郭绍虞先生已经指出几处严、刘二家诗论的异同之处，然而仍有不少遗漏，且语焉不详，下面试就刘克庄与严羽的诗学渊源与分歧作一全面的比勘和梳理。

第一，以禅喻诗说。

以禅喻诗本是严羽诗学的一大特色，这是严羽引以为自豪的"创获发明"，《沧浪诗话》说："且借禅以为喻，推原汉魏以来，而截然谓当以盛唐为法。"并且声明以禅喻诗"是自家实证实悟者，是自家闭门凿破此片田地，即非傍人篱壁，拾人涕唾得来者"（《答吴景仙书》）。

针对吴陵有关以禅喻诗问题的质疑，严羽如此加以辩解，多少有点"此地无银"的味道。实际上以禅喻诗是宋人常谈，并非严羽一人的发明，[②] 当然，严羽借助禅宗术语来划分诗歌体制等级，在方法论上其实更加接近刘克庄。

刘克庄《茶山诚斋诗选》说："曾茶山，赣人，杨诚斋吉人，皆中兴大家数，比之禅学：山谷，初祖也。吕、曾，南北二宗也。诚斋稍后出，临济德山也。"（《大全集》卷九十七）其《江西诗派》又说："（山谷）遂为本朝诗家宗祖，在禅学中比得达摩，不易之论也。"（同上书，卷九十五）而严羽《沧浪诗话》也说："禅家者流，乘有小大，宗有南北，道有邪正，学者须从最上乘，具正法眼，悟第一义。若小乘禅，声闻、辟支果，皆非正也。论诗如论禅。汉魏晋与盛唐之诗则第一义也，大历以还之

① 参见郭绍虞《沧浪诗话校释》，人民文学出版社 1961 年版，第 256 页。
② 同上书，第 4、16、25 页。

诗，则小乘禅也，已落第二义矣。晚唐之诗，则声闻辟支果也，学汉魏晋与盛唐诗者，临济下也，学大历以还之诗者，曹洞下也。大抵禅道惟在妙悟，诗道亦在妙悟。"严羽按照禅宗各派的高下将古今诗歌划分为三等，①与刘克庄用禅学概念把江西派中诗人品列为三等，两者在方法上如出一辙，可以说严羽至少受到过刘克庄的启发，只不过刘克庄的以禅喻诗意在推究诗体的"源流"关系，而严羽则是将诗体区分为"邪正"，加入了伦理价值评判，这才是他"自家实证实悟者"。

第二，别材别趣说。

刘克庄《跋何谦诗》说："世有幽人羁士，饥饿而鸣，语出妙一世，亦有硕师鸿儒，宗主斯文，而于诗无分者，信此事之不可勉强欤。"（《大全集》卷一百零六）其《跋信庵诗》说："诗又文之小技。王公大人率贵重不暇为，或高虚不屑为，而山林之退士、江湖之旅人遂得以执其柄而称雄焉。"（同上书，卷九十七）将诗人与"硕师鸿儒""王公大人"区分开来，强调诗人的作诗天赋，此即"别材"说，当为严羽所本。

刘克庄《竹溪诗序》说："三百年间，虽人各有集，集各有诗，诗各自为体，或尚理致，或负材力，或逞辨博，少者千篇，多至万首，要皆经义策论之有韵者尔，非诗也。"其《恕斋诗存稿》说："近世贵理学，而贱诗，间有篇咏，率是语录讲义之押韵者耳。"其《林子显序》说："近世理学兴，而诗律坏。惟永嘉四灵复为言。"其《韩隐君诗》说："古诗出于情性，发必善，今诗出于记问而已，自杜子美未免此病。岂非资书以为诗，失之腐，捐书以为诗，失之野欤？"（同上书，卷九十六）反对理学思维代替诗家风旨，反对诗中抽象议论说理以及以学问为诗，将诗歌变成经学的附庸，此即"别趣"说，当为严羽所本。《沧浪诗话》说："近代诸公乃作奇特解会，遂以文字为诗，以才学为诗，以议论为诗，……且其作多务使事，不问兴致。"以及他的诗歌"非关书""非关理"的说法，基本上都是在重复刘克庄的诗学命题。

第三，本色说。

刘克庄《刘澜诗集序》说："诗必与诗人评之。""诗非本色人不能评。"认为名节人、学问人、文章人、功名人"虽强评，要未抓着痒处"（《大全集》卷一百零九）。其《竹溪诗序》说："唐文人皆能诗。柳尤

---

① 禅宗并无此种划分，这才是严羽自己的"发明"，参见清人冯班《严氏纠谬》。

高，韩尚非本色。迨本朝，则文人多，诗人少。"（同上书，卷九十四）
其《后村诗话》卷十三说："韩柳齐名，然柳乃本色诗人。""本色"论是
刘克庄诗论的核心，当为严羽所本，《沧浪诗话》说："惟悟乃为当行，
乃为本色。""须是本色，须是当行。""韩退之《琴操》极高古，正是本
色。"严羽甚至承袭了刘克庄"韩诗非本色"论以及韩柳诗歌比较论，
《沧浪诗话》说："孟襄阳学力下韩退之远甚，而其诗独出退之之上。"
《答吴景仙书》说："韩退之固当别论，若柳子厚五言古诗，尚在韦苏州
之上。"

　　第四，妙悟说。

　　刘克庄对诗歌的天然性、诗家的天才极为尊崇，认为只有达到天然境
地的诗歌才是不可即的。其《魏克愚除太府少卿兼知临安府主管浙西安抚
司公事》说："得于天者高，故心通而神悟。"（同上书，卷六十九）其
《方元吉诗跋》说："若武成诗，得于天资、于书者，足历而目击者，皆
不及。"（同上书，卷一百零八）其《杂记》说："向非天资、学力之俱
到，安能文事武备之两全。"其《赵孟侒诗跋》说："不锻炼而精粹者，
天成也；或以人力为之，虽勉而不近矣。然有天资，欠学力，一联半句偶
合则有之。"（《大全集》卷一百零六）刘克庄阐明了诗歌创作中的天然与
人工的关系，一方面，刘克庄认为诗歌的最高境界就是天成，此境界的达
成又是诗人"心通而神悟"的结果。这就与严羽的"妙悟"论如出一辙，
当为严羽所本，《沧浪诗话》说："大抵禅道惟在妙悟，诗道亦在妙
悟，……惟悟乃为当行，乃为本色。"另一方面，刘克庄又强调了"人工
锻炼"与"学力"的重要，这一层含义严羽也没有忽略，《沧浪诗话》
说："然非多读书，多穷理，则不能极其至。"虽然将诗人的天资视为诗
学第一要义，认为诗人必须有善于"妙悟"的"别材"才能作出第一义
之诗，同时也不废学问与诗艺修养，这才是对"本色"诗的全面理解，
严羽的"妙悟说"谈论的其实就是天资与学力关系的问题。

　　第五，晚唐蚤吟说。

　　刘克庄常用蚤、蛙蚓等虫类来形容晚唐诗派的寒俭纤弱狭小，如"蚤
鸣竞起为唐体"（《题永福黄生行卷》）①，"竞为蛙蚓号鸣态"（《丁酉九月

---

　　① 蚤即蚤。欧阳修《读李白集效其体》："下视区区郊与岛，萤飞露湿吟秋草。"以"萤飞"
形容晚唐诗，严羽作"蚤吟"，与刘克庄"蚤鸣"更近。

十四日黄源岭客舍题黄瀛父近诗》），其《大全集》卷九十九《晚觉翁稿》
说晚唐诗派是"轻清华艳，如露蝉之鸣木杪，翡翠之戏苕上。""不能掩
其寒俭刻削之态。"这种小家数诗歌根本无法与盛唐相提并论，"求一篇
可以籍手见岑参、高适辈人难矣。"这一比喻也为严羽所本，《沧浪诗话》
说："李、杜数公，如金擘海，香象渡河，下视郊、岛辈，直虫吟草间
耳。"① 两家所用的批评方式如出一辙。

第六，遍参说。

刘克庄《陈秘书集句诗》说："昔之文章家，未有不取诸人以为善，
然融液众作，而成一家之言。"（《大全集》卷一百零九）其《刘圻父诗
序》说："融液众格，自为一家。"其《焕学尚书黄公神道碑》说："贯穿
百家，融液众体。"（同上书，卷一百四十二）其《和除字韵问大渊来期
七和》说："百家众体皆融液。"（同上书，卷四十）《后村诗话》卷一
说："唐诗人与李、杜同时者，有岑参、高适、王维，后李杜者有韦、
柳，中间有卢纶、李益、两皇甫、五窦，最后有姚、贾诸人，学者学此足
矣。"刘克庄主张"融液众作"，遍参博取，含义上等同于"遍参"说，
当为严羽所本，《沧浪诗话》说："不然则是见诗之不广，参诗之不熟耳。
试取汉魏之诗而熟参之，次取晋宋之诗而熟参之，次取南北朝之诗而熟参
之，次取沈宋、王杨卢骆、陈拾遗之诗而熟参之，次取开元天宝诸家之诗
而熟参之，次独取李杜二公之诗而熟参之，又尽取晚唐诸家之诗而熟参
之，又取本朝苏黄以下诸家之诗而熟参之。"

第七，盛唐诸公格调说。

刘克庄虽然由晚唐入手，然而对李杜高岑等盛唐诗家的大气魄大力量
极为推崇。如其《李贾县尉诗卷序》说："杜、李，唐之集大成者也。学
唐而不本李、杜，是犹喜蓬户之容膝，而不知有建章千门之巨丽。"（同
上书，卷九十九）其《答方俊甫投赠二首》说："李杜坛高未易扳，鲸波
浩渺鹤天宽。"（同上书，卷四十三）其《抄戊辰十月近稿五言一首》说：
"甫白不可作，千年有废坛。"（同上书，卷四十六）其《后村诗话》卷四
说："李杜是甚气魄？岂但工于有韵者及古体乎？""高岑二公诗，气魄力
量，音调节奏，生逢开元承平之际，与李杜二公更唱迭吟。""高适、岑
参，开元、天宝以后大诗人，与杜公相颉颃。""《壮游》尤多悲壮语。虽

---

① 虫，《诗人玉屑》作"蚤"。

荆卿之歌，雍门之琴，高渐离之筑，音调节奏，不如是之跌荡豪放也。"
又《后村诗话》卷四称高适："世乱节高，极悲慨有味。"称岑参："辞语
壮浪，意象开阔。"所谓的"气魄力量""音调节奏""悲慨有味""意象
开阔"都是对盛唐格调的描述。

　　而严羽也是从格调说来独尊李杜的，《沧浪诗话》说："论诗以李杜
为准，挟天子以令诸侯也。"《答吴景仙书》说："盛唐诸公之诗，既笔力
雄壮，又气象浑厚。"以"雄壮""浑厚"或者"雄浑悲壮"来描述盛唐
诗的气象意境风格，正与刘克庄相同。

　　第八，入神说。

　　刘克庄《后村诗话》卷六说："诗至于深微极玄，绝妙矣。唐人惟
韦、柳，本朝惟崔德符、陈简斋能之。"而严羽《沧浪诗话》则说："诗
之极致有一，曰：入神。诗而入神，至矣尽矣，蔑以加矣，惟李杜得之，
他人得之盖寡也。"都将诗歌的"入神合道"视为诗歌至境，值得注意的
是，严羽此段文字的表述方式也与刘克庄如出一辙。

　　第九，李杜优劣论。

　　刘克庄《后村诗话》卷九说："其（元稹）评李杜，谓太白：'壮浪
纵恣，摆去拘束，摹写物象，及乐府歌诗，诚亦差肩子美矣。至若铺陈终
始，排比声韵，大或千言，次犹数百，词气豪迈，属对律切，李尚不能历
其藩翰，况壶奥乎？'则抑扬太甚。"刘克庄不赞成元稹的"扬杜抑李"
论，严羽又在刘氏的说法上进一步引申发挥，①《沧浪诗话》说："李杜二
公，正不当优劣。太白有一二妙处，子美不能道；子美有一二妙处，太白
不能作。子美不能为太白之飘逸，太白不能为子美之沉郁。"

　　通过以上几条的对照，可以证明严羽的许多诗学观点或范畴，都可以
从刘克庄那里找到相同或相近的说法，看上去就是在重复刘克庄的诗论观
点，毫无疑问，严羽论诗其实是全面参照了刘克庄的诗学评论。

　　严羽说自己的诗学批评方法是"析骨还父"，也就是广泛采撷前人或
今人成说，然后将其点化成自己诗学批评的一部分，再反过来用它来批
评、解构他所自出的诗论体系，严羽对于当代的批评大家刘克庄的诗论也
使用了这种"析骨还父"法。而也正是严羽的这一极为特殊的诗学批评
方法，才导致了他与刘克庄之间的诗学论争。

――――――――――――

　　① 当然，在刘克庄之前，苏轼、黄庭坚、叶梦得都是李杜并提，不分优劣。

第五节　刘克庄对严羽诗学的驳难

作为诗坛盟主，刘克庄自然掌握着主流话语权力，面对下层狂狷之士严羽的发难，刘克庄自然不会无动于衷，他对严羽诗学进行了一一反驳。

一　关于"以禅喻诗"说与"兴趣"说

严羽大力推崇禅理与诗理的互证，《沧浪诗话》说："大抵禅道惟在妙悟，诗道亦在妙悟。"又说："所谓不涉理路，不落言筌者，上也。"盛唐诸人之诗："羚羊挂角，无迹可求，故其妙处，透彻玲珑，不可凑泊，如空中之音，相中之色，水中之月，镜中之象。"

而刘克庄对"诗禅论"持否定的态度，其《题何秀才诗禅方丈》说："诗家以少陵为祖，其说曰'语不惊人死不休'；禅家以达摩为祖，其说曰'不立文字'。诗之不可为禅，犹禅之不可为诗也，何君合二为一，余所不晓。夫至言妙义，固不在于言语文字，然舍真实而求虚幻，厌切近而慕阔远，久而忘返，愚恐君之禅进而诗退矣。"（《大全集》卷九十九）严羽追求诗歌要"不涉理路，不落言筌"，刘克庄却认为禅宗主张"不立文字"，讲究自证自悟，而诗歌则必须存在于语言文字之中，否则就取消了诗。与此批驳相关，刘克庄所谓的"舍真实而求虚幻，厌切近而慕阔远"，也正是针对严羽"羚羊挂角，无迹可求"以及"镜花水月"说而发。严羽同时代的黄昇《玉林诗话》说："今按水心所谓'验物切近'四字于唐诗无遗论矣，然与沧浪之说相反。"（郭绍虞《宋诗话辑佚》引）也证明刘克庄之所以否定诗禅说，就是针对严羽诗歌创作中的"镜花水月"说，认为此种艺术追求过多地沾染了禅学意味，遁入虚空寂灭，背离了属于儒家传统的风人之诗的精神，[①] 有使诗歌走向邪路的隐忧，这就在诗学"入处"上与严羽根本对立。

二　关于本朝诗不如唐诗论

严羽对宋诗基本上一笔抹杀，认为宋诗根本无法与唐诗相媲美，甚至

---

① 刘克庄《大全集》卷三十一《七十四吟十首》说自己是"非儒非佛复非仙"，实际上刘克庄的学术渊源于林光朝、叶适、真德秀等，仍以儒学为主，并不沉溺佛道。

是诗学的堕落。《沧浪诗话》说:"或问:唐诗何以胜我朝?唐以诗取士,故多专门之学,我朝之诗所以不及也。""其间说江西诗病,真取心肝刽子手。""近代诸公乃作奇特解会,……诗而至此,可谓一厄也。"在这一大判断的制约下,全书对宋诗的攻击和蔑视不一而足:"唐人与本朝人诗,未论工拙,直是气象不同。""本朝人尚理而病于意兴,唐人尚意兴而理在其中。""和韵最害人诗。本朝诸贤乃以此而斗工,遂至往复有八九和者。"作为一个批评家,这些带有意气之争色彩的论断,与刘克庄的批评态度相比,显然是有失分寸。

而刘克庄的态度则是平衡唐宋,折中古今。其《李贾县尉诗卷序》说:"然谓诗至唐犹存则可,谓诗至唐而止则不可,本朝诗自有高手。杜、李,唐之集大成者也;梅、陆,本朝之集大成者也。"(《大全集》卷九十九)在严羽的好友李贾面前公开驳斥"宋不如唐"之俗说,应该也是针对此种论调的大力鼓吹者严羽。刘克庄的诗歌选本能够兼顾唐宋两朝诗学的成就,给宋诗以应有的尊重,如《本朝五七言绝句序》说:"或曰:本朝理学、古文高出前代,惟诗视唐似有愧色。余曰:此谓不能言者也,其能言者,岂惟不愧于唐,盖过之矣。"(同上)其《中兴绝句续选》说:"南渡诗尤盛于东都,炎绍初,则王履道、陈去非、江彦章、吕居仁、韩子苍、徐师川、曾吉甫、刘彦冲、朱新仲、希贡,乾淳间,则范至能、陆放翁、杨廷秀、萧东夫、张安国一二十公,皆大家数。"(同上)其《本朝绝句续选》说:"六言如王介甫、沈存中、黄鲁直之作,流丽似唐人,而妙巧过之,后有深于诗者,必曰:翁之言然。"(同上书,卷九十四)刘氏历数宋诗成就与各位大家,无一遗漏。

三 关于江西诗派与晚唐诗派

与严羽鄙弃、斩杀江西诗派和晚唐诗派截然相反,刘克庄对这两派虽有批评,所谓"资书以为诗,失之腐"(《韩隐君诗》),但并不全盘否定。

刘克庄在陆九渊之后,从诗家的立场进一步确立了江西诗派的诗学价值与历史地位,他对晚唐诗派的看法也比较客观。其《宋希仁诗序》说:"盖四灵抉露无遗巧,君含蓄有余意,余不辨其为《选》为唐,要是世间好诗也。"其《瓜圃集序》说:"余诗亦然十年前始自厌之,欲息唐律,专造古体。"其《姚镛县尉文稿》说:"诗自姚合、贾岛达之于李杜。翡翠鲸鱼,并归摹写;大鹏尺,咸入把玩,则格力雄而体统全矣。"(《大全集》卷九十九)刘氏不独重鲸鱼之壮美,也重翡翠之柔美,并不废弃晚唐诗歌独立存在的价值。又其《中兴五七言绝句》说:"客曰:'昔人有言,唐文三变,诗然亦,故有盛唐、中唐、晚唐之体,晚唐且不可废,奈何详汴都而略江左也?'余矍然起谢曰:'君言有理。'至于江湖诸人,约而在下,姜夔、刘翰、赵蕃、师秀、徐照之流,自当别选。"(同上书,卷九十四)只要于诗学有可取之处,即使四灵、江湖诗家也不摒弃,刘克庄的诗学胸襟是很开阔的。

刘克庄在《中兴绝句续选》中除了表彰吕本中、韩驹、徐俯、曾几等江西诗派之外,也不废弃四灵江湖诗派,"永嘉四灵,占毕于灯窗,鸣号于江湖,约而在下,以诗名世者,不可殚纪,如之何限以二百篇也?"此序作于宝祐丙辰即 1256 年,代表了刘克庄定论,此时严羽已经去世十年左右,序中对宋诗、江西诗派、四灵均不一笔抹杀,与严羽的观点可谓针锋相对,应该是对严羽诗论的严正回应。

四　关于守门户与反门户

"体制"这一概念是严羽建构诗论的关键。《答吴景仙书》说:"高见如此,毋怪来书有甚不喜分诸体制之说,……作诗正须辨尽诸家体制,然后不为旁门所惑。今人作诗,差入门户者,正以体制莫辨也。"《沧浪诗话》说:"《选》诗时代不同,体制随异。""诗之法有五:曰体制,曰格力……""予谓此篇(《问来使》)诚佳,然其体制气象与渊明不类。"诗歌存在不同的"体制"也就是家数有异,《沧浪诗话》说:"辨家数如辨苍白,方可言诗(自注:荆公评文章,先体制而后文之工拙)。""《长江集》本皆无之,其家数在大历贞元间,亦非太白之作。""世之技艺,犹各有家数,市缣帛者,必分地道,然后知优劣,况文章乎?"当然,严羽严辨诗歌体制和精研家数的目的便是倡导盛唐诗学,所谓"夫学诗者以识为主,入门须正,立志须高,以汉魏晋盛唐为师,不作开元天宝以下人物"(《沧浪诗话》)。

从辨体理论出发,严羽总是将近代之诗、晚唐等其他诗体与盛唐之诗对立起来,企图复归盛唐格调。但是严羽的困境在于,他是在"宗唐抑宋"的大原则之下讨论诗歌"体制"的问题,即模仿何种诗歌"格调"的问题,这样,严羽在诗学眼光上也毕竟和宗晚唐派一样偏于一隅,不自觉地陷入了门派之见。严羽诗学铸下的这个漏洞,必然会遭到后人的批评。

与严羽的严守盛唐门户不同，刘克庄论诗却主张"不主一体"。其《陈敬叟集》说："圻父得之夷淡，而失之槁干；季仙得之深密，而失之迟晦。惟敬叟才气清拔，力量宏放，险夷浓淡，深浅密疏，各极其态，不主一体。"（《大全集》卷九十四）其《晚觉翁稿》说："惟晚觉翁之作则不然，其贯穿融液，夺胎换骨，不师一家，简缛秾淡，随物赋形，不主一体。"（同上书，卷九十九）其《王南卿集序》说："盖公之言曰：恶蹈袭。其妙在于能变，惟渊源者得之，岂惟文哉？议论亦然，故公之诸文，变态无穷，不主一体。"（同上书，卷九十四）其《山名别集》说："盖《国风》《骚》《选》，不主一体。"（同上书，卷九十六）其《矔轩王少卿》说："其抑扬顿挫，开阖变化，各有态度，不主一体，初若不抒思。"（同上书，卷一百五十二）对诗歌创作"不主一体"论的倡导，说明刘克庄在反思了江西和晚唐之争以后，已经不再局限于门户之见，而主张融合百家，自成一家，走创新之路。

诗歌本是诗人性情的抒写，不必局限于体格，因而刘克庄反对模拟蹈袭，刘克庄批评晚唐派末流说："近时小家数，不过点对风月花鸟，脱换前人别情闺思，以为天下之美在是，然力量轻，边幅窄，万人一律。"其《刘圻父诗序》说："余尝病世之为唐律者，胶挛浅易，窘局才思，千篇一体。"所谓的诗歌创作"万人一律""千篇一体"，一针见血地指出了晚唐派末流的致命缺陷，一旦诗坛都按照一个调子歌唱，就必然会牺牲诗歌抒写性情的本意，泯灭诗歌个性，最终导致诗弊丛生。

"不主一体"，反对模拟某一固定格调，这是刘克庄诗学的一大原则，而严羽不顾刘克庄定立的这个规诫，决意要重新号召模仿盛唐格调，在江西派和晚唐派之后，陷入新的门户藩篱，这足以看出刘、严之间公开的对抗关系。

第六节　晚宋的诗学转向与刘克庄、
严羽的诗学高标之争

对于南宋后期诗坛的状况，人们往往只注意江西派和晚唐江湖派的交争，而忽略另一诗学流派的崛起，那就是以赵汝谈兄弟和包恢为代表的"陶韦柳"冲淡一派，因而严羽逆潮流而动，"自立一门户"，其目的就不仅仅是颠覆江西派和晚唐派抑或宋诗，而且故意与已经崛起的新诗学相对抗，这派人物也是严羽所要"得罪"的"世之君子"，严羽与刘克庄的诗学之争恰好能够反映这个事实。

刘克庄和严羽都坚持诗歌"本色"论，然而究竟何为诗歌本色？对本色内涵的理解的差异其实关系到争夺诗歌正宗的问题。

严羽强调诗歌"须是本色，须是当行"，他认为盛唐格调便是本色的表现，于是以"李杜"为正宗；刘克庄也倡言本色论，但是刘克庄所谓的本色却并非以李杜为准，《后村诗话》卷六就明确地说："诗至于深微极玄，绝妙矣。唐人惟韦、柳，本朝惟崔德符、陈简斋能之。"这段话行文思路与严羽的"李杜入神"论如出一辙，而诗学趣味却大相径庭，刘克庄将"李杜入神"论转向了"韦柳极玄"论，二人可谓针锋相对。

刘克庄既然认定柳宗元为本色诗人，则与柳宗元一系的韦应物当然也应当是本色派，这样，刘克庄实际上就等于在"李杜"正宗之后重新定义了诗歌本色，另外树立了"韦柳"作为诗学正宗。正是这一根本差异，决定了刘、严二人诗学观的对立性。

那么，在南宋诗坛，严羽的李杜正宗说与刘克庄的韦柳正宗说，究竟哪一家才能代表当时的主流观念呢？判别刘、严二人诗学的高下与影响必须从以下几方面入手。

一　刘克庄时代的诗学新走向："韦柳"诗学精神的张大

南宋中期朱熹早言："作诗须从陶、柳门庭中来乃佳，不如是，无以发萧散冲淡之极，不免于局促尘埃，无由到古人佳处也，如《选》诗及韦苏州诗，亦不可不熟观。"（《宋名臣言行录》外集卷十二）朱熹论诗将陶韦柳的平淡或者晋宋高风视为艺术至境，基本上是沿袭苏轼等人而来，对其后20—40年的诗学转向影响巨大。刘克庄曾评价赵汝谈说："自从水心死，麈柄独归公。于《易》疑程氏，惟《诗》取晦翁。"（《大全集》卷十一《挽南塘赵尚书二首》）刘克庄指出了赵汝谈从朱熹汲取诗学资源的事实，其实这也是刘克庄的诗学导引。

崇尚韦柳冲淡乃是宋人理论上的一贯主张，但是在创作实践上却又往往崇尚杜韩，对韦柳之风"不甚喜"，到了刘克庄时代，才将陶韦之精神大力提撕而出。

作为诗坛领袖，刘克庄号召大家要崇尚"韦柳"诗风。刘克庄《李耘子所藏其兄公晦诗评》说："窃意公晦所谓冲淡淳古之趣，颖叔所谓和乐之音，可以变，可以教。"（《大全集》卷九十九）刘克庄主张在发现了诗学症结以后，就应当寻找救治的灵丹妙药，以引导诗道走向康庄通衢，所谓"可以变，可以教"正是此意。刘克庄为诗坛提供的诗学法则，就是陶韦柳一派的"冲淡淳古之趣"。

刘克庄的这一诗学新思考也是受其前辈的启发和引导，如刘克庄《挽南塘赵尚书二首》说："不复重商榷，骑鲸浩渺中。"（同上书，卷十一）表明自己的诗学是受赵汝谈的沾溉。方回说："赵昌父、韩仲止、赵蹈中、赵南塘兄弟，此四人不为晚唐，而诗未尝不佳。刘潜夫初亦学四灵，后乃少变，务为放翁体。"（《瀛奎律髓》卷二十对翁卷《道上人房老梅》评语）指出了刘克庄时代诗学新风尚的兴起，以及刘克庄与晚唐派与冲淡派之间的渊源关系，至于方回认为刘克庄后期"务为放翁体"之评价未必准确，实际上刘克庄除了学习陆游之外，在诗学高标上更加崇尚韦柳。刘克庄的平淡诗学观大致来源于以下几家。

其一是赵汝谈、赵汝谠兄弟。

在南宋后期（13世纪20—40年代）以韦柳晋人风致为崇尚的新的诗学流派兴起，而以赵氏兄弟为前驱。刘辰翁用"以少许胜多许"评价赵氏兄弟的诗歌，正符合韦柳诗学精神。刘克庄《瓜圃集序》说："赵蹈中能为韦体。"在江西诗派和晚唐诗派交争的时期，赵氏以韦柳为法，尤其摆脱唐律之束缚，可谓拔出于时尚，开风气之先。刘克庄以复古相号召，要求崇尚陈子昂、韦应物、柳宗元一派，这是他晚年的觉悟。

其二是叶适。

《后村诗话》卷四评叶适的诗："此二篇兼阮陶之高雅，沈谢之丽密，韦柳之精深，一洗今古诗人寒俭之态矣。"叶适在晚唐和江西交争之时，转而崇尚晋风韦柳，敢于开风气之先。吴子良《荆溪林下偶谈》卷四说："又《跋刘潜夫诗卷》谓'……潜夫能以谢公所薄者自鉴，而进于古人不已，参雅颂，轶风骚可也，何必四灵哉？'……水心称当时诗人可以独步者，李季章、赵蹈中耳。"叶适也是以赵氏兄弟为榜样，崇尚韦柳。

其三是赵蕃、韩淲。

《后村诗话》卷二说："可知是时章泉句律知此，宜为一世所宗。"谢榛《四溟诗话》卷二说："赵章泉、韩涧泉所选《唐人绝句》，惟取中正温厚、闲雅平易，若夫雄浑悲壮、奇特沉郁，皆不之取。"李慈铭《越缦堂读书记》评赵蕃的诗："其五古颇渊源陶诗，五律、七律胎息中唐，具有洒落自然之致。"宋末黄昇《玉林诗话》评价二泉的诗说:"寄大音于穴寥之表,存至味于淡泊之中。"(《诗人玉屑》卷十九引)语意、句式脱胎于苏轼,以为韩的诗具有韦柳之风。此种诗学思潮也波及严羽家乡邵武。刘克庄认为邵武人李公晦的诗具有"冲淡淳古之趣"(《李耘子所藏其兄公晦诗评》),可知邵武一带并不都是崇尚盛唐,陶韦柳一派同时也在发展。

浙江人吴子良(1198—1257年)是叶适的再传,论诗也反对专宗晚唐四灵,主张崇尚韦柳。刘壎《黄希声古体》说:"(黄文雷)早以春秋学魁乡举下第,则游缙绅间。当是时荆溪、节斋之名满天下,希声藉以为重。"(《隐居通议》卷九)可见,吴子良在当时的名声和影响之大,他的诗论在当时应该能够代表浙江一派的诗学观。

在刘克庄同时代江西还有著名诗论家的包恢。其《书侯体仁存拙稿后》说:"文字觑天巧。""不巧不拙,无如渊明。"其《答傅当可论诗》说:"唐称韦柳有晋宋高风,而柳实学陶者,山谷尝写柳诗与学者云:'能如此学陶,乃能近似耳。'此语有味。"其《书抚州吕通判开诗稿后》说:"律昉于唐,唐高韦柳,取其古体风韵也,由韦柳而入陶,必优为之。"(《敝帚稿略》卷五)包恢主张"由韦柳而入陶",最能体现那个时代的诗学转向的新思路。

以上几位都与刘克庄有交往,形成了师友群体。[①]这个诗学潮流的产生,必然会对刘克庄的诗学新思考产生影响,如其《瓜圃集序》就表明了自己的诗学观念曾受赵汝谈的影响:"余诗亦然十年前始自厌之,欲息唐律,专造古体。赵南塘不谓然,……余感其言而止。"赵蹈中和刘克庄这里所谈论的其实是古体和律体之争,赵汝谈表达了三层意思。

其一,诗歌艺术成就的高低和风格与诗歌体裁无关,而与具体诗人的

---

① 如赵氏兄弟与叶适有交往,《宋史·赵汝谈传》说:"龙泉叶适尝过其家,……劝之曰:'名门子安可不学。'汝谈惭。"刘克庄与赵汝谈交往密切,《山名别集序》说:"始余请南塘选仲白诗,南塘更以属余。"(《大全集》卷九十六)刘克庄作有《寄赵昌父》《寄韩仲止》二诗,其《赵庭原诗》说:"至章泉、涧泉,又各以其诗号为大家数。"(同上书,卷九十七)其《杂记》说:"余少未为人所知,水心叶公称其诗可建大将旗鼓。"(同上书,卷一百一十二)李壁与赵汝谈、刘克庄也有交往,赵汝谈有《初直玉堂和李壁二绝》,《后村诗话》卷八记载李壁赞扬刘克庄:"刘君诗兼鲍、庾之清俊。……不知其(刘克庄父)郎君诗笔如此。"刘克庄《包侍郎六官疑辨》说:"宏斋包公有《周礼说》,北面而请焉。"(同上书,卷一百零九)等等。

气质、性情、胸襟等人格因素有关。讲究声律法度的典范的唐诗，并不妨碍诗人抒情言志和高雅诗歌艺术的产生。

其二，诗歌是诗人内在人格的自然流露，无须模仿某种体制，这样会使诗歌风格与诗人人格不能契合。赵汝谈揭示的宗旨实际上就是"性灵说"，认为只要能够顺遂诗人个性而写作，就没有必要刻意区分盛唐、晚唐、江西，无须学习某家某体，这就与严羽的盛唐格调说完全不同。

其三，暗含了赵汝谈不以"气象广大""黄钟大吕"为诗学鹄的，此种阳刚宏大之美仅仅是诗歌中的一体而已，并非诗学正宗。

刘克庄的"复古"实际上就是为诗学寻求出路，他从赵汝谈那里受到启发，首先要超越门户之见，主张"不系体格"；其次，要求诗歌从雕刻藻饰、声律法度转向自然平易浅淡，复归"古体"，而从上述分析可以看出，他所谓的古体就是赵章泉、赵氏兄弟所取法的"陶韦"体。在江西、晚唐等门户之争中能够发现陶韦范式，这对刘克庄的诗学转型是非常关键的。

与严羽的"汉魏—李杜"谱系相反，刘克庄对于"汉魏—杜甫—黄庭坚"一脉的诗学进行过反思并指出其过失，意在警惕学习"规模汉魏古乐府"所带来的弊病。

《后村诗话》卷四说："鲁直自以为出于《诗》与《楚辞》，过矣。盖规模汉魏以下者也。佳处往往与古乐府、《玉台新咏》中诸人所作合，其古律诗酷学少陵，雄健太过，遂流而入于险怪，要其病在太着意，欲道古今人所未道语尔。"黄庭坚诗歌出于汉魏乐府和杜甫，不可避免地流露出弊病。刘氏甚至敢于批评杜甫诗歌之失。其《韩隐君诗序》说："古诗出于情性，发必善，今诗出于记问而已，自杜子美未免此病。""岂非资书以为诗，失之腐，捐书以为诗，失之野欤？"（《大全集》卷九十六）《后村诗话》卷四评杜甫《八哀诗》说："惟叶石林谓：'长篇最难，晋魏以前，无过十韵，常使人以意逆志，初不以叙事倾倒为工，此八篇本非集中高作，而世多尊称不敢议，其病盖伤于多。'石林之评累句之病，为长篇者不可不知。"又说："但每篇多芜辞累句，或为韵所拘殊，欠条鬯，不知《饮中八仙》之警策。"皆是指摘诗病。

在唐人之中，刘克庄不再独尊李杜，而是有意识地疏离"李杜韩"三家，如他精选唐宋绝句，就大胆承认"不选李杜"，《唐绝句续选》说："前选未选李杜，今并屈二公。"刘克庄选唐宋两朝绝句而不选"李杜"，这是他的一个原则，并不是因为李杜等已经有了专集而没有必要选他们。①

在刘克庄那里，李杜仅仅是诗学之一端而已，而不是凌驾于众体之上的唯一诗学导师。《后村诗话》卷一说："唐诗人与李、杜同时者，有岑参、高适、王维，后李杜者有韦、柳，中间有卢纶、李益、两皇甫、五窦，最后有姚、贾诸人，学者学此足矣。"将李杜与韦柳等各体摆在相同的位置，就意味着李杜与众唐人一起，均为后世师法的对象而已，这样一来，李杜原先的神圣光环便大为减色，刘克庄对李杜尤其是对杜甫，实际上渐渐流露出尊而不亲的情感态度。

刘克庄绕开李杜，不过是想转移诗学走向和一时风气而已。其《林子显序》说："唐初如陈子昂《感寓》，平挹《骚》《选》，非开元、天宝以后作者所及。李，大家数，姑置勿论。五言如孟浩然、刘长卿、韦苏州、柳子厚，皆高简要妙。"（《大全集》卷九十八）对李白存而不论，而对杜甫则只字不提，目的是想凸显韦柳之典范价值。《后村诗话》卷一说："太白、韦、柳继出，皆自子昂发之。"这里，刘克庄不再将李白与杜甫组合，而是将"李白与韦柳"并提，目的是重新寻绎出一个陈子昂、太白、韦、柳诗学谱系。《后村诗话》卷十一说："唐诗多流丽妩媚，有粉绘气，咸以辨博名家，惟苏州继陈拾遗、李翰林崛起，为一种清绝高远之言以矫之。欲与李杜并驱，前世惟陶，同时惟柳可以把臂入社，余人皆在下风。"其《赵寺丞和陶诗序》说："自有诗人以来，惟阮嗣宗、陶渊明自是一家。唐诗人最多，惟韦柳得其遗意，李杜虽大家数，使为陶体，则不近矣。"（同上书，卷九十四）刘克庄重新张扬将陶渊明作为冲淡诗派开山祖师之意义，进一步确认陶渊明、陈子昂、韦应物、柳宗元一派的诗学谱系，在唐人中间，韦柳作为此一诗学范式的典范，其价值乃在李杜之上。《后村诗话》卷十三说："李、杜之后，便到韩、柳。韩诗沉着痛快，可以配杜，但以气为之，直截者多，隽永者少。"其《竹溪诗序》说："唐文人皆能诗，柳尤高，韩尚非本色。"将"杜韩"合并为一格，以为在诗歌"隽永"即本色方面"杜韩"不如"柳"，可见其诗学趣味的转向。

《后村诗话》卷四说："陶、韦异世而同一机键。韦集有一篇云，题

_____

① 严羽同时代的周弼选《三体唐诗》，就以中晚唐为主，而不选李杜。

曰仿陶彭泽,此真陶语,何必效也?""陶、柳诗率含蓄不尽。"称道叶适《中塘默林》诗:"兼阮陶之高雅,沈谢之丽密,韦柳之精深。"其《蔡公书四轴跋》称道蔡襄"草际飞萤乍有无"诗句说:"诗家杳渺之音也,有王右丞、韦苏州之风。"(《大全集》卷一百零五)由"陶韦",到"陶柳",到"韦柳",到"王韦",刘克庄最终确立了一个以韦柳为中心的"陶王韦柳"诗学谱系,重新建立了新的诗学正宗。他所追求的这种诗歌艺术比"李杜韩"一派有更高的要求,其《竹溪诗序》评价林希逸的诗说:"平生所作不数卷,然约敌繁,密胜疏,精掩粗。""三传为竹溪,诗比其师,槁干中含华滋,萧散中藏严密,窘狭中见纡余。"(同上书,卷九十七)这种诗歌艺术讲求外在平淡与内在蕴含之间的"张力",它既是一种诗学审美标准,更是一种不易企及的诗歌艺术境地,所谓"看似寻常最奇崛,成如容易却艰辛"(王安石《题张司业诗》)。

总之,在叶适、刘克庄的时代,其诗学并不是简单地将江西派和晚唐派进行调和,而是出现了一场划时代的诗学转向,一次集体性的诗学突围,即诗学正宗由"李杜韩"逐渐转向"陶韦柳",诗学审美祈向逐渐由雄壮阔大走向平易冲淡。

这一转型大致经历了两个步骤,首先是南宋以来诗坛普遍对江西诗派进行反思,出现了复归唐风的潮流,以期接续圆美流丽的唐诗传统,于是,诗学宗尚由杜甫转向最能体现唐诗范式(相对于《选》诗而言)的晚唐贾姚。此一诗学思潮,经由四灵、叶适倡导,逐渐影响到江湖诗人。其次,在晚唐思潮发展兴起不久,叶适以及赵蕃、赵汝谈兄弟、包恢、刘克庄等诗家对四灵及晚唐诗风进行了再度反思,如刘克庄《瓜圃集序》所谓自己"欲息唐律,专造古体",方回说刘克庄"初亦学四灵,后乃少变"(《瀛奎律髓》卷二十对翁卷《道上人房老梅》评语),于是诗学祈向逐渐由姚合、贾岛转向韦应物、柳宗元等冲淡一派。从江西诗派或者宋诗派所推崇的诗学高标杜甫,到最后的诗学高标韦柳,刘克庄等人完成了一场诗学探索的实践,在这当中,姚贾虽然一度被尊奉为诗学偶像,但那不过是暂时的过渡而已,当陶韦柳诗学谱系在刘克庄那里最后建立之日,就是姚贾成为明日黄花之时。这一思潮遍及江西、浙江、福建、安徽等地,影响至为深远,一直到整个元代诗学,诗坛一直为韦柳正宗观念所笼罩。

可以说,严羽建立"汉魏—盛唐"谱系以独尊李杜,与刘克庄建立

"晋—唐"谱系以崇尚韦柳，都是此一时代风尚的产物，不同的是，严羽处在此一潮流之外，固守盛唐李杜正宗，是对新兴潮流的抗拒；而刘克庄则融入了此一诗学潮流，是这一诗学思潮的推波助澜者，积极倡导着韦柳风尚。刘克庄这一谱系与严羽的"汉魏盛唐"谱系在根本上是对立的。

二　刘克庄、严羽关于"陈子昂体"与"梅尧臣体"之争

厘清南宋时代的诗学潮流和刘克庄的诗学祈向之后，再来看刘克庄和严羽在"诗人论"和"诗体论"上的交锋，一切便可以迎刃而解。下面选取唐代陈子昂和宋代梅尧臣两个诗人为例，具体辨析刘、严对待这两个关键诗人的不同态度，以此来验证二人在诗学观念上的差异和对立。

（一）严羽对陈子昂的轻视

《沧浪诗话·诗体》关于唐朝时段众诗体的排列值得玩味："徐庾体（徐陵、庾信也），沈宋体（期、之问也），陈拾遗体（陈子昂也），王杨卢骆体（王勃、杨炯、卢照邻、骆宾王），张曲江体（始兴文献公九龄也），少陵体，太白体。"这里，出现了一个如何排序的问题。

首先，依照时间先后，① 严羽应该将"四杰体"置于"沈宋体"和"陈拾遗体"之前，以上诗体次序应该调整为"徐庾体—王杨卢骆体—沈宋体—陈拾遗体—张曲江体—少陵体—太白体"。

其次，严羽在《沧浪诗话》"以时而论"一栏的诗体排序中，建立了"南北朝体—初唐体—盛唐体"系列，并且解释说："盛唐体：景云以后，开元、天宝诸公之诗。"既然如此，则开元、天宝以前的王杨卢骆、沈宋、陈拾遗都应该归属初唐体，然而他又解释说："初唐体：唐初犹袭陈、隋之体。"这样一来，陈拾遗、沈、宋这三家与王杨卢骆一样，都成了沿袭南朝诗风的诗人，这种观点是经不起推敲的。

从文学史的事实考察，最能体现"犹袭陈隋之体"的应该是"四杰"，而不包括陈子昂。元好问《论诗三十首》说："沈宋横驰翰墨场，风流初不废齐梁。论功若准平吴例，合著黄金铸子昂。"（《遗山集》卷十一）认为沿袭齐梁之风的是初唐之四杰、沈宋，而初唐的陈子昂则是转变

---

① 四杰、沈宋、陈子昂的生卒年分别为：骆宾王（638—684 年）、卢照邻（634—685 年）、王勃（650—676 年）、杨炯（650—693 年?）、沈期（656—714 年）、宋之问（656—712 年）、陈子昂（659—700 年）。

齐梁习气的功臣。近人也多指出四杰与齐梁陈诗风之间一脉相承的内在联系，如胡小石《中国文学史讲稿》称四杰为"齐梁派中的健将"，刘大白《中国文学史》评四杰："他们的诗文上承六朝的遗风。"郑振铎《插图本中国文学史》说："四杰也是承袭了梁陈的风格的。""他们是上承梁陈而下起沈宋的。"陆侃如、冯沅君《中国诗史》认为四杰"在形式上继承齐梁新体诗而有所推进"。而陈子昂则是摆脱齐梁绮靡之习、开启唐诗风格的关键人物，已经成为公论，如宋末方回就说："陈拾遗子昂，唐之诗祖也，不但《感遇》诗三十八首为古体之祖，其律诗亦近体之祖也。"（《瀛奎律髓》卷一对陈子昂《度荆门望楚》评语）清人刘熙载《艺概·诗概》说："陈子昂、张九龄能独标一格，为李杜开先。"近人曾毅《中国文学史》说："陈子昂特起王、杨、沈、宋之间。"都认为陈子昂在唐代是承上启下的关键人物，因此，不可将陈子昂与四杰、梁陈混为一谈。

陈子昂之所以要区别于四杰，是由其诗歌特质决定的。关于陈子昂诗歌的创新性，以宋末刘辰翁的评价最为全面中肯。刘辰翁揭示了陈子昂体三个方面的内涵。

第一，陈子昂一反六朝诗歌华靡绮丽而力追古意。刘辰翁评陈子昂《感遇》其三说："此首用事造语皆有味，又胜建安，古诗如此实少。事虽误用，语自可传。"① 评其六："是古诗得意者。"评其十五："极似风意。"评其十六："古意。"评其三十五："忽复造意至此，避仇常事，被役复苦，比古愈奇。"

第二，陈子昂的诗歌受阮籍影响而有晋人游仙风范。刘辰翁总评陈子昂《感遇三十六首》说："古诗惟《参同契》似先秦文，他如道家《生神章》《度人歌》，类欲少异世人者。"又评其二十八："其诗多言世外，此又以鬼谷自负，非无能者。"

第三，与诗歌表现晋人风味相联系，陈子昂诗歌在语意关系上突破了六朝靡丽藻饰之表达模式，建立起新的诗歌语言表现范式。刘辰翁总评《感遇三十六首》说："此诗于章节犹不甚近，独刊落凡语，存之隐约，在建安后自为一家，虽未极畅达，如金如玉，概有其质矣。"陈子昂所谓的"独刊落凡语，存之隐约"，指的是陈子昂诗歌剥落六朝陈陈相因的繁丽藻饰，回归了晋人那种接近散文化的萧散的语言风格，在诗歌范式上，

---

① 高棅《唐诗品汇》卷三引，上海古籍出版社据明汪宗尼本影印，下同。

其诗歌是由六朝诗歌的"凝"转向"散"的关键，而这一点恰好开启了"韦柳"冲淡一派的诗风。

近人曾毅《中国文学史》说："（陈子昂）以高雅冲淡之音，夺魏晋之风骨，变齐梁之俳优，力追古意，后代因之。""其《感遇》诗三十八章，上接嗣宗，下开李杜、韦柳。"近人张振镛《中国文学史分论》说："惟陈子昂厕身于四杰、沈宋之间，而特立独行，不与同流，以高雅冲淡之气，清劲朴质之体，抑沈宋之新声，掩王卢之靡韵，夺魏晋之风骨，变齐梁之俳优，力追古意焉。"① 这一点对唐诗流派的发展影响最为直接，也最为深远，刘辰翁这些评语可谓深得"陈拾遗体"之三昧。

可见，陈子昂的价值在于他摆脱了六朝诗歌崇尚靡丽之风尚，开创了新的诗学传统和范式，于六朝之后自为一家，这应该是建立"陈拾遗体"的根本依据。按照时限与六朝唐诗的演进事实，唐人诗体应当排列为："徐庾体、王杨卢骆体—沈宋体—陈拾遗体—张曲江体、少陵体、太白体。"如此，方能体现四杰与六朝陈隋之间的继承关系和陈子昂在诗学史上的关键地位。

遗憾的是，严羽将陈子昂置于四杰之上，不仅在时限上出现了颠倒，在诗歌内在发展规律上也不符合陈子昂与盛唐衔接的事实，这并非严羽的疏忽或者刊刻错讹所致，而是严羽有意为之。《沧浪诗话》说："次取南北朝之诗而熟参之，次取沈宋、王杨卢骆、陈拾遗之诗而熟参之，次取开元、天宝诸家之诗而熟参之。"又说："况唐人如沈宋、王杨卢骆、陈拾遗、张燕公、张曲江，诸公皆大名家。"在排比历代诗家时，以"沈宋、王杨卢骆、陈拾遗"并排而下，将晚于四杰的"沈宋"置于"四杰"之前，仍是有意将三者作为一个整体看待，以区别于盛唐。严羽在诗体排序上的错误，只能说明他对唐代诗学历史演进不甚了了，抑或他是有意识地从自己的诗学观念出发随意驱遣古人，但无论如何，都说明严羽对陈子昂是不甚看重的，虽然陈子昂是"大名家"，必须为之立一体，但他还不属于严羽所谓的盛唐格调的范畴。

严羽何以如此轻视陈子昂呢？这也必须联系其诗学祈向加以解释。上文已经说过，严羽建立的诗学谱系是"汉魏盛唐"，崇尚"李杜"盛唐格调而排斥"韦柳"冲淡一派，而陈子昂正是"韦柳"一派的前驱，所以

---

① 张振镛：《中国文学史分论》，上海商务印书馆1934年版。

严羽将陈子昂与沈宋、四杰一锅烩的做法，正是他轻视"高雅冲淡"一派或者晋人风致的诗学观念使然。

（二）刘克庄对陈子昂的高估

与严羽的鲁莽不同，陈子昂在刘克庄的诗学世界却获得了唐诗领袖的地位。

上文已经说过，刘克庄在赵汝谈等人的引导下，转向了陶韦柳一系的冲淡之风，而特别推崇唐代陈子昂对于此一诗派的开山意义。《后村诗话》卷四说："陈拾遗、李翰林，一流人。陈《感遇》三十八首，李《古风》六十六首，真可以扫齐梁之弊而追还黄初、建安矣。昔南塘力勉余息近体而续陈、李之作，余泊世故，忽忽不经意而老至矣。"刘克庄将陈子昂与李白归属为同一流人，认为陈、李既是唐代扫除齐梁余绪、复归诗歌古体的两大功臣，也是韦柳之风的开启者，刘克庄自己亦有追随陈子昂之志，《后村诗话》卷九说："编诗自唐人，有'李杜泛浩浩，韩柳摩苍苍'之句，余既以此四君子冠篇首，然以辈行岁月较之，则陈拾遗在四君子之上，《感遇》之作，虽朱文公命世大儒，亦凛然起敬。"认为陈子昂的诗歌完全可以与李杜、韩柳并驾齐驱，并借助朱熹对陈子昂的"凛然起敬"表达了自己对陈氏的仰慕，大有置陈子昂诗歌于四君子之上的倾向，如《后村诗话》卷一就说："此六十八首（李白《古风》）与陈拾遗《感遇》之作，笔力相上下，唐诸人皆在下风。"这就回应了苏轼将韦柳置于李杜之上的议论。

而刘克庄如此看重陈子昂，并不是因为他的汉魏风骨，而是陈子昂高雅冲淡之风的倡导之功。《后村诗话》卷一说："唐初王、杨、沈、宋擅名，然不脱齐梁之体，独陈拾遗首倡高雅冲澹之音，一扫六代之纤弱，趋于黄初建安矣。太白、韦、柳继出，皆自子昂发之。"又说："唐诗多流丽妩媚，有粉绘气，或以辨博名家。惟苏州继陈拾遗、李翰林崛起，为一种清绝高远之言以矫之。"刘克庄将陈子昂与李白、韦、柳相提并论，将其建立为一个前后相因的诗学谱系，而且视陈子昂为唐代冲淡派的开山祖师，这就与严羽的李杜正宗论截然对立。

（三）严、刘对梅尧臣诗的轩轾

从开启一代诗学风尚的角度看，唐代有陈子昂，宋代则有梅尧臣。严羽轻视陈子昂，但是毕竟还为他建立了一体，而对于宋代的梅尧臣，则干脆不为之立体。《沧浪诗话·诗体》"以时而论"一栏列有"本朝体、元体、江西宗派体"三项，在"以人而论"一栏列有"东坡体、山谷体、后山体、王荆公体、邵康节体、陈简斋体、杨诚斋体"，共七家。除了苏、黄、陈、江西之外，其余的自当全部归于"本朝体"，对应于"以人而论"部分，则只有王荆公体、邵康节体两家，也就是说，属于本朝体的梅尧臣还不够资格列为一体，严羽显然不承认梅尧臣的诗学价值和地位，这仍然要归结于严羽论诗唯盛唐格调是尊的诗学宗旨。

我们先看梅尧臣的诗学特色。

欧阳修《梅圣俞墓志铭》评价梅尧臣的诗歌创作："初喜为清丽闲肆平淡，久则涵演深远。"（《宛陵集》附录）《六一诗话》评梅尧臣诗："覃思精微，以深远闲淡为意。""苦于吟咏，以闲远古淡为意。"朱熹《答巩仲至》评梅尧臣的诗："闲暇萧散，犹有魏晋以前高风余韵。"（《晦庵集》卷六十四）可见，"平淡"美的确是梅尧臣的艺术追求，对于这一艺术追求，梅尧臣自己也有明确表述，其《依韵和晏相公》说："因吟适情性，稍欲到平澹。"（《宛陵集》卷二十八）其《读邵不疑学士诗卷杜挺之忽来因示之且伏高致辄书一时之语以奉呈》说："作诗无古今，唯造平淡难。"（同上书，卷四十六）其《林和靖先生诗集序》称道林逋："诗则平淡粹美，读之令人忘百事也。"（同上书，卷六十）当然，梅尧臣所谓的平淡其实是一种很高的艺术形态，其美学特质相当于苏轼对陶渊明和韦柳诗境的评价，梅尧臣说："诗家虽率意而造语亦难。若意新语工，得前人所未道者，斯为善也。必能状难写之景如在目前，含不尽之意见于言外，然后为至矣。"（《六一诗话》引）这是梅尧臣为诗歌创作所设置的最高目标。

梅尧臣的诗学创新观念经欧阳修的大力倡导，变成了宋人的诗歌创作祈向，其中"意新语工，得前人所未道者"的意义在于引领宋人走变唐之路，独创宋调，之后的王安石、苏轼、黄庭坚以及江西诗派，莫不以此为号召。而"状难写之景如在目前，含不尽之意见于言外"，则是典型的诗歌意境论，能够代表中国诗歌的比兴传统与审美精神，这就保证了宋诗发展的根本方向，使之在变唐之路上时时不至于离"六朝—唐诗"传统太远，刘克庄认为梅尧臣是宋诗祖师，是有道理的。

对于梅尧臣在宋诗史上的地位，宋人龚啸有中肯的评价，他认为梅尧臣的诗歌："去浮靡之习，超然于昆体极弊之际，存古淡之道，卓然于诸大家未起之先，此所以为梅都官诗也。"（《宛陵集》附录）梅尧臣复归

"古淡"之道，颠覆了宋初流行的西昆体，引导了有宋一代的诗歌发展方向，他在诗学发展史上的出现，其意义相当于陈隋之后有陈子昂。

这一看法，也代表了刘克庄的意见，其《后村诗话》卷二说："本朝诗惟宛陵为开山祖师。宛陵出，然后桑濮之哇淫稍息，风雅之气脉复续，其功不在欧尹下。"指出了梅尧臣承续风雅传统的伟大功绩。刘克庄《江西诗派序》又说："苏、梅二子稍变以平淡豪俊。至六一、坡公，巍然为大家数，学者宗焉。豫章稍后出。自成一家，虽只字半句不出，遂为本朝诗家宗祖。"从"苏、梅二子稍变以平淡豪俊"，至"六一、坡公巍然为大家数"，再到"豫章稍后出，自成一家"，刘克庄勾勒出宋诗演进的基本线索，将梅尧臣与欧、苏、黄相提并论。刘克庄又一贯将梅尧臣与陆游相提并论，其《李贾县尉诗卷序》将李、杜、梅、陆视为唐宋诗家中的"高手"，是诗学"集大成"的人物，可见，他极为看重梅尧臣在宋诗发展史上的地位。[①]

梅尧臣对宋代诗学的贡献不仅仅在于其创作实绩，更重要的是他在诗歌理论上的建树和倡导，为宋代诗学的发展指出了一条大道，对宋人诗歌艺术观的提高和深化影响至深。因此，从诗体论上说，只有建立"梅尧臣体"，才符合梅尧臣在诗歌史上承前启后的作用与其推动宋诗演进的事实，也才能够反映出宋人对梅尧臣以及其倡导的平淡诗风的接受史事实。

当然，也正是梅尧臣诗歌的这种"非盛唐性"或者"反盛唐性"，才导致了"梅尧臣体"在严羽《沧浪诗话》中的缺席。而对于刘克庄来说，他不仅重申苏轼关于晋与唐、李杜与韦柳艺术高低之定论，而且从宋代诗歌发展史的宏观着眼，重新抬高梅尧臣的地位，显示了其审美趣味和诗学主张的转向。

三 小结

刘克庄是一个在政治上屡遭诽谤排挤的人物，如其《用石塘二林韵同合》说："开口群儿亦谤伤。"（《大全集》卷十八）林希逸《后村先生刘公行状》说："前后四立朝，……非无蚍蜉之撼，含沙之射。"而作为一

---

① 当然，刘克庄看重的是梅尧臣"平易淡泊"的诗学特质，《后村诗话》卷二说："世之学梅诗者率以为淡，集中如'白水照茅屋，清风生稻花'之类，殊不草草，盖逐字逐句、铢铢而较者；决不足为大家数，而前辈号大家数者，亦未尝不留意于句律也。"

代诗学宗师，刘克庄遭受来自江湖诗人的非议与挑战也是必然的，[①] 对于来自外界的诽谤中伤，刘克庄自己也进行过反击，如《大全集》卷四《自警》说："奉盘谁可推盟主，撼树人方谤老师。"[②] 他说自己不敢以诗坛盟主自任，因为当时正有在野者对诗坛盟主或者学术宿老公开进行批评、指摘，这是刘克庄时代下层与上层人士进行诗学对话的真实写照，而布衣诗人严羽"不自量度，辄定诗之宗旨"的呵佛骂祖习气，正好可以照应"蚍蜉撼大树"之意。13 世纪二三十年代是严羽的壮年时期，而叶适、赵汝谈等文化大家则正好处于晚年时期，称得上文化"宿老"，可以照应诗中"老师"之意，因而刘克庄这两句诗应该包括对严羽的反唇相讥。

严羽以"可畏的口吻"来"雌黄士大夫"，其诗学主张带有强烈的意气之争的色彩，因此而得罪了当代所有的诗学派别与诗学名家，的确是刘克庄时代的"撼树人"。

---

① 如武衍《藏拙余稿·刘后村被召》评价刘克庄说："细评《南岳稿》，远过后山诗。才大人多忌，名高上素知。"宋庆之《饮冰诗集·碧鸡草堂呈刘后村》说："斯文海内声名阔，犹是乾淳一脉余。须信昌黎曾得谤，可怜太史未成书。"洪天锡《后村先生刘公墓志铭》说："退之所谓谤与名随，公殆似之。"宋刊《后村居士集》林希逸序说刘克庄："得文名最早，排抵于时亦最甚。"
② "老师"一词也可以指文学方面造诣精深的前辈人物，如陆游《追怀曾文清公呈赵教授赵近尝示诗》："忆在茶山听说诗，……人间可恨知多少，不及同君叩老师。"

第三章

宋元之际庐陵诗学的震耀

我们所说的"庐陵诗学",指的是江西庐陵一带在南宋后期以及元初发展起来的诗学批评流派,宋亡之前,以欧阳守道、罗椅为代表人物,入元之后,则以刘辰翁、刘将孙父子以及刘氏后学赵文等为主。此派诗论家占尽天时与人和,形成了诗评群体,影响很大,尤其是刘辰翁的诗学理论,直接造就了元代诗学精神。

第一节 庐陵诗学评论的崛起

宋末元初的庐陵,诗文创作极为繁盛,形成了江西文坛的核心。如《松筠录》说:"宋季高节,盖推庐陵,吉水、涂川,亦同一派,如邓剡字光荐,刘会孟号须溪,蒋捷号竹山,俱亦词鸣一时者。赵文自号青山,连辟不起,与刘将孙为友,结青山社。王学文号竹涧,与汪水云为友,不知所之。至若彭巽吾名元逊,罗壶秋名志仁,皆忠节自苦,没齿无怨者。"(清沈雄《古今词话》"宋季高节"条引)这里虽然列举的是宋末词家,其实也说明了庐陵一地诗歌创作的情况,如欧阳守道《跋玉笥山名贤题咏》说:"余少时观诗话,见有称吉州玉笥山者,意忻然爱其名。近年黄庐東、李三溪、罗涧谷、胡古潭、徐西麓诸人,赋咏又班班焉。"(《巽斋文集》卷二十二)刘将孙《跖肋集序》也有同样的记载:"闻吾乡罗涧谷、李三溪、徐西麓、胡古潭诸贤,各以诗为日用,四方行李,每为会期,远者二三岁一聚,近者必数月,相见无杂言,必交出近作,相与句字推敲,有未稳处,或尽日相对无一言,眉间郁郁,参差倚阑行散。如是者数日,以至逾旬乃别,虽其诗格律高下,难以概论,而一时用心与力之勤,繇今举之,岂非风流文献哉?"(《养吾斋集》卷十)可见,庐陵诗学的繁荣绝对不亚于福建邵武诗人群。

宋末庐陵诗学的发达，还表现在诗学评论方面。庐陵诗人不仅组织诗社，作诗唱和，而且论诗也蔚成风气，在宋末形成了一个评诗群体。

罗椅（1214—1292 年），字子远，号涧谷（一作间谷），庐陵人。生于嘉定七年，宝祐四年（1256 年）进士。累官朝请大夫，谏贾似道，去官，终身不仕。有《涧谷遗集》《涧上委稿》《放翁诗选前集》。

罗椅属于江湖诗人一列，周密《癸辛杂识续集》卷上说："少年以诗名，高自标致，常以诗投后村，有'华裾客子袖文过'之句，知其为巨富家子也。壮年留意功名，借径勇爵，捐金结客，驰名江湖。时方向程朱之学，于是尽弃旧习而学焉。……子远天资素高，又济之以性理之学，竟为饶氏高弟。"正因为如此，《江湖集》《江湖续集》《江湖后集》均收有罗椅的诗作。①

罗椅是江西诗人群中创作的骨干，又是评诗能手。② 罗椅在庐陵一地是非常活跃的诗家，如上述欧阳守道《跋玉笥山名贤题咏》和刘将孙《跖肋集序》所记载的以庐陵为中心的江西诗人群中，都将罗椅视为核心人物。谢翱对罗椅推崇备至，将其视为江西诗学的传人，其《萧冰崖诗卷跋》将罗椅视为自曾几、上饶二泉之后的江西诗派传人："江西气脉将间断矣，幸而二先生所敬者，有涧谷罗公在，巍巍然穿壤间之鲁灵光也。"（《叠山集》卷三）可见罗椅在江西诗坛的地位。

谢翱将罗椅与章泉涧泉同划为江西诗派，是有道理的，因为罗椅本人对江西诗派情有独钟，并不像一般江湖诗人而专门尊崇晚唐。罗椅《与葛山诗人论诗》说："屏弃江西，乃年来江西不得时，故为人所轻姗，但就陈、黄中取数篇入吾意者读之，便知古人有不可及。"（《涧谷遗集》卷一）罗椅所谓"乃年来江西不得时"的结论，不仅仅是为江西诗派的命运而可惜，对江西派黄、陈之学有足够的尊重，更重要的是，罗椅已经意

---

① 南宋后期庐陵一带出产的江湖诗人很多，例如早期的有刘过（1154—1206 年）与刘仙伦，皆以诗名，号称"庐陵二刘"。李泳，字子水，号兰泽，淳熙中（1174—1189 年）任溧水令。释绍嵩，号亚愚，绍定中（1228—1233 年）住嘉禾之大云寺，工于集句。与罗椅同时的江湖诗人有高几，字几伯，嗜吟成癖，《江湖后集》卷十五收其《懒真小集》，有江万里序。

② 罗根泽《中国文学批评史》说："宋末元初的刘辰翁，以全副精神，从事评点，则逐渐摆脱科举，专以文学论工拙。""放翁诗选的所以名为《后集》，因为以前的罗椅已有评选放翁诗集十卷，可见摆脱科举，专以文学观点评诗文者，刘辰翁以前已有人在。"（上海古籍出版社 1983 年版，第 263 页）可见罗椅在刘辰翁以前即开始作评选研究。

识到江湖诗派屏弃江西诗学所带来的负面影响，那就是走向另一个极端，导致新的诗学困境。

由此罗椅提出"反体制"论。其《与葛山诗人论诗》说："文山云：'元和以后无诗。'某近报之云：'代代又诗，人人又诗。国无诗则无脉，人无诗则无性情。国有盛衰，故诗有大小；人有智愚，故诗有工拙。'"罗椅首先极力提升诗学的价值地位，将其上升为关系到一人之命运、一国之命运的高度，从立场上来看，他当然首先是坚持诗学本位，然而又比一般江湖诗人的"以诗自适"论更高一筹。最能体现罗椅诗学通达之处的，是他的破门户论，文天祥的"元和以后无诗"的说法，与严羽"不作天宝、开元以下人物"的说法可谓如出一辙，因而罗椅此处的纠偏，显然也是针对严羽的"体制论"而发，罗椅提出"代代又诗，人人又诗"的真知灼见，这样就从根本上颠覆了严羽专宗"盛唐"而扫平一切诗体的狭隘"体制"论，实现了对严羽诗学的超越。

罗椅与刘辰翁有交往，刘须溪《胡仁叔诗序》说："旧常评某人诗清嫩，其人不满，以示罗涧谷，谷曰：'过矣，审然。'"（《须溪集》卷六）可见，罗椅与刘辰翁论诗眼光的一致性，这当然是形成诗学批评流派的重要前提。

宋末庐陵士人之中，在刘辰翁以前点评诗文者，除了罗椅之外，还有欧阳守道和吴子良（荆溪）。

欧阳守道《题吴建翁诗卷》说："嗟乎，此吾乡畏友吴建翁之诗，而朱墨其间，荆溪先生之笔也，粲粲乎，班班乎，月下云影，烟际山光，春江桃浪，秋空雁行，吾庆子之遭也。"（《巽斋文集》卷二十一）另外欧阳守道《巽斋文集》卷二十二有《题吴荆溪点李核诗集》一文，记载吴子良批点庐陵人李核诗集。

刘辰翁的老师欧阳守道本人虽然属于理学中人，但是他善于观诗，也关注诗歌创作，其《书刘养源诗集》说："予虽不学诗，自有诗以来诸名家诗，偶在目前，未尝不快读，未尝不忻然会心。""故不善评诗而得快读，未为无真乐，如其善评，读安能快？"（同上书，卷二十一）其《吴叔椿诗集序》说："然则予不作诗，而固享有诗之至味矣。"（同上书，卷八）而且欧阳守道也关注诗学理论，其《跋玉笥山名贤题咏》说："余少时观诗话，见有称吉州玉笥山者，意忻然爱其名。"（同上书，卷二十二）欧阳守道曾为当代多人的诗集作序，可见他是一个懂诗的理学家。

欧阳守道多次声明自己虽然不能作诗，却具有批评家的眼光，对自己的诗学评论水平颇为自负，其《李瑞卿诗序》说："予之知诗，自谓不在今诗人下也。诗人论诗严甚，而予不畏。""若夫一句一字商量吟讽，以寻瑞卿用工得意处，则当世诗伯富哉，予不当僭。"（同上书，卷十二）当然，欧阳守道是以道学家的眼光来看待诗学的，并不注重具体的诗学本体研究，其对诗学兴趣之浓厚却使他成为当世庐陵诗坛的论家。但是身为理学中人的欧阳守道又不愿意以诗论家自居，其《吴叔椿诗集序》说："予非评诗者也，而妄叙其意如此，嗟乎，某也其无以予言示之诗家乎哉?"其《王廉翁诗集序》说："余不识诗，不能评，闻之识者评公作，非今人诗，古名家诗也。"（同上书，卷九）这都不过是欧阳守道的托词而已。

宋末庐陵诗坛上，响应罗椅"反体制"论的还有赵文。

赵文（1239—1315年），字仪可，号青山，庐陵人，入太学为上舍，宋亡，入闽依文天祥，后为东湖书院山长，选授南雄文学。赵文是刘辰翁的门人，又是刘将孙的好友。

他认为诗歌是个体情性之抒发，本应以顺遂一己之心灵，自由奔放，不必局限于体制格调。其《高敏则采诗序》说："至于诗，不可以一体求。采诗于彭泽，而曰非靖节之诗不采，是绝天下以为无诗，而亦不必采也。人之生也，与天地为无穷，其性情亦与天地为无穷，故无地无诗，无人无诗。"（《青山集》卷一）赵文重点批评了当代诗学的弊病，即狭隘的体制论，其《黄南卿齐州集序》说："诗不可齐。诗之为物，譬之大风之吹窍穴，唱于唱喁，各成一音，刁刁调调，各成一态，皆逍遥，皆天趣，编诗者亦任之而已矣。故是编虽以齐州名，而诗实不齐，不齐所以为齐也，必欲执一人之见，以律天下之诗，此岂知齐者哉?"（同上书，卷二）"诗不可齐"即要求尊重诗歌个性，不必为体制、格调所限，所以论诗家也不可"执一人之见，以律天下之诗"。这些见解彻底冲破了严羽的"体制"论，开启了后世"性灵"诗派的先声。

宋末罗椅和赵文在总结宋代诗学教训的基础上，反思"体制论"自身的缺陷，真正摆脱了门户流派之纠缠，结束了有宋一代的诗学轮回，对元代诗学的走向影响至深。

总之，宋末元初的庐陵不仅出现了理学派诗论家，而且出现了杰出的诗人诗论家群体，批点诗学在庐陵成为一时风尚，成为江西一带创作和评论的核心，其影响力向四周辐射，例如江西崇仁人黄丙炎与刘辰翁有交往，刘辰翁《黄纯父墓志铭》记载二人交游："岁庚辰子初与纯父遇风雪东湖之上。""诗亦有思致，竭目前意，朴厚雅驯。"（《须溪集》卷七）黄丙炎在元兵入抚州之后，归隐，与其子黄兴孙等以诗歌相唱和。另外，月泉吟社诗人的主力连文凤和白珽等一大批遗民诗人都围绕在刘辰翁身边，反映了庐陵诗学在宋末元初的积淀之深、影响之大，证明了它在江西乃至全国的中心位置。

第二节　诗学评点大师刘辰翁

至于评点大师刘辰翁更是以诗学专门授徒，形成了大规模的诗学传授系统，① 如吴澄《刘尚友文集序》说："国初庐陵刘会孟氏突兀而起，一时气焰，震耀远迩，乡人尊之，比于欧阳，其子尚友，式克嗣响，夫一家二文人，由汉迄今，仅见眉山二苏，而尚友之嗣会孟，不忝子瞻之嗣明允。"（《吴文正集》卷二十二）刘将孙《从孙千林小草序》说："昔吾先君子须溪先生之门，以诗若文进者，众矣！"（《养吾斋集》卷十一）刘辰翁实为晚宋、元初诗坛的核心人物。

刘辰翁，字会孟，号须溪，庐陵人（今江西吉安）人，生于宋理宗绍定五年（1232 年），卒于元成宗元贞三年（1297 年），在宋 47 年，入元 18 年。早年尝游著名理学家欧阳守道之门。宝祐六年（1258 年），贡于乡，辰翁对策，"严君子小人朋党辩"，补太学生。景定三年（1262年），对策极言"忠良戕害可伤，风节不竞可憾"，大忤贾似道。理宗亲置之丙第。以亲老就赣州濂溪书院山长。咸淳元年（1265 年），丞相江万里招辰翁入京参政。后除太学博士，知临江军事。宋亡后，江万里死节，辰翁驰往致祭。入元后，遂托迹方外，隐遁不出。

刘辰翁著述颇丰，杨慎《刘辰翁传》说《须溪集》有一百卷，辰翁之子刘将孙《须溪先生集序》说皇庆壬子泉江文集刻本有"诗八十卷，文又若干"，可惜刘氏全集散佚已久，明人已罕见，现存《刘须溪先生记钞》《刘须溪先生集略》等，最多不过全书的十分之一。刘氏又编有唐宋诗集《兴观集》和《古今诗统》两书，也已失传。

---

① 关于刘辰翁的诗学承传谱系，详见第五章第一节。

　　刘辰翁精于赏鉴评点之学，属于诗学批评的现存有《须溪先生校本王右丞集》《刘须溪评孟浩然集》《须溪批点选注杜工部诗》《须溪先生校点韦苏州集》《笺注评点李长吉歌诗》《刘须溪评点孟东野诗集》《须溪批点李壁注王荆文公诗》《须溪批点王状元集诸家注分类东坡先生诗》《须溪先生评点简斋诗集》《须溪评点精选陆游诗集》，评点汪元量《湖山类稿》，除此之外还有保存在《唐诗品汇》中的评点。属于文评的有《三子口义》《世说新语》《史汉异同》。另外，明人杨慎《丹铅余录·总录》卷十九《刘须溪》说："（刘辰翁）于唐人诸诗集及李、杜、苏、黄大家皆有批点。"刘氏评点黄诗今不传。

　　刘辰翁生于欧阳修故乡，少时从"庐陵八邑之冠"——著名诗人王泰来学诗，《江西通志》卷七十六说："王泰来，字太初，庐陵人，父兄俱仕宋，延赏弗及，试艺屡屈，晚值世变，既贫且病，而诗愈工。刘会孟每称其师王太初诗为庐陵八邑之冠。"刘氏又授学于儒学名家欧阳守道，且为宰相江万里器重，还与文天祥有姻亲。刘氏自身天资高明，兼通诗歌、散文、词学、书法、音乐，为人为文具有"仙风道骨"（江万里语），实为晚宋集儒、释、道于一身的特异之才。

　　刘辰翁47岁时遭宋覆亡，入元后隐居不仕，以评诗、论诗、编诗、作诗、传诗为业，从事诗学研究长达25年之久。刘氏评诗善于总结唐宋，折中古今，阐幽发微，寻求通则，"尽发古今诗人之秘"（元程钜夫语），具有集诗学之大成的胸襟气魄。其评点本子流传极广，至于"家有其书，人诵其言"（元刘将孙语）。其诗学门徒众多，元初戴表元及诗歌四大家都与刘氏有渊源。刘辰翁诗学的产生和震耀可谓得"天时、地利、人和"之宜。

　　元、明人对刘辰翁的批点诗学成就评价很高。如元人揭傒斯对刘辰翁的诗学极为推崇，甚至将其与欧阳修的历史功绩相提并论，其《吴清宁文集序》说："须溪，衰世之作也，然其评诗，数百年之间，一人而已，独非子之师乎？因二公之盛，浚六经之源，益溯而求之，海内之名必归子矣。"（《文安集》卷八）又明李东阳《怀麓堂诗话》说："刘会孟名能评诗，自杜子美下至王摩诘、李长吉诸家，皆有评，语简意切，别是一机杼，诸人评诗者皆不及。"也是将刘辰翁视为宋、元、明评诗第一人。

　　明清诗论史上，人们往往将严羽、刘辰翁二人并举。如明代李坚《沧浪严先生集跋》说："昔之号知诗者，宋有严先生，元有刘须溪会孟。"

胡应麟《诗薮》卷五说："南渡人才，远非前宋之比，乃谈诗独冠古今。严羽崛起烬余，涤除榛棘，如西来一苇，大畅玄风。刘辰翁虽道越中庸，其玄见远览，往往绝人，自是教外别传，骚坛巨目。""辰翁解杜，犹郭象注《庄》，玄言妙理，往往角出，尽拔骊黄牝牡之外。"胡氏对刘氏诗学批评赞叹有加，将其与严羽、刘坦之并称，"三家皆唐世未有"。清钱谦益《鼓吹新编序》说："三百余年影悟于沧浪，吊诡于须溪，象物于庭礼。"（《有学集》卷十五）将刘辰翁与严羽、高棅鼎立而论。在明清人眼中，严羽和刘辰翁就是诗论史上的"双子星座"。

宋末刘岳申《题须溪先生真赞》说："其清足以洗一世之众浊，其新足以去千古之重陈。昔之见者，尚不足以得其真，今之谤者，复何足以望其尘。"（《申斋集》卷十四）单从诗学成就而言，元、明两代尚无人能望其项背。

另外，刘辰翁之长子刘将孙也是庐陵诗学的重要人物。

刘将孙（1257—1320年），字尚友，庐陵人，辰翁长子，尝为延平教官，临汀书院山长。刘将孙的诗文成就和诗学理论修养都很高。刘辰翁次子刘参《养吾斋集序》说："先兄养吾先生自少时侍先君子于古心江文忠公馆中，……老儒匠手……皆以小须称之，先君晚年倦疏，笔墨凡酬应者悉属之，先君弃世之后，其文益工，四方之求者如先君焉。"吴澄《养吾斋集序》称刘辰翁："其子尚友式克嗣响。"《四库全书总目》之《养吾斋集》提要说："将孙濡染家学，颇习父风，故当日有小须之目。"刘将孙完整地继承了其父的诗学衣钵，而且有所发扬光大，他的诗论其实可以看作对刘辰翁诗学思想的阐释与延展。

"须溪诗学"作为宋末元初的一大宗，实为刘辰翁父子合力建构，所以我们直接将刘将孙的诗论合并到刘辰翁的诗学理论之中，将刘氏父子的诗论视为一个整体。

第四章

刘辰翁对宋诗学的整合

庐陵诗学评论是在对当代诗学的反思批判中崛起的，具有明显的整合当代诗学以期开出诗学新路向的姿态。下面我们以庐陵诗学对严羽诗学的整合来说明宋末元初的诗学转向。

严羽说："看诗须着金刚眼睛，庶不眩于旁门小法。"（《沧浪诗话》）他自称"参诗精子"，而其后的刘辰翁评诗亦具"临济择法眼"（明人萧正发语），对自己的诗歌评点颇为自负。刘将孙《彭宏济诗序》说："吾先君子须溪先生之说诗，其不可于众可也若甚严，其独赏于人弃也若甚异。"表明了刘辰翁在诗学领域特立独行，绝不随波逐流，依傍任何一家。

宋朝覆亡这一特殊的历史文化境遇，为刘辰翁的诗学批评提供了千载难逢的大好机遇，刘辰翁完全可以将古今诗学包括宋人刘克庄、严羽的诗学思想进行重新整合，建立起全新的诗学体系，以便开出一个迥异于唐宋两代的诗学范式。严羽颇为自负的盛唐诗论，也必然成为刘辰翁所审视、所批评的对象。

第一节 刘辰翁诗学的渊源与精髓

一 刘辰翁与包恢的诗学

陆门弟子包扬、包恢父子的诗论即脱胎于陆氏心学，而严羽、刘辰翁也是在心学熏染之下产生的两大诗论家，两家同源出于包扬、包恢父子的"天才诗论"和"张力"诗学，而又分道扬镳，各自建立了诗学体系。下面我们讨论刘辰翁与包恢诗学的继承关系。

元初陈栎《定宇集》卷八《随录》评刘辰翁："其学不自朱子来，是其天资高。"刘辰翁与心学派也有渊源，他的老师欧阳守道虽然为学不依傍门户，但是与心学派中人包恢常有书信往来，对包恢的人品、学术非常仰慕，其《跋包宏斋赠周载仲诗》说："袖出君所得宏斋先生包公所赠君名孙二本诗，墨迹如新，君之遗后人，与包公之所期望，皆甚悠远也。""文子其益思尔父之训，仰前辈之风，他日二本者知学有立，虽三世一贫可也。"（《巽斋文集》卷十九）欧阳守道的学术其实受陆九渊心学影响为多，其《回包宏斋书》说："守道去秋拜书幸甚。每见乡间士友扁舟东下，辄曰：'吾谒宏斋先生。心甚愧之。某有愿事君子之心，先生有奖进后学之心，舟行而前，不过三四日而顾，自弃如此，此所以自愧于彼能前者。'"（同上书，卷五）其《跋陆象山包克堂遗墨》说："圣可家有世学，里有父师，嗜学不厌，取友四方，予因其来，增此闻见，可谓幸矣！归过后林先生，愿以予言质之宏斋包先生，天下大老，举世宗师，而圣可以先世师友之好，日从之游，若侍丈席，举此就正，而复以可否告我，又幸之甚也。"（同上书，卷十九）欧阳守道俨然是以包恢的私淑弟子自居。

欧阳守道对于心学派的核心——"依本分"之说非常信奉，其《回包宏斋书》说："独至今无怨悔者，以行吾本心也，本心直达，如阳春之生，或遭蹂践摧折，则无如之何而生者，不能自已也。"其《跋陆象山包克堂遗墨》说："圣可大父显仲公，师象山而友克堂者也。二先生翰墨具在，读之凛然，得此老之为人。然象山于其少壮时，喜其淳厚质直，教以'依本分'三字，历举孔门忠信等语戒之，不必务外，以失其本心。而克堂于其老也，见其语不凡，刻时观化，告别好友，如期而逝，为作墓志，标以异人之号。""鸣呼，吴公得象山片言，真能作本分人，若其出入佛、老，要是有见之后，玲珑通透，无所凝滞于彼说尔，彻底'依本分'三字，乃本领之大者。"欧阳守道自己作有《求心说》，阐述"求放心"的重要，与心学派"自作主宰"说一致。

欧阳守道弟子刘辰翁也深受心学濡染。对于刘辰翁的学术特点，刘将孙曾有结论，他评价其父的学问说："师友学问，自先生而后知证之本心，溯之六经，辨濂洛而见洙泗，不但语录或问为已足。"（《养吾斋集》卷十五《须溪先生集序》）可见，刘辰翁像包扬、包恢父子一样，处在朱陆论争的时代，而能够调和二者的学说。

但在诗学精神上，刘辰翁主要还是汲取心学的思想资源比较多。因为包恢作为心学派诗论的代表，他的《答傅当可论诗》一文相当于包氏诗学的总论，而刘辰翁诗学精神的源头即在此。

第一，重天机。

包恢论诗特别重视诗人的"天机自动，天籁自鸣"（《答曾子华论诗》），讲究"自运意旨，以发越天机之妙，鼓舞天籁之鸣"（《答傅当可论诗》），力追"浑然天成""天稷"之境。

再看刘辰翁的"天成"论。刘氏论诗极为重视诗歌的"自然天成"，刘辰翁《松声诗序》说："声皆出于自然，为籁而有小有大，若近若远，或离或合，……诗而似此，则天矣。"（《须溪集》卷十一）其《玉笋山清音堂记》说："凡音之起，由人心生也。惟得之天然者，可以意会而不可以言传。此岂可以寻声而谱、累句而作哉？"（同上书，卷二）其《山园细路高》说："天机分瀑布，应念瓮畦劳。"刘辰翁原注："天机不假人力，尔之抱瓮灌畦，不亦劳乎？"（《须溪四景诗集》卷三）刘辰翁评李白《寻阳紫极宫感秋作》说："其自然不可及矣，东坡和此有余，终涉拟议。"① 评杜甫《促织》说："言丝管感人，不如促织之甚，以促织声出天真故也。"② 评王安石《寄王回深甫》"一寸古心俱未试，相思中夜起悲歌"说："知己情怀语言，不待勉强，读之如林谷风声，悲愤满听，所谓天然。"③ 评苏轼《夜泛西湖五绝》说："两两不必有造作，奇怪好语天然。"④ 刘氏于诗学评点中，使用"天然""天机""天真"等术语极为频繁。

刘辰翁又用"偶然拾得"等来表示诗歌的天成性，如其《陈生诗序》说："斜阳牛笛，鸡声茅店，时时处处，妙意皆可拾得。"（《须溪集》卷六）刘辰翁评王维《萍池》说："每每静意，得之偶然。"⑤ 评韦应物《滁州西涧》说："好诗必是拾得，此绝先得后半。起更难似，故知作者用心。"⑥ 评陈与义《夜赋》"泊舟华容县，湖水终夜明"说："古语平

① （明）高棅：《唐诗品汇》卷五，上海古籍出版社1982年影印本。

② （宋）刘辰翁：《须溪批点选注杜工部诗》卷七，明正德四年云根书屋刻本。

③ （宋）刘辰翁：《须溪批点李璧注王荆文公诗》卷三十六，陟园影印元大德本。

④ （宋）刘辰翁：《须溪批点王状元集诸家注分类东坡先生诗》卷八，汪氏《诚意斋集》书堂影刊本。

⑤ （宋）刘辰翁：《须溪先生校本王右丞集》，《四部丛刊》影印元刻本。下文引用刘辰翁评点王维诗歌的文字均出于此，不再一一加注。

⑥ （宋）刘辰翁：《须溪先生校点韦苏州集》，明凌濛初刻朱墨套印本。下文引用刘辰翁评点韦应物诗歌的文字均出于此，不再一一加注。

平，如'清晨闻扣门'者，贵其真也。不如此起，眼前俯拾便是。"① 评陈与义《游葆真池上》"徐去首不回"说："世间常有此景，要人拾得。"评杜甫《石笋行》说："率然两语，补拾成篇。"② 评苏轼《二月八日与黄焘僧昙颖过逍遥堂》说："皆以游戏偶成。"③

关于天成与人力的关系，刘将孙有更明确的论述，其《须溪先生集序》说："盖尝窃观于古今斯文之作，惟得于天者不可及。得于天者不矫厉而高，不浚凿而深，不刻苦削而奇，不锻炼而精。若人之所为，高者虚，深者芜，奇者怪，精者苦。三千年间，惟韩欧苏独行而无并。两汉以来，六朝南北盛唐名家，岂不称雄一时而竟莫之传者，天分浅而人力胜也。"（《养吾斋集》卷十一）其《胡以实诗词序》说："凡天趣语难得，以实自证自悟，故一出而高，……横中而起者，颠倒而出之者，与离而去，推而远者，如堕如吐，如拾而得，了莫之测者，往往有焉。"（同上书，卷十九）其《本此诗序》说："诗本出于情性，哀乐俯仰，各尽其兴，后之为诗者，锻炼夺其天成，删改失其初意，欣悲远而变化非矣。人间好语，无非悠然自得于幽闲之表。"（同上书，卷九）无不体现出对"天然本色"的高度尊重。

第二，重禅悟。

包恢论诗善于打通诗禅，讲究诗歌的悟性，如其《答傅当可论诗》说："前辈尝有'学诗浑似学参禅'之语，彼参禅，固有顿悟，亦须有渐修，始得顿悟。"（《敝帚稿略》卷二）

刘辰翁也往往以禅理评诗，如其评王维《辛夷坞》说："其意亦欲不着一字，渐可语禅。"刘氏论诗很讲究"悟入"，如评储光羲《樵父词》说："不忧己，好神游，更高是在庄子言外，实证实悟。"评李白《月下独酌四首》其二说："缠绵散朗，渐入真趣，言语之悟入如此。"评杜甫《大云寺赞公房四首》其一"心清闻妙香"说："便尔超悟。"评王安石《拟寒山拾得》其十说："说得有悟处。"评李贺《石城晓》说："不言留

---

① （宋）刘辰翁：《须溪先生评点简斋诗集》，日本翻刻明嘉靖朝鲜本。下文引用刘辰翁评点陈与义诗歌的文字均出于此，不再一一加注。
② 《须溪批点选注杜工部诗》卷十。
③ 《须溪批点王状元集诸家注分类东坡先生诗》卷一。

别而有留别之色，妙不着相。"①

刘将孙《如禅集序》集中论诗禅关系说："诗固有不得不如禅者也。今夫山川草木，风烟云月，皆有耳目所共知识。其入于吾语也，使人爽然而得其味于意外焉，悠然而悟其境于言外焉，矫然而其趣其感他有所发者焉，夫岂独如禅而已，禅之捷解，殆不能及也。然禅者借滉瀁以使人不可测，诗者则眼前景，望中兴，古今之情性，使觉者咏歌之，嗟叹之，至于手舞足蹈而不能已。登高望远，兴怀触目，百世之上，千载之下，不啻如自其口出，诗之禅，至此极矣。""彼禅者或面壁九年，雪立齐腰，后之学诗者，其工夫能尔耶？""其（易成已诗）汪洋大篇，有不可极之势，其简净短赋，有不可尽之情。推此而为禅宗可也。抑诗但患不能禅耳，傥其彻悟，真所谓投之所向无不如意。往闻汤晦静接后进，每举喜怒哀乐未发两语，无能契答者。一日，徐径畈以少年书生径诣，请晦静复举此，径畈云：'请先生举，某当答。'晦静举云：'如何是喜怒哀乐未发之谓中？'径畈云：'迟日江山丽。'又举：'如何是发而皆中节之谓和？'应云：'春风花草香。'师友各以为自得，而径畈平生学问大旨不出此。予举以叙诗禅。禅乎禅乎？独诗而已也哉。"（《养吾斋集》卷十）其《彭丙公诗序》说："然丙公之悟入，欲持以语人，政亦如予之哗也。""文章皆技也，诗又小，然一言几乎道，有平生白首不能得，予与君皆愿学者也，因举初入语相赞发，其览者不诮我辈之如禅哉？"（同上书，卷十一）用玄禅之原理来说明诗歌境地，讲究诗人的超然悟入之功效，都是以禅喻诗的典范之作。

第三，破门户。

包恢承接陆九渊的诗学精神，论诗善于折中古今，不守门户。严羽越过了宋诗、江湖派、江西派、晚唐派，直接到盛唐，是复"盛唐"之古，属于死守门户，这一点是对包恢诗学的反叛，而刘辰翁则发扬了包恢的反体制论。

刘辰翁解构严羽诗学的主要突破点是严羽的软肋——"体制论"。体制论是严羽诗学的核心，事实上，刘辰翁也正是从体制入手来解决宋代所积累的种种诗学难题，从而从根本上解构严羽诗学观念的大厦。

---

① （宋）刘辰翁：《笺注评点李长吉歌诗》，文渊阁《四库全书》本。下文引用刘辰翁评点李贺诗歌的文字均出于此，不再一一加注。

刘辰翁《语罗履泰》说："杜诗'不及前人更勿疑，递相祖述竟先谁。别裁伪体亲风雅，转益多师是女师'，此杜示后人以学诗之法。前二句戒人之愈趋愈下，后二句勉后人之学乎其上也。盖谓后人不及前人者，以递相祖述，日趋日下也。必也区别裁正浮伪之体，而上亲风雅，则诸公之上，转益多师，而女师端在是矣。"（《须溪集》卷六）显然，刘氏是以杜甫"转益多师"为理论武器来反对严羽的门户宗派论。刘将孙《萧达可诗序》说："（萧达可）涉古文，即玄思深构，凝颖而作。诸起兴运意，即不落蹊径窠臼，至韵语，亦楚楚非时世妆，真所谓'戛戛乎陈言之务去'，或者诮之，惟吾家君须溪先生一见即喜，尝以语门生儿子辈曰：'此其人处异乎诸子之撰，如人学道，参顿悟禅，即不成佛，已离初地。'"（《养吾斋集》卷十）这一点也是针对严羽的格调说而发，刘氏同样运用"以禅喻诗"之法来说明学诗无须模拟前人，应该打破门户，自出胸臆，抒写情性。

刘氏以"破门户"为学诗入处，与严羽针锋相对。刘将孙《彭宏济诗序》说："自风雅来，三千年于此，无日无诗，无世无诗，或得之简远，或得之低黯，或得之古雅，或得之怪奇，或得之优柔，或得之轻盈，往往无清意则不足以名世，夫固各有当也，而后出者，顾规规然效之于其貌焉耳，而曰吾自学为某家，不亦驰骋于末流而诗无本矣乎？清以气，气岂可握而学、揽而蓄哉？"（同上书，卷十一）诗歌是诗人一己情性的抒发，无须"自学为某家"，否则就是"驰骋于末流而诗无本"。刘将孙《感遇五首》说："沛然本情性，以是列之经。""唐风晚愈陋，宋作高入论。遂令后来者，末流骋纵横。高者效选体，下者唐作程。"（同上书，卷一）指出诗歌创作只要做到"本情性"即可，无须遵守一定的格调体制，一味学习汉魏、盛唐或者晚唐，均非诗歌正途。

刘氏评点的范围之广也很能说明其诗学眼界的开阔。从评点诗人的朝代来看，唐、宋两朝诗均不偏废，在宋诗领域，刘氏专门评点的有：北宋苏轼诗，王安石诗，南北宋之交的陈与义诗，南宋陆游诗，宋末汪元量诗。《庐陵县志》还说刘辰翁"于唐人诸诗集及李、杜、黄大家，皆有批点"，认为刘氏还有黄庭坚诗歌评点，可惜今不传。在唐诗领域，专门评点的有：盛唐王维、孟浩然、杜甫、韦应物，中晚唐李贺、孟郊。而从《唐诗品汇》中刘氏的评点看，其范围更为广泛，唐诗名家几乎无一遗漏：骆宾王、杜审言、李白、贺知章、岑参、高适、王之涣、储光羲、崔

颢、常建、韩愈、柳宗元、戴叔伦、张谓、郎士元、沈千运、孟云卿、刘
商、杨衡、王建、张籍、卢仝、裴迪、王缙、刘长卿、司空曙、钱起、卢
纶、卢象、崔途、贾岛、姚合，从初唐、盛唐、中唐，一直到晚唐的诗
人，几乎无所不包。可见，刘辰翁的批评眼光极为开阔，彻底打破了门户
限制。

刘辰翁的诗学评点活动有明确的现实针对性和使命意识。吴澄说
刘辰翁评诗特点是"于诸家诗，融液贯彻"（《吴文正集》卷十八
《大酉山白云集序》），程钜夫说刘辰翁的诗学评点是"尽发古今诗人
之秘"（《雪楼集》卷十五《严元德诗序》），说明刘辰翁主要目的是
通过对古今诗歌的评点，揭示诗歌的普遍原理，试图从中寻找到一以
贯之的东西，建立起超越前人的诗学理论，从而为诗学指出向上一
路，也就是刘将孙所说的"于开将来而待有作"（《须溪先生集序》）。
显然，刘辰翁进行诗学评点的根本目的：一方面是摆脱江湖、江西之
争，跳出宗派门户之见；另一方面是借助唐宋诗学资源，建立自己的
诗学方法论，这一点受到元初诗论家的普遍支持，纷纷视其为解决诗
学困境的灵丹妙药。

二 刘辰翁诗学的奥秘："张力"诗学

刘辰翁继承包恢等人的诗学成就，成为"张力"诗学的集大成者。

包恢《答傅当可论诗》描述浑然天成的诗歌意境说："冲漠有际，冥
会无迹，空中之音，相中之色，欲有执着，曾不可得。"（《敝帚稿略》卷
二）包恢借助北宋张舜民的"镜花水月"说来表达诗歌艺术的浑成与不
可捉摸性，认为诗歌的最高境界应该是妙不着相，不可凑泊。

刘辰翁在这一方面的诗学主张与包恢相同。揭傒斯《傅与砺诗集序》
记载刘辰翁诗论说："诗欲离欲近。夫欲离欲近，如水中月，如镜中花，
谓之真不可，谓之非真，亦不可。谓之真，即不可索，谓之非真，无复真
者。"（《傅与砺诗集》卷首）刘辰翁《简斋集序》也说："诗道如花，论
高品则色不如香，论逼真则香不如色。"（《简斋集》卷首）其《刘孚斋诗
序》说："即同言同意，愈近愈不近，诗至是难言耳。"（《须溪集》卷
六）其《陈生诗序》说："若平生父子兄弟家人邻里间，意愈近而愈不
近，着力政难。"（同上）其《郭兼山冲晦中庸说序》说："至言天人性命
之际，往往愈析愈离，而真实愈不可得。"（同上）这些说法都可以与包

恢的"不可凑泊"说相互印证。

在"言意"关系上，禅宗讲究"不着文字，不离文字"（《大方广宝箧经》卷上），"不即不离，无缚无脱"（唐译《圆觉经》），这正是包恢"不可执着"说与刘辰翁"欲离欲近"说的思想资源。实际上，包恢、刘辰翁的"镜花水月"说，不仅是对诗学审美趣味或者境界的描述，更是一种极具艺术内涵的诗学方法（意境的生成方法）。

此种诗歌观念认为：诗歌作为一种艺术存在，其本体总是存在于"近与离""有与无""深与浅""难与易""多与少""表与里""浓与淡""繁与简""静与动""内与外"等等。这样一些对立统一的关系之中的，始终保持着艺术语言的"内与外"之间的紧张关系，诗歌的无限意蕴和韵味都产生于这种"紧张关系"，诗歌魅力的大小、韵味的多少，也取决于矛盾着的两极的紧张度，当这种紧张度处于"中和"状态时，诗歌便实现它表意抒情的最佳功能，也就是刘辰翁所谓的"逼真"（《简斋诗集序》）。

我们可以将这种关乎诗歌两极对立统一的诗学方法和原理，称为"张力"诗学。

对于这种诗体内部的"张力"特征，包恢是有比较全面体现的，上述几组张力实体包恢差不多都有涉及。

一是关于诗体的"表与里""深与浅""内与外"。其《书徐致远无弦稿后》说："诗有表、里、浅、深，人直见其表而浅者，孰为能见其里而深者哉？犹之花焉，凡其华彩光焰，漏泄呈露，晔然尽发于表，而其里索然，绝无余蕴者，浅也。若其意味风韵，含蓄蕴藉，隐然潜寓于里，而其表淡然，若无外饰者，深也。"（《敝帚稿略》卷五）

二是关于"华与质""枯与腴"。其《答傅当可论诗》说："故观之虽若天下之至质，而实天下之至华；虽若天下之至枯，而实天下之至腴。"（同上书，卷二）

三是关于"寻常与奇崛""容易与艰辛"。其《答傅当可论诗》说："半山云'看似寻常最奇崛，成如容易却艰辛'，某谓寻常容易，须从事奇崛艰辛而入，又妄意以为'损先难而后易，益长裕而不设'，不外是诗法。况造物气象，须自大化混浩中沙汰陶镕出来，方见精彩也。"其《书徐致远无弦稿后》说："故其字字句句有依据，有法度，欲会众体众格，而无一字妄用，一语苟作者，切无谓其寻常容易，乃奇崛之最，实自艰辛

而得也。"（同上书，卷五）

四是关于"巧与拙"。其《书侯体仁存拙稿后》说："文字觑天巧，未闻取于拙也。以今视古，不巧不拙，无如渊明，知之谓其写胸中之巧，亦不足以称之，不知者或谓其切于事情，但不文尔，是疑其拙也，此可与智者道。非巧非拙，得其正矣。"（同上）包扬、包恢提出的这种诗学，在庐陵人罗椅、刘辰翁那里也得到了继承，罗椅《与危骊塘论诗》说："尝妄意认为作诗如挽强弓，宁过于机，毋不及于机。过则俯而就之也易，不及则正而至之也难。故用意必深，欲自深而造平淡；下语欲健，欲自健而造浑成。"罗椅以弓的张力来比喻诗歌语言内部的张力，涉及了诗歌本体的"深与浅""浓与淡"两组张力实体。

对这种"张力"诗学的原理体悟最深、运用最为娴熟的是刘辰翁，刘氏的诗歌评点中对此有淋漓尽致的揭示，主要表现在以下几个方面。

（一）少与多

刘辰翁《刘次庄考乐府序》说："吾读文王《清庙》，何其往来反复，愈简而愈有余地，虽不能知其声，而洋洋者如倡而复叹之不足也，故可歌也。"刘氏所谓的"愈简而愈有余地"，正是"张力"的审美特征。

刘辰翁极力推崇"晋人语言"的艺术魅力，而他所谓"晋人语言"的这一本质首先是通过"以简驭繁"的形式体现出来的。对刘氏诗学比较熟悉的杨慎《升庵集》卷六十八《将无同》就说："晋人语言务简。"为了追求诗歌的韵味悠长，就必须在诗歌语言的"多"与"少"之间构成张力，达到"以少出多"的效果，这是刘辰翁重要的诗学思想。如其《刘孚斋诗序》说："作诗如作字，凡一斋第一类，欲以少许对多多许。"其《赵信之诗序》说："本朝有宗衮而无贺白。然自南塘兄弟，下逮汝芜，类以少许胜多多许。"（《须溪集》卷六）刘将孙《彭宏济诗序》评彭宏济的诗："予反复三日夜不厌，眼前意中，宛然不食烟火，谈笑有风骨，少少许胜他人多多许，五七字而有数十言之味。"刘将孙《感遇五首》说："晋人善语言，其言明且清。少许胜多多，飘萧欲通灵。"

这一原理也贯穿于刘辰翁的诗学评点，如其评王维《山中送别》"春草明年绿，王孙归不归"说："今古断肠，理不在多。"评孟浩然《春晓》

说："风流闲美，正不在多。"① 评孟浩然《送友人之京》说："甚不多语，神情悄然，比之苏州特怨甚。" 评储光羲《采菱词》说："恳款备至，不在多，不在深。"② 评王安石《九鼎》"始皇区区求不得，坐令神好窥邑屋"说："语不多少。"③ 评王安石《送石赓归宁》"微诗等瓦砾，持用报隋和"说："亦不多少。"④ 评苏轼《郊祀庆成》说："典重丽密，不多不少。"⑤ 评陈与义《路归马上再赋》"世事剧悠悠"说："情景喟然，不多不少。" 评陈与义《同左通老用陶潜还旧居韵》说："短短语，自可怜。" 评陈与义《夏至日与太学同舍会葆真》其一说："少少许，不可极。" 都是明言"多与少"的"张力"诗学思想的表达。

另外，刘辰翁还有很多未用"多少"指明的诗学评论和评点，也是这个思想的表达。

如其《陈宏叟诗序》评杜甫诗句："又如'衣冠却扈从'，为还京之喜，与先时不及扈从，而今扈从，道旁观者之叹，班行回首之悲，尽在一'却'字中。如'远愧梁江总，还家尚黑头'，三诵其语，复何必深切著明，攘臂而起，正色而议哉？今人诗五字或赘二字，不可以不知也。" 又其《题王生学诗》说："老杜'衣冠却扈从'，徒一'却'字，而昔之宜扈从而不扈从，与后之欣喜复辟，初得见汉官者，舍其枯而集其菀者，具是有焉。"（《须溪集》卷六）杜甫诗句着一"却"字，就把今昔变迁的悲叹忧喜之情完全表达而出，可谓"以少胜多"，如此一来，便不需要"深切著明，攘臂而起，正色而议"，假如一味用力铺叙，直白浅露，反而违背了"含蓄"的创作原则。刘辰翁以分析杜甫诗句为例，说明"以少许对多多许"的原理。

又其《韦苏州诗序》评韦应物诗："如'白日淇上没，空闺生远愁'，正似不着一字，坐见销魂。苏州五字已多，即'他乡到是归'，是他人几许造次能道及其春容？若'佳人亦携手，再往今不同'，其含情欲诉，乃在数字之后。'风澹意伤春，池寒花敛夕'，襟怀眼景攀折如此，又岂更

---

① （宋）刘辰翁：《刘须溪评孟浩然集》，明凌濛初刻朱墨套印本。下文引用刘辰翁评点孟浩然诗歌的文字均出于此，不再一一加注。

② 《唐诗品汇》卷十。

③ 《须溪批点李壁注王荆文公诗》卷十八。

④ 同上书，卷七。

⑤ 《须溪批点王状元集诸家注分类东坡先生诗》卷二十二。

道哉？"（《永乐大典》卷九零六引）① 刘氏认为韦应物诗的妙处在于"不着一字，坐见销魂"，对这句话的理解应该依据钱锺书的分析，《谈艺录》说："《诗品·含蓄》曰：'不着一字，尽得风流。''不着'者，不多着，不更着也，已着诸字，而后'不着一字'，以默佐言，相反相成，岂不语哑禅哉？"② 所谓的"不着"，实际上包含了"不多着"的意思，所以其基本含义仍旧是刘辰翁常说的"以少胜多"。

"以无出有"，"不着而又尽得"，是刘辰翁重要的诗学思想。如其评王安石《题西太一宫壁二首》其二说："不须着一字，自是好。"③ 评王安石《秋日不可见》说："随分自然，不着一语。"④ 评王维《辛夷坞》说："其意亦欲不着一字，渐可语禅。"评孟浩然《洛中访袁拾遗不遇》"洛阳访才子，江岭作流人"说："此惊起，岂待第三语哉？便不着一字，亦自深怨。"评储光羲《田家杂兴》其七说："不着一语，意自然个中。"⑤ 评王维《冬日游览》说："更似不须语言。"评王维《使至塞上》说："亦是不用一辞。"与此相近的表达还有：刘氏评王维《华子岗》说："萧然更欲无言。"评王维《鹿柴》"返景入深林，复照青苔上"说："无言而有画意。"评韦应物《闻雁》说："更不须语言。"评陈与义《登海山楼》说："不着乱字，更是慨然。"评杜甫《春日怀李白》说："写相望之情，不明言，怀在其中矣。"⑥ 评李贺《美人梳头歌》说："有情无语，更是可怜，无语之语更浓。"

刘辰翁又用"妙不着相"来表达这种有关"多—少""有—无"的张力关系，如评李贺《石城晓》说："不言留别而有留别之色，妙不着相。"评王安石《七星砚》说："从虚入实，矫矫亦不着相，故是此老高处。"⑦

诗歌创作讲究妙不着相，追求"无言之言"，不必"深切著明"，以

---

① 刘辰翁使用"韵味"一语主要是指向王孟韦柳一派，如其评韦应物《棕榈蝇拂歌》："当与少陵作并传，而苏州更俊韵，增人怜爱。"评王维《漆园》："使在谢东山辈，口语皆成高韵。"评孟浩然《万山潭》："古意淡韵，终不可以众作律之，而众作愈不可及。"

② 钱锺书：《谈艺录》，中华书局 1984 年版，第 414 页。

③ 《须溪批点李壁注王荆文公诗》卷四十。

④ 同上书，卷十一。

⑤ 《唐诗品汇》卷十。

⑥ 《须溪批点选注杜工部诗》卷一。

⑦ 《须溪批点李壁注王荆文公诗》卷十八。

上这些表达方式虽然彼此稍有不同，但是其内涵大致都离不开《老子》所谓的"不言之教"这一思想原则，是刘辰翁对"张力"诗学思想的具体而详尽的表述。

（二）深与浅

刘辰翁对诗歌的深浅之道也多有阐发，如其《陈生诗序》说："履豨者每下愈况，赋车者载猌歇骄。吾评古今甚深密义，得之浅易，他人不能识，乃反笑予。"（《须溪集》卷六）刘将孙《如禅集序》说："盖积之不厚，则其发之也浅，发之不称，则其感之也薄。"（《养吾斋集》卷十）其《胡以实诗词序》说："发乎情性，浅深疏密，各自极其中之所欲言。"（同上书，卷十一）其《九皋诗集序》说："欣悲感发，得之油然者有浅深，而写之适然者有浓淡。"（同上书，卷十）就涉及"深与浅""浓与淡""疏与密"几组张力实体，指出艺术的至高境界在于以"浅易"出"深密"，亦即以少出多。

又如刘辰翁评李白《乌夜啼》说："语有深于此者，然情之所至皆不如此，则亦不必深也，凡言乐府者，未足以知此。"① 评李白《采莲曲》说："浅语尽情。"② 评李白《扶风豪士歌》说："虽浅浅，切甚。"③ 评杜甫《今夕行》说："不深不浅语。"④ 评杜甫《山寺》"如闻龙象泣"说："语得深浅。"⑤ 评杜甫《月夜忆舍弟》说："浅浅语，使人愁。"⑥ 评戴叔伦说："幼公诸诗，短处更深，长处愈浅。"⑦ 评李贺《李夫人》"青云无光宫水咽"说："至浅语，亦独步。"评李贺《七夕》说："鬼语之浅浅者。"评王安石《别马秘丞》说："其诗犹有唐人余意者，以其浅浅即止。"⑧ 评王安石《谢公墩》"涕泪对桓伊，暮年无乃昏"说："不多不浅，造次名言。"⑨ 评王安石《明妃曲二首》其二"含情欲语独无处，传

① 《唐诗品汇》卷二十六。
② 同上。
③ 同上。
④ 《须溪批点选注杜工部诗》卷一。
⑤ 《须溪批点选注杜工部诗》卷十二。
⑥ 《须溪批点选注杜工部诗》卷六。
⑦ 《唐诗品汇》卷十九。
⑧ 《须溪批点李壁注王荆文公诗》卷十七。
⑨ 《须溪批点李壁注王荆文公诗》卷五。

与琵琶心自知"说:"浅浅处亦有情。"① 评王安石《昭文斋》说:"虽出米意,引庄语近戏,竟似浅浅。"② 评陈与义《留别天宁永庆干明金銮四老》说:"别语浅浅,自不可堪。"都是其"以浅出深"张力思想的应用。

（三）浓与淡

刘辰翁又用浓淡来描述自己的张力哲学,以此为永恒的诗歌法则。刘将孙《彭丙公诗序》说:"往年侍先君子须溪先生,居高山绝顶。一日昧旦起,见万山之外,微明湛然,远如水光,已而紫翠金彩,棱露百迭,良久则云收天澹,山尖如染,其下雾气方冥蒙如晦,心窃如有所省,因请曰:'诗宜得如此景趣,意者画手犹难之也。'先君子欣然证之曰:'诗道具此矣。浓者欲其愈浓,淡者不厌其更淡,繇是观于诸家,始略得浓淡真处。'"(《养吾斋集》卷十一)刘氏所谓的"浓淡真处"乃真诗道所在,此一存在于古今诗体而又为陶、韦所发扬光大的诗学法,为刘辰翁一语点明。

（四）难与易

刘辰翁《萧禹道诗序》说:"今人未必知古人,而有轻古人之色,漫谓寻常语即寻常意,试使宿留思之,未有不自见而色已如此。"(《须溪集》卷六)讲究"寻常"的形式与"奇崛"的内涵之间的张力。

宋末元初的刘辰翁在包恢、罗椅等人的基础上,继续沿着"不即不离"的诗学思路往前推进,"张力"诗学的原理在刘辰翁的评点实践中得到了淋漓尽致的发挥,这也就是刘辰翁诗学的精髓所在。刘辰翁可谓元初"张力"诗学的集大成者,刘辰翁提出的许多诗学问题,都可以以此为切入点来进行解释,而且,他对这一诗学原理的"揭秘",直接开启了元代诗学批评中崇尚淡泊张力的思潮。

第二节　刘辰翁对严羽诗学的批评

在庐陵诗学批评兴起之后,明确地显示出与严羽进行对话的就是批评大家刘辰翁,虽然刘辰翁现存的文字中并没有指名道姓地提及严羽的名字,但是下面两则材料可以证明,刘辰翁的确熟知严羽诗学并与之进行过诗学论争。

---

① 《须溪批点李壁注王荆文公诗》卷六。
② 《须溪批点李壁注王荆文公诗》卷四十。

证据之一：苏轼、严羽、刘辰翁关于柳宗元《渔翁》的讨论。

苏轼对《渔翁》的评论见于《冷斋夜话》卷五："柳子厚诗曰：'渔翁夜傍西岩宿，晓汲清湘燃楚竹。烟消日出不见人，欸乃一声山水绿。回看天际下中流，岩上无心云相逐。'东坡云：'诗以奇趣为宗，反常合道为趣。熟味此诗，有奇趣。然其尾两句，虽不必亦可。'"《诗人玉屑》卷十记载略同："柳子厚诗曰：'渔翁夜傍西岩宿，晓汲清湘燃楚竹。烟消日出不见人。欸乃一声山水绿。回看天际下中流，岩上无心云相逐。'东坡云：'以奇趣为宗，反常合道为趣。熟味之，此诗有奇趣。其尾两句，虽不必亦可。'"另外，严羽以前的《诗话总龟》卷四十八、《苕溪渔隐丛话》前集卷十九，以后的《诗林广记》卷五都有记载，可见苏轼此说流传之广，影响之大。

严羽《沧浪诗话》说："柳子厚'渔翁夜傍西岩宿'之诗，东坡删去后二句，使子厚复生，亦必心服。"

与严羽不同，刘辰翁评柳宗元《渔翁》诗则说："或谓苏评为当，非知言者。此诗气浑，不类晚唐，正在后两句，非蛇安足者。"（高棅《唐诗品汇》、蒋之翘《柳诗辑注》引）

证据之二：关于孟浩然诗句对仗的讨论。

严羽《沧浪诗话·诗体》说："有借对。浩然：'厨人具鸡黍，稚子摘杨梅。'"

而刘辰翁评孟浩然《裴司士员司户见寻》诗则说："大巧若拙，或谓'杨梅'假对，谬论。"（《刘须溪评孟浩然诗》）

《梦溪笔谈》卷十五说："如'自朱耶之狼狈，致赤子之流离'，不唯赤对朱，耶对子，兼狼狈、流离，乃兽名对鸟名。又如'厨人具鸡黍，稚子摘杨梅'，以鸡对杨。如此之类皆为假对。"南宋初王观国《学林》卷八、江少虞《事实类苑》卷四十、张镃《仕学规范》卷三十九都引用过这个例证。

蔡正孙《诗林广记》卷八说："《诗体》云：'诗有借对字，如孟浩然"厨人具鸡黍，稚子摘杨梅。"是借杨对鸡。'又如太白'水舂云母碓，风扫石楠花'，是借楠对母。又如'竹叶于人既无分，菊花从此不须开，'竹叶谓酒，借对菊花。此皆借对体也。"例句全部采自严羽诗论，可见严羽的这个"假对"说影响很大。

显然，刘氏两处所谓的"或谓"所指的人物非诗论家严羽莫属。从其"谬论""非知言者"这样的语气中，可以体会到刘辰翁对严羽的蔑视，这应该就是刘辰翁与严羽进行诗学对话的明证。

除了以上两处显在的证据以外，我们还可以证明刘辰翁熟知邵武一带的诗学，其《刘孚斋诗序》说："尝与客言老杜'亲朋尽一哭，鞍马去孤城'，客言近世戴式之亦云：'此行堪一哭，何日见诸君。'余曰：'俗矣。'即同言同意，愈近愈不近。"（《须溪集》卷六）其中所讨论的戴复古诗句出自戴复古《别邵武诸故人》一诗，而戴复古与严羽和严粲交往甚密，曾作《祝二严》诗评价过二人的诗歌，所以刘辰翁对邵武诗人群体的创作与诗论不可能不熟知。

由于地缘上的接近，严羽与刘辰翁作为江闽两派诗家的代表人物，对彼此的诗学文化也必然会有相互的了解。

先看严羽与庐陵的关系。严羽一生客游江湖，不仅到江西南城师事包扬，而且到过江西庐陵、临川等地，《沧浪严先生吟卷》有《庐陵客馆雨霁登楼言怀寄友》《秋日庐陵送杜子野还摄钟陵纠掾》，又有《临川送周月船入京》《临川逢郑遐之之云梦》这种反映自己行踪的诗作，因此严羽对江西诗学尤其是庐陵诗学文化（包括诗人群体、诗歌创作、诗歌评论）必定有较全面的了解。

再看刘辰翁与福建的关系。刘辰翁是庐陵诗学批评的代表人物，他在宋、在元都与福建一地保持联系，或因任职，或因师友交往，可谓缘分不浅。如 1260 年，刘辰翁与到江西任职的福建三山人陈俞结为诗友（《须溪集》卷七《陈礼部墓志铭》），1264 年至 1265 年，刘辰翁随江万里至福建三山（福州）任职。1292 年，刘辰翁为邵武人黄公绍作序，而黄公绍曾为严羽《沧浪严先生吟卷》作序，是严羽诗学的推广者。1293 年，应友人之请作《南剑龟山书院记》，南剑即福建南平。① 刘氏又为月泉吟社重要诗人福建三山人连文凤的诗集作序。其子刘将孙入元后曾在邵武任职。

这些都可以证明刘辰翁对福建一地的学术和诗学特点应该不陌生，况且刘辰翁对当代刘克庄、戴复古等江湖诗人的创作了解得非常透彻，常常给予批评，所以刘辰翁应该熟知福建邵武一带包括严羽的诗学。这就为刘辰翁批评、整合严羽诗学提供了前提条件。

---

① 参见刘宗彬《刘辰翁年谱》，《吉安师专学报》第 18 卷第 3 期。

第三节　"尽扫江湖晚唐"：刘辰翁与严羽 诗学进行对话的立场

南宋诗学自始至终主要是江湖诗派与江西诗派之争，而严羽盛唐格调论的横出，新的诗学门户的树立，使诗学问题越来越趋向复杂化。

诗学固然不能沦为经学的附庸，也不宜一味在晚唐里讨生活，但问题是，依照严羽的观念，独尊盛唐诗体，排斥唐宋其他诗体，诗歌即使克服了江湖诗人学晚唐的问题，是否就能解决诗学发展的方向问题？说到底，严羽的诗论还是不能跳出宗唐宗宋门户之争的怪圈，并非诗学发展的康庄通衢。

所以，欧阳守道和刘辰翁要跟严羽对话，就不仅要面临一般江湖诗派的问题，还要面对江湖诗人中的异端人物严羽的诗学发难以及其诗学批评本身的巨大缺陷与危害。欧阳守道采取理学的立场，企图压制诗学的发展，他与严羽的对话只是限于诗歌"功能论"的讨论，没有进入诗学本体层面的较量，基本上是一场错位的对话。在严羽和欧阳守道之后，刘辰翁以全副精力进行诗学研究，他与严羽诗学的对话，才真正进入诗学本体的讨论。

朱熹《朱子语类》卷一百二十四说："江西士风好为奇论，耻与人同，每立异以求胜。"严羽自称自己的诗学是"断千百年公案"，"至当归一之论"，"是自家实证实悟者，是自家闭门，凿破此片田地，即非傍人篱壁，拾人涕唾得来者，李杜复生不易吾言矣"（《答吴景仙书》），而极富艺术才华的刘辰翁本人也属于求新求变派，严羽进行的挑战，试图为诗坛重新立法，刘辰翁就必须结合宋代的诗学课题和严羽的诗学，继续推进诗学的发展。

刘辰翁是在江西诗派和江湖诗派均发展成熟的大背景之下发言的，而且在他之前，宋人对诗学的研究、论证已经相当丰厚深邃，诗学资源极为丰富。刘辰翁借助有力的天时（唐宋诗学）、地利（江西地域）、人和（天赋诗才），专门研究诗学长达二十多年，可以说，他完全有条件创造极为成熟的诗学理论，成为宋代诗学集大成的人物。面对当代诗道的榛芜，他能否在严羽诗学的基础上获得新的超越，进行前所未有的诗学创新？这是刘辰翁所面临的诗学难题。

在我们考察刘辰翁与严羽诗学的对话之前，先确定刘辰翁的诗学身份与立场，即在江西诗派与江湖诗派这两大诗学文化之间，他的左右祖问题。

钱锺书《谈艺录》说："刘辰翁为西江余闰。"[①] 将刘辰翁放在江西诗学的文化熏染之下加以观照，这是有道理的。

刘辰翁以其超特的诗学禀赋和深厚的诗学修养，与严羽同样站在"诗学"的立场进行对话，但是，严羽的论诗宗旨是想以"体制论"为理论武器来颠覆当代诗坛秩序，对宋诗和江西诗派基本上采取全盘否定的态度，而刘辰翁则基本上是站在江西诗学的立场来克服江湖晚唐诗弊。其《简斋集序》说："诗至晚唐已厌，至近年江湖又厌。"他所要清算的重点对象是江湖晚唐诗派，而不是江西诗派，这一点其子刘将孙也有明确论断，其《须溪先生集序》说："词章翰墨，自先生而后，知大家数笔墨情性，尽扫江湖晚唐锢习之陋。"（《养吾斋集》卷十一）

一种新诗学观念的产生，必然会有其生成的文化环境，它与当时的创作风气和诗学潮流有关，刘辰翁的诗学批评当然也离不开当下关怀。刘将孙说刘辰翁的诗学批评的目的在于通过对诗歌"大家数"的本质阐释，彰显诗学法则，以此"尽扫江湖晚唐锢习之陋"，"隐然掇流俗心髓而洗濯之"，"于开将来而待有作"（《须溪先生集序》），为诗学发展指明方向。从某种意义上说，刘辰翁诗学是当代江湖诗弊所激发的产物。

江湖晚唐诗派之所乏，恰是江西诗派之所长，刘辰翁《宋贞士罗沧洲先生诗集序》说："趣晚唐者乏气骨，附江西者少意思。"（《皕宋楼藏书志》卷九二）这就可以尝试走以江西济晚唐之路。

刘辰翁对待江西诗派的态度很微妙，一方面他批评了江西派末流的弊病；另一方面却又与江湖诗派唱反调，维护江西诗派的合理内核。刘辰翁《宋贞士罗沧洲先生诗集序》说："必待其发语通明，不用一事，而亦无一字无来历，就之不可即，望之不可寻，是在能化。"按照这个标准，他认为最合适的人是陈与义。刘辰翁《简斋集序》说："诗无论拙恶，忌矜持。诗至晚唐已厌，至近年江湖又厌，谓云和易如流，殆于不可庄语，惟陈简斋以后山体用后山，望之苍然，而光景明丽，肌骨匀称。"其《题王生学诗》说："文章之髓，岂在险艰？援据终日，呐呐而又不能道，岂不

---

① 钱锺书：《谈艺录》，中华书局 1984 年版，第 248 页。

亦可笑哉?"刘辰翁首先建立了一个通用的诗学标准，即"忌矜持"，所以不满江西派以经史学问着力为诗而导致的"险艰"、滞涩，都是刘氏对江西诗派掉书袋风气进行的反思。

然而更为重要的是，刘辰翁同时也不满晚唐江湖诗派的"捐书以为诗"，即刘辰翁对江西诗学的末流之弊提出批评，并不是要彻底颠覆它，而仅仅是从内部加以反思，要求诗歌回归江西诗派的精神。

在刘辰翁看来，诗家应该保留江西诗派的精神以提升诗体的"气格""气骨"，这是诗歌的安身立命之处，也是刘辰翁诗学批评的重心所在。而对于严羽来说，尽管他树立盛唐为诗家正宗，但是晚唐、盛唐气格之高低，并非严羽诗学所关注的重点，他之所以推崇盛唐诗，是因为盛唐诗有"兴趣"，符合他心目中"张力"诗学的标准。与庐陵诗论家相反，严羽对近代诸公的"劲健"气格持激烈的反对态度，关于这一点他特意与吴景仙进行了辩论。晚唐诗派轻视气格，消除"劲健"，一味追求"清空、苦吟"，这对于庐陵一带儒家出身的诗论家来说，就变成了一种至关重要的诗学的"软肋"，是刘辰翁要着力清算的。总体来看，刘辰翁与严羽在反对晚唐诗派这一点上并无不同，而在对待江西诗学的根本态度上却出现了截然对立。

江西诗学在江湖盛行之时，其实并没有结束它的生命，一直到南宋末年，其创作和理论都有继承者，陆九渊、罗椅、刘辰翁等都对江西诗学情有独钟，除了有意识地反驳晚唐江湖诗学思潮这层原因之外，还有地域方面的原因。

我们看到，对江西诗派诗学精神的追寻，一直到元代都不乏其人。如元初大儒吴澄明确反对晚唐而祖护江西，其《皮照德诗序》说："宋时王、苏、黄三家，各得杜之一体，涪翁于苏，迥不相同，苏门诸人，其初略不之许，坡翁独深器重，以为绝伦，眼高一世，而不必人之同乎己者。"(《吴文正集》卷十五) 其《陈景和诗序》说："陈氏自昔多大诗人，伯玉甫，唐家第一，卓然为李、杜所师，宋履常、去非，杰出于半山、坡谷之后，极深极巧，妙绝一世，不可及矣!"(同上书，卷二十三)戴表元虽不守门户，但也不废江西，其《洪潜甫诗序》说："豫章黄鲁直出，又一变而为雄厚，雄厚之至者，尤可唐，而天下之诗于是非鲁直不发。然及其久也，人又知为鲁直而不知为唐，非圣俞、鲁直之不使人为唐也，安于圣俞鲁直而不自暇为唐也。"(《剡源文集》卷九)

　　戴表元之弟子袁桷也是如此，其《书汤西楼诗后》说："神清骨爽，声振金石，有穿云裂竹之势，为江西之宗。永嘉叶正则始取徐、翁、赵氏为四灵，而唐声渐复，至于末造，号为诗人者，极凄切于风云花月之摹写，力屈气消，规规晚唐之音调，而三宗泯然无余矣。夫粹书以为诗，非诗之正也，谓舍书而能名诗者，又诗之靡也。"（《清容居士集》卷四十八）都对江西诗学给予正评，至少在情感上不像严羽那样偏激。

　　上述支持江西诗学的几位元人，都与刘辰翁有一定的关系，如戴表元是刘辰翁的学生，吴澄是刘辰翁诗学的推崇者，可以称为刘氏的私淑，①因而，他们对待江西诗学的基本立场也应该是受到了刘辰翁的影响。

　　其实晚宋至元初的很多诗家对江西诗学的好评很大程度上是出于感情因素，未必或者根本不想坚守其诗学法则和风格。刘辰翁以江西诗学的捍卫者的姿态切入了对严羽诗学的颠覆，很大程度上也是出于这种地域感情因素，他的诗学与江西诗派已有本质的不同。

　　因而我们说刘辰翁与严羽之间不仅仅是纯粹的体制风格之争，实际上已经隐含了庐陵人对喧嚣一时的江湖诗派包括邵武诗人的整合，具有尽扫江湖、至当归一的气势。

第四节　刘辰翁与严羽的诗学论争范畴

一　关于"以文为诗"

　　严羽《答吴景仙书》说："又谓盛唐之诗'雄深雅健'。仆谓此四字但可评文，于诗则用健字不得，不若《诗辨》'雄浑悲壮'之语为得诗之体也。毫厘之差，不可不辨。坡、谷诸公之诗，如米元章之字，虽笔力劲健，终有子路事夫子时气象。盛唐诸公之诗，如颜鲁公书，既笔力雄壮，又气象浑厚，其不同如此。只此一字，便见吾叔脚根未点地处也。"他认为诗歌在风格上表现出"雄深雅健"，是由于以散文之气势浸染诗歌体制，非"诗之体"，也就是反对以文为诗。严羽在《沧浪诗话》中指斥宋人"以文字为诗，以才学为诗，以议论为诗"，"其作多务使事，不问兴致"，也正是紧扣"以文为诗"这一破体之道而大加鞭挞。

---

① 参见第五章第一节，关于刘辰翁的诗学谱系。

　　严羽所反对的"雅健"之气格，正是江西诗派的重要特征之一，如理学中人出于"昌气、昌志"的需要，需要借助于诗歌气格的振拔，朱熹、陆九渊都很重视劲健之气的培养，《朱子语类》卷一百四十说："后山雅健，强似山谷，然气力不似山谷较大。"陆九渊《与沈宰》说："荐领诗文皆豪健有力，……某乡有《复程帅惠江西诗派书》，曾见之否？"（《象山集》卷十七）而宋人、江西诗人诗歌中的"雅健"之气，又是"以文为诗"的结果，这正是严羽所悬为厉禁的。

　　刘辰翁与严羽针锋相对，认为"以文为诗"可以成为开拓诗体的必要手段。其《赵仲仁诗序》说："后村谓'文人之诗'与'诗人之诗'不同，味其言外，似多有所不满，而不知其所乏适在此也。吾尝谓诗至建安，五七言始生，而长篇反复，终有所未达，则政以其不足于为文耳。文人兼诗，诗不兼文也。杜虽诗翁，散语可见，惟韩、苏倾竭变化，如雷震河汉，可惊可快，必无复可憾者，盖以其文人之诗也。诗犹文也，尽如口语，岂不更胜彼一偏一曲？自擅诗人诗，局局焉，靡靡焉，无所用其四体，而其施于文也，亦复恐泥，则亦可以眷然而悯哉！"（《须溪集》卷六）这种"诗""文"互相贯通、以散入骈的破体观念，其子刘将孙也有充分的发挥。其《黄公诲诗序》说："盖余尝忾然于世之论诗者也，标江西竞宗支，尊晚唐过风雅，高者诡选体如删前，缀袭熟字，枝蔓类景，轧屈短调，动如夜半传衣，步三尺不可过，至韩、苏名家，放为大言，以概之曰：'是文人之诗也。'于是常料格外，不敢别写物色，轻愁浅笑，不复可道性情。至散语，则匍匐而仿，课本小引之断续，卷舌而谱，杂拟诸题之碟裂，类以为诗人当尔。诗与文岂当有异道哉？子曰辞达而已矣，辞而不达，谁当知者？故缩之而五七言，邑之而长篇，发之而大制作，孰非文也？要于达而止。鹏之大也，斥鷃之小也，羽翼同，心腹手足无不同，一不具则非其物矣，讵有此然而彼不然者？往往窘步者，借之以盖惭，而效颦者因之而丧我，甚可叹也。"（《养吾斋集》卷十一）又刘将孙《跖肋集序》说："长篇之曲折，不可改者也，长篇兼'文'体，或从中而起，或出意造作，不主故常，而收拾转换，奇怪百出，而作诗者每不主议论，以为'文人之诗'，不知各有所当，诸大家固有难言者，如昌黎、东坡，真'以文为诗'者，而小律短绝、回文近体，往往精绝。后山、简斋，诗律严密，而七言古体终似微欠。吾岂敢病昔人哉？然此亦不得而隐者也。以立于长篇得其意矣。"（同上书，卷十）认为诗体拓展是诗歌发展的必然规律，唐宋诗的发展无不得力于以文为诗之道，也是主张打破诗文界限，大胆破体为诗。

严羽由于过分强调诗歌的"别趣"，严守诗、文之辨，像刘克庄一样，重视"诗人之诗"而反对"文人之诗"，而刘辰翁则通过反驳刘克庄对"文人之诗"的消极态度，回应了严羽的过于机械与狭隘的诗歌"本色"论，主张诗文破体出位，这实际上仍旧是北宋以来的辨体与破体之争的延续。

二　关于诗歌"气格"

严羽认为苏轼删去柳宗元《渔翁》诗的后两句是有理的，而刘辰翁对严羽的观点进行了否定，认为严羽只是随声附和，后墙喝彩，并不懂真正的鉴赏，因为"此诗气浑，不类晚唐，正在后两句"。刘辰翁是从诗歌气格的角度来反驳苏轼、严羽之论的。刘辰翁《刘孚斋诗序》说："然气骨适称，识者盖深许之。'桑麻深雨露，燕雀半生成'，以生成对雨露，字意政等，怨而不伤，使皆如青归柳叶、红入桃花，上下语脉，无甚惨黯，即与村学堂对属何异？后山识此，故云：'功名不朽聊通袖，海道无违具一舟。'几无一字偶切。简斋识此，故云：'一凉恩到骨，四壁事多违。'此今人所为偏枯失对者，安知妙意政在阿堵中？"认为陈师道等有意打破对仗的"偶切"，形成上下语脉的惨黯，才能产生劲健之气骨，这就说明了刘辰翁是想以江西诗学的精神来救济晚唐诗格的卑弱。

宋人洪迈在《四笔》卷七《西太一宫六言》中早就批评了"偶对太切"之弊病："'杨柳鸣蜩绿暗，荷花落日红酣。三十六陂春水，白头想见江南。'荆公《题西太一宫》六言首篇也。今临川刻本以'杨柳'为'柳叶'，其意欲与荷花为切对，而语句遂不佳。不学者妄意涂窜，殊为害也。"江西派后进方回《桐江续集》卷八比较江西与晚唐派的诗格说："老杜七言律诗不丽不工，瘦硬枯劲，一斡千钧，以其数万卷之心胸气力鼓舞跳荡。初学晚生，不深于诗而骤读之，不知隽永，乃独喜许丁卯体，作俪偶妖媚态，予平生不然。"（《读张功甫〈南湖集〉序》）也是有意走以江西济晚唐之路。方回又说："姚合许浑精俪偶，青必对红花对柳。儿童效之易不难，形则肖矣神何有？求之雕刻绘画间，鹄乃类鹜虎胜狗。"指出了过分追求形似而导致神味的不足。更为关键的是，对偶太切容易导致"气格"的卑弱，如方回《瀛奎律髓》卷十四评许浑《晓发鄞江北渡寄崔韩二先辈》说："体格太卑，对偶太切。"卷二十七评刘克庄《老将》说："对偶切而气格卑。"指出"格卑"与"偶切"之间的关系。刘辰翁正是从"对偶"这种具体诗法入手来矫正诗歌气格卑弱问题的。

三　关于诗歌"用事"

严羽《沧浪诗话》说："不必多使事。""用事不必拘来历。"彻底抛弃了江西诗派的重要的诗学精神。

而刘辰翁则不然，其《宋贞士罗沧洲先生诗集序》说："必待其发语通明，不用一事，而亦无一字无来历，就之不可即，望之不可寻，是在能化。"认为诗歌不是不可以用事，关键是要做到"就之不可即，望之不可寻，是在能化"，也就是刘辰翁弟子戴表元所谓的"无迹之迹诗始神也"（《剡源文集》卷九《许长卿诗序》）。刘辰翁《简斋集序》对于如何用事，又有较为透彻的分析："谓和易如流，殆于不可庄语，而学问为无用也。荆公妥帖排奡，时出经史，然体格如一。及黄太史岸然特出新意，真欲盛用万卷，与李杜争能于一辞一字之顷，其极至，寡情少恩，如法家者流。世间用事之妙，韩淮阴所谓是在兵法，诸君未知者，岂可以马尾而数、虫鱼而注哉？后山自谓黄出，理实胜黄，其陈言妙语，乃可称破万卷者，然外示枯槁，又如息夫人绝世一笑自难。惟陈简斋以后山体用后山，望之苍然，而光景明丽，肌骨匀称，古称陶公用兵，得法外意。"（《简斋集》卷首）指出诗歌中不是不可以用经史、用典故，关键是要做到"体格如一"，浑化无迹，不堕入事障。

四　关于"次韵诗"的价值

严羽是反对次韵诗的，《沧浪诗话》说："和韵最害人诗。古人酬唱不次韵，此风始盛于元、白、皮、陆。本朝诸贤，乃以此而斗工，遂至往复有八九和者。"次韵诗作为一种诗歌文化，并不是"形式主义"的界定那么简单，它关乎很多诗歌命题，有必要对它的特色与功用诸问题做深入考察。

（一）宋人对待次韵诗的态度

我们首先要考察次韵诗在宋代得以滋长的文化背景，以及宋人围绕这一诗体所发表的不同的看法，然后方能理解严羽和刘辰翁在这一问题上的分歧以及其根本原因。

　　关于次韵诗的起源和发展，陆游有一个大致的描述，其《跋吕成叔和东坡尖叉韵雪诗》说："古诗有倡有和，有杂拟追和之类，而无和韵者。唐始有之，而不尽同。有用韵者，谓同用此韵耳。后乃有依韵者，谓如首倡之韵，然不以此也。最后始有次韵，则一皆如其韵之次。自元、白至皮、陆，此体乃成，天下靡然从之。今《苏文忠集》中，有《雪诗》，用'尖''叉'二字，《王文公集》中又有《次苏韵诗》，议者谓非二公莫能为也。"（《渭南文集》卷三十）盛唐人写作唱和诗，基本遵循六朝传统，和意不和韵，至中唐韩愈、孟郊、刘禹锡、白居易始创"次韵"一体。次韵诗在宋代大规模出现，这与宋人"以才学为诗"的风气相关。嘉祐二年（1057年），欧阳修与韩绛、王珪、范镇、梅挚、梅尧臣六人，在试院作诗唱和，"群居终日，长篇险韵，众制交作"（《归田录》卷二），已经开了和诗押险韵的风气。嘉祐年间，王安石、苏轼相继主盟诗坛，创作次韵、险韵诗的风气愈演愈烈。元祐前后，以苏轼、黄庭坚为代表，大量于唱和诗中押险韵，如元祐二年苏轼作《送杨孟容》说："但苦窗中人，寸心不自降。子归治小国，洪钟噎微撞。"纪昀评点此诗说："以窄韵见长，别无佳处。"（评点本《苏文公诗集》卷二十八）王、苏、黄诸人不仅次韵友人诗，而且赓和自己的原韵，又依古人之韵而和。至南宋时，此风依然很炽，如陈晞颜依韵赓和陈与义整个诗集数百首诗。

　　黄庭坚有题为"子瞻诗句妙一世，乃云效庭坚体，盖退之戏效孟郊、樊宗师之比，以文滑稽耳，恐后生不解，故次韵道之"诗，其中的"以文滑稽"一语其实恰好道出了次韵诗的写作特点。次韵诗产生于文人雅集、互相唱和的场合，实与搏戏、行令、猜谜一样，多少有几分游戏竞争的目的。这种诗歌的创作讲究在固定的"韵"里，极力追求"词与意"的翻新出奇，从苏轼"敢将诗律斗深严"与苏辙"更寻诗句斗新尖"的自白中，以及从"以不胜人为耻"和"与古人争险以出奇"的描述中，①可见和韵者的"竞技"心态。所以，次韵诗与宋人作诗讲究用典、造语一样，都是"以才学为诗""以故为新"观念的产物，越来越超出抒情言志的需要而走向"为文造情"的重诗艺一途。正如吕本中《与曾吉甫论诗第一帖》所说："近世次韵之妙，无出苏、黄，虽失古人唱酬之本意，

---

　　① 以上说法出自苏轼《谢人见和前篇二首》、苏辙《次韵子瞻赋雪二首》、宋费衮《梁溪漫志》卷七《作诗押韵》、杨万里《陈晞颜和简斋诗集序》。

然用韵之工，使事之精，有不可及者。"（《苕溪渔隐丛话》前集卷四十九引）

进入南宋之后，随着士人对江西诗学的反思，次韵诗的创作也遭到了质疑，诗论家对这一标志性的诗体纷纷发表自己的看法，从而提出自己的诗学见解。

最早对次韵诗提出质疑的是南北宋之交的韩驹。杨万里《陈晞颜和简斋诗集序》说："昔韩子苍《答士友书》，谓诗不可废也，作诗则可矣，故苏、黄赓韵之体不可学也。岂不以作焉者安，赓焉者勉故欤？不惟勉也，而又困焉。意流而韵止，韵所有而意所无也，夫焉得而不困？"（《诚斋集》卷八十）又其《答建康府大军库监门徐达书》说："韩子苍以和韵为诗之大戒也。"（同上书，卷六十七）韩子苍自己则说："柏梁作而诗之体坏，何梁作而诗之意乖。"（王应麟《困学纪闻》引）韩驹早年学苏黄，晚年对苏黄诗风提出质疑，有摆脱苏黄的倾向，以为"学古人尚恐不至，况学今人哉？"（曾季狸《艇斋诗话》引）王十朋认为韩驹是"非坡非谷自一家"（《陈郎中赠韩子苍集》），所以韩驹反对次韵诗，正是他反思当代诗学潮流，试图对苏黄诗风进行反驳的表现。

到了南宋初期的张戒，对苏黄诗风进行了彻底的颠覆，其《岁寒堂诗话》卷上说："以押韵为工，始于韩退之而极于苏黄。苏黄用事押韵为工，至矣尽矣，然究其实，乃诗中一害，使后生只知用事押韵之为诗，而不知咏物之为工，言志之为本也，风雅自此扫地矣。"张戒是站在唐诗学的立场否定宋诗的，以为"言志乃诗人之本意，咏物乃诗人之余事"，而且特别重视诗歌的"纪实"功能。这种复古观念注重的是诗歌的言志功能，即偏于"诗道"一端。在张戒的批评视野里，唯有符合言志目的的诗才是诗歌正途，所以高度艺术化、技法化的次韵诗就必然遭到排斥。显然，这种厚古薄今的诗歌发展观必然导致对以变唐为旨归的宋诗进行的全盘否定，其实并不利于诗歌艺术的发展。

在次韵诗价值问题上，杨万里的态度与张戒有一致之处，其《答建康府大军库监门徐达书》说："大抵诗之作也，兴，上也；赋，次也；赓和，不得已也。至于赓和，则孰触之？孰感之？孰题之哉？人而已矣。出乎天，犹俱笺乎天，专乎我，犹俱弦乎我。今牵乎人而已矣，尚冀其有一铢之天、一黍之我乎？盖我未尝觌是物，而逆追彼之觌，我不欲用是韵，而抑从彼之用，虽李杜能之乎？而李杜不为也。是故李杜之集物牵率之句，而元白有和韵之作，诗至和韵，而诗始大坏矣。"（《诚斋集》卷六十七）杨万里认为次韵诗是"牵于物而丧于我"，也是从是否有利于"言志"的角度来加以批评，不过，杨万里并没有像张戒那样用唐诗的标准来完全否定宋诗。虽然他主张废除古典、不掉书袋，提倡直抒胸臆、平易自然的诗风，但并没有公开否定江西派，这种微妙的态度倒跟韩驹比较接近。

南宋中期朱熹则站在理学的立场上反对唱和诗。《朱子语类》卷一百四十说："元时有无限事合理会，诸公却尽日唱和而已。"而在南宋中后期，真正与张戒同气相应，站在唐诗学的立场彻底否定宋诗的，是江湖诗人严羽。《沧浪诗话》重申"和韵最害人诗"的观点，倡导"情性"说以及"兴趣""兴致"论。严羽将气象浑厚的盛唐诗作为诗歌本色的参照，从而否定了以变唐为起始而产生的宋调，也就无法承认次韵诗存在的合理性及其价值。

我们看到，对待次韵诗问题的不同态度，其实关系到对整个宋诗的评价，也关系到对诗歌发展史的认识。以不利于抒情言志为由，遂将次韵诗的艺术价值一笔抹杀，并不是客观的批评态度。在江西派和江湖派竞争之际，有一些批评家在总结诗歌经验、教训的基础上，开始冷静地对待诗歌的多向功能，他们能够尊重诗歌艺术的本体，学会了将诗歌的"言志功能"与"审美功能"区分对待，这种批评方法论的出现，不仅给次韵诗的存在以合法性，也给诗歌艺术的开拓留下足够的空间。

（二）刘辰翁对次韵诗的理解

一方面，刘辰翁对宋人次韵诗的弊病有所批评，这集中体现在对苏轼次韵诗的评价中，如刘氏评苏轼《次韵米芾二王书跋尾二首》说："米颠芾诗更不可读，坡和大颠，第牵于其韵，险涩无复畅叙。若'油'字，又得颠力。"① 评苏轼《次韵黄鲁直画马试院中作》说："亦牵于山谷音节，殊不畅达。"② 评苏轼《次韵定慧钦长老见寄八首》其一"崎岖真可笑，我是小乘僧"说："上句险如岛，何也？"③ 评苏轼《次韵王定国会饮

---

① 《须溪批点王状元集诸家注分类东坡先生诗》卷十一。
② 同上。
③ 同上。

清虚堂》说："韵意皆忿怒，似有为。"① 评苏轼《太虚以黄楼赋见寄作诗为谢》说："真率，雄跨少游，足以当之，但恨'椎'字韵强。"② 苏轼、黄庭坚挖掘了杜、韩诗歌中押险韵的风气，将其视为诗歌艺术试验的焦点之一，致使有些次韵诗在用韵上显得"险涩""牵强"。刘辰翁对此表示不满，如评杜甫《赠特进汝阳王二十韵》"淮王门有客，终不愧孙登"句说："上下不相照，徒押韵见意，后来黄、陈祖此，皆过。"③ 刘辰翁认为杜甫此诗为押韵而押韵，有以辞害意的毛病，宋人苏、黄专门发挥杜诗中的此种艺术技法，正有效颦之过。

另一方面，刘辰翁并没有否认次韵诗的合理性和艺术价值。如刘氏评苏轼《和子由踏青》说："妙处不类和韵。"④ 评苏轼《和子由与颜长道同游百步洪相地筑亭种柳》说："不类和诗，语间有异。"⑤ 评苏轼《和王晋卿题李伯时画马》说："一段意，写得顿挫可感，是和韵，故奇。"⑥ 评苏轼《谢人见和前篇二首》说："和韵起得自在，下联用得两句活落。"⑦ 评苏轼《次韵子由送陈侗知陕州》说："奇杰，首尾两韵绝妙。"⑧ 指出苏轼的这类次韵诗能够造成奇妙之境，已经摆脱了艺术形式的羁绊，是由人工锻炼达至天然状态。因而刘氏将苏轼的这类次韵诗与和韵诗视为苏轼诗歌的重要组成部分，常常参悟其中妙处，给予正评，如评苏轼《次韵孔毅夫久旱已而甚雨三首》其二"谁能伴我田间饮，醉倒惟有支头砖"句说："奇甚。"⑨ 评苏轼《次韵》说："便好。"⑩ 评苏轼《次韵王忠玉游虎丘绝句》说："用得有情，阊丘何人，赖是得名，甚珍。"⑪ 评苏轼《和子由寒食》说："自是杜诗样，写得快活。"⑫ 评苏轼《和子由木山引水二首》

---

① 《须溪批点王状元集诸家注分类东坡先生诗》卷十一。
② 《须溪批点王状元集诸家注分类东坡先生诗》卷十八。
③ 《须溪批点选注杜工部诗》卷三。
④ 《须溪批点王状元集诸家注分类东坡先生诗》卷二十二。
⑤ 《须溪批点王状元集诸家注分类东坡先生诗》卷十八。
⑥ 《须溪批点王状元集诸家注分类东坡先生诗》卷十一。
⑦ 《须溪批点王状元集诸家注分类东坡先生诗》卷十七。
⑧ 《须溪批点王状元集诸家注分类东坡先生诗》卷一。
⑨ 同上。
⑩ 同上。
⑪ 同上。
⑫ 同上。

说："只要气骨似。"① 评苏轼《和子由论书》说："守骏守拙故也，最是妙意。"②

次韵诗其实与整个宋诗的产生发展紧密相连，所以如何评价次韵诗，关系到对整个宋诗的评价。严羽在崇唐抑宋大判断的支配下，将次韵诗看作宋人一味讲究押韵用事之工的产物而加以否定，而刘辰翁承认次韵诗的艺术成就，也是他对宋诗尤其是江西诗学的肯定态度使然。

次韵诗问题也关系到对诗歌发展史的认识，假如以言志为单一的标准，对次韵诗的艺术性一笔抹杀，并不见得能够为诗歌发展打开康庄通衢。要跳出重"道"与重"艺"互相倾轧的理论怪圈，就要在批评方法上突破"二元对立"的思维模式，采取折中的批评态度，即将诗歌（包括诗人）放在两个不同的范畴中加以评判，不因言志功能而取消其审美功能。这样的批评模式的确立，不仅有利于诗歌艺术的提升，同时由于南宋以来不断出现的"诗祸"对士人的侵袭，这种批评模式也有利于诗歌与诗人自身在现实中的合法性得以确证，这种折中模式的出现其实也是时势所必然。

第五节　宗唐与宗晋：宋人的诗学救赎历程

晚宋诗学的发达是有宋一代诗学思想发展的必然结果，其中的许多诗学课题都有其衍化的历史，刘克庄、刘辰翁等人不过是集其大成而已。下面我们对于晚宋诗学的前身做一追溯，以便厘清刘辰翁诗学产生的丰厚的诗学思想资源。

一　变创与复古

晚宋刘克庄《林子显序》说："近世理学兴而诗律坏，惟永嘉四灵复为言，苦吟过于郊、岛，篇帙少而警策多。"（《大全集》卷九十八）刘克庄将"理学兴"与"诗律坏"构成因果关系，就寻找到了宋诗之病的根源所在。

张戒认为诗"坏于苏黄"，严羽认为元祐诗学为诗歌之"厄"，都是

---

① 《须溪批点王状元集诸家注分类东坡先生诗》卷八。
② 《须溪批点王状元集诸家注分类东坡先生诗》卷十一。

针对宋人以经学濡染诗学的这一破体之举而言的，而传统诗美的丧失，关键也就在这里。

黄东发《黄氏日抄》卷六十四评王安石《孔子》诗说："孔子岂是文人诗料。"《全闽诗话》卷四引谢肇淛《小草斋诗话》说："作诗第一对病是道学。……宋时道学诸公，诗无一佳者，黄勉斋登临诗开口便云：'登山如学道，可止不可已。'此正是'譬如为山'注疏耳。"明胡应麟《诗薮》内编卷五说："曰仙，曰禅，皆诗中本色，惟儒生气象，一毫不得着诗，儒者语言，一字不可入诗。"都指出经学与诗学的分野以及经学理性与其语言体系对诗学体制的"破坏"性。

晚宋戴复古"本朝诗出于经"这一论断差不多等于说宋诗变成了儒学的附庸。① 南渡前后江西派的崛起，更是它向政治与理学献媚的结果，这就意味着诗学独立地位的丧失，因而此时诗学越是发达，就越显示出它自身的衰落，无怪乎刘克庄说："本朝理学、古文高出前代，惟诗视唐似有愧色。"（《大全集》卷九十四《本朝五七言绝句序》）虽然刘克庄这个论断存在着以唐诗来裁量宋诗的偏颇，但是也足以说明宋人过多地讲究功利性、有意让诗学承当"文"的功用而导致的弊病。

晚宋严羽要解构的就是这种依附关系。他认为宋诗尤其是江西诗派不应该出于迎合经学的目的而变成"学问"的展览，而主张使诗歌回到诗歌本来的自由自在的"性情"状态，也就是在健康的政治气氛之下自由生长的状态。因此，严羽诗学背后暗含着一个强烈的"诗学本位"立场。《沧浪诗话》说："太白天才豪逸语，多卒然而成者，学者于每篇中，要识其安身立命处可也。"严羽反驳了苏辙等宋人对李白的"道学"定位，认为应该从"诗人"的眼光看待李白的价值，还李白诗人的本相，实际上是要颠覆"本朝诗出于经"这一长久以来的诗学命题，将诗体从儒学思维中解放出来，在对"诗仙"的追寻与崇拜中回归传统的浪漫诗性。

宋人专门以经学精神入诗，讲究深厚的学问，一味追求儒家的气格而丢失了"比兴"抒情的传统，其末流甚至不能融化浑成，只能落入语言的窠臼。

不过，我们也应该看到，宋人的"变唐"之路其实并不是义无反顾

---

① 包恢《题式之诗卷后》说："尝闻有语石屏以'本朝诗不及唐'者，石屏谓：'不然，本朝诗出于经。'"

的，即宋人在立足于"今"的立场而大力变创的同时，也始终不忘对诗歌的"复古"——对传统诗美的眷慕与回归，这种对诗歌的"原罪"意识是贯穿宋诗发展始终的。严羽鄙弃宋诗精神而要求诗人重新做"盛唐人物"，就是对宋人在诗学领域进行自我"救赎"历史的一种概括。诗歌根本无须为政治或者某种政治理想或者哲学理念付出代价，从这一点上说，严羽的"李杜盛唐说"与叶适、刘克庄的"晚唐说"可谓殊途同归，都是主张恢复诗歌本色，扭转诗学受制于理学或者政治理念的救赎之道。

宋人要对"宋诗"进行反思与救赎，必须首先设定一个关于诗歌的标准范式，也就是要确立一个诗歌的正统，或者一个贯穿古今的诗学法则。

假如站在唐诗学的立场审视宋诗，那么有宋一代的诗道自始至终都不能算发达。刘克庄《后村诗话》卷二说："（欧阳修）又云：'近时苏、梅，二穷士尔，主张风雅，人士归之，自二穷士死，文士满朝，而使斯道寂然中绝。'每念此事窃叹，乃知文士满朝而诗道寂然，不但近岁，祖宗盛时因已然矣。"欧阳修认为当代只有梅尧臣、苏舜钦才是真正的诗家，二家死后，诗歌风雅之道便"寂然中绝"，这就等于否定了自己所开创的"宋诗"运动，至少也能透露出他将宋诗外于"风雅"之道的意思。可见，欧阳修本人对于诗歌的认识，已经出现了"变创"与"复古"的矛盾，或者功利化与艺术化的冲突。

这种诗学的两难情结，实际上已经发出了南宋反思甚至否定宋诗的先声。朱熹《答巩仲至》说："张巨山乃学魏晋六朝之作，非宗江西者，其诗闲澹高远，恐亦未可谓不深于诗者也。坡公病李杜而推韦柳，盖亦自悔其平时之作而未能自拔者，其言似亦有味。"（《晦庵集》卷六十四）指出苏轼的诗歌创作实践与诗学审美高标之间的背离性，这种诗学矛盾在宋调的代表欧阳修、王安石、苏轼、黄庭坚等人身上有普遍的体现。

破体为诗是对传统诗学观念的一次超越与嬗变，而伴随着诗学危机的出现，宋人对诗歌的"原罪"感便油然而生，在"何为诗歌"（本色论）与"诗学何为"（功用论）的双重追问中，或反思自己的诗学观念，或调整创作实践，努力实现对诗学本色的救赎。如此一来，就构成了宋人破体出位的"变创"与回归魏晋唐（《选》诗、唐诗）的"复古"这样两个交织进行的诗学演进模式。

宋诗运动的直接动因是针对"西昆体""晚唐体"的格卑气弱，宋儒要改革诗体卑靡之弊，便走向了"变唐"之路，以儒学精神贯注之，让诗体之内部有气格、有气骨，最终打造了新的诗学范式——"宋调"，也就是《沧浪诗话》所建立的"元体""本朝体""苏黄体"。然而这条诗学之路却在纠偏的同时偏向另一个极端，即经学精神对诗性的削弱，叶适所谓的"失其所以为诗"①。

二　宋人的复古之路

作为对宋调的纠偏，宋人重新选择了"复古"之路，这其中又有两个截然不同的方向：一个是试图以"晚唐"诗性来补救宋诗之粗豪枯瘦，试图最终回归盛唐的浑成廓大气象；另一个则是崇尚"王、孟、韦、柳"的高雅冲淡闲适，试图回归"魏晋"时代的高风远韵，于是就出现了"尊唐"与"尊晋"的差别。② 而严羽则在这两派复古势力之外又自立一门户，主张直追"李、杜、高、岑"的盛唐格调，因而，同样是由宋调而"复古"，宋人的诗学救赎却呈现出分途发展的多元状态。

（一）欧阳修

欧阳修的诗歌写作虽然开启了宋调，但是他的论学理念却基本上能够从诗艺角度评价诗体，对于"晋—唐"两种艺术风范均不偏废。《六一诗话》说："圣俞、子美齐名于一时，而二家诗体特异，子美笔力豪隽，以超迈横绝为奇；圣俞覃思精微，以深远闲淡为意，各极其长，虽善论者不能优劣也。"对于"超迈横绝"与"深远闲淡"两种诗风并无偏祖。

不过，欧阳修对梅尧臣的平淡艺术似乎更为心仪，梅尧臣《读邵不疑学士诗卷杜挺之忽来因出示之且伏高》说："作诗无古今，唯造平澹难。"《六一诗话》也说："圣俞常语予曰：'诗家虽率意，而造语亦难，若意新语工，得前人所未道者，斯为善也。必能状难写之景，如在目前，含不尽之意，见于言外，然后为至矣。'"其《再和圣俞见答》说："子言古淡有真味，太羹岂须调以齑。"《六一诗话》说："圣俞平生苦于吟咏，以闲远古淡为意，故其构思极艰。"对于梅圣俞的诗歌、诗论可谓推崇备至。另外，欧阳修也不废弃晚唐的诗性，《六一诗话》说："唐之晚年，诗人无

---

① （宋）叶适：《徐道晖墓志铭》《水心集》卷十七，文渊阁《四库全书》本。

② 当然，也有兼顾两种艺术范式的，如王安石的诗就兼融了晋唐两种风范。参见第四章第六节，关于严羽、刘辰翁的荆公体之争。

复李杜之格，然亦务以精意相高。"他评郑谷诗说："其诗极有意思，亦多佳句，但其格不甚高。"这实际上为南渡之后晚唐思潮的出现提供了理论资源。

（二）王安石

《侯鲭录》卷七说："东坡云：荆公暮年诗始有合处，五字最胜，二韵小诗次之，七言诗终有晚唐气味。"曾季狸《艇斋诗话》引徐俯说："荆公诗多学唐人，然百首不如晚唐人一首。"指出王安石前后诗风的境界差异，实际上是指出王安石后期对诗学所作的救赎。不过，王安石的诗并不是纯粹地回归晚唐，而是融合了晋人的风范，有"以晋参唐"之趋势，如《石林诗话》评王安石："晚年始悟深婉不迫之趣。"《宋诗钞》说："安石遣情世外，其悲壮即寓闲澹之中。"都指出了王安石由宋调向唐风与晋风靠拢的诗歌实践。

（三）苏轼、黄庭坚

苏、黄晚年对诗歌艺术的认识都有所升华，不过，在艺术追求上苏、黄是承接欧阳修的"平淡"论而来，而不是承接王安石的"唐诗"论。苏轼《书黄子思诗集后》说："李太白、杜子美以英玮绝世之姿，凌跨百代，古今诗人尽废，然魏晋以来高风绝尘亦少衰矣。李杜之后，诗人继作，虽间有远韵，而才不逮意，独韦应物、柳宗元发纤秾于简古，寄至味于澹泊，非余子所及也。（司空图）论诗曰：梅止于酸，盐止于咸，饮食不可无盐梅，而其美常在咸酸之外。盖自列其诗之有得于文字之表者二十四韵，恨当时不识其妙。"（《东坡全集》卷九十三）其《评韩柳诗》说："所贵乎枯澹者，谓其外枯而中膏，似澹而实美，渊明、子厚之流是也。"（《说郛》卷八十一）苏轼从艺术高低的角度认为韦、柳高于李、杜，可见，苏轼诗学反思的特点乃是立足诗歌本体，反思宋诗乃至李杜之"今"体，试图"复古"魏晋风流。

黄庭坚《与王观复书三首》说："所寄诗多佳句，犹恨雕琢功多耳，但熟观杜子美到夔州后古律诗，便得句法简易，而大巧出焉，平淡而山高水深，似欲不可企及。文章成就，更无斧凿痕，乃为佳作耳。"（《山谷集》卷十九）《西清诗话》说："鲁直自黔南归，诗变前体，且云要须唐律中作活计，乃可言诗。"（《竹庄诗话》卷十引）联系黄庭坚《与王观复书三首》中的说法，黄庭坚所谓的唐律实际上并不是后来四灵江湖的"晚唐"，而是体现"平淡而山高水深"的唐人"韦柳"之风，所以黄庭坚的诗歌复古，乃是与苏轼同道的，苏黄合称，良有以也。

（四）南渡初期以及中兴诗人

南渡大家陈与义诗名极盛，其诗并不以江西为范。张嵲《陈公资政墓志铭》称陈与义的诗歌："清邃超特，纡余闳肆，高举横厉，上下陶、谢、韦、柳之间。"（《紫微集》卷三十五）刘克庄《后村诗话》卷六说："诗至于深微极玄，绝妙矣。……唐人惟韦、柳，本朝惟崔鸥、陈简斋近之。"而朱熹则直接将陈简斋划归韦柳一派："作诗须从陶柳门庭中来乃佳耳，盖不如是，不足以发萧散冲澹之趣，……如《选》诗及韦苏州诗，亦不可不熟观，近世诗人如陈简斋绝佳，张巨山逾冲淡，但世不甚喜耳。"（《朱子读书法》卷三）近人陈衍《宋诗精华录》卷三说："宋人罕学韦柳者，有之，以简斋为最。"（陈与义《夏日集葆真池上以绿阴生昼静赋诗得静字》评语）[①] 均指出陈与义的诗学实践早已背离江西风范而另辟新路了。

江西派的韩驹则在反思宋诗之后，对晚唐诗性进行了价值重估："唐末人诗虽格致卑浅，然谓其非诗不可，今人作诗，虽句语轩昂，只可远听，而其理则不可究。"（《隐居通议》卷十引《陵阳室中语》）认为晚唐诗虽然气格卑弱，但是其艺术上的成就却不能抹杀，实际上指出了"宋诗气格"与"晚唐风味"的对立，也就是"诗"与"文"的对立。

中兴诗人普遍想摆脱江西诗派的束缚而濡染晚唐，这个诗学转向以杨万里最为典型。其《诚斋荆溪集序》说："予之诗，始学江西诸君子，既又学后山五字律，既又学半山老人七字绝句，晚乃学绝句于唐人。"（《诚斋集》卷八十一）其《读笠泽丛书》说："晚唐异味同谁赏，近日诗人轻晚唐。"其《周子益训蒙省题诗序》说："晚唐诸子虽乏二子之雄浑，然好色而不淫，怨诽而不乱，犹有《国风》《小雅》之遗音。"（《诚斋集》卷八十四）以晚唐济江西，成为南渡初期的诗学法则。

（五）南宋中后期诗家

当然，作为真正意义上的宋诗学反思与诗学救赎，是乾淳年间的理学中人林光朝与叶适以及四灵诗派。

刘克庄《竹溪诗跋》说："迨本朝，则文人多，诗人少，……或尚理致，或负材力，或逞辩博，……要皆经义策论之有韵者尔，非诗也。……

---

① 陈衍：《宋诗精华录》卷三，巴蜀书社 1992 年版，第 394 页。

乾淳间，艾轩先生始好深湛之思，加锻炼之功，有经岁累月缮一章未就者，尽平生之作不数卷，然以约敌繁，密胜疏，精掩粗。"（《大全集》卷九十四）刘克庄将林光朝的诗置于整个唐宋诗学的大历史中加以估量，评定了林光朝在由"文人之诗"向"诗人之诗"再度转型过程中的贡献。刘克庄又从这个角度来评价叶适的诗学意义，其《平湖集序》说："三百余年间，斯文大节目有二：欧阳公谓昆体盛而古道衰，至水心叶公，则谓洛学兴而文字坏。"（《大全集》卷九十八）在他看来，欧阳修以经学精神与士人气格来矫正西昆、晚唐的卑弱，而叶适又是对欧阳修倡导的这个变唐运动的"反动"。叶适《徐斯远文集序》说："庆历、嘉祐以来，天下以杜甫为师，始黜唐人之学，而江西宗派章焉。"叶适将诗道之变推到欧阳修时代，构成"杜韩"与"唐诗"的对立，意在反驳欧阳修开启的"文人之诗"的历史趋势，成为两宋文学的"大节目"之一。

　　林光朝与叶适同是从反思江西诗派的"锻炼精而情性远"（刘克庄）入手，来维护诗歌的抒情比兴传统。刘克庄《后村诗话》卷二说："艾轩《读江西诗》云：神仙本自无言说，尸解由来最下方。"林光朝认为江西诗派未能超越语言之障，进入浑成脱洒之境，这也就是他主张回归"精致"的唐诗范式的原因。叶适《徐斯远文集序》说："格有高下，技有工拙，趣有浅深，材有大小，以夫汗漫广莫，徒枵然从之而不足充其所求，曾不如胠鸣吻映，出毫芒之奇，可以运转而无极也。"（《水心集》卷十二）其《徐文渊墓志铭》说："昔人以浮声切响、单字只句计巧拙，盖风骚之至精也，近世乃连篇累牍，汗漫而无禁，岂能名家哉？"（同上书，卷二十一）其《题刘潜夫南岳诗稿》说："往岁徐道晖诸人，摆落近世诗律，敛情约性，因狭出奇，合于唐人。"（同上书，卷二十九）叶适倡导晚唐、四灵的诗性，无不是针对宋诗尤其是江西诗派末流之病而发。在叶适、四灵之后，诗学局面得到改观，戴复古等江湖诗家在四灵的基础上继续向前推进诗学品格，如戴复古《杜子野主簿约客赋一诗为赠与仆一联云生就石》说："饱吃梅花吟更好，锦囊虽富不伤廉。"（《石屏诗集》卷五）说明四灵作为一代诗学榜样，对引领诗坛回归传统诗风有无限的潜力，刘克庄评价叶适对诗道拓新有扭转乾坤之功，并非虚言。

　　中兴后期的诗学反思，当然以林光朝与叶适诗学的传人刘克庄最为突出。

　　刘克庄从诗学历史的宏观视野，区分了文人之诗与诗人之诗，认为欧阳修、苏轼等宋代大作者皆非本色诗人，其《竹溪诗序》说："唐文人皆能诗，柳尤高，韩尚非本色。"《后村诗话》卷二说："欧公诗如昌黎，不当以诗论。""坡诗略如昌黎，……翕张开合，千变万态，盖自以其气魄力量为之，然非本色也。"刘克庄的"本色"论意在抑制纯然的文人之诗的进一步发展，要求借助晚唐诗性来重建诗体传统，其《林子显序》说："虽郊、岛才思拘狭，或安一字而断数髭，或先得上句经岁始足下句，其用心之苦如此，未可以唐风少之。近世理学兴而诗律坏，惟永嘉四灵复为言，苦吟过于郊、岛，篇帙少而警策多，今皆亡矣。"（《大全集》卷九十八）主张以四灵、郊、岛为矫正理学浸染诗体的手段。

不过，刘克庄像王安石一样，其诗学艺术理想比较复杂，他一方面主张将晚唐、江西融贯一体，另一方面又以韦柳为艺术高标。其《宝谟寺丞诗境方公墓志铭》说："平淡，诗之极致，所谓中庸不可能者。"（同上书，卷一百六十六）《后村诗话》卷一说："韦苏州，诗家最高手。""本朝诗惟宛陵为开山祖师。"以平淡派韦柳为诗学鹄的，这是刘克庄在反思江西诗学之后，对唐诗范式尤其是晚唐诗所作的再度反思，体现了其超越宋诗、唐诗而追步晋风的努力。

由于江西诗派是宋调的典型，所以叶适、林光朝、刘克庄等对江西诗学的重新审视就具有反思整个宋诗文化的意味。他们有着共同的诗学理想，即在排除理学干扰的前提下，重申诗学与经学、诗歌与文章的界限，试图回归诗学本色。这样，从晚唐派四灵的崛起到江湖诗人普遍崇尚"唐律"，南宋人基本完成了对唐诗的复古。

当然，作为一种诗学"救赎"，南宋的诗学复古思想并不限于使诗歌回归唐音，在南宋中期，还有一支重要的复古力量在崛起，那就是以赵汝谈、赵蕃等为首的"陶谢—韦柳"派。这一派人物其实是接续欧阳修、苏轼、黄庭坚、陈与义所标举的艺术标准。

其一是赵氏宗族人物。主要是赵汝谈（？—1237年）、赵汝谠兄弟。方回说："赵懒庵汝谠，字蹈中，诗至中年，不为律体，独喜为《选》体，有三谢、韦、柳之风。蹈中兄曰南塘汝谈，字履常，诗文俱高，颇亦不满于石屏之诗，一言以蔽之曰：轻俗而已，盖根本浅也。"（《瀛奎律髓》卷二十《梅》诗下评语）刘克庄《后村诗话》卷二说："南塘评蹈中诗，文貌节奏似韦、谢，信有之。"刘克庄《瓜圃集序》说："近岁诗人惟……赵蹈中能为韦体。"刘辰翁《赵信之诗序》说："然自南塘兄弟，下逮汝芜，类以少许胜多多。近年崇滋、崇泽辈，平平尔汝，亦欲与紫芝相望。"（《须溪集》卷六）公认赵氏的诗体与时人拉开了距离，而刘辰翁所谓的"以少许胜多多"，正是韦柳诗学精神。在江西诗派和晚唐诗派交争的时期，赵氏宗族人物以韦柳为法，尤其是摆脱唐律之束缚，可谓拔出于时尚，开风气之先。

其二是赵蕃（1142？—1229 年）、韩淲。刘克庄《瓜圃集序》说："近岁诗人惟赵章泉五言有陶、阮意。"（《大全集》卷二十三）《后村诗话》卷二说："可知是时章泉句律知此，宜为一世所宗。"宋末黄昇《玉林诗话》说："甲申秋，涧泉韩仲止有三诗。其一云：'近城人语杂，深山人语少。重露滴烟岚，野水见鱼鸟。稻粱丰稔外，耕凿愿温饱。所以桃源人，不与外人道。'其二云……戴石屏《哭诗》所谓'凄凉绝笔篇，可并史书传'者，此也。章泉先生跋云：两公之诗英妙高绝，真可以并传千古，然而寄大音于穴寥之表，存至味于淡泊之中，非具眼者不能识也。"（《诗人玉屑》卷十九引）其中"寄大音于穴寥，存至味于淡泊"，语意、句式均脱胎于苏轼，认为韩淲的诗具有韦柳之风。明谢榛《四溟诗话》卷二说："赵章泉、韩涧泉所选《唐人绝句》，惟取中正温厚、闲雅平易，若夫雄浑悲壮、奇特沉郁，皆不之取。"李慈铭《越缦堂读书记》评赵蕃的诗："其五古颇渊源陶诗，五律、七律胎息中唐，具有洒落自然之致。"均指出了韩赵二人的独特诗学路向。

可见，在南宋后期（13 世纪20—40 年代），以"晋人"风致为宗尚的新的诗学流派已然兴起。不过，从王安石开始就将唐诗定位在"晚唐"，南宋诗学在江西派衰落之后，便是晚唐派的天下，因此，承接欧、苏、黄、陈反思路径的"宗晋"一派，并没有形成南宋诗歌创作的主流。然而，对这股思潮的历史意义却不容忽视。刘克庄《李耘子所藏其兄公晦诗评》说："今举世病晚唐诗，犹欧阳之遗意也。然徒病之而无以变之，苛于评而谦于教，独何欤？"（《大全集》卷九十九）陶谢韦柳派的崛起是宋人反思晚唐甚至整个唐诗范式的必然结果，预示着一个更新的诗学时代的来临，元代诗学"以晋参唐"的特质就是这种诗学思潮的延续。①

宋人在破体为诗的同时，一直没有放弃对诗歌本色（传统诗美）的救赎，欧阳修与王安石的诗论分别提出了两种艺术高标，开启了宋代的两

---

① 详见第五章，关于刘辰翁与元代诗学的建立。

种救赎之道：宗晋与宗唐。南宋的诗学复古基本上是沿袭欧、王的反思路径，控制在宗唐与宗晋的大判断之内。

第六节　由"宗唐"到"尚晋"：刘辰翁对严羽诗学的整合

刘辰翁与严羽之间存在的诗学分歧，归根到底是关乎诗歌高标或者是诗学祈向之争。

一　刘辰翁对"《选》诗"与"唐诗"范式的反思

严羽论诗推尊盛唐，但是他所谓的"盛唐"，其实并不是一个纯粹的时限或朝代概念，而是一个"诗体"概念，它是一种由严羽把握的特定的诗学精神——盛唐气象或格调。

《沧浪诗话》说："盛唐人诗亦有一二滥觞晚唐者，晚唐人诗亦有一二可入盛唐者，要当论其大概耳。"所谓"论其大概"，表明他采用的方法是以"体制"论，而不是以"时限"论，采用这种方法论诗体发展，某一时代或者某个具体的诗人就成为某一类诗体的代用符号，"盛唐"，就可以超越时代而存在。《沧浪诗话》说："大历之诗，高者尚未识盛唐，下者渐入晚唐矣。""戎昱在盛唐为最下，已滥觞晚唐矣。""戎昱之诗，有绝似晚唐者。权德舆之诗，却有绝似盛唐者。权德舆或有似韦苏州、刘长卿处。""顾况诗多在元白之上，稍有盛唐风骨处。""李濒不全是晚唐，间有似刘随州处。"在严羽看来，盛唐气象或者唐诗格调不仅在盛唐人身上体现，在中晚唐人身上甚至在汉魏晋人身上仍能寻找到盛唐的因素，所以严羽直接把诗学谱系建立为"汉—魏—盛唐"，以此为其衡量诗学高低优劣的唯一标准，《沧浪诗话》对此不啻三致意。严羽排斥盛唐李杜以外的其他诗学风格，将李杜所负载的盛唐范式定于一尊，这就是其论诗归宿所在。

而刘辰翁对严羽所标榜的这个诗学谱系很不以为然，他对古诗、建安、《选》诗、唐诗均有所反思和批评。

刘氏评王安石《即事六首》其二说："如此写景，复胜如《古诗十九首》，以其意不在景也。"① 刘氏认为古诗有"词不胜意"的缺憾，而王安

---

① 《须溪批点王状元集诸家注分类东坡先生诗》卷八。

石此诗能够"以意为主"，远胜过《古诗十九首》的流连光景。又刘氏评韩愈《秋怀诗》其四说："可与《古诗十九首》上下，而气复过之。"①刘氏认为《古诗十九首》虽然可以达到严羽所说的"词理意兴无迹可求"的境地，然而其诗体自身的特点或抒情方式可以导致气骨、气格上有所不足。在刘氏看来，以意为主、重视气格应是诗歌不可或缺的要素，舍此便无足观，刘氏对《选》诗和唐诗的批评也正是着眼于此一标准。

（一）刘辰翁对《选》诗的批评

其《欧氏甥植诗序》说："然《选》体复有宜戒。如汉火德称朱光，魏称黄晖或黄祚，月不曰月，曰朏魄，雷雨不曰雷雨，曰解作，以'解作'对'升长'为草木，以二凤为二离，譬以鸡鸣为括揭。凡初仕谓之牵丝手，三十谓之既立长，夜谓之广宵。又如'虽抱中孚爻'，'偶与张邴合'，'庄念昔曾存'，'案无萧氏牍，庭有贡公綦'，至今亦不知其所指某爻、某张、某庄、某贡、某萧也。"（《须溪集》卷六）刘氏除了不满《选》诗丧失古意之外，特为指出刘桢、张载、张协、陆机、傅咸、潘尼、谢灵运、颜延年等惯用的"借代法"，妨碍语意表达，有文字游戏之嫌，并不足为训。

当然，刘氏对建安六朝诗学的批评绝不仅仅停留于此，他是从诗歌发展史的高度，反思建安以后的诗歌对后世齐梁诗歌的影响。其《赵仲仁诗序》说："相过弥月，时时与之上下前人律绝，务进于古，然未尝及建安以来得失，以为佳处已欲无上，不足复赞也。"（同上）刘氏认为从诗歌发展的角度看，建安以后的诗歌虽然有其合理性因素，不能全盘抹杀，但其过失也显而易见，并非小眚。那么在刘氏看来，建安诗歌或者《选》诗究竟失于何处？明人杨慎《丹铅总录》卷二十《刘须溪》对此有披露："其（刘须溪）批《选》诗，首云'诗至《文选》为一厄，五言盛于建安，而勃窣为甚'。此言大本已迷矣。须溪徒知尊李杜，而不知《选》诗又李杜之所自出。"②原来刘氏认为建安诗歌的主要缺陷是"勃窣"，该词

---

① 《唐诗品汇》卷十九。

② "徒知尊李杜"一说，是杨慎对刘辰翁的误解，尊李杜是严羽的诗学宗旨，刘辰翁论诗并不以"李杜"为准，而是尊崇陶渊明及韦柳一派，所谓"晋人语言"所具备的诗学风范。详见第八章第四节关于严羽与刘辰翁的诗学高标。关于杨慎认为刘辰翁批评《选》诗是"大本已迷"，钱锺书《谈艺录·代字》一节有辨析，他认为刘辰翁是"有激矫枉，遂因噎废食"（中华书局1984年版，第248页）。

有两意：一是行路艰难，二是文采缤纷，而用于文学批评上，其实两者恰好可以贯通：过分注重藻饰，人工痕迹太重，必然造成艰涩不畅，有伤直致之气，这恰好概括了齐梁六朝的风气。刘辰翁《答刘英伯书》中有过类似的看法："如叶水心、洪容斋，愈榛塞矣。文犹乐也，若累句换字，读之如断弦失谱，或急不暇春容，或缓不复收拾，胸中尝有咽咽不自宣者，何为听之哉？柳子厚、黄鲁直说文最上，行文最涩。《三百篇》情性，皆得之容易。"（《须溪集》卷六）行文的"榛塞"必然造成"滞涩"，均有悖流畅、"容易"的行文原则，刘氏以此评价南宋散文和黄、柳诗歌与他用"勃窒"评价建安诗的用意是相同的。

　　总之，建安以后的诗歌走的是一条"文胜质"的道路，尤其是齐梁诗学在尚丽观念的指导下，诗歌创作日益走向形式化，离诗歌自然抒情的本意越来越远，这正是刘辰翁要着力矫正的。其《赠潘景梁序》说："余谓文者，皆不得已也。故传、六经、《语》《孟》，非问答即纪事，无作意者，下至诸子、史，或一事反复，或一语酬诘，犹未至无谓，无谓者，独建安以来耳。"（同上）从"以意为主"的观念来看，"无谓"一语正可以概括《选》诗之失。建安以后，经过齐梁，一直到隋唐之际的诗歌面貌都在刘氏的反思之内，刘氏认为此种诗体在陈子昂那里才能得到某种程度上的矫正。刘氏评陈子昂《感遇》说："此诗于音节犹不甚近，独刊落凡语，存之隐约，在建安后自为一家，虽未极畅达，如金如玉，概有其质矣。"又评陈子昂《感遇》其三说："此首用事造语皆有味，又胜建安，古诗如此实少。"[1] 陈子昂作为《选》诗的反叛者，能够自成一家，主要是因为其诗体能够摆脱齐梁的浮靡绮丽而走向振作超拔，即在"气格"上胜于建安、《选》诗。[2]

　　（二）刘辰翁对唐诗范式的反思

　　同样，刘辰翁对唐诗的反思也是从"气格"入手的。如刘氏评柳宗

---

　　① 《唐诗品汇》卷三。

　　② 换言之，《选》诗之失正在其诗体"气格"不高，这是刘辰翁所反复揭明的，如其在评韩愈《秋怀诗十一》时，对此就有明确的揭示："十韵皆豪壮感激，不类《选》体。最后诗气短，然极耿切也。"《选》诗词胜而"气短"，而韩愈以文为诗，排羃妥帖，气格超胜，所以胜过《选》诗。又刘氏评陈与义《晚步湖边》说："又《选》语所不能也。"评陈与义《寒食日游百花亭》"晴气已复浊，虚馆可淹留"句说："胜《选》。"陈与义诗歌继承杜甫家法，气格劲拔，自然胜过《选》诗。

元《渔翁》后两句说："此诗气浑，不类晚唐。"① 评韩愈《题楚昭王庙》说："北人评韩《曲江寄乐天》绝句胜白全集，此独谓唱酬可尔，若韩绝句，正在《楚昭王庙》一首，尽压晚唐。"② 评张籍《蓟北旅思》"长因送人处，忆得别家时"句说："晚唐更千首不及两语，无紧无要，自是沉着。"③ 评杜甫《捣衣》说："此晚唐极力仿佛之者。"④ 以上是刘氏针对晚唐诗气格卑弱而言，那么，这是否就意味着刘氏对盛唐诗无间然呢？

其实刘氏反思的是包括盛唐诗在内的整个唐诗范式，并不限于某一时段。刘将孙《胡以实诗词序》说："余谓诗人对偶，特近体不得不尔，发乎情性，浅深疏密，各自极其中之所欲言，若必两两而并，若花红柳绿、江山水石，斤斤为格律，此岂复有情性哉？"（《养吾斋集》卷十一）在刘将孙看来，唐诗范式渊源于齐梁声律诗，而诗歌本身过分讲究诗体形式的严整，如对偶工整、声韵和谐等，便不可避免地会导致气格卑弱，只不过此种内在弱点发展到晚唐更加明显罢了。刘辰翁评韦应物《出还》说："唐人诗气短，苏州气平，短与平甚悬绝。"评李白《拟古》说："极其愁思，语意终健。'古诗''唐诗'之异以此，而观人亦以此。"⑤ 刘氏正是从对偶与气格的关系问题入手来反思唐诗范式之弊的，他认为"唐诗"不如"古诗"有劲"健"之气，而正是唐诗自身先天的缺陷导致了"气短"。刘辰翁评杜甫《鸥》"雪暗还须落，风生一任飘"句说："子美赋物别自为体，异于唐人纤巧，然此等又类，可笑。"⑥ 纤巧偶丽的句法必然导致诗体气格卑弱，而杜甫一反唐人风气，某种程度上能打破齐整圆美的唐诗范式，属于唐人中的"变格"，所以其诗体气格高迈，对宋诗范式的形成有开启之功。⑦

---

① 《唐诗品汇》卷三十六。

② 《唐诗品汇》卷五十二。

③ 《唐诗品汇》卷六十七。

④ 《须溪批点选注杜工部诗》卷六。

⑤ 《唐诗品汇》卷四。

⑥ 《须溪批点选注杜工部诗》卷十七。

⑦ 如《潜溪诗眼》说："山谷常言少时曾诵薛能诗，云：'青春背我堂堂去，白发欺人故故生。'孙莘老问云：'此何人诗？'对曰：'老杜。'莘老：'杜诗不如此。'后山谷语传师云：'庭坚因莘老之言，遂晓老杜诗高雅大体。'"杜诗与晚唐诗歌的差异在于气格强弱，这也与对偶等形式因素有关。

　　杜诗往往破弃声律，不拘对偶，在某种程度上是对唐诗范式的"破坏"，却收到沉郁顿挫、气格超迈之奇效，这正是为刘氏所欣赏的。刘辰翁《刘孚斋诗序》说："然气骨匀称，识者皆深许之。'桑麻深雨露，燕雀半生成'，以'生成'对'雨露'，字意政等，怨而不伤，使皆如青归柳叶、红入桃花，上下语脉无甚惨黯，即与村学堂对属何异？"指出了气格高低与对偶的内在关系，而主张打破工稳圆美，造成"语脉惨黯"而"气骨匀称"。又其《胡仁叔诗序》说："凡讳嫩，欲称老，不知'清嫩'与'浅嫩'异，政未可少也。杜子美'转添愁伴客，更觉老随人'，傥无起语十字，坐尽情事曲折，更接以红入青归桃柳之句，岂不愧其嫩耶？"刘氏认为过分注重对偶必然导致诗体卑弱无力，他用"嫩"来标志此种诗体特点。

　　在刘氏看来，唐诗与宋诗相比，从总体风格上可以用"嫩"来描述，如其评王维《老将行》说："起结娇嫩，复胜老语。"评孟浩然《人日登南阳驿门亭子怀汉川诸友》说："其嫩腻如此。"评李贺《雁门太守行》说："赋雁门着紫土，本嫩，后三语无甚生气。"评李贺《罗浮山人与葛篇》说："贺虽苦语，情固不浅，又极明快，体嫩。"评李贺《有所思》说："清嫩。"评贾岛《山中道士》"养雏成大鹤，种子作高松"句说："又痴又嫩，痴可笑，嫩可惜。"[①] 认为宋人之中学唐者也有此病，均与诗体之中的唐诗因素过重有关，如其评王安石《同王浚贤良赋龟得升字》"刳肠以占幸无事，卷壳而食病未能"说："自支床至此，叠用出处对字，颇嫩。"[②] 评陈与义《夜步堤上三首》其三"梦中续清游，浓露温银阙"说："嫩。"评陈与义《登岳阳楼二首》其一"洞庭之东江水西，帘旌不动夕阳迟。登临吴蜀横分地，徙倚湖山欲暮时"句说："情景融至，尚属细嫩。"

　　刘氏认为"嫩"的诗歌特质从《选》诗到唐诗，一路继承下来，是一个需要反思的诗学课题，所以他转而提倡诗歌中的"老成"语。如评杜甫《春日戏题恼郝使君兄》"细马时鸣金腰袅，佳人屡次董妖娆"句说："造次老成。"[③] 评杜甫《殿中杨监见示张旭草书图》说："写得自

　　① 《唐诗品汇》卷六十八。

　　② 《须溪批点李壁注王荆文公诗》卷一。

　　③ 《须溪批点选注杜工部诗》卷十二。

在，首尾浑浑老成。"① 评杜甫《杨监又出画鹰十二扇》"近时冯绍正，能画鸷鸟样"句说："若非老笔粗率，乍见起语，岂不失笑。"② 评贾岛《题李凝幽居》说："'敲'意妙绝，下字更好，结又老成。"③ 评王安石《山田久欲拆》"欹眠露下舸，侧见星月吐"句说："老成无所不具。"④ 由唐诗范式的"嫩"到宋诗范式的"老"，刘氏指出了宋人的"变唐"之路。⑤

二　刘辰翁开出的诗学方法：以晋人的"张力"融贯诗体

在诗学高标上，刘辰翁在反驳了严羽的"汉魏盛唐"说以后，另外建立了"晋人"体作为轩轾众作的圭臬。

刘氏《陈生诗序》说："'诗在灞桥风雪中驴子上'，非也。鸟啼花落，篱根小落，斜阳牛笛，鸡声茅店，时时处处，妙意皆可拾得。然此犹涉假借。若平生父子、兄弟、家人、邻里间，意愈近而愈不近，着力政难。有能率意自道，出于孤臣怨女之所不能者，随事纪实，足称名家。即名家犹不可得，或一二语而止。如孟东野'慈母手中线'，'归书但云安'，极羁旅难言之情。如李太白'昨夜梨园雪，弟寒兄不知'，小夫贱隶谁不能道？而学士大夫或愧之矣。如陈后山'归近不可忍'，以为精透亦可，以为鄙亵亦可。如杜子美'问事竞挽须，谁能即嗔喝。欲起屡见肘，仍嗔问升斗'，乃并与声音笑貌仿佛尽之矣。如陈简斋'平生老赤脚，每见生怒嗔。挥汗煮我药，见此愧其勤'，更自风致清真，而岂今人不能道哉？"（《须溪集》卷六）

---

① 《须溪批点选注杜工部诗》卷十七。

② 同上。

③ 《唐诗品汇》卷六十八。

④ 《须溪批点李璧注王荆文公诗》卷十一。

⑤ 当然，刘辰翁对于《选》体、唐诗之成就也绝不忽视，而主张"用《选》用唐"，将其作为诗歌创作的资源。如其评储光羲《陆著作挽辞二首》其一说："好，似《选》诗。"评李白《别鲁颂》说："古意《选》语。"评李贺《石城晓》说："《选》语起，佳，不言留别，而有留别之色，妙不着相。"评李贺《追和何谢铜雀妓》说："不必苦心，居然自近《选》语，以长吉赋铜雀妓，宜有墓中不能言者，却止如此，亦近大雅。"评王安石《怀吴显道》"江光凌翠气，洲色乱黄云"句说："时杂《选》语，故好。"评王安石《食黍行》"游人中道忽不返，从此食黍还心悲"句说："本无富贵，亦失情爱。语甚《选》甚悲。"均指出了《选》诗在诗体构成中的功能，《选》诗之不可废弃，唯作者善于融化之。

在这里，刘氏划分了三类诗学范式：

第一类，"诗在灞桥风雪中驴子上"，描述的是近似《选》诗的诗学范式；

第二类，"鸟啼花落，篱根小落，斜阳牛笛，鸡声茅店，时时处处，妙意皆可拾得"，描述的是近似"唐诗"的范式；

第三类，"平生父子、兄弟、家人、邻里间"，"率意自道""随事纪实"，描述的是近似"晋人"诗学的范式。

对于刘氏而言，更倾向于第三种范式，其《韦苏州诗序》说："今人尝诵'兵卫森画戟，燕寝凝清香'，正尔无谓。惟朱韦斋举'诸生时列坐，共爱风满林'，乃能令人意消，颇有悟入。然全集若此无数①，诗经评泊，别是眉目。"刘氏认为其中"兵卫森画戟，燕寝凝清香"一类对偶严整的诗句，具有唐诗范式，尚不是诗学最高境界，而"诸生时列坐，共爱风满林"一类的散文化诗句，才真正进入了"晋人语言"飘萧通灵的境界，韦应物的诗歌在总体上已经摆脱了唐诗范式，这便是诗学的高标所在。这一"唐""晋"不同诗歌范式的比较、取舍，是刘氏一贯的思想，如他在评王安石《自金陵至丹阳道中有感》"荒埭暗鸡催月晓，空场老雉挟春骄"句时也说："丽句而有凄怆之至，然犹属有待，若'山借杨州'，则超远不可及已。"指出唐诗范式的"丽句"比不上超远通灵的散文化诗句，刘氏是有意识地放弃了唐诗传统而企慕回归晋风。

所以，在刘辰翁看来，诗学的至高境界不在建安人，也不在唐人，而是在晋人所孕育的萧散通灵的艺术精神。刘氏《简斋诗集序》说："'瞻彼日月'，不在情景入玄，'彼黍离离'，不分奇闻异事，流荡自然，要于畅极而止。彼'吁谟定命，远犹辰告'，虽为德人深致，若论其感发浓至，故不如'昔我往矣，杨柳依依'之句。余尝谓晋人语言，使一用为诗，皆当掩出古今，无他，真故也。"刘氏不仅反思晚唐诗体与宋诗体，

---

① 数，疑为"几"之误。刘辰翁《陈生诗序》说："随事纪实，足称名家。即名家犹不可得，或一二语而止。"刘辰翁《韦苏州诗序》："忆与陈俞舜卿诵韦苏州一二语，高处有山泉极品之味。"刘将孙《高绀泉诗序》："诗于五七字中见意，于千百言外见趣，甚不易得也。一言几于道，犹且难之。"（《养吾斋集》卷十一）刘将孙《彭丙公诗序》："文章皆技也，诗又小，然一言几乎道，有平生白首不能得。"（同上）可见，刘氏认为"天成""合道"之诗句不可多得。关于这种"无几"的用法，还可以参考叶梦得《石林诗话》："初日芙蕖，非人力所能为，而精彩华妙之意，自然见于造化之妙，灵运诸诗，可以当此者亦无几。"

也反思整个唐诗诗歌语言，要求诗歌回归"流荡自然""畅快和易"的"晋人语言"境地，这与"建安"以来的诗歌写作模式构成一个对照。刘将孙《感遇之五》说："噫嘻建安来，雅道日以湮。晋人善语言，其言明且清。少许胜多多，飘萧欲通灵。使其入韵语，岂但诸子鸣。安得三谢辞，远与陶阮并。唐风晚逾陋，宋作高人论。遂令后来者，末流骋纵横。高者效选体，下者唐作程。"（《养吾斋集》卷一）刘将孙所谓"飘萧欲通灵"的艺术精神在晋人的"散语"和书法中体现得最为充分，而在诗歌领域也只有"陶渊明"一人①，在唐代则有韦应物而已，二人前后相映，最能彰显此种艺术法则。

然而，建安六朝以来的诗歌乃至唐诗，却丧失了晋人这种"以少胜多"、萧散通灵的艺术精神，而这种艺术精神的精髓可以用"张力"概括（这一点我们在上文已经论析明白），所以诗歌创作回归晋风，就是重新拾起诗歌语言艺术的"张力"。

刘辰翁在通观古今诗体的基础上总结出此一普遍的诗法，认为建安以来的诗歌范式正是缺少了"张力"精神才导致了自身的困境，所以刘氏论诗就抛弃了严羽所倡言的"论诗以李、杜为准"的号召，转而以"晋人语言"所体现的艺术精神——"张力"为最高诗学标准，变成了论诗以"陶韦"晋风为准，对唐宋各家包括韦柳之艺术作出判别。如刘氏评王维《送友人归山歌》其二说："宋玉之下，渊明之上，甚似晋人。"评孟浩然《送友人之京》说："甚不多语，神情悄然，比之苏州特怨甚。"评储光羲《田家杂兴八首》其八说："比陶差健而瞻然，各自好。"②评韦应物《效陶彭泽》说："苏州诗去陶自近，至效陶，则复取王夷甫语用之，故知晋人无不有风致，可爱也。"评柳宗元《觉衰》"朋友常共斟"句说："其最近陶，然意尤佳。"③评苏轼《送苏伯固效韦苏州》说："尽是好诗，第去苏州尚远。"④评王安石《别马秘丞》说："其诗犹有唐人余意者，以其浅浅即止，读之如晋人，语不在多，而深情自见也。"⑤评王

---

① 元好问《论诗绝句》："一语天然万古新，豪华落尽见真淳。南窗白日羲皇上，未害渊明是晋人。"也是主张将陶渊明诗风与一般晋人区分开来，用意与刘辰翁同。

② 《唐诗品汇》卷十。

③ 《唐诗品汇》卷十五。

④ 《须溪批点王状元集诸家注分类东坡先生诗》卷二十二。

⑤ 《须溪批点李壁注王荆文公诗》卷十七。

安石《题舒州山谷寺石牛洞泉穴》"欲穷源而不得，竟怅望以空归"句说："甚似晋语，晋人乃不能及。"① 评王安石《蒋山手种松》"闻道近来高数尺，此身蒲柳故应衰"句说："此等即似晋人语言。"② 评王安石《和耿天骘同游定林寺》说："近陶。"③ 评陈与义《雨晴徐步》说："似可渐近晋人，酷欲复胜'南涧'，亦不可得，然已逼。"评陈与义《八关僧房遇雨》说："太逼柳州。"可见，刘氏认为唐宋名家诗歌的价值高低，均应置于晋人（陶韦柳）的艺术境界之下加以观照，这就是刘氏在范式建安、唐诗之后的诗学感悟。

　　需要说明的是，刘辰翁虽然拈出"陶韦"作为其诗学高标，但是他并不主张诗歌创作模仿蹈袭"陶韦"，并不是同严羽一样重新树立一个诗学门户，他只是企图在反思《选》诗、唐诗之弊的基础上，为诗歌引进一种诗学精神，即他一贯强调的"张力"理论。刘氏《简斋集序》说："余尝谓晋人语言，使壹用为诗，皆当掩出古今，无他，真故也。"认为诗歌创作只有融贯"晋人语言"的艺术精神，方能"掩出古今"，换言之，"张力"诗学可以消除古今诗歌弊病，是诗歌创作的不二法门，这无疑就为诗歌的发展指出了向上一路，最终形成了元代"以晋参唐"的诗学方法。④

　　刘氏认为，此一诗学高标是存在于唐宋诗人之中的一种普遍的诗学原则，如其《陈生诗序》中列举"不涉假借、率意自道、随事纪实"的例句："如孟东野'慈母手中线'，'归书但云安'，极羁旅难言之情。如李太白'昨夜梨园雪，弟寒兄不知'，小夫贱隶谁不能道？而学士大夫或愧之矣。如陈后山'归近不可忍'，以为精透亦可，以为鄙亵亦可。如杜子美'问事竞挽须，谁能即嗔喝。欲起屡见肘，仍嗔问升斗'，乃并与声音笑貌仿佛尽之矣。如陈简斋'平生老赤脚，每见生怒嗔。挥汗煮我药，见此愧其勤'，更自风致清真，而岂今人不能道哉？"（《须溪集》卷六）他所列举的具有晋风的诗家之诗句，就涉及孟郊、李白、杜甫、陈师道、陈与义，覆盖了各个朝代和不同流派。因此，刘氏的本意是利用"张力"

---

① 《须溪批点李壁注王荆文公诗》卷十八。

② 《须溪批点李壁注王荆文公诗》卷四十二。

③ 《须溪批点李壁注王荆文公诗》卷五。

④ 参见第五章有关论述。

诗学开拓诗道，并非有意树立晋人门户。

从根本上说，刘辰翁是反对任何门户之见的。刘将孙《萧达可诗序》说："（萧达可）诸起兴运意，即不落蹊径窠臼，至韵语，亦楚楚非时世妆，真所谓'戛戛乎陈言之务去'，或者诮之，惟吾家君须溪先生一见即喜，尝以语门生儿子辈曰：'此其入处异乎诸子之撰，如人学道，参顿悟禅，即不成佛，已离初地。'"（《养吾斋集》卷十）学诗无须模仿前人，应该打破门户，唯"陈言之务去"，自出胸臆，抒写情性。在这里，刘辰翁与严羽一样，是在"以禅喻诗"，而他的主张却是以"破门户""戛戛独造"为学诗入处，这就与严羽以学盛唐为学诗入处针锋相对①。严羽守门户，重模拟，而刘辰翁破门户，重自立，诗学旨趣判然分明。②

刘将孙继承其父衣钵，论诗也反对门户限制，其《彭宏济诗序》说："无日无诗，无世无诗，或得之简远，或得之低黯，或得之古雅，或得之怪奇，或得之优柔，或得之轻盈，往往无清意则不足以名世，夫固各有当也，而后出者，顾规规然效之于其貌焉耳，而曰吾自学为某家，不亦驰骋于末流而诗无本矣乎？清以气，气岂可握而学、揽而蓄哉？"反对依傍门户而丧失本真，主张诗歌自然抒情，流露个性。刘将孙《感遇五首》说："唐风晚愈陋，宋作高人论。遂令后来者，末流骋纵横。高者效选体，下者唐作程。"（《养吾斋集》卷一）虽然是在批评晚唐诗歌和宋诗以议论为诗，背离了诗歌抒情传统，但语意重点却落在对诗歌创作局限于格调体制的风气的不满，认为无论是模仿汉、魏、晋，还是模仿盛唐、晚唐，均非诗歌正途，诗歌必须从格调体制论的束缚中解脱出来，重新回到"沛然本情性"之正轨。

刘氏作为专门的诗论家，在全面批评、清理了严羽建立的"汉—魏—盛唐"的诗学谱系之后，努力挖掘晋人语言和书法之中所负载的"张力"

---

① 清人许印芳在批驳了严羽盛唐格调说之后，主张"以务去陈言，辞必己出为第一义"（《沧浪诗话跋》，见《诗法萃编》），正是由包恢、刘辰翁父子而来。

② 当然，破除门户之限制，并不意味着诗歌创作可以一无依傍，刘氏在吸取宋人门派之争教训的基础上，重新申明诗歌创作应该走杜甫倡导的"转益多师"之路。刘氏《语罗履泰》说："杜诗'不及前人更勿疑，递相祖述竟先谁。别裁伪体亲风雅，转益多师是女师'，此杜示后人以学诗之法。前二句戒人之愈趋愈下，后二句勉后人之学乎其上也。盖谓后人不及前人者，以递相祖述，日趋日下也。必也区别裁正浮伪之体，而上亲风雅，则诸公之上，转益多师，而女师端在是矣。"（《须溪集》卷六）显然，刘氏认为诗道之所以"愈趋愈下"，其根源便是模仿前人之规格体派，诗歌创作只有广采博收，融贯各家精华，才能拓展诗道。

诗学精神和原理，建立了一个独到的"陶—韦"诗学谱系，以此为衡量古今诗学的尺度，实现了对严羽诗学的颠覆与整合。

第七节　刘辰翁与严羽的"诗体论"之争

理解了严羽、刘辰翁所建立的不同的诗学批评准则，以及刘辰翁对严羽诗学的颠覆过程，再来看他们对古今诗体的价值评判，一切便可获得合理的解释。下面我们具体辨析严羽、刘辰翁二人对唐人"韦应物、柳宗元"诗歌的轩轾，以及二人对本朝"荆公体""简斋体"的不同评价，以便进一步印证两家诗学的对立性。

一　关于"韦柳"高低之争

严羽对韦应物和柳宗元两人诗体分合的观点很值得注意。《沧浪诗话·诗体》说："韦苏州体（韦应物也），柳子厚体，韦柳体（苏州与仪曹合言之）。"严羽认为韦应物、柳宗元既各自单独成体，又可以合二为一体，但是他没有指出这两家诗歌有分有合的原因，大约他也看到了"韦、柳"诗体的相同与相异之处。

刘辰翁基本上是沿着严羽的命题而论说，只不过在对"韦柳"二人的艺术高下判定上与严羽相反[①]。严、刘二人对于"韦柳"诗歌所作的分合和轩轾，体现了二人诗学趋向和诗学观念的分歧，很值得辨析。

尽管在体制论中严羽将"韦柳"并列成体，但严羽还是要将两者分出高下，明言柳宗元高于韦应物，其《答吴景仙书》说："又谓韩、柳不得为盛唐，犹未落晚唐，以其时则可矣。韩退之固当别论，若柳子厚，五言古诗尚在韦苏州之上，岂元、白同时诸公所可望耶？"又《沧浪诗话》说："大历以后，吾所深取者，李长吉、柳子厚、刘言史、权德舆、李涉、李益耳。"又说："唐人惟柳子厚深得骚学，退之、李观皆所不及。"无论是讨论诗学还是骚学，都只取柳宗元，而不涉及韦应物。

而刘辰翁却与之相反，独推韦应物为唐人甚至为唐宋第一。虽然刘辰

---

① 关于"韦柳"高低，苏轼和朱熹已有分歧，《东坡题跋》："子厚诗在陶渊明下、韦苏州上。"《朱子语类》卷一百四十评价韦应物说："其诗无一字做作，直是自在。""韦苏州诗高于王维、孟浩然诸人，以其无声色臭味也。"（同上书，卷七）

翁有时以"韦柳"并称，①但是相比而言，他更加推崇韦应物的诗学造诣，对韦应物的诗倍加推崇，如《韦江州集》附录载刘辰翁语："其（韦应物）诗如深山采药，饮泉坐石，日宴忘归。"刘氏评韦应物《拟古》其六"月满秋夜长"句说："但摘一语，谁不知是苏州之妙。"刘氏《韦苏州诗序》说："苏州五字已多，即'他乡到是归'，是他人几许造次能道及其春容？若'佳人亦携手，再往今不同'，其含情欲诉，乃在数字之后。"刘将孙《清权斋集序》说："下至韦苏州，悠然者如秋，泊然者如水。"（《养吾斋集》卷十）刘氏对韦应物的推崇甚至超过了陶渊明，而对柳宗元的文学艺术则时有微辞，如其《刘次庄考乐府序》说："乃知柳子厚《铙歌》、尹师鲁《皇雅》皆蔽于声，质于貌。"（《须溪集》卷六）其《答刘英伯书》说："柳子厚、黄鲁直说文最上，行文最涩。"（同上书，卷七）②又刘将孙《九皋诗集序》说："志尚高则必不可凡，世味薄则必不可俗，故渊明之冲寂，苏州之简素，昌黎之奇畅，欧之清远，苏黄之神变，彼其养于气者，落落相望。凡学诗者必不可以无此意也。"是将韦应物与陶渊明衔接，而不涉及柳宗元，可见，刘氏对韦、柳二人总的判断，的确存在着左右袒的问题。

刘氏对韦、柳二人所作的轩轾，首先是因为刘氏与韦应物在诗人的超越性方面能够产生共鸣。刘氏评韦应物《起度律同居东斋院》说："语有仙风道骨。"评韦应物《咏声》说："其姿近道，语此渐超。"评韦应物《春中忆元二》说："读苏州诗如读道书。"③极为推崇韦应物的造诣风姿，而刘氏《行香子·和北客问梅白氏长安人》自注也说："公（江万里）尝谓余仙风道骨，不特文字为然。"韦应物以诗体道，刘辰翁出玄入禅，同

---

①　如评韦应物《采玉行》说："韦柳本色语。"

②　清人也指出柳诗有"涩"的一面，如钱振锽《诗话》："柳诗有支涩生硬之病，韦则无之，此柳所以不如韦也。"明谢榛《四溟诗话》："此语艰深奇涩，殆不可读。韩、柳五言，有法此者，后学当以为戒。""韩昌黎、柳子厚长篇联句，字难韵险，然夸多斗靡，或不可解，拘于险韵。"

③　韦应物诗近道也为公论，如宋胡观国《书乾道重刊韦苏州集后》："韦公道德之旨，发于情性，警策之妙，曲终奏雅。"朱熹："其诗无一字做作，直是自在。其气象近道，意常爱之。"（《御纂朱子全书》卷六十五）乔亿《剑溪说诗又编》："韦左司诗淡泊宁静，居然有道之士。""韦诗不惟古澹，兼以静胜。古澹可几，静非澄怀观道不可能也。"顾安《唐律消夏录》卷五："唐诗之悠闲澄澹，韦公为独至。五言古、律二体，读之每令人作登仙入佛之想。"

是"入道"之人，所以刘氏才将韦应物引为同道，所谓"可悲隔世，与
余同患"（刘氏评韦应物《九日》），古今诗人只有韦应物才更能与自己的
心灵取得微妙契合，而柳宗元显然缺少这种"仙风道骨"之心性与气质，
这不能不是刘氏独尊韦应物的内在原因。

　　当然，刘氏在韦柳之间作出轩轾而倾向于推尊韦诗，还取决于韦、柳
诗歌本身的艺术成就和美学趣味。

　　刘辰翁首先看到了韦、柳之间共同的诗学趋向，那就是二人在"自
然""天趣"以及韵味深长等方面均契合了陶诗精神。如刘氏评柳宗元
《江雪》说："得天趣，独由落句五字道尽矣。"① 评柳宗元《溪居》说：
"境与神会，不由思得，欲重见自难耳。"② 评柳宗元《登柳州岷山》说：
"近自然。"③ 评柳宗元《杨白花》说："语调适与事情俱美，其余音杳
杳，可以泣鬼神者。"④ 评柳宗元《与崔策登西山》"萦回出林杪"句说：
"参差隐约，可尽而不尽。"⑤ 刘氏对韦应物诗体风格的揭示也大致围绕
"自然"与"韵味"两端，如其评韦应物《登宝意寺上方旧游》说："凡
语言天趣，皆实历无趣者，虽有味亦短。"评韦应物《拟古》其九说：
"单居两语，流动自然，非复苦吟所及。末意耿耿，情性适然，不假外物
而见。"评韦应物《与友生野饮效陶体》说："含章体素，默合自然。"评
韦应物《宿永阳寄璨律师》说："苏州用意，常在此等，故精练特胜，触
处自然。"评韦应物《滁州西涧》说："好诗必是拾得。"评韦应物《暮相
思》说："只结句十字，神意峭然，得于实境。"评韦应物《淮上即事寄
广陵亲故》说："风波两语，足以极初别之怀。'独鸟下东南'，偶然景，
偶然语，亦不可再得。"评韦应物《秋夜》说："何必思索，洞见本怀。"
评韦应物《送榆次林明府》说："此等亦味外味。无一句不合。"刘氏认
为在诗学趣味的大判断上，韦、柳二人之诗无乎不同，所以他也认可"韦
柳"合称的合理性。⑥

　　但是，刘辰翁同时也注意到了柳宗元与韦应物诗歌之间的内在差异，

① 《唐诗品汇》卷四十。
② 《唐诗品汇》卷十五。
③ 《唐诗品汇》卷四十。
④ 《唐诗品汇》卷三十六。
⑤ 《唐诗品汇》卷十五。
⑥ 评韦应物《采玉行》："韦柳本色语。"

他认为柳宗元的诗在处理"浓淡"张力诗学方面，其实并不能与"陶韦"处于同一高度，而"浓淡真处"恰好是刘氏评判诗家造诣最重要的标准。

刘氏《孟浩然诗集跋》说："韦诗润者如石，孟诗如雪，虽淡，无彩色，不免有轻盈之意。""浩然诗高处不刻画，只似乘兴。苏州远在其后，而淡复过之。"刘氏认为孟浩然的诗之所以不及韦应物，乃是因为其在"浓淡"张力艺术实践上稍逊一筹，刘氏对柳宗元的判别也是如此。刘氏评柳宗元只有一处提及诗体之"淡"，即评柳宗元《南涧中题》"谁为后来者，当与此心期"句所说："结得平淡，味不可言。"① 在"张力"诗学的实践中，唐人之中只有韦应物才深刻参透了诗学的"浓淡真处"，达到了诗艺的最高境界。如刘氏评韦应物《听莺曲》说："望而知为本色人也。"评韦应物《宿永阳寄璨律师》说："苏州用意，常在此等。"那么，韦应物诗歌的本色究竟表现在何处呢？对此，刘氏评韦应物《初发扬子寄元大校书》时有所揭示："至浓至淡，便是苏州笔意。"可见，刘氏认为韦应物诗歌的本色便是"浓淡"张力，此种艺术手法贯穿于韦诗全部，如刘氏评韦应物《拟古》其五说："常言常语，枯淡欲无。"评韦应物《扈亭西陂燕赏》说："浅语，流动称情。"评韦应物《送汾城王主簿》说："闲情婉约可爱，极浓丽而不脂粉，情理入微。"评韦应物《杂体》其一说："其意正平而朴素，可尚，非无衍丽，静且不惨。"评韦应物《拟古》其一说："吾旧评此诗云：意深而语浅。"评韦应物《拟古》其四说："则是清丽，超凡入圣，可望而不可即者。"评韦应物《拟古》其十二说："不言不笑，情景甚真，但觉丽情绮语，皆不足道。"评韦应物《与友生野饮效陶体》说："含章体素，默合自然。"韦应物的诗歌常常是在朴素浅淡的外表之下，蕴含绮丽浓厚的质素，以上评点，多方验证了韦应物诗歌对"张力"诗学的深刻实践。

韦诗所展现的艺术张力之大，的确非柳诗可比，清人潘德舆《养一斋诗话》指出柳诗之失的根源说："柳诗淡而未腴，当出孟、韦下。"柳宗元诗歌"淡而未腴"，张力不足，所以落入艺术境界的第二义而不及韦应物，这也正是刘辰翁之意。

同一个诗学谱系中的诗人，在艺术张力的追求上何以会造成这种差别呢？这与诗人自身之心性有关，又与诗人的诗歌取向有关，这些都影响了

① 《唐诗品汇》卷十五。

诗歌在张力艺术追求上的高度。

首先，韦、柳二人的诗歌存在着"自然近陶"与"有意学陶"的差别。

刘氏评韦应物《效陶彭泽》说："苏州诗去陶自近，至效陶，则复取王夷甫语用之，故知晋人无不有风致，可爱也。"韦应物诗风与陶相近并不是韦应物有意"学"陶的结果，而是由于韦应物本性与陶相近，[①] 其诗自胸中流出，能够达到"含章体素，默合自然"（评韦应物《与友生野饮效陶体》），所以与陶"自"近，这是与一般效陶者最根本的差别。[②] 在这一艺术水准上，柳宗元就与韦应物拉开了距离，如刘氏评柳宗元《掩役夫张进骸》说："学陶不如此篇逼近，亦事题偶足以发尔，故知理贵自然。"[③] 柳宗元有意识地"效法"陶体，而仿效的结果反不能与陶相近。如果不是出于本性的自然流露，则诗歌的张力必然要受到削弱，正如方回所说："柳子厚学陶，其诗刻峭，束缚羁絷，无聊之意，殊可怜，形似之而精神非也。"（《桐江集》卷三刘元辉《问田夫》评语）[④] 指出有意学陶与自然近陶的差距，认为柳诗比不上韦诗能暗合陶诗之真精神，诗人内在心性的不同已经决定了诗学品性的差异。

其次，正是由于诗人心性的不同，决定了各自对不同的诗学范式的接受。

韦应物的诗歌"近陶"，自然就与《选》诗、唐诗范式拉开了距离，它是对唐诗范式的背离，而更接近晋人风范。刘氏在评韦应物《出还》

---

① 《宾退录》卷九引《因话录》说："浮屠皎然者，颇工近诗，尝拟应物体格，得数解为赘，应物弗善也。明日录旧赘以见，始被领略，曰：'人各有能有不能，盖自天分学力有限，子而为我，且失其故步矣。但以所诣自名可也。'皎然心服焉。"可见韦应物也认为自己作诗是顺应天性之自然，并非刻意模拟陶诗。

② 宋崔敦礼《韦苏州集序》说："韦苏州以诗鸣唐，其辞清深闲远，自成一家，至歌行益高古，近风雅，非天趣雅澹、禀赋自然者不能作。"（《宫教集》卷六）明钟惺《唐诗归》："韦苏州等诗，胸中腕中皆先有一段真至深永之趣，落笔自然清妙，非专以浅淡拟陶者。"施补华《岘佣说诗》："后人学陶，以韦公为最深，盖其襟怀澄澹，有以契之也。"均可与辰翁之意相发明。

③ 《唐诗品汇》卷十五。

④ 清人王二梧《唐四家诗评》说："此诗似摹陶公，然语气思力不若韦苏州之神似也。惟蒋之翘曰：'诗不可学，皆人自为人诗耳。只如此诗，子厚乃有意学靖节者，读之觉神气索然，反失却子厚本色。'甚是。"

时说："唐人诗气短，苏州诗气平，短与平甚悬绝。"① 刘氏指出无论是韦应物有意识地"效陶"，还是独出心裁创作诗歌，都符合晋人的艺术精神，这是刘氏对韦应物诗歌境界最到位、最鞭辟入里的概括。刘氏用"气短"和"气平"来区分唐诗与韦诗的根本性质，有意识地将韦应物从唐人之中分离开来，就确立了韦应物在诗学史上独一无二的地位，而这种地位的确立，恰恰是由于韦应物在诗学上与唐人分道扬镳的结果，或者说是因为韦应物拔出于《选》诗、唐诗风范，自觉地回归了陶诗范式。

在刘辰翁以前，论者也多是从韦诗与《选》诗、唐诗之关系着眼来加以评论的，如《唐诗纪事》卷二十六引唐刘太真语："宋齐间，沈、谢、吴、何始精于理意，然缘情体物，备诗人之旨，后之传者甚失其源，惟足下制其横流，师挚之始，关雎之乱，于足下之文见之矣。"晁公武《郡斋读书记》卷四上说："诗律自沈、宋以后，日益靡漫，镂章刻句，揣合浮切，音韵谐婉，属对丽密，而娴雅平淡之气不在矣。独应物之诗驰骤建安以还，得其风格云。"蔡百衲《诗评》说："韦苏州诗如浑金璞玉，不假雕琢成妍，唐人有不能到。"（《苕溪渔隐丛话》后集卷三十三引）吕本中《吕氏童蒙训》说："徐师川言：自李杜以来，古人诗法尽废，惟苏州有六朝风致，最为流丽。"《朱子语类》卷一百四十说："晋宋间诗多闲淡，杜工部等诗常忙了。"可见，在反思齐梁以来的律诗范式、回归萧散晋风这一意义上，韦诗高于唐人甚至高于李杜，这也是唐宋人的共识。② 刘克庄《后村诗话》卷十三评价柳宗元的诗学地位说："诗人自渊明没，雅道几熄，当一世竞作唐诗之时，独为古体以矫之。"所谓"当一世竞作唐诗之时，独为古体以矫之"，正可以用来概括"韦柳"二人与唐诗范式的疏离关系。从韦柳二人对唐诗

---

① 贺裳《载酒园诗话》："韦诗皆以平心静气出之，故多近于有道之言。"

② 对于韦应物超越《选》诗、唐诗之特质也有定论。如王士禛《带经堂诗话》卷四说："张曲江开盛唐之始，韦苏州殿盛唐之终。"正说明韦应物对唐人范式的游离。明杨一清《题陇州新刻韦集后》："韦苏州生其间，尽脱陈、隋故习，能一寄鲜秾于简淡之中，晦翁取焉，是又元亮之后一人而已。"何湛之《陶韦合刻跋》："说者谓诗盛于唐，予以为诗至唐而漓也。晋处士植节于板荡之秋，游心于名利之外，其诗冲夷清旷，不染尘俗，无为而为。故皆实际，信《三百篇》之后一人也。若刺史者，亦处士之后一人也。"清袁克文《宋本韦苏州集题跋》："有唐歌诗，承汉、魏之绪论，接六朝之风，律格厥备，为百世宗法，盛矣。而五言古体，殊寡其人焉。虽初唐诸杰暨杜陵之博，皆未极善美。独韦苏州秉不世之豪，恣跌宕之奇，纳雄旷于沈逸，收谲怪于平淡，纵以情，严以律，捶枚乘之骨，吸渊明之魄，屏靡丽之旨，尽天籁之间，三唐作者，一人而已。"

范式不同的超越程度看，刘辰翁认为韦应物比柳宗元更有资格任此角色。

　　韦应物的诗近"陶"而与唐风疏远，而柳宗元的诗在内在精神上更多地体现出唐诗风范。刘辰翁在评点柳宗元《觉衰》中总评柳宗元的诗歌说："子厚古诗，短调纤郁，清美闲胜，长篇点缀精丽，乐府讬兴飞动，退之故当远出其下。"然后又特为补充说明一点，说："并言'韩柳'，亦不偶然。"① 这种对柳诗以及韩、柳诗风关系的评价，很值得玩味。刘氏对柳宗元诗歌特色的描述，一方面着眼于其"清美闲胜"，另一方面着眼于其"点缀精丽""讬兴飞动"，这种诗风与韦应物诗风的确不同，实际上指出柳宗元的诗其实更倾向于六朝、唐人之风。刘氏在具体评点中对柳宗元诗歌的"唐诗"性也时有点破，如其评柳宗元《南涧中题》说："子厚每诗起语如法，更清峭奇整。"② 评柳宗元《零陵早春》说："皆自精切。"③ 所谓的"清峭、奇整""精切"，都不是陶韦诗的个性，而是正契合唐诗风范。④ 刘氏的"并言韩柳，亦不偶然"这一句论断，是对柳宗元诗风更加细致的把握。正因为柳宗元的诗风近"唐"，所以刘辰翁在这里将柳宗元与韩愈相提并论，认为"韩柳"并称而同归功于唐诗范式，乃是由柳宗元诗歌的内在素质决定的，并非偶然的牵合。如刘氏评柳宗元《渔翁》诗说："此诗气浑，不类晚唐，正在后两句。"⑤ 指出柳宗元诗歌虽然在气格上高于晚唐，但在大判断上仍旧跳不出唐诗意境。明人许学夷《诗源辨体》卷二十三说："唐人五言古，气象宏远惟韦应物、柳宗元，其源出于渊明，以萧散冲淡为主。然要其归，乃唐体之小偏，亦犹孔门视伯夷也。"其实"唐体之小偏"这一说法更符合柳宗元的诗风，所以胡应麟《诗薮》内编卷二说："仪曹清峭有余，闲婉全乏，自是唐人古体。""韩柳"并称而同归唐人之风范应属当然。⑥

―――――――――

　　① 《唐诗品汇》卷十五。

　　② 同上。

　　③ 《唐诗品汇》卷四十。

　　④ "峭"乃柳诗的本色，亦为定论。如周履靖《骚坛秘语》："子厚诗似得摩诘之洁，而颇近孤峭。"乔亿《剑溪说诗》："柳子厚长律，极峭蒨可喜。柳州歌行甚古，遒劲处非元、白、张、王所及。柳气峻。"沈德潜《唐八家诗钞序》："柳柳州之清峭峻洁。"

　　⑤ 《唐诗品汇》卷三十六。

　　⑥ 胡仔《苕溪渔隐丛话》后集卷三十三："柳柳州诗若捕龙蛇，搏虎豹，急与之角而力不敢暇，非轻荡也。"也从读者阅读效果的角度指出柳宗元诗歌的冲击力，而此正与其劲峭之风相印证。

　　最后，柳宗元诗体的质素具备唐诗风范，与其偏于师法《选》诗中的谢灵运诗歌有关。

　　元好问《论诗绝句》说："谢客风容映古今，发源谁似柳州深。"刘熙载《艺概·诗概》说："苏州出于渊明，柳州出于康乐。"胡应麟《诗薮》说："柳州之精工。"① 均指出柳宗元在六朝之中选择的是谢灵运一路，而在刘氏的诗学谱系之中，谢灵运要低于陶渊明，刘将孙《感遇之五》说："晋人善语言，其言明且清。少许胜多多，飘萧欲通灵……安得三谢辞，远与陶阮并。"刘将孙认为"三谢"属于《选》诗系统，比不上陶、阮有晋风，明人许学夷《诗学辨体》对此有深入解释："六朝五言，谢灵运俳偶雕刻，正非流丽。玄晖虽稍见流丽，而声渐入律，语渐绮靡，遂成杂体。若应物，萧散冲淡，较六朝更自迥别。徐师川云：'韦苏州有六朝风致，最为流丽。'其背戾滋甚。要知应物之诗本出于陶，六朝支离琐屑，正不当与之并言，不得以字句形似求之。"认为作为《选》诗典型的谢灵运的诗"俳偶雕刻""声渐入律，语渐绮靡"，与韦苏州的诗风大异其趣。刘氏不满《选》诗的"勃窣已甚"（杨慎《丹铅总录》卷二十《刘须溪》），属于《选》诗系统的"三谢"之诗正在刘氏批评之列，而柳宗元的诗风恰好是接近"三谢"的，则柳诗不能超过渊源于陶渊明的韦诗，也就顺理成章了。

　　方回《瀛奎律髓》卷四《柳州峒氓》后评："柳柳州诗精绝工致，古体尤高，世言韦柳，韦诗淡而缓，柳诗峭而劲。"贺裳《载酒园诗话》说："韦柳相同者神骨之清，相异者不独峭、淡之分。"峭、淡之分是唐、晋之分，亦即陶、谢之分，柳宗元诗风之"峭"与韦应物之"淡"其实正可代表两种不同的诗学范式，张谦宜《茧斋诗谈》明确地说："此公（柳宗元）笔力峭劲，又不是王、孟、韦流派。"上文已经说过，刘辰翁是以"浓淡"诗学张力为衡量诗学高低的最终标准，所以他在韦应物的"淡"和柳宗元的"峭"之间作轩轾，推尊集"张力"艺术精神之大成的韦应物为第一。②

---

　　① 周履靖《骚坛秘语》："柳子厚斟酌陶、谢之中，用意极工，造语极深。"汪森《韩柳诗选》："柳先生诗其冲淡处似陶，而苍秀则兼乎谢。"徐献忠《唐诗品》："柳州古诗得于谢灵运，而自得之趣鲜可侪匹。"陈衍《石遗室诗话》："柳州五言刻意陶、谢，兼学康乐制题。"

　　② 胡应麟《少室山房类稿》卷一百八说："子厚古诗冲淡峭峻，在唐齐名苏州，苏长公至品诸韦上，然韦诗萧散自然，去柴桑格致不远，子厚虽骨力稍劲，其不及韦，政坐此。"其评判韦柳高低的角度与刘辰翁相同。

明人许学夷《诗源辨体》说："由唐人而论，是柳胜韦；由渊明而论，是韦胜柳。"这个评价正好可以对应严羽、刘辰翁二人对陶谢韦柳的轩轾。《沧浪诗话》说："谢灵运至盛唐诸公，透彻之悟也，他虽有悟者，皆非第一义也。"将谢灵运与盛唐视为第一义的透彻之悟，所以严羽认为柳宗元高于韦应物，这是他推重"唐诗"范式与谢灵运的必然结论。而刘辰翁论诗则以"晋人"（陶潜）风致与艺术精神为圭臬，因而就转而推崇韦应物。

总之，严羽站在唐诗学的立场，扬柳抑韦，企图建立其"汉—魏—盛唐"的诗学谱系；而刘辰翁则站在晋人诗学精神的立场，极力推崇韦应物，批评建安、六朝、唐诗之弊，试图建立"陶—韦"谱系，推倒严羽的"盛唐"偶像，二人的诗学趋向和目的迥然不同。在韦、柳诗歌的高低之争上，严羽、刘辰翁其实更多地体现出各自的诗学趋向。

二 关于"荆公体"的内涵之争

刘将孙《王荆公诗序》说："江西派接而半山诗几不复传。"（《永乐大典》卷九零七《诗》字引）元袁桷《书汤西楼诗后》说："夫律正不拘，语腴意赡者，为临川之宗……二宗（眉山和江西）为盛，惟临川莫有继者，于是唐声绝矣。"（《清容居士集》卷四十八）均指出荆公体与江西诗派在诗学家数上的分野以及不同的命运。

不过，荆公体在南宋之后其实并不像袁桷所言"莫有继者"，虽然南宋诗学的主流基本上是江西与晚唐两派，但是荆公体并没有完全退出诗家的视野，从南宋一直到元代，荆公体作为一种"诗学方法"在引导着诗道发展。

南宋前期最早对荆公体加以推崇的要数杨万里，其《读唐人及半山诗》说："半山便遣能参透，犹有唐人是一关。"（《诚斋集》卷八）其《答徐子材谈绝句》说："受业初参王半山。"（同上书，卷三十五）杨万里着眼于荆公体的"唐风"，将荆公体与晚唐体作为摆脱江西诗派的手段。

又如李壁（1159—1222 年），"少而好诗，晚谪临川，笺王文公诗为五十卷，其所自作，知诗者谓不减文公。"[①] 刘克庄《后村诗话》卷八说：

①　参见真德秀《西山文集》卷四十一《故资政殿学士李公神道碑》。

"雁湖注半山诗甚精确，其绝句有绝似半山者，已采入诗选矣。如'平生阅世朦胧眼，偏向白鸥飞处明'，……皆可讽咏。如'金谷友、玉川奴'，'鹪鹩赋、蛱蝶图'，'双蓬鬓、寸草心'，……皆的对。"叶适《答刘子至书》说："而渊明、苏州，纵极力仿像，终不近似，惟韦诗中有数首全似渊明者。……近世独李季章（李壁）、赵蹈中笔力浩大，能追古人，虽承平盛时，亦未易得，然子至遂谓如天机自动，天籁自鸣，不待雕琢，证此地位，则其不然。"（《水心集》卷二十七）可见李壁同赵汝说一样在诗学入处上应是陶韦柳一派①，而真德秀认为李壁受到荆公体的沾溉而"自作不减文公"，这就暗示出荆公体绝不是属于纯粹的唐音，其中乃融合了陶韦柳一派的"晋风"，李壁对荆公体的喜爱和接受与杨万里的视角是有所不同的。

　　宋末元初之际，严羽与刘辰翁两位诗论家先后"发现"了荆公体。

　　严羽《沧浪诗话》中立有"王荆公体"，并加以解释说："公绝句最高，其得意处高出苏、黄、陈之上，而与唐人尚隔一关。"严羽论五言绝句说："王荆公是一样，本朝诸公是一样。"严羽认为王安石的绝句高于苏黄陈，所以将王安石从一般宋人当中分离出来，在宋人之中，严羽对荆公体可谓情有独钟。

　　而刘辰翁在宋诗人之中，除了评点苏轼、陆游、陈与义等大家之外，对荆公诗也进行了精心评点。元大德五年（1301年），刘辰翁评点王荆公诗由其门人王常刊行，其子刘将孙为之作序："先君子须溪先生于诗喜荆公，尝评点李注本，删其繁，以付门生儿子。"同严羽一样，刘辰翁在《须溪批点李壁注王荆文公诗》（陟园影印元大德本）卷四十末高度评价王安石的五绝："五言绝难得十首好者，荆公短语长事，妙冠古今。"可见，作为古今诗学的知音，刘氏对荆公诗也倾注了感情。

　　另外，刘辰翁的好友福建人陈俞的诗歌也以荆公体为法，刘辰翁《陈礼部墓志铭》说陈俞："诗本荆公，而每见每进，虽在怨诽，有柳州南涧之风。"荆公体是刘辰翁与陈俞共同的诗学话题。

　　同一个复杂的诗学对象处在不同的时代风气之下，由于解读方法的差异，可能被赋予不同的诗学意义，严羽、刘辰翁二人对荆公体的阐释视角与接受程度其实大不相同，其中隐含着各自不同的诗学观念与诗学背景，

---

①　赵汝谈有《初直玉堂和李壁二绝》，可见二人有交游。

本书即以两家对待荆公体的不同的价值取向为例，来论证荆公体作为一个"诗学文本"对诗学批评的意义。

（一）扬其盛唐与抑其宋调：严羽对荆公体的解读

严羽站在唐诗学的立场，不满宋人的"变唐"之路，《沧浪诗话》说："至东坡山谷，始自出己意以为诗，唐人之风变矣。""（近代诸公）夫岂不工，终非古人之诗也。"他的价值取向便是要越过宋调回归唐音，"国初之诗尚沿袭唐人，王黄州学白乐天……梅圣俞学唐人平澹处"，"（四灵）独喜贾岛、姚合之诗，稍稍复就清苦之风"。所以他评价宋人诸诗体也总是将其置于唐诗范式之中加以观照，"然则近代之诗无取乎？曰：有之，吾取其合于古人者而已。"他对荆公体的解读与定位也是遵循这个思路，"王荆公体：……而与唐人尚隔一关。"严羽对宋人诗歌的正面评价也仅见于此。既然严羽极力鄙视宋诗，又何以要于宋人之中拣选出王安石一人呢？"以禅喻诗"与"以禅论诗"是严羽诗学批评的主要方法①，严羽对荆公体的界定问题，也必须将其置于这两个范畴加以讨论。

首先从"以禅论诗"来看。严羽的以禅论诗是讲究以禅理通于诗理，这一点也被严羽运用于对荆公体的评价。

严羽界定诗歌本体所用的首要概念是以浑然无迹为内涵的"兴趣"。而兴趣论的核心在于从"言""意"关系的层面讨论诗歌境界的高低，《沧浪诗话》说："所谓不涉理路，不落言筌者，上也。……盛唐诸人，惟在兴趣，羚羊挂角，无迹可求。"②严羽要求诗歌创作摆脱语言辞藻的遮蔽，超越"语障""事障"，进入"入神"的境界，"诗之极致有一，曰入神。""意贵透彻，不可隔靴搔痒，语贵脱洒，不可拖泥带水。"严羽的"入神"说本于唐皎然论诗："但见性情，不睹文字，盖诣道之极也。"（《诗式》）认为诗歌创作的境界不在于作为触媒的"语言文字"本身，而在于"诗之本体"，即严羽反复强调的诗歌的"本色"，"惟悟乃为当行，

----

① 郭绍虞认为严羽以禅理贯通诗理，属于"以禅论诗"，利用禅学术语来划分诗学等级，属于"以禅喻诗"，本书采用了这种划分。参见郭绍虞《中国文学批评史》下卷第六目"严羽"之第二款"禅与悟"。

② 严羽此说从内涵到字面均来自佛典，如《大方广宝箧经》卷上云："不着文字，不离文字。"

乃为本色。""须是本色，须是当行。"① 诗歌创作透出翰墨蹊径，泯灭作者之意的来龙去脉（不涉理路），此种高境全依赖于诗人天然的"别材"，亦即对诗歌艺术的"顿悟"能力，② 所以严羽又将"兴趣说"与"妙悟说"挂钩，将盛唐李杜的"入神"境界视为"透彻之悟"的结果，而以"入神""透彻"等来形容诗歌本体状态，实际上是指诗歌进入了"头头是道"的浑成化境。明许学夷《诗源辨体》说："（初唐沈宋律诗）化机尚浅，亦非透彻之悟。惟盛唐诸公领会神情，不仿形迹，故忽然而来，浑然而就，……此方是透彻之悟也。"指出了"兴趣说"的本质即追求诗体的"浑然天成"。

　　严羽鄙视苏黄以及江西诗派而对荆公体高看一眼，也正是着眼于诗歌境界之高低以及诗人的悟性化机的深浅。朱弁《风月堂诗话》卷上说黄庭坚："乃独用昆体工夫而造老杜浑成之地。"魏泰《临汉隐居诗话》说黄庭坚："句虽新奇而气乏浑厚。"均是着眼于黄庭坚诗歌的"浑成性"加以褒贬。在严羽看来，宋诗尤其是江西诗派的致命弱点在于"以文字、才学、议论为诗"，"山谷用工尤为深刻"，更是陷入了"语障"与"事障"，未能将语言文字融化为一个浑然无间的灵动的妙体。严羽认为只有李杜能够完全达到"入神"境地，同时又承认"他人得之盖寡也"，言外之意，是不排除其他诗家包括荆公体也能在某种程度上体现出"入神""浑成"之境界。南宋初叶梦得就说王荆公晚年的诗："意与言会，言随意遣，浑然天成，殆不见有牵率排比处，……其用意亦深刻矣。"（《石林诗话》）王安石与黄庭坚作诗讲究熔铸冶炼，均为"用工深刻"一派，而严羽在二人之间作出轩轾，显然是洞察了荆公体自身"浑成"的特质，他说王荆公的集句《胡笳十八拍》是："混然天成，绝无痕迹。"另外，从其"镜花水月"说的批评方法也可以大致窥见他赞许荆公体的视角。

---

　　① 陶明浚《诗说杂记》卷七："本色者，所以保全天趣者也。……未有支离灭裂，操末续颠，而可以为诗者也。"这一点宋元人也多有揭示，如元好问《陶然集诗序》："诗家圣处，不离文字，不在文字，唐贤所谓情性之外，不知有文字云耳。"（《遗山集》卷三十七）元牟巘："诗中有句，句中有眼，直是透出畦径。"元刘将孙《胡以实诗词序》："对以意称者重于字，字以精炼者过于篇，篇以脉贯者严于法，脱落蹊径。"（《养吾斋集》卷十一）其《彭宏济诗序》："夫言，亦孰非浮辞哉？惟发之真者不泯，惟遇之神者必传，……彼求之物而不求之意，炼于辞而不炼于气，何如其远也。"

　　② 姜夔《白石道人诗说》："文以文而工，不以文而妙，然舍文无妙，圣处要自悟。"

早于严羽的赵与时《宾退录》引北宋张舜民评王安石诗："如空中之音，相中之色，人皆闻见，难可捉摸。"而严羽则移花接木，用来形容盛唐气象，说明在严羽看来，荆公体与盛唐体在"浑成"方面是存在可比性的，荆公体虽然不及唐人意境的透彻，但也没有落入宋人以才学为诗的"钝根"①。

其次从"以禅喻诗"来看。严羽的以禅喻诗的核心任务是为诗歌体制划分等级，严羽对荆公体的定位也是他以禅喻诗的结果。

严羽所谓的荆公体"与唐人尚隔一关"这一说法涉及诗歌"辨体"问题。江西诗派徐俯说："荆公诗多学唐人，然百首不如晚唐人一首。"（曾季狸《艇斋诗话》引）认为荆公体离晚唐的"诗性"尚隔一关。② 对于严羽来说，荆公体的缺陷并不在于此，因为他已经将晚唐置于诗歌第三等级之中，同宋人一样是属于"终不悟"的下劣诗魔，严羽是以"盛唐"为参照来审视荆公体内部的"非盛唐"因素。袁桷《书余国辅诗后》说："（黄庭坚以及江西派）法立则弊生，骤相模仿，豪宕怪奇，而诗益浸淫矣。临川王文公语规于唐，其自高者始宗师之。"（《清容居士集》卷四十八）刘埙《半山绝句悟机》说荆公体："流丽闲婉，自成一家，……其后学荆公而不至者为四灵。"（《隐居通议》卷十一）分别指出荆公体与江西、晚唐的层次差别。对此，严羽也有敏锐的体察，其《答吴景仙书》说："然晚唐、本朝，谓其如此可也，谓唐初以来至大历之诗，异户同门已不可矣。"晚唐与宋诗在"浑成"的程度上可以归类于同一较低的悟性等级，属于同门异户，意味着荆公体在悟性等级上之所以能够略胜一筹，原因在于他超越晚唐而追步"盛唐"。

具体到盛唐诗体的诗学特征，与宋调相比，大致包含：以雄浑悲壮的格调反对劲健之气，以"兴趣"反对"用事"，以天然反对雕琢，等等。严羽尤其强调唐诗与宋诗在"声律"上的差异。严羽虽然标举兴致而反

---

① 叶梦得《石林诗话》卷中："（荆公）尝云：'用汉人语止可以汉人语对，若参以异代语，便不相类。'如'一水护田将绿绕，两山排闼送青来'之类，皆汉人语也。此惟公用之，不觉拘窘卑凡。"吴曾《能改斋漫录》卷八指出荆公此联："盖本五代沈彬诗：地限一水巡城转，天约群山附郭来。"其语意、句法俱有所本而又自然浑成。用事广博而不着痕迹，依赖于这一点，荆公体就与江西体拉开了距离。

② 江西派韩驹说："唐末人诗虽格致卑浅，然谓其非诗不可。"（《诗人玉屑》卷十六引《陵阳室中语》）

对晚唐的小巧对偶，但也反对宋人的破弃声律。《沧浪诗话》说："音韵忌散缓，亦忌迫促。""词气可颉颃，不可乖戾。"显然是针对宋诗破弃声律的拗折以及率易粗豪之气，他追求的是盛唐诗歌自然浑成、造语圆美、语响调谐，所谓"下字贵响，造语贵圆"。

由于强调唐宋诗体的差异性，严羽自然特别重视维护唐诗体的"纯粹性"。《沧浪诗话》声称："学诗先除五俗，一曰俗体，二曰俗意，三曰俗句，四曰俗字，五曰俗韵。"他要维护的就是这种诗学传统。其《答吴景仙书》又说："惟辨之未精，故所作或杂而不纯，今观盛集中尚有一二本朝立作处，毋乃坐是而然耶？"乃是要立足于盛唐诗体的纯粹性，斤斤于清除宋人习气，上文所说"劲健之气""用事押韵""声调拗戾"等宋调均为严羽所摒弃。① 而王安石诗歌中也不可避免地掺有宋人因素，王安石《答曾子固书》说："故某自百家诸子之书，至于《难经》《素问》《本草》诸小说，无所不读。"（《临川文集》卷七十三）《蔡宽夫诗话》引王安石："诗家病使事太多，盖皆取其与题合者类之，如此乃是编事，虽工何益？若能自出己意，借事以相发明，情态毕出，则用事虽多亦何所妨？"（《苕溪渔隐丛话》后集卷二十五）刘辰翁《简斋集序》说："荆公妥帖排奡，时出经史。"王安石的诗歌以书卷学问作支撑，其"借事以相发明"等手法以及诗体的劲健排奡之气，对于元苏黄有导夫先路之功。《沧浪诗话》说："律诗难于古诗，绝句难于八句。"律诗要在自由与束缚之间取得平衡，最难以达到直致与浑成之境，而这种宋人习气的介入更加使得以律绝为主的荆公体与盛唐诗的"兴致"拉开距离，严羽说荆公体"与唐人尚隔一关"，就意味着在处理语言和诗意的关系方面，荆公体未能完全达到玲珑透彻的境地。

在严羽看来，荆公体实际上是一个由宋调向唐音复古的诗学模式，依据以禅喻诗的等级论和辨体理论，严羽将荆公体的诗学造诣定位在了"摆离宋而止步于唐音"这一地步。

（二）用事能化，抑唐扬晋：刘辰翁对荆公体的解读

严羽从用事过多而有碍浑成的角度解构宋人与江西诗派，而刘辰翁则以江西余闰的姿态维护此一宋人诗学精神，主张"无一字无来历，就之不可即，望之不可寻，是在能化"（《宋贞士罗沧洲先生诗集序》），又阐释

---

① 严羽不仅排斥宋调，也贬低中唐之怪以及王、孟、韦的冲淡平和之韵味。

"用事之妙"说："望之苍然，而光景明丽，肌骨匀称，古称陶公用兵得法外意。"（《简斋集序》）所谓的"能化""望之苍然"，即完全泯灭了前人语意之痕迹，近似严羽所谓的"入神"，所以对于荆公体中为严羽所鄙弃的此种宋调也为刘氏所赞许："荆公妥帖排奡，时出经史，然体格如一。"（同上）

刘辰翁与严羽的分歧，除了这种显在的关于江西精神的褒贬之外，主要还表现在对荆公体价值的评判过程中的分道扬镳。刘辰翁说荆公体："从虚入实，矫矫亦不着相，故是此老高处。"（《须溪批点李壁注王荆文公诗》评王安石《七星砚》语）这就意味着荆公体克服了一般宋诗矜持不化的弊病，契合了"不落言筌、不涉理路"的透彻之悟。然而，同是对荆公体"浑成"高境的认同，刘辰翁与严羽盛唐的审视角度却大相径庭。

元刘埙《刘玉渊评论》说："融《骚》《选》、唐者，半山。"（《隐居通议》卷十）指出荆公体一方面在感情风调上具有楚骚的悲情之风；另一方面，在诗歌体制风格上，又是"唐风"与"六朝"诗风的融合。从"辨体"思想出发，严羽认为荆公体以学"唐"为宗，所以"其得意处高出苏、黄、陈之上"，推重的是王安石"回归唐风"的写作模式。刘辰翁论诗也主张"复古"，其《简斋集序》说："吾执鞭古人，岂敢叛去？"其《赵仲仁诗序》说："第其格价，故当独以古胜，……相过弥月，时时与之上下前人律绝，务进于古。"（《须溪集》卷六）所不同的是，严羽主张复"盛唐"之古，而刘辰翁却以"晋人"为宗，其《简斋集序》说："余尝谓晋人语言，使壹用为诗，皆当掩出古今。"这样，刘辰翁的诗学高标越过了唐音、宋调而达至晋之高风。严、刘二人在"晋""唐"诗学上的左右祖，决定了其对荆公体的基本定位必然会出现分歧，在刘辰翁看来，荆公体的价值在于其不像"唐"人或者近似"晋"人的地方。

刘辰翁评王安石《访隐者》说："不类公诗，以其韵短。"[①]一般而言，"韵"是对唐诗或《选》诗的描述，如刘氏《韦苏州诗序》说："亦犹唐书瘦硬，宋帖跌宕，望而可爱，然去八法愈远。王蒙在诸作中最疏拙，然简淡别有风韵者，以其未失八法也。"宋人的诗学创变重在"气格"，不在韵味，所以，刘氏认为王安石的诗歌已经在某种程度上跳出了

---

① 《须溪批点李壁注王荆文公诗》卷四十六。

宋诗审美习惯，其诗歌内部具备一般宋诗所缺乏的艺术个性——含蓄蕴藉的情韵风致，从而转向了"晋""唐"之风。如刘氏评王安石《别马秘丞》说："其诗犹有唐人余意者，以其浅浅即止，读之如晋人，语不在多，而深情自见也。"① 指出荆公体在艺术精神和艺术方法上兼容了"晋""唐"两种风范。事实上，王安石也的确有意融贯陶诗精神，如《遁斋闲览》云："王荆公在金陵作诗，多用渊明诗中事，至有四韵诗全使渊明诗者，且言其诗有奇绝不可及之语。"（《诗林广记》卷一引）荆公体的这个"晋人"艺术质素被刘辰翁敏锐地发现了。

然而，由于《选》诗、唐诗两者一脉相承，同属于"凝"的诗歌范式，所以荆公体在唐诗格律上越是走向完善，它所面临的诗学困境可能就越严重，这就涉及刘辰翁对荆公体中的唐诗性进行反思批评的问题。在刘氏看来，《选》诗、唐诗范式所面临的困境究竟是什么呢？刘氏《简斋集序》说："诗至晚唐已厌，至近年江湖又厌。"

刘氏使用"厌"字，即指出晚唐派高度工巧的诗歌艺术走向极端，湮没了诗歌自然抒情之本意。严整工稳的唐诗范式走向僵化之后，诗歌必然要回归晋人萧散的写作范式，将诗体从"凝"的状态下解放出来，所以其《赵仲仁诗序》一文倡言诗体解放："吾尝谓诗至建安，……而长篇反复，终有所未达，则政以其不足于为文耳。文人兼诗，诗不兼文也。杜虽诗翁，散语可见。惟韩、苏倾竭变化，如雷震河汉，可惊可快，必无复可憾者，盖以其文人之诗也，诗犹文也，尽如口语，岂不更胜？彼一偏一曲，自擅诗人诗，局局焉，靡靡焉，无所用其四体，……"（《须溪集》卷六）刘氏从诗歌历史发展的高度，指出了建安以来发展起来的诗歌（《选》诗和唐诗）所面临的困境：对形式美的过分讲究必然会削弱诗歌抒情功能。

刘氏进一步提出了解决此一诗学困境的不二法门——引入晋风，由凝到散，破体为诗。刘辰翁《陈生诗序》说："鸟啼花落，篱根小落，斜阳牛笛，鸡声茅店，时时处处，妙意皆可拾得，然此犹涉假借。"（同上）所谓"犹涉假借"是指诗歌仍旧停留在唐诗范式的笼罩之下，未能实现诗体的突破，这一点黄庭坚早有诗学实践与试验。《吕氏童蒙训》说："或称鲁直'桃李春风一杯酒，江湖夜雨十年灯'，以为极至，鲁直自以

---

① 《须溪批点李璧注王荆文公诗》卷十七。

此犹砌合，须'石吾甚爱之，勿使牛砺角。牛砺角尚可，牛斗残我竹'，乃可言至耳。"（《苕溪渔隐丛话》前集卷四十七）所谓的"砌合"，就是指以意象组合为特征的唐诗手法，也是刘辰翁所要打破的诗学法则。刘辰翁《韦苏州诗序》说："今人尝诵'兵卫森画戟，燕寝凝清香'，正尔无谓。惟朱韦斋举'诸生时列坐，共爱风满林'，乃能令人意消，颇有悟入。"其中"兵卫森画戟"一类对偶严整的诗句具有唐诗范式，尚不是诗学最高境地，而"诸生时列坐"一类的散文化诗句，才真正进入"晋人语言"所独有的那种飘萧通灵的境界，刘辰翁用"犹涉假借""犹属有待"两语判明了唐风与晋风的差距。

所以刘氏每每从破体的角度对荆公体的"唐诗性"加以审视和批评。刘氏评点《李壁笺注王荆公诗》卷四十九末附评："公诗律甚严，得意亦少，其拙也有书生词赋之气。"因为"诗律甚严"属于唐人传统，而未能实践晋人萧散通灵的艺术精神，荆公体在将唐诗之"凝"向晋人之"散"推进的过程中，显得过于保守，仍不能摆脱唐诗范式的笼罩。所以对于王安石真正效法唐人的地方，刘氏反倒不加褒扬，如刘氏评王安石《同王浚贤良赋龟得升字》"刳肠以占幸无事，卷壳而食病未能"句说："自支床至此，叠用出处对字，颇嫩。"① 评王安石《神宗皇帝挽词二首》其二"玉暗蛟龙蛰，金寒雁鹜飞"句说："寻常对偶，而有以为极工者。"② 评王安石《即席次韵微之泛舟》"地随墙堑行多曲，天着岗峦望易昏"句说："俗子论诗，则此等皆足占平生矣，不然，不然。"③ 王安石诗中"对字""对偶"的运用尽管精切工稳，然而终归落入唐诗范式的窠臼，并不足以标志荆公体独有的真价值。

与此相反，刘氏在批评实践之中，则努力发掘荆公体中渊源于晋人旨趣的特质，认识到荆公体契合了晋人"自然为文"的艺术精神，如刘氏评王安石《聊行》说："其淡荡自足，古人所未到，几于道矣。"④ 评王安石《题燕侍郎山水图》"苍梧之野烟漠漠"句说："恍惚入玄。"⑤ 评王安

---

① 《须溪批点李壁注王荆文公诗》卷一。
② 同上书，卷四十九。
③ 同上书，卷三十。
④ 同上书，卷四十。
⑤ 同上书，卷一。

石《天童山溪上》说："妙处自然，不入思索。"① 等等。荆公体中所体现的艺术"张力"也是刘氏的关注重点，如刘氏评点《李壁笺注王荆公诗》卷四十末附说："五言绝难得十首好者，荆公短语长事，妙冠古今。"评王安石《谢公墩》"涕泪对桓伊，暮年无乃昏"句说："不多不浅。"② 评王安石《示长安君》"草草杯盘供笑语，昏昏灯火话平生"句说："自在，浓至。"③评王安石《独卧有怀》说："看似容易。"④ 刘氏揭明荆公体具有"自然""入玄"之特质，能够体现"多少""浓淡""难易""深浅"等艺术张力解构，在某种程度上确实可以与韦应物相媲美。

当然，由于荆公体融合了唐、宋诗学范式的多种因素，所以它与陶、韦毕竟属于两个不同的诗学范式，从刘氏的批评术语来看，正体现了他对荆公体的准确定位。刘氏评王安石《蒋山手种松》"闻道近来高数尺，此身蒲柳故应衰"句："此等即似晋人语言。"⑤ 评王安石《别马秘丞》说："其诗浅浅即止，读之如晋人。"⑥ 所谓的"如晋人""似晋人"等说法都表示荆公体与晋人只存在着艺术精神上的贯通，毕竟荆公体所负载的"自然"，属于由人工达到天然，其诗学张力的获得也只能是人工锻炼的结果，荆公体并没有真正达到刘氏心目中如晋人一般的极为高明的境界。正如刘氏评王安石《题舒州山谷寺石牛洞泉穴》所说："甚似晋人，晋人，（荆公）乃不能及。"⑦ 王安石的诗歌未能在融合晋风的破体之路上走得更远，故而"得意亦少"，所以，与严羽的荆公体"与唐人尚隔一关"相对立，在刘辰翁的诗学眼界之中，荆公体可以说是"犹有晋人是一关"。

荆公体本来就是一个融合了多种诗学因素的复杂的艺术体，张舜民又用"空中之音，相中之色，人皆闻见，难可着摸"对它加以描述，这种意象批评的方法本身就带有模糊性和不确定性，这就为后世诗家解读荆公体的内涵提供了一个可以自由发挥的理论空间，诗家对这个描述性的阐释可以指向圆美浑成的"唐音"，也可以指向冲淡闲婉的"晋风"，荆公体

---

① 《须溪批点李壁注王荆文公诗》卷四十八。

② 同上书，卷五。

③ 同上书，卷三十。

④ 同上书，卷四。

⑤ 同上书，卷四十三。

⑥ 同上书，卷十七。

⑦ 同上书，卷十八。

的失落与复归就关乎这样两个诗学高标。

严羽从颠覆江西、复古唐风出发，收拾起荆公体的"唐音"因素，从学唐的共同立场看，严羽与以晚唐济江西的杨万里殊途同归。而刘辰翁则从开拓诗道出发，竭力挖掘荆公体中的晋人艺术精神，拾取荆公体的"晋人"因素，从"用晋"的立场看，刘辰翁与学习陶韦柳的李壁、包恢同派。

总之，在不同的诗学背景之下，立足于不同的需要和角度，"荆公体"便成为一个可供驱遣的诗学文本，严羽的荆公体"浑成"而"得意"论与刘辰翁的"得意亦少"而又"矫矫亦不着相"论，正是各取所需。

三　关于"陈简斋体"的价值之争

严羽首次将陈与义划归"江西诗派"，这个论断包含了他对陈与义诗歌风格的评判和价值的定位，也是他自己诗学观念的体现，我们有必要就这一诗学史上的公案作一深入的剖析和疏证。

严羽对于自己的诗论颇为自负，其《答吴景仙书》开场明言自己的《诗辨》不仅是"诚惊世绝俗之谈"，而且是绝对的真理，所谓"至当归一之论"。严羽所提出的一系列重要诗学问题在当时很有挑战性，比如他全盘否定宋诗学以及江西诗派，鄙弃晚唐诗派等，这都与当时的诗学潮流对立。在"诗体"论之中，他又别出心裁地将南北宋之交的著名诗人陈与义划归为江西诗派，也显示了他的胆量，《沧浪诗话》说："陈简斋体：亦江西之派而小异。"但是这样一无依傍地捏置古人，究竟是不是"至当归一之论"，则是需要结合陈与义的诗风以及严羽诗论宗旨加以仔细辨明的。

在严羽之前，没有人将陈与义划归江西诗派。虽然陈与义与江西诗派吕本中有过唱和（见下文），而吕本中并没有将他列入《江西宗派图》。陈与义的表侄张嵲《陈公资政墓志铭》说陈与义的诗歌是"上下陶、谢、韦、柳之间"，当然与江西诗派不同科。而同时代的诗坛盟主刘克庄则明确表示陈与义不属于江西诗派，其《茶山诚斋诗选序》说："余既以吕紫微附宗派之后，或曰：派诗止此乎？余曰：非也。曾茶山，赣人，杨诚斋，吉人，皆中兴大家数。比之禅学，山谷，初祖也，吕、曾，南北二宗也，诚斋稍后出，临济德山也……陆放翁学于后茶山而青于蓝，徐洲子、高续古曾参诚斋警句，往往似之。"（《大全集》卷九十七）在江西正派之后，刘克庄仅仅把吕本中、曾几、杨万里三人与黄庭坚相接，像陆游、徐洲子、高续古等江西诗风的企慕者尚不属于江西派，就更没有将陈与义列入江西宗派的意思了，显然刘克庄是洞察了陈与义诗歌本身与江西诗派的异质性。晚于严羽的方回才将陈与义归于江西诗派："古今诗人，当以老杜、山谷、后山、简斋四家为一祖三宗。"（《瀛奎律髓》卷二十六陈与义《清明》诗评语）不过，方回《桐江集》卷七有《诗人玉屑考》一文，其中评价过姜夔和严羽的诗歌和诗论，所以方回此说当是受严羽的影响。另外，宋末元初蔡正孙《诗林广记》后集卷八"陈简斋"后也引用过严羽的这个结论。可见，在这一问题上严羽是始作俑者。

下面我们就诗学史上的这桩公案作一深入辨析。

（一）关于陈简斋体与江西诗学的关系

严羽将陈与义归于江西诗派并非毫无来由。陈与义在开德任教官时，曾与吕本中及其叔父兼诗友吕知止唱和，[①] 其诗学观念受到江西诗学精神的熏陶和启发也是很自然的，这主要体现在陈与义像江西诗派一样，作诗讲究深厚的文化修养和功夫。江西派认为大家数必须有书卷作根底，方不至于流入空疏浮浅，陈长方《步里客谈》卷下说："无一字无来处，此陈无己、鲁直作诗法也。"陈与义也非常看重读书学问对诗学的功用，他的老师崔鶠就教导他多读书，方勺《泊宅编》卷九说："崔鶠能诗，或问作诗之要，答曰：但多读而勿使，斯为善。"晚宋方回说："惟山谷、后山、简斋得此活法，又各以其数万卷之心胸气力，鼓舞跳荡。"（《桐江续集》卷八《读张功父南湖集》）黄、陈作诗又讲究苦吟锻炼，精益求精，陈师道《次韵答秦少章》说："学诗如学仙，时至骨自换。"（《后山集》卷二）葛胜仲《陈去非诗集序》评价陈与义也说："用心亦苦，务一洗旧常畦径，意不拔俗，语不惊人不轻出也。"（《丹阳集》卷八）而陈与义也说："唐人皆苦思作诗，所谓'吟安一个字，捻断数茎须'……之类者是也，故造语皆工，得句皆奇。"（《韵语阳秋》卷二引）这都与江西诗学精神相通。

我们不妨以陈与义的《伤春》诗为例，来验证陈与义接受江西诗派诗学精神的熏染，其诗云："庙堂无策可平戎，坐使甘泉照夕烽。初怪上都闻战马，岂知穷海看飞龙。孤臣霜发三千丈，每岁烟花一万重。稍喜长沙向延阁，疲兵敢犯敌军锋。"其中"甘泉照夕烽"出自《汉书·匈奴传》："胡骑入烧回中宫，候骑至雍、甘泉。"以及李白《塞下曲》："烽火

---

①　参见白敦仁《陈与义年谱》，中华书局1983年版。

动沙漠，连照甘泉云。"本诗其余的语意也俱有出处，如《西都赋》："实
用西边，作我上都。"《后汉书·耿恭传论》："感其茹毛穷海，不为大汉
羞。"《周易》："飞龙在天。"李白《秋浦歌》："白发三千丈。"杜甫《伤
春五首》："烟花一万重。"《晋书·挚虞束皙传论》："或摄官延阁。"可
谓字字句句皆有所本。陈氏祖述前人语意，往往或点化，或夺换，表情达
意，超然入妙，真可谓得江西诗法之三昧。刘辰翁论诗歌用事的原则说：
"必待其发语通明，不用一事，而亦无一字无来历，就之不可即，望之不
可寻，是在能化。"（《宋贞士罗沧洲先生诗集序》）他认为陈与义的诗歌
最符合这个标准："惟陈简斋以后山体用后山，望之苍然，而光景明丽，
肌骨匀称。"（《简斋集序》）所谓的"望之苍然"，即完全泯灭了前人语
意之痕迹，以己意斡旋运用之，达到了"能化"的境地。陈与义在黄、
陈之后，对"讲来历"的诗法理解得更加深刻，运用得也更加娴熟。

　　问题是，陈与义与吕本中叔侄交往唱和，在"诗学方法"上悟得了
江西派诗法的三昧，这些是否可以作为将陈与义划归江西诗派的理由呢？
事实上，陈与义与吕本中并非师徒关系，也不存在诗学意义上的互济关
系；他推崇陈师道，也只是因为其"简劲学杜"的独特路径（见下文）；
他借鉴江西诗派的"出处说"以及"点化""夺换"等手法，为的是增强
诗歌的文化艺术底蕴，避免晚唐诗之空疏和窘狭，这些都只不过是陈与义
建立自己诗学风格的方法或工具而已，均属于"简斋诗体"之"用"，而
不是其"体"。刘辰翁所说的"陈简斋以后山体用后山"，崔鶠告诫他
"天下书虽不可不读，然慎不可有意于用事"（《却扫编》卷中），都体现
出同样的"体用"思想。杨万里曾经指出，判定其人其诗是否属于江西
诗派，应该依据"以味不以形"的原则。而这些诗法层面的因素，都不
能作为将陈与义划归江西诗派的最终依据，它们还构不成某一诗家的诗歌
之"味"，这就需要我们探寻陈与义诗歌的底蕴特色所在，还原其诗学本
真面目，从而验证陈简斋体的"味"是否合乎典型的江西诗派诗风。

　　（二）陈简斋体"小异"发微

　　在严羽看来，陈简斋体总体上不脱江西诗派的底色，但在某种程度上
又与江西诗派背离，即对江西诗派的一般规范和宗趣有所突破和超越，陈
简斋体的这种"异质性"恰好是它自成一体的根本所在，这就必须结合
陈简斋体的来龙去脉加以辨析。

　　首先，陈简斋体的韦柳底蕴。

　　陈与义诗学特色的形成，导源于当时的诗学名家崔鷗。徐度《却扫编》卷中说："陈参政去非少学诗于崔德符。"而崔鷗的诗歌风格与江西诗派的枯劲瘦硬、生新拗折完全不同，是属于陶谢韦柳一派，如《宋史·崔鷗传》称其诗"清峭雄深"，《郡斋读书志》卷十九称其诗"清婉敷腴"，刘克庄《后村诗话》卷二称其诗"幽丽高远"。陈与义师法崔鷗，主要是学习崔鷗诗歌的这种韦柳之风，《后村诗话》卷六就指出二人诗学一脉相承的关系："诗至于深微极玄，绝妙矣。……唐人惟韦、柳，本朝惟崔鷗、陈简斋近之。"所以朱熹就直接将陈与义划归韦柳一派，《朱子读书法》卷三说："作诗须从陶柳门庭中来乃佳耳，盖不如是，不足以发萧散冲澹之趣，……如《选》诗及韦苏州诗，亦不可不熟观，近世诗人如陈简斋绝佳，张巨山逾冲淡。"以韦柳的"萧散冲澹之趣"为诗学入处，这正是陈简斋体建立的根本，也是判定其诗歌质素的关键所在。

　　其次，陈与义独特的学杜之路——"韦柳"与"杜黄"的浑融合一。

　　陈与义诗歌在当时号称"新体"，不仅包括倾向于冲淡幽雅的《墨梅》《葆真》一类，也包括南渡后学杜的诗歌，① 其前后两期的诗歌应该具有一贯的特质。严羽将陈与义划归江西派的另一个原因，很大程度上与陈与义后期学杜有关。

　　杨万里《跋陈简斋奏草》评陈与义说："诗宗已上少陵坛。"（《诚斋集》卷二十四）方回也说："自黄、陈绍老杜之后，惟去非与吕居仁亦登老杜之坛。"（《瀛奎律髓》卷二十三陈与义《山中》评语）然而，陈与义的学杜却与苏、黄、陈很不相同，明人胡应麟《诗薮》外编卷五说："大抵宋诸君子以险瘦生涩为杜。"学杜而流入"险瘦生涩"，深究其根本原因，与宋人的学杜方式有关。

　　陈与义对于苏、黄各自的学杜之失是有真切体察的。《简斋集原引》记载陈与义论诗："（东坡、山谷）大抵同出老杜，而自成一家。近世诗家知尊杜矣，至学苏者乃指黄为强，而附黄者亦谓苏为肆。"所谓"谓苏为肆"指的是苏轼诗歌在法度、锻炼方面有所不足；所谓"指黄为强"，是指黄庭坚背离唐诗自然抒情的传统而流入生涩拗硬。张嵲评黄庭坚的诗也说："其古、律诗酷学少陵，雄健太过，遂流而入于险怪。要其病在太

---

　　① 参见陈善《扪虱新语》上集卷四、洪迈《容斋四笔》卷十四《陈简斋葆真诗》、葛胜仲《丹阳集》卷八《陈去非诗集序》。

着意，欲道古今人所未道语尔。"（《泊宅编》卷九）黄庭坚学杜极力追求"道古今人所未道语"，必然由雄健而流入险怪。

陈与义的"强"字与张嵲的"太过"两词，道出了黄庭坚等人学杜之失的最深层的原因，即他们忽视了一条艺术创作规律——文学创作"刚柔相济"的中和之道，正如刘勰《文心雕龙·定势》所说："文之任势，势有刚柔，不必壮言慷慨乃称势也。"所以"情固先辞，势实须泽"，文章体制也应当平衡"阳刚"与"阴柔"两端，做到"刚柔相济"，而这条艺术规律在江西诗派的学杜实践中并没有得到最佳体现。张嵲分析黄庭坚诗歌的特色说："鲁直自以为出于《诗》与《楚辞》，过矣，盖规模汉魏以下者也。"（《后村诗话》卷四引）认为黄庭坚诗学的入处在于"汉魏古诗乐府"，他的学杜乃是从"汉魏风骨"达到杜甫雄浑阔大的格调，然而从审美风格的内在属性上说，两者显然属于同一个审美范畴，当他一味强调诗体"气格风骨"一端而忽略了与之相反相成的"情味韵致"之时，也就是其弊端显露之日，黄庭坚诗歌的"强"与"过"即由此而来。

苏黄学杜之教训，启发和催生了陈与义全新的学杜之路，使他在苏黄之后改弦易辙，在诗学高标上重新作一调整，"要必识苏黄之所不为，然后可以涉老杜之涯涘"。陈与义那首标志其诗学风格的《夏日集葆真池上以绿阴昼生静赋诗得静字》诗就说："人生行乐耳，诗律已其剩。"说明陈与义至此根本无意步趋死守江西诗派学杜的"诗律"，他必须在江西派之外另辟蹊径。[①]

下面我们将陈与义学杜之路的特色和成就作一透彻的分析，以便确立陈简斋体的实质所在。

陈与义虽然主动地接受江西诗派普遍的诗学法则，但是在黄、陈之间，他更加推崇陈师道，他评价本朝诗人说："不可不读者，陈无己也。"又说："凡诗人，古有柳子厚，今有陈无己而已。"（《泊宅编》卷九）陈与义将陈师道、柳宗元相提并论，似乎有些莫名其妙，清王士禛就说："如此议论，殊不可解。"那么，陈与义于古今诗家之中简选出柳宗元和陈师道，其意图何在呢？原来，同是学习杜甫，陈师道的诗风却与黄庭坚

---

　　① 胡应麟《少室山房类稿》卷一百一十六说："陈去非之学杜，铮铮跃出，庸讵可以宋拘哉？"陈衍《石遗室诗话》卷二十三也说："陈简斋自别于苏、黄之外。"都指出陈与义学杜与一般宋人尤其是江西诗派有着根本的区别。

有所不同：他走的是简淡雅健之路，如陈振孙评价后山诗说："然其造诣平澹，真趣自然，实豫章之所缺也。"《东都事略》卷一百一十六《文苑传》说陈师道："然平淡雅奥，自成一家。"朱熹评黄、陈高低说："后山雅健，强似山谷。"可见，陈师道的学杜，并不是像黄庭坚等一般江西诗派中人一样，一味追求劲健拗峭，而是讲究简淡与劲峭两种质素的相参互济，以期达到"健""雅"中和的诗学效果。这样，在追求平淡艺术境地这方面，"柳宗元—陈师道—崔鶠"可以构成一个独特的诗学谱系，而这正是陈与义所要取法的诗学路径，故而柳、陈并举也就成了陈与义的诗学策略，至此，王士禛的疑惑可以得到解释。

但是，陈师道诗歌从根本上说仍旧属于典型的江西诗派，这是由其诗学入处所决定的。上文已经说过张嵲认为黄庭坚是"规模汉魏以下者"，这个诗学入处其实也适用于学习黄庭坚的陈师道，而柳宗元、崔鶠、陈与义的诗学入处却是晋宋的陶谢，二者的诗学底色并不同区。在学杜方面，假如说陈师道是"以汉魏为体，参以晋宋"，那么陈与义则是"以晋宋为体，参以汉魏"，具体到学杜方法，则是以陶谢诗学精神为基点，将"韦柳"与"杜黄陈"两大渊源汇通，也就是宋濂所谓的陈与义是"因崔鶠而归宿于少陵"①，这就是陈与义学杜的独到之处。

由于这一学杜策略的介入，陈与义南渡后的诗歌不仅与苏黄陈不一样，也与其自身前期韦柳范式的诗风存在着差别。②《后村诗话》卷二说："及简斋出，始以老杜为师。《墨梅》之类，尚是少作。建炎以后，……诗益奇壮。""以简严扫繁缛，以雄浑代尖巧。"刘克在认为其"《墨梅》之类，尚是少作"，与建炎以后的学杜诗不同，其后期诗歌风格表现为以老杜为准则，济以韦柳之风范，是"雄浑与简严"的统一。胡应麟《诗薮》外编卷五说："陈去非之七言，浑而丽，壮而和。""皆宏丽沉雄，得杜体。"在沉雄浑厚之中参以雅丽和易，这就克服了苏的"肆"和黄陈的"强"，陈氏在杜甫"雄健"之路上往回退敛，进入韦柳"易简平淡"之域，这就是胡应麟《诗薮》外编卷五所谓的陈与义"虽亦多本老杜，而不为已甚"的意思。对于"简斋体"的基本内涵，以张嵲所论最为中肯，

① 参见《文宪集》卷二十八《答章秀才论诗书》。
② 胡仔说："陈去非诗平淡有工。"（《苕溪渔隐丛话》前集卷五十三）罗大经说："其诗縣简古而发秾纤。"（《鹤林玉露》卷十六）还只是形容陈与义单纯体现韦柳风格的诗歌。

认为陈与义诗歌"清邃超特，纡余闳肆，高举横厉，上下陶、谢、韦、柳之间"（《陈公资政墓志铭》），而"清邃"与"超特"，"纡余"与"闳肆"，两两相反相成，相参相济，正是韦柳体与少陵体有机融合的产物。今人梁昆《宋诗派别论》说陈与义的诗："出入杜陈、陶韦之间。"可以与张嵲的论断相互印证。

总之，陈与义在陈师道以简淡学杜之后，另辟蹊径，更多地发挥了韦柳诗风对建构"中和"之诗体的作用，构成非常个性化的"韦柳与杜黄"互参的简斋体，最终避免了江西诗派拗峭生涩之弊病，这应该就是严羽所谓的"小异"之所在。

然而无论是前期还是后期，简斋体始终保持其韦柳的诗学底蕴不变，最终成就此一种有稳定审美内涵的诗体，近人陈衍《石遗室诗话》卷一说："山谷、后山、岑、高、李、杜、韩……之变化也；简斋……四灵、王孟、韦柳、贾岛姚合之变化也。"敏锐地看到了陈与义的入处和黄陈的不同。其实在严羽之前，朱熹早已指出陈与义是不能归于江西诗派的，朱熹《答巩仲至》说："张巨山乃学魏晋六朝之作，非宗江西者，其诗闲澹高远。"（《晦庵集》卷六十四）朱熹认为从崔德符到陈与义，到张嵲，都是一反江西诗风，走"萧散冲澹""闲澹高远"之路（见上文），并且明确指出张嵲"非宗江西者"，也就等于指出陈与义绝非江西社中人（朱熹说张嵲的诗与陈与义相比，是"逾冲淡"，言外之意已经将陈与义归于陶谢韦柳冲淡一派），朱熹的眼光是非常独到的。

（三）推定严羽对陈简斋体的评价

上文厘清了陈与义诗歌的江西因素、简斋体的韦柳底蕴以及陈与义的学杜之路，在此基础上，我们再进一步追寻严羽对简斋体的态度倾向。

严羽如何看陈简斋体的"江西"因素和"学杜"策略？

彻底清除江西诗派习气是严羽论诗的重要意图，[①] 其《答吴景仙书》明言："其间说江西诗病，真取心肝刽子手。"他以"别材别趣"说为理论依据，对宋诗尤其是江西诗派的诗学精神进行了全盘否定。他反对宋人作诗"多务使事，不问兴致，用字必有来历，押韵必有出处"，主张的

---

① 严羽说："学诗先除五俗，一曰俗体，二曰俗意，三曰俗句，四曰俗字，五曰俗韵。""惟辨之未精，故所作惑杂而不纯，今观盛集中，尚有一二本朝立作处。"就是要清除宋调，回归纯正的唐音。

"押韵不必有出处，用事不必拘来历"，"不必多使事"（《沧浪诗话》），都紧扣江西诗派的理论命脉而发，彻底否定宋诗尤其是江西诗派是严羽所设定的一个诗学前提。陈与义吸收了江西诗派的诗学精神，主张多读书，讲究有来历有出处，而这一诗学方法恰好触犯了严羽的忌讳，这应该是严羽将陈与义划入江西诗派的最显在的依据。然而，事实上陈与义的诗学入处与江西诗派有着根本的差别，江西宗汉魏杜韩，而陈与义宗陶谢韦柳，所以单纯依据外在的诗学方法是不足以界定某一诗歌体制的。这一点上文已经论析清楚，而严羽硬性地将陈与义归于江西诗派，说明在严羽的批评实践中很可能出现了一个"辨体"上的误差。

先看严羽对杜甫诗风的界定。其《答吴景仙书》说："仆谓此四字（雄深雅健），不若《诗辨》'雄浑悲壮'之语为得诗之体也。"严羽为盛唐诗歌定的基调即那种宏大开阔的阳刚之美和浩大的悲情，这是严羽唯一的诗学审美追求，也是他为诗歌评判所设立的高标。陈与义后期也是学杜的，问题是，陈与义的学杜结果究竟是属于严羽所提出的两种气象之中的哪一种呢？简斋体真的没有达到严羽所心仪的那种"雄浑悲壮"境界而是落入宋人或者江西诗派的"雄深雅健"之域吗？

一般来说，陈与义诗歌与杜甫诗歌的确存在着某种内在一致性，并且其诗学风格避免了黄陈的拗折、瘦硬、枯劲，如方回评陈与义《送熊博士赴瑞安令》诗说："简斋诗气势浑雄，规模广大。"胡应麟《诗薮》说："陈去非宏壮，在杜陵廊庑。""皆宏丽沉雄，得杜体。"诸家用"宏壮""宏丽""沉雄"等来形容陈与义诗歌，说明简斋体在诗歌意境风范上是与杜诗同调的。更为难能可贵的是，陈与义的学杜不是仅仅停留在句法格调层面，他能够领会杜甫诗歌悲壮的忧患精神。罗大经说陈与义："遭值靖康之乱，崎岖流落，感时恨别，颇有一饭不忘君之意。"《后村诗话》卷二说："及简斋出，始以老杜为师，造次不忘忧爱，第其品格，故当在诸家之上。"指出其诗歌不仅在艺术风格上逼近老杜，而且在精神命脉上与杜甫息息相通，可谓学得了杜诗之真髓。也正因为此，陈与义的诗歌同时也具备了杜甫那种悲天悯人的浩然悲情，胡应麟《诗薮》就说："陈去非诸绝，……悲壮感慨。"

总之，从艺术造诣上说，严羽所欣赏的李杜式"雄浑""悲壮"等特质，陈简斋体都具备了，从学习杜诗的真精神来说，杜甫"造次不忘忧爱"的高尚品格，陈与义也具备了，可谓本末兼该。所以刘克庄才认为陈

之学杜"当在诸家之上"，在总体风格上将其与江西诗派划一界限。而严
羽最终将陈与义划归江西诗派，那就只能意味着他不承认陈与义所创造的
这个新高度。这一鲁莽之举就把陈与义学杜的高明之处抹杀了，如果不是
严羽对宋人的偏见所致，那么严羽辨家数的本领是值得怀疑的。①

再看严羽如何认识简斋体的韦柳底蕴。

作为反江西诗派的"刽子手"，严羽对陈与义诗体的江西因素自然不
会给予正评，那么，对于简斋体中的韦柳之风，他又会作何种评价呢？这
一点必须结合严羽的诗学旨趣加以考索。

严羽将张舜民形容王安石诗歌境界的"空中之音，相中之色"一套
话语用来形容"盛唐诸公之诗"，② 然而严羽所谓的"盛唐体"乃是侧重
在"李杜高岑"一派的风格，并不是王孟韦柳一派的冲淡之风。严羽的
"唐人好诗，多是征戍、迁谪、行旅、离别之作"这一论断一出，就将平
易冲淡的"山水田园"诗排除在外了。从"离骚"悲情，到"汉魏风
骨"，再到"李杜高孟岑格调"，贯穿着"悲壮雄浑、气象浑厚"的诗学
精神，这就是严羽的"盛唐"概念。③ 辨析清楚严羽的诗学宗趣之后，再
来看他对简斋体的褒贬态度，一切便可以迎刃而解。陈与义前期学诗于崔
鹠，是以"陶韦柳"为根本法则，诗歌风格侧重在冲淡平易幽雅，后期则
是以韦柳参杜黄，诗风流丽雅健简劲。无论是前期还是后期，陈简斋体均
贯注了陶韦柳那种萧散灵动简严的艺术精神，而无论是哪一种类型，都不
会为独尊汉魏盛唐格调的严羽所欣赏，这是可想而知的。

由于严羽志在彻底廓清诗坛上的宋诗尤其是江西诗派习气，追求诗体
之"纯粹"，所以他将陈简斋体划归于江西诗派，本身就已经体现了其贬
抑的态度。然而在严羽同时代的诗论家眼里（如诗坛盟主刘克庄），陈与
义至少在学杜方面是超越一般宋人的，陈简斋体在艺术大判断上与江西诗
派并不同脉，因而严羽这个主观性的诗学判断本身，也体现了他与宋代主
流诗学观念的分歧与对立，从而验证了严羽诗论"惊世绝俗"的一面。

---

① 严羽的表叔吴陵曾怀疑严羽"辨家数"的才能，严羽《答吴景仙书》说："来书又谓：
'忽被人捉破发问，何以答之？'仆正欲人发问而不可得者，不遇盘根，安别利器？"

② 这套话语只是形容诗歌意境的"浑成""透彻"，而且本来是用来形容王安石诗歌的，早
于严羽的心学派人物赵与时（1175—1231 年）《宾退录》引北宋张舜民评王安石的诗说："王介
甫之诗，如空中之音，相中之色，人皆闻见，难可着摸。"

③ 严羽的诗风也可以印证他在理论上对"李、杜、高、岑"的偏嗜。

（四）刘辰翁对"陈简斋体"的表彰

刘辰翁对于陈简斋体的阐释，基本上沿袭他对荆公体的阐释方法与结论。严羽看重的是陈简斋体受"江西诗派"影响的一面，主观地将其归于江西诗派，而刘辰翁则正好相反，极力彰显简斋体的"晋人"之风，或者简斋体"以晋参唐"的诗学方法。

刘辰翁评陈与义《早起》"自起开柴扉，空庭立乔木"说："是翁光得，每在此处。"陈与义这两句诗富有晋人风味，刘辰翁认为这就是陈简斋体的一贯风格，即陈简斋体摆脱了唐诗范式而进入了晋人那种流动萧散的诗歌境界，如刘氏评陈与义《浴室观雨以催诗走群龙为韵得走字》说："严整，故好；脱严整，又好。"评陈与义《登岳阳楼二首》其一"洞庭之东江水西，帘旌不动夕阳迟。登临吴蜀横分地，徙倚湖山欲暮时"说："情景融至，尚属细嫩。"都说明刘辰翁着力挖掘的是简斋体对严整圆美的唐诗范式实现突破的个性。至于突破的具体途径，刘辰翁也有敏锐的体察，正是上文所分析的陈与义是"以韦柳参杜韩"，如刘氏评陈与义《正月十二日自房州城遇虏至奔入南山十五日抵回谷张家》说："转换余情，殆不忍读。欣悲多态，尚觉《北征》为烦。"评陈与义《雨晴徐步》说："似可渐近晋人，酷欲复胜南，亦不可得，然已逼。"评陈与义《夜赋》"泊舟华容县，湖水终夜明"说："古语平平，如'清晨闻叩门'者，贵其真也。"指出陈与义这类诗歌之所以能够在杜诗的基础上有所变创，正是借助了陶谢韦柳提供的有效法则，也就是晋人语言的那种张力艺术。

具体而言，刘氏扣紧晋人风范，从以下几个方面解释陈简斋体的独特个性。

首先，简斋体天然浑成的特质。刘氏评陈与义《得长春两株植之窗前》"聊乘数点雨，自种两丛花"说："颓然天成。"评陈与义《寄题兖州孙大夫绝尘亭二首》其一说："兴趣自然。"评陈与义《浴室观雨以催诗走群龙为韵得走字》"日色在井口"说："自然语。"评陈与义《同左通老用陶潜还旧居韵》说："自然之然，不忍言好。"评陈与义《题牧牛图》"日斜睡足牛背上，不信人间有广舆"说："信笔落此。"评陈与义《游葆真池上》"试作弄篙惊，徐去首不回"说："世间常有此景，要人拾得。"评陈与义《夜赋》"泊舟华容县，湖水终夜明"说："不如此起，眼前俯拾便是。"

其次，简斋体的"张力"诗学精神。刘氏评陈与义《书怀示友十首》其九说："节制高古，理不在多。"评陈与义《路归马上再赋》"世事剧悠悠"说："情景喟然，不多不少。"评陈与义《夏至日与太学同舍会葆真二首》其一说："少少许，不可极。"评陈与义《同左通老用陶潜还旧居韵》"可怜岭屏影，残岁聊相依"说："短短语，自可怜。"评陈与义《舟次高舍书事》"乱后江山无历历，世间歧路极茫茫"说："每以平平，倾尽块垒，故自难得。"评陈与义《粹翁同奇父韵赋九日与义同赋兼呈奇父》说："常以短语述无限，跌宕可思。"评陈与义《留别天宁永庆干明金銮四卷》说："别语皆浅浅，自不可堪。"评陈与义《登海山楼》说："不着乱字，更是慨然。"

由于各自诗学宗趣的不同（宗唐与尚晋），严羽与刘辰翁对陈简斋体的价值评判结果大相径庭。刘辰翁对简斋体所作的这种阐释，意在为诗歌创作指出一种进阶方法，或者说是一种拯救诗歌的法则，这一点对元代诗学的走向影响极为深远，可以说，元人正是受了陈简斋体（作为一种诗学方法论）的启发才建立起自家的诗学风范。①

四　小结

自刘克庄以来，宋末元初诗坛的主流诗家一直努力提倡韦柳一派的艺术风范，将其视为疗救晚宋诗病的有效手段。尤其是刘辰翁，更是试图以不拘一格、打破门户之见为理论依托，最终摆脱李、杜、韩诗学光环的笼罩，将诗学高标由宋人的"杜韩"范式转向"韦柳"范式，由宗"唐"转向尚"晋"，由此而开出新的诗学路数：以晋参唐。可以说，刘辰翁对严羽"盛唐格调"论的颠覆，就已经超越了诗家个人的意气之争，而具备了诗道拯救的大义。

刘辰翁在宋代文化以及宋型诗学结束之后，重新建立起宗尚晋风的诗学传统，深刻影响了有元一代诗学的走向。他是通过批判形形色色的门户之见包括严羽的"盛唐格调"论，实现了对宋代诗学的终结与整合。

因而，宋元诗学的转型历程，基本上可以从刘克庄、严羽、刘辰翁三家诗学的对话与碰撞中得到说明。

---

① 关于这一方面，参见第四章第六节。

附说：

胡应麟《诗薮》杂编卷五说："南渡人才，远非前宋之比，乃谈诗独冠古今。严羽崛起烬余，涤除榛棘，如西来一苇，大畅玄风。刘辰翁虽道越中庸，其玄见远览，往往绝人，自是教外别传，骚场巨目。"今人钱锺书先生对胡应麟这一"教外别传"的说法有一个误读，其《谈艺录》"竟陵诗派"篇说："元瑞以辰翁为沧浪别子。"[①] 而从胡应麟的文意看，胡氏所谓的"教"，应该是指玄禅之教，而非严羽诗学之教，所以钱氏认为刘辰翁师法严羽之诗学的说法是不准确的。

这一处误读导致了钱先生对严羽和刘辰翁二人诗学判断的根本失误。元人揭傒斯《傅与砺诗集序》记载刘辰翁论诗名言："刘会孟尝序余族兄以直诗，其言曰：'诗欲离欲近。夫欲离欲近，如水中月，如镜中花，谓之真不可，谓之非真亦不可。谓之真，即不可索；谓之非真，无复真者。'"钱锺书据此进一步断言："直与《沧浪·诗辩》言'水中之月，镜中之象，透彻玲珑，不可凑泊'云云，如出一口。然则目辰翁沧浪'正传'，似无不可，何止胡元瑞所谓'教外别传'哉。""钟谭隐承辰翁，殆犹辰翁之隐承沧浪欤。"又说："夫渔洋梦中既与沧浪神接，室中更有竟陵鬼瞰，一脉相承，以及辰翁。""评《王右丞辋川集·辛夷坞》云：'其意亦欲不着一语，渐可语禅'；又每曰：'不用一词'，'无意之意，更似不须语言'。如此议论，岂非沧浪无迹可求，尽得风流之余绪乎。"钱氏直接建立了"严羽—刘辰翁—钟谭"这样的师承谱系，其实，说钟谭渊源于刘辰翁，的确符合事实，而刘辰翁与严羽之间却构不成师承关系。

首先，严羽诗论中的一些很有价值的亮点基本上是隐括前人成说而成的。[②] 上文已经说过，他的"镜花水月、不可凑泊"说也并非自己的发明。从张舜民到胡仔，再到包恢，宋人一直在谈论"空中之音，相中之色，人皆闻见，难可着摸"的诗学话题，而这个美妙的比喻实际上来自佛典，如唐译《圆觉经》："不即不离，无缚无脱。"等等。所以从学术渊源上看，刘辰翁的"欲离欲近""镜花水月"说更可能是直接受佛典或张舜民、包恢启发，而不是承接其批评对象严羽而来的。

其次，通过具体的考察，我们发现严羽的诗学在宋末和元代正面影响

---

① 钱锺书：《谈艺录》，中华书局 1984 年版，第 105 页。

② 清人冯班、许印芳等，今人郭绍虞，均有指出严羽诗学的非原创性。

甚微。① 严羽诗学在江西尤其是在庐陵一带的反响基本上是负面的，晚宋的江西人包恢、欧阳守道、罗椅等对严羽诗学均有批评、反驳，入元之后的江西余闰刘辰翁对严羽诗学提出了直接的批评。通过以上比较，可以证明两家的诗学宗趣可谓格格不入，论争针锋相对。刘辰翁凭借其独到而深邃的诗学理论和众多的门生（参见下文），最终推翻了严羽的"盛唐格调"说，使之在元代进一步被边缘化，直到明代初年严羽及其诗学方受到高度重视。

　　所以严羽与刘辰翁之间根本不可能存在师承关系，即便是刘辰翁的诗学观点有与严羽近似的地方，那也应该是上承严羽的前人或者前辈。钱先生持论如此，对于严、刘之争大概未加深考吧？钱先生学际天人，我们面对这段不得不澄清的学术史，举出《谈艺录》之中的断语进行讨论，只不过是为了学术上的求真而已。

---

① 参见拙作《沧浪诗话研究》第一章，学苑出版社 2010 年版。

第五章

刘辰翁对"元诗"的缔造

一种学术思想或者诗学思想能否被时代所广泛接受，不仅取决于它自身的内涵特征，还与"时运"和"人和"有关。

严羽所倡导的诗风主要是在邵武一带的江湖诗人中产生效应，他的诗学理论也主要是借助江湖人物传播，而未能渗透到政治上层。收录严羽诗论的魏庆之是邵武临郡建安人，黄昇《诗人玉屑序》评价魏庆之说："有才而不屑科第，惟种菊千丛，日与骚人侠士觞咏于其间。"所谓的"有才而不屑科第"一语，正说明魏庆之与严羽人生观念的契合。为《沧浪严先生吟卷》作序的黄公绍虽然在朝，然而他在诗学观念上实际上属于江湖诗人的立场，《邵武府志》记载黄公绍："仕谓架阁官，宋亡，不仕。"可见黄公绍入元之后本有出世之志，却未能继续从政。黄公绍《沧浪严先生吟卷序》说："文者，造物之甚秘，不以轻与人。今夫达官贵人，高文大册，盈箱积案，非不富也，曾不如畸人穷士，刓编翰、断碑败壁，一联半句之为贵。"他认为诗为"造物之甚秘，不以轻与人"，这就相当于严羽的"别才"说，由此他将"达官贵人"和"畸人穷士"构成对立关系，瞧不起"文人之诗"，又纯粹以江湖立场看待诗歌。严羽诗论著作的汇辑者元初人黄清老和黄公绍一样，身在朝堂而心在江湖。元苏天爵《元故奉训大夫湖广等处儒学提举黄公墓碑铭并序》说："邑之儒先严斗岩者，至元季年有诏征之，不起，公（黄清老）师事之。……进三山书院山长，弗就。挟书入深山之中。于是国家设贡举十余年矣，泰定丙寅（1326年）之秋，郡守举公应诏。明年会试中选。"（《滋溪文稿》卷十三）严羽弟子严斗岩不仕，而再传弟子黄清老很长一段时间是以江湖诗人身份出现的，只是后来才参加科举。至元初，提倡严羽诗学的邵武人陈士元（旸谷先生）和邵武人黄镇成（1287—1361年）也都隐居不仕，《闽中理学渊源考》卷三十九说："陈旸谷先生士元陈士元，邵武人，与黄镇成同时，以文为友，隐居不仕。黄氏镇成撰《武阳耆旧宗唐诗集》。"可见，严羽诗学在宋末元初时代的传播主要依靠下层士人，而且传播者屈指可数，并没有被诗坛主流诗家广泛接受而成为显学。

与严羽不同，庐陵人刘辰翁在宋亡以后，以全副精力从事诗学评点与研究，不仅在遗民诗人群体中具有广泛的影响力，而且他的诗学在元代形成了专门的诗学承传谱系，其诗学门徒又大都是元代的达官显贵、文化学术大家或者诗文创作骨干。刘氏对元代诗学具有塑造之功，堪称一代诗学批评大师。只有从刘辰翁的诗学入手，才能真正捕捉到元诗学本质的来龙去脉，领会其"宗唐得古"论的实质与丰富内涵，从而确认"元诗"作为一种独立存在的诗体的真正价值，重新评估其诗学地位。

第一节 刘辰翁的诗学承传谱系

刘将孙《题先君子与南冈往还帖后》说："先君子平生挥洒，流落在三千大千间，如此何限，此亦所谓泰山毫芒者，门生儿子，口占牍授，又皆有焉。"（《养吾斋集》卷二十六）所谓的"门生儿子，口占牍授"，其实也可以用于说明刘辰翁诗学的传播方式。刘辰翁诗学势力的形成首先与长子刘将孙将其发扬光大有密切关系。

"须溪诗学"除了依靠这种家族式的传播之外，更多的还是依赖于友人、门生的传播与弘扬，大致说来，有如下几种途径。

一 宋遗民诗人

刘辰翁与宋末元初有影响的遗民人士和诗人均有广泛交往，这都是刘氏诗学获得广泛传播的必备条件。

（一）连文凤、白珽

宋亡以后，刘辰翁与当时颇具影响力的月泉吟社人物相呼应。浙江义乌令吴渭入元不仕，于1268年在浦江组织月泉吟社，延致宋容州文学浦江方凤、嘉兴丞永康吴思齐、闽长溪人谢翱参加，大规模地组织遗民诗人进行唱和，"四方吟士从之"（《月泉吟社诗序》），作诗者遍及闽、赣、浙等地。其中的骨干人物连文凤、白珽与刘辰翁均有交往，刘辰翁《连伯正诗序》说："如故人连伯正，乃未尝与于一命之士，而长吟坐啸，凄其千百，其时其命如此，殆合古今穷者而为一人。"（《须溪集》卷六）连文凤

《寄庐陵刘国博会孟先辈》说："片言只字落人世，至今识者犹能传。"（《百正集》卷上）连文凤称刘辰翁为"先辈"，可见其对刘辰翁的尊重程度。月泉吟社中人周暕（伯旸）至大年间为白珽《湛渊静语》作序："所交南北知名士，如文本心、何潜斋、刘须溪、牟献之、方万里、夹谷士常、阎子静、姚牧庵、卢处道诸公，莫不礼遇，相与为忘年之游，期于远大。"可知白珽与刘辰翁等交往。《须溪集》卷六有《跋白廷玉诗》，刘氏称白珽的诗说："不为雕刻苛碎，苍然者不惟极尘外之趣，兼有云山韶之音。"（宋濂《文宪集》卷十九《元故湛渊先生白公墓铭》引）

（二）汪元量

刘辰翁与当时的著名诗人汪元量有联系，刘氏曾为汪元量《湖山类稿序》作序，称其诗："凡可喜可诧，可惊，可痛哭而流涕者，皆收拾于诗，解其囊，南吟北啸，如赋史传。"今传有刘辰翁对《湖山类稿》的多处评点。

（三）曾晞颜

曾晞颜是元初被程钜夫荐举入朝的江南儒生之一，《元史·程钜夫传》说："钜夫又荐赵孟頫……曾晞颜……等二十余人，帝皆擢置台宪及文学之职。"刘将孙《曾御史文集序》说曾晞颜："先子与公同时，六馆公闱同试，联魁亚，壬戌同第，于巽斋同师，古心同门，平生心同道同，相知为深。"（《养吾斋集》卷十）可见曾氏与刘辰翁之间的亲密关系。

（四）姚燧

姚燧（1238—1313 年），字端甫，号牧庵，河南人。《四库全书总目》之《牧庵文集》提要："受学于许衡，而文章则过衡远甚。"刘将孙《养吾斋集》卷八有《与姚牧庵参政书》一文，可见刘将孙与姚燧有交往。

（五）卢挚

卢挚（1242—1314 年?），字处道，号疏斋，大都涿郡人，至元中，以能文荐，累迁河南路总管，大德初出为江东道廉访使，复入为学士，迁承旨。卢挚与姚燧都是元初诗文大家，《诗法正论》说："（本朝）一时文人，入刘静修、吴草庐、姚牧庵、卢疏斋、元复初、赵子昂诸先生，固已名世矣。"《须溪集》卷七有《乞致仕牒代卢挚》一文，可见刘辰翁与卢挚有交往。

与遗民诗人和士人的广泛交往，有利于刘辰翁诗学的传播和普及。

二　以庐陵人为主体的诗学门徒

（一）赵文

赵文（1239—1315年），字仪可，号青山，庐陵人，入太学为上舍，宋亡，入闽依文天祥，后为东湖书院山长，选授南雄文学。

程钜夫与赵文交契甚厚，程钜夫《赵仪可墓志铭》说："余自弱冠，闻江右诸儒先称词赋家，必及赵仪可。"（《雪楼集》卷二十二）赵文是刘辰翁的门人又是刘将孙的好友。刘将孙《赵青山先生墓表》说："公少吾先君子八岁，而先君子推重之以为吾党，婉娈不忘，无疏密如一日，先君子之丧，自宜春走来书云'先生之门'，是为门人之首，其爱而不可解者稀矣，予于公忘年之交，笃密逾至。"（《青山集》卷八）又赵文《元夕陪须溪野庙观灯》说："携手沙河路，前身梦里曾。"（同上）可见，赵文与刘辰翁的密切关系。

（二）刘岳申

刘岳申（1260—1347年?），字高仲，吉水人，以吴澄荐，召为辽阳儒学副提举，不就，后授泰和州判致仕。李祁《申斋集序》说："申斋刘先生昂然独步一时，无所与让，当时在朝诸老如草庐吴公相知最先且厚，虞、揭诸老亦相与推敬。"《四库全书总目》之《申斋集》提要："以学行称于时，为刘辰翁、吴澄等所推重，与刘诜、龙仁夫齐名，尝以澄荐，召为辽阳儒学副提举。"

刘岳申《送刘良用秩满诗序》说："余年十三，……蔡公命之曰：'子年甚少，而文甚老更成，何也?'每见惊异，惟正录未尝少假以辞色，须溪刘先生抚而教之曰：……"（《申斋集》卷二）其《礼记贯义序》说："须溪先生刘公尝谓余言：……先生没，始见其书。"（同上）刘将孙《送刘岳申序》说："吾家君之门，固无欧公之力，能振寒素，……顾其所期待厚望，安知吾子之不眉山若也?……抑吾家君望子久矣。"（《养吾斋集》卷十二）刘岳申《题须溪先生真赞》说："其清足以洗一世之众浊，其新足以去千古之重陈，昔之见者尚不足以得其真，今之谤者复何足以望其尘。"（《申斋集》卷十四）其对刘辰翁极为推崇。

（三）张仲实

张仲实（1260—1325年），名横，号菊存，杭州人，系出西秦循王五世孙。戴表元《张仲实诗序》说："（张仲实）尝与庐陵刘公会孟往复。"

（《剡源文集》卷八）《诗渊》第一册有张仲实《寄刘须溪》诗。

张仲实是牟巘的女婿，牟巘《学古斋箴并序》说："吾婿张仲实，好学者也。"（《陵阳集》卷七）张仲实在元初是一个很活跃的在野诗家，在宋遗民群体中很有影响力，他的学古斋是杭州文人雅集之所。戴表元《城东倡和小序》说："大德戊戌，嘉兴顾伯玉客于杭城东，杭之贤而文者皆与之游，……遂先成古诗二韵六言五章，以纪其事，既而廷玉有和伯玉，既和，又别为诗，而张仲实、陈无逸诸贤又皆和。"（《剡源文集》卷十）张氏与方回、戴表元都有交往，戴表元《剡源文集》卷二十九有《陈无逸张仲实皆授徒城中相望遣闷小诗往问》诗，方回《桐江续集》卷十《寓楼小饮并序》说："赵宾旸、仇仁近、曹之才、张仲实、道士王子由会于方回之寓楼，以西湖客、北海樽各赋五言一首。"《桐江续集》卷十有《次韵张仲实岁晚》，卷十三有《寓杭久无诗长至后偶赋怀归五首呈仁近仲实》，卷十七有《寄仇仁近白廷玉张仲实京口当涂江阴三学正兼述新岁阴雨春寒有怀》，卷二十四有《张模仲实见惠江阴邱本》等唱和交往之作。

（四）刘诜

刘诜（1268—1350 年），字桂翁，庐陵人。欧阳玄《元故隐士庐陵刘桂隐先生墓碑铭》说："宋之遗老巨公若……中斋邓公、须溪刘公于先生为乡先正，见其文尤加器异。"（《圭斋文集》卷十）《桂隐文集》附录夏以忠《行状》说："大学博士刘公辰翁见先生诗文，极称之。"《元诗选》二集卷十五说刘诜的诗："当时诸老宿评其诗，以为高逼古人。"

（五）萧孚有

萧孚有，庐陵人，是刘诜的门人。刘诜《哭萧孚有七首》小序说："少甚颖异，从余游。"刘将孙《养吾斋集》卷二十四有《萧焕有字说》，称道萧孚有之兄萧焕有："予固爱其才，喜其有立。"刘将孙《送黄观乐连州学正序》提及萧孚有之父萧则平（方厓）："方厓萧御史别时约为金陵来昉治行，而方厓遽以盛年去。"（《养吾斋集》卷十四）可见，同为庐陵人，刘将孙与萧则平父子均有交往。萧孚有的诗学崇尚韦应物，正出自刘辰翁诗学，刘诜《哭萧孚有七首》小序说："其为诗，短篇高古幽淡，追逼韦、王，长篇丰赡逸宕，别有风致，皆欲与古人争衡。"其二说："画图摩诘神情远，诗律苏州意句清。"揭傒斯《萧孚有诗序》说："孚有之诗，韦出也。"（《文安集》卷八）

三　理学名臣

刘辰翁诗学的弘扬与张大，最主要的还是得力于在朝人士的传播，尤其是随着大批江西籍后起之秀进入中央政权系统，刘氏诗学的影响得到空前的扩大，形成了专门的诗学系统。

元初许多有影响的政要人物或理学中人，虽然不是直接出自刘辰翁门下，但也极力推崇刘氏诗学，实际上是刘辰翁的私淑弟子，比较典型的是大儒程钜夫、吴澄。

（一）程钜夫

程钜夫（1249—1318 年），名文海，江西南城人，累迁翰林集贤直学士，尚书省初立，诏为参知政事，固辞，又命为御史中丞，遂拜侍御史，行御史台事，奉诏求贤于江南，荐赵孟頫等 20 余人，皆擢置清要。《元史·程钜夫传》记载至元二十三年（1286 年）说程钜夫："乞遣使江南搜访遗逸，御史台按察司并宜参用南北之人，帝嘉纳之。二十四年，……奉诏求贤于江南，……钜夫又荐赵孟頫……等二十余人，帝皆擢置台宪及文学之职。"程钜夫为四朝元老，官居显要 40 余年，颇得元世祖、元仁宗等赏识器重，为早期台阁诗人之首。程钜夫的入朝及其文化政策对于提高江南士人地位，促进南北诗学的整合具有重要作用。

刘将孙《养吾斋集》卷八有《贺雪楼除学士启》一文，程钜夫《监察御史萧则平墓志铭》曾提及刘氏父子："庐陵刘将孙，须溪翁之长嫡也。"（《雪楼集》卷十六）可见刘将孙与程钜夫有交往。程钜夫《严元德诗序》极推刘辰翁诗学："会孟于古人之作，若生同时，居同乡，学同道，仕同朝，其心情笑貌，依微俯仰，千态万状，言无不似，似无不极，其言曰：'吾之评诗，过于作者用意。'故会孟谈诗，近世鲜能及之。""自刘会孟尽发古今诗人之秘，江西诗为之一变。"（同上书，卷十五）程钜夫用"近世鲜能及之"来定位刘氏诗学贡献，对于刘辰翁诗学的尊崇之情可谓溢于言表。程钜夫特殊的政治地位及其巨大的号召力，对于确立刘辰翁诗学的独尊地位至为关键。

（二）吴澄

吴澄（1249—1333 年），字幼清，抚州崇仁人。左丞董士达荐澄有道，擢应奉翰林文字，英宗即位，超迁翰林学士，所居草屋数间，程钜夫题曰"草庐"。吴澄与程钜夫同门，《雪楼集》附录《程钜夫年谱》说：

"（程钜夫）受学于族祖徽庵先生若庸，与翰林学士吴文正公澄为同门。"

吴澄对于刘辰翁的诗学也是倍加推崇，他自己的诗学观念可以说是对刘氏诗学的翻版，其《刘尚友文集序》说："国初庐陵刘会孟氏突兀而起，一时气焰，震耀远迩，乡人尊之，比于欧阳。"（《吴文正集》卷二十二）其《别赵子昂序并诗》说："三君（刘辰翁、戴表元、赵孟頫）之文，余未能悉知，果能一洗时俗之所好，而上追七子以合六经，亦可谓豪杰之士矣。"（同上书，卷二十五）其《大酉山白云集序》说："近年庐陵刘会孟于诸家诗，融液贯彻，评论造极，……永丰曾可则每言会孟称其师王太初诗，为庐陵八邑之冠，予固服会孟之识，而不及见太初之诗，今得其集观玩，益叹会孟之识之不凡，而许与之不轻也。"（同上书，卷十八）其中所谓的"予固服会孟之识"一语，实际上就表明了自己对刘辰翁的私淑之意。

《宋元学案》卷九十一《静修学案》黄百家案说："有元之学者，鲁斋、静修、草庐三人耳。"可见吴澄对建立元代学术文化的关键作用，他对刘辰翁诗学的推崇和倡导自然会促成刘氏诗学在元代的独尊地位和宗师作用。

另外，贡师泰（1298—1362 年），字泰甫，贡奎之子。贡师泰是吴澄的门人，沈性《玩斋集序》说贡师泰："先生夙承家学，而又尝亲炙诸公，且及游草庐先生之门，故其学渊源深而培植厚，涂辙正而条理明。"又是延祐诗学的后继者，《四库全书总目》之《玩斋集》提要说："复与虞集、揭傒斯游，故文章亦具有原本，其在元末足以凌厉一时，诗格尤为高雅，虞杨范揭之后，可谓挺然晚秀矣。"钱用壬《玩斋集序》说："草庐吴公、松雪赵公、四明袁公、巴西邓公、清河元公、雍虞公、石田马公、豫章揭公、庐陵欧阳公，先后以道德文章鸣海内，而先生遨游其间，讲明论议，涵濡渐渍，所得者深，所蓄者大。"（《玩斋集》卷首）从渊源上说，贡师泰源自刘辰翁的崇拜者吴澄，又受到四大家和欧阳玄的熏陶，他与刘辰翁也存在着间接的师生关系。

四　元初诗文大家：戴表元、赵孟頫一系

（一）戴表元

戴表元（1244—1310 年），字帅初，号剡源，庆元奉化人，宋咸淳中登进士乙科，教授建康府，迁临安教授，行户部掌故国子主簿，皆以兵乱

不就。元成宗大德八年（1304 年），执政者荐之除信州教授，再调婺州，以疾辞，其后翰林集贤以修撰博士交荐，不起。

戴表元是刘辰翁的门人，其《送曹士弘序》说："岁壬戌，余初游武林，识庐陵欧阳公权先生于秘书之署，以杭学博士弟子识拜刘先生会孟，会孟亦居庐陵，其亦英爽峭迈，下笔造次数千言不休，而蹑之无复近世轨迹，余受刘公之爱于文字间特厚。"（《剡源文集》卷十四）其《张仲实诗序》说："（张仲实）尝与庐陵刘公会孟往复，是能为唐而不为唐者也。"（同上书，卷八）戴表元的诗学基本上是祖述刘辰翁的诗学思想。钱基博《中国文学史》评戴表元的诗："清深雅遒，其中七言古、五七言律……已为返宋入唐，而五七古则以高朗为古淡，……以陈子昂、李白而出入阮籍、陶潜，抑更以晋参唐。""力祛雕琢凡近之习，而亦不为犷伧驰骤之语，吐属婉惬，寄趣旷真，庶几晋宋之遗音乎？"① 认为戴表元一反杜韩的雄豪劲健而进入晋宋高风，正是对刘辰翁诗学思想的实践。清人何焯《剡源戴先生文集》评价戴表元的诗文："得之《庄》《骚》者为多。"（《爱日精庐藏书志》卷三十二）看到了戴表元具有刘辰翁那种"庄子"式的仙风道骨，眼光是很独到的。

戴表元在元初诗文领域成就很大，影响很广。《元史·戴表元传》说："表元闵宋季文章气萎而辞靡敝，积弊已甚，慨然以振起斯文为己任，时四明王应麟、天台舒岳祥并以文学师表一代，表元皆从而受业焉，故其学博而肆，其文清深雅洁，化陈腐为神奇，蓄而始发，间事摹画而隅角不露，施于人者多尤自祕重，不妄许与，至元大德间，东南以文章大家名重一时者，唯表元而已。"《元诗选》初集卷八说："宋季文章，气萎而辞靡敝，帅初慨然以振起斯文为己任。"《元诗选》初集卷八戴表元《送旨上人西湖并寄邓善之》后评："剡源诗律雅秀，力变宋季余习。"袁桷《戴先生墓志铭》说："始先生两授徒于鄞，于宣，于杭。"（《清容居士集》卷二十八）戴表元实为元初诗文一大家。

（二）赵孟頫

赵孟頫（1254—1322 年），字子昂，湖州人（浙江吴兴），宋太祖子秦王德芳之后，至元中搜访遗逸，授兵部郎中，迁直集贤学士，延祐三年（1316 年）拜翰林学士承旨荣禄大夫，深受元世祖、元仁宗赏识，仁宗尝

---

① 钱基博：《中国文学史》中华书局 1993 年版，第 782、784 页。

以孟頫比唐李白、宋苏子瞻。

赵孟頫也是刘辰翁的私淑弟子，赵孟頫《薛昂夫诗集序》说："昂夫尝执弟子礼于须溪先生之门，其有得于须溪者，当不止于是，而余所见者，词章耳。"（《松雪斋集》卷六）可见赵孟頫对刘辰翁的诗学是很了解的。吴澄《别赵子昂序并诗》说："子昂亟称四明戴君，戴君重庐陵刘君、鄱阳李君。"（《吴文正集》卷二十五）按照这种看法，赵孟頫应该是刘辰翁的再传，事实上赵孟頫与戴表元就是亦师亦友的关系，赵孟頫《缩轩记》说："余与戴子遇于浙水之上，相乡而笑曰：'胡然而来乎？'于是握手而语，促膝而坐，莫逆而相与为友，其游从之乐，大暑金石焦，草木枯，大雨沾裳濡足而不以为困，商论辨析，百反而不以为异己。"（《松雪斋集》卷七）又戴表元《松雪斋集序》说："吴兴赵子昂与余交十五年，凡五见，每见必以诗文相振激。"（同上书，卷首）双方交谊深厚，经常在一起探讨诗学，应该有着共同的诗学宗趣与观念，赵孟頫既然如此推重戴表元，也自然会通过戴表元这一中介来接受刘辰翁的诗学。

（三）袁桷

袁桷（1266—1327年），字伯长，庆元人，举茂才异等，授丽泽书院山长。袁桷在元代诗文成就很大，苏天爵《袁文清公墓志铭》说："长从尚书王公应麟讲求典故制度之学，又从天台舒岳祥习词章。""公为文辞奥雅奇丽，日与虞公集、马公祖常、王公士熙作为古文论议，迭相师友，间为歌诗倡酬，遂以文章名海内士，咸以为师法，文体为之一变。"（《滋溪文稿》卷九）《四库全书总目》之《清容居士集》提要说："又当大德、延祐间，为元治极盛之际，故其著作宏富，气象光昌，蔚为承平雅颂之声，文采风流，遂为虞、杨、范、揭等先路之导，其承前启后，称一代文章之巨公，良无愧色。"

袁桷是刘辰翁的再传弟子，《元史·戴表元传》说："其门人最知名者曰袁桷，桷之文，其体裁议论，一取法于表元者也。"袁桷《戴先生墓志铭》说："其徒散处莫会，初阳等谓从学最久而知吾父者，宜莫如桷。"（《清容居士集》卷二十八）其《戴先生墓志铭》说："维先子与先生总角相厚善，暨先生登进士，年盛气迈，故旧贬抑者不敢自进，先子正色相辅，复以不肖孤托于先生，诱之迪之，获不失其身。"（同上）其《先君子蚤承师友晚固艰贞习益之训传于过庭述师友渊源录》说："戴表元……时与之同官，家贫，衣食丧葬咸赒之，后留塾中。"（同上书，卷三十二）

袁桷也提及戴表元、刘辰翁的渊源，其《戴先生墓志铭》说："乃游临安，于时新安方尚书逢辰、庐陵刘博士辰翁，以论策表历进士，得先生程文，大奇之。"袁桷也接受了刘氏诗学，其《曹邦衡教授诗文序》说："夫不自是其是，必有则于古，守其私说，不能以自广，将固且隘，博以求之，精以思之日，迁而岁异，当于是乎？"（《清容居士集》卷二十二）乃是祖述刘辰翁的以"复古"破门户说。袁桷《书鲍仲华诗后》称道鲍庭桂诗："语完气平，其于景也不刻削，以为能顺其自然，以合于理之正。"（同上书，卷四十九）乃是祖述刘辰翁的"忌矜持"说，等等。

（四）陈绎曾

陈绎曾（1332 年前后在世），字伯敷，徙居吴兴。陈绎曾是刘辰翁的再传，《四库全书总目》之《文说》提要说陈绎曾："至顺中官至国子监助教。尝从学于戴表元，而与陈旅友善，师友渊源，具有所自，故所学颇见根柢。"《元史·陈旅传》说陈绎曾："文辞汪洋浩博，其气煜如也。"与石柏共编撰《诗小谱》二卷。

（五）黄溍

黄溍（1277—1357 年）、柳贯（1270—1342 年）。《元史·黄溍传》说黄溍、柳贯与虞集、揭傒斯齐名，号为"儒林四杰"。柳贯、黄溍与戴表元其实也存在着师友渊源关系，黄溍《翰林待制柳公墓表》说柳贯："向之宿儒遗老犹有存者，公遍游其门，无不折行辈，与为忘年交，而与紫阳方先生回、淮阴龚先生开、南阳仇先生远、句章戴先生表元……交尤密，往来咨叩无虚日，……诸公亦往往喜为之延誉，由是名闻于一时。"（《文献集》卷十下）宋濂《剡源集序》说："濂尝学文于黄文献公，公于宋季辞章之士乐道之而弗已者，唯剡源戴先生为然。"（《文宪集》卷六）既然两家如此推崇戴表元，所以从诗学上来说，都可以看作刘辰翁的再传。

（六）柳贯、黄溍的门人戴良

戴良（1317—1383 年），字叔能，浦江人。《明史·戴良传》说戴良："学古文于黄溍、柳贯、吴莱。"戴良与揭傒斯之子揭汯有交游，揭汯《九灵山房集序》评价戴良的诗："其诗则词深兴远，而有锵然之音，悠然之趣，清逸则类灵运、明远，沉蔚则类嗣宗、太冲，虽忠宣公（余阙）发之，而自得者尤多。"可见戴良的诗风仍旧不出刘辰翁设定的由唐诗追魏晋的范畴，属于刘氏诗学一脉，将其归于刘氏三传也无不可。

五　延祐诗人群：虞集、揭傒斯、范梈、杨载等

（一）揭傒斯

揭傒斯（1274—1344 年），字曼硕，龙兴富州人，延祐初以荐授国史院编修官，应奉翰林文字，迁国子助教。天历初开奎章阁，首擢为授经郎，与修经世大典，累官翰林侍讲学士，总修辽、金、宋三史，追封豫章郡公。

揭傒斯与程钜夫、卢挚关系密切。《元史·揭傒斯传》说："钜夫因妻以从妹。延祐初，钜夫、挚列荐于朝。"揭傒斯的族兄揭以直与刘辰翁有交往，揭傒斯《傅与砺诗集序》说："刘会孟尝序余族兄以直诗，其言曰：……"揭傒斯对刘氏诗学极为推崇，其《吴清宁文集序》说："须溪没一十有年学者，复靡然弃哀怨而趋和平。""庐陵代为文献之邦，自欧公始而天下为之归，须溪作而江西为之变。须溪，衰世之作也，然其评诗，数百年之间一人而已，独非子之师乎？"（《文安集》卷八）可见，揭傒斯主张将刘辰翁视为当代人共同的宗师。

（二）范梈

范梈（1272—1330 年），字亨父，一字德机，清江人，耽诗工文，以朝臣荐为翰林院编修官，天历二年，授河南岭北道廉访司经历。《元史·范梈传》说："吴澄以道学自任，少许可，尝曰：'若亨父，可谓特立独行之士矣。'为文志其墓。"可知范梈在元初的地位与影响。

揭傒斯《傅与砺诗集序》说："（刘会孟）曰：'诗欲离欲近，……'惟德机与砺知之及此，言之及此，得之及此，故余倾倒于二君焉。而德机已矣，余无能为矣，庶几犹有若与砺者，他日足为学诗者之依归也。"揭傒斯说范梈与傅若金师徒二人对于刘氏诗学"知之及此，言之及此，得之及此"，可见范梈乃是以刘氏诗学为旨归的。《诗法源流》说："曼硕揭公语人曰：近年诗流善评论者，无如刘会孟，能赋者，仅见范德机。"将范梈与刘辰翁相提并论，认为范梈是刘辰翁诗学理论的实践者。

（三）范梈门人傅若金

傅若金（1304—1343 年），字汝砺，改字与砺，江西新喻人，虞集、宋褧以异材荐之台省，佐使安南，归除广州文学教授。

揭傒斯《范先生诗序》说："其诗道之传，庐陵杨中得其骨，郡人傅若金得其神，皆有盛名。"（同上）《四库全书总目》之《傅与砺诗文集》

提要说:"为同郡范梈所知,得其诗法。"元末明初梁寅《傅与砺文集序》说傅若金:"范太史德机先生居百丈峰之下,自少承其面论口传者为多。"范梈于天历二年(1329年)为傅若金诗集作序,见《傅与砺诗集》卷首。明刻本《傅与砺诗法》卷首傅若金之弟傅若川跋:"天历己巳岁,适值同邑德机范先生诏许归养亲,而先兄虽获与讨论答问诗文之正宗,于是退而述范先生之意,撰其诗法之源流,文章之机杼,深切著名,以便后学。"(明洪武二十一年,即1388年)

范梈门人杨中的诗歌早已失传,明杨士奇《题杨文川诗》说:"杨文川名中,字伯允,吉水人,……蚤从范文白公德机,有诗名,揭傒斯公所谓得范之骨者也,其诗兵后不传。"(《东里文集》卷十)

(四)范梈门人危素

危素(1303—1372年),《明史·危素传》说:"少通五经,游吴澄、范梈门。"《四库全书总目》之《云林集》提要说危素的诗歌:"气格雄伟,风骨遒上,足以陵轹一时。"《永乐大典》卷八二三《诗话》六十五载有《编类》一书,其作者提及与危素、揭汯在京城论文。揭汯(1304—1373年),字伯访,揭傒斯之子。揭汯与刘岳申有交游,刘岳申《申斋集》卷三有《揭汯字符量说》。

《编类》的诗学观念仍旧是沿袭元人诗论精神,如"韦应物诗,得渊明之冲淡,而情思自然,柳子厚诗,得渊明之句法,而志趣抑郁,……惟其所遇有不同,故其诗亦有不同也。陶韦柳虽是三家,其实只是一体,学之者,舍其异而会其同,则可以得三子之妙处。""汉魏西晋之诗,如空山道人,草衣木食,而服气导引,外面无可观者,而其中神气极盛。""情思要七情所发,出于至诚。""学诗之法有七字,真情,实景,生成法也。""古人之诗,事切情真,出于至诚。""不痛而呻吟,皆非至诚,皆非自然,神气皆不浑全。"论诗推崇陶韦柳之冲淡、晋人之仙风、诗歌之真情、自然浑成,等等,皆符合刘氏诗学宗旨,所以危素、揭汯以及《编类》作者可以认为是刘氏传人范梈、揭傒斯、刘岳申的再传,代表了一个新一代的诗学圈子。

(五)郑鼐

范梈门人郑鼐,字鼎夫,山东高密人,是《杜工部诗范德机批选》的编次者,卷首虞集序称"鼎夫尝为校官","承德机之教",可见郑鼐也是范梈的门人。

(六)虞集

虞集(1272—1348年),字伯生,号邵庵,其先蜀人,徙抚之崇仁,官至奎章阁侍书学士，翰林侍讲学士。

作为江西人，虞集也是刘辰翁的私淑弟子，虞集几次提及刘辰翁，如其《故奉训大夫衡州路总管府判官致仕杨君墓志铭》说："喜交游，一时之名人，若故宋礼部侍郎邓公中斋、博士刘公辰翁，及乡人江西儒学副提举陈公黄裳，皆忘年与之游。"（《道园学古录》卷四十三）其《新喻州重修宣圣庙儒学记》说："修学政新大成殿，故宋太学博士庐陵刘公辰翁为之记。"（同上书，卷三十五）其《杨贤可诗序》曾提及刘将孙的评诗："诗中佳句，刘养吾之赞尽之。"（同上书，卷三十三）虞集又是刘氏私淑吴澄的门人，欧阳玄《虞雍公神道碑》说："杨夫人素高吴公伯清之学，赞参政公遣二子从之游，吴公方著书，有所论辩，公能推类达意，吴公每获助焉。"（《圭斋文集》卷九）

虞集乃元代诗文的泰斗，胡应麟《诗薮外编》卷六说："虞奎章在元中叶，一代斗山。"《四库全书总目》之《道园学古录》提要说："有元一代，作者云兴，大德、延祐以还，尤为极盛，而词坛宿老，要必以集为大宗。"虞集兄弟极重陶诗，《元史·虞集传》说："早岁与弟盘同辟书舍为二室，左室书陶渊明诗，于壁题曰陶庵，右室书邵尧夫诗，题曰邵庵。"

（七）虞集门人张昱

张昱（1302—1385年），庐陵人。《元诗选》初集卷五十七说："少事虞文靖公集，得诗法焉。"《四库全书总目》之《可闲老人集》提要评价张昱说："其诗才气纵逸，往往随笔酬答，或不免于颓唐，然如《五王行春图》《歌风台》诸作，皆苍莽雄肆，有沉郁悲凉之概。"

（八）杨载

杨载（1271—1323年），字仲宏，浦城人，徙家洪州，以贾国英荐，召为国史院编修官，与修武宗实录，延祐初举进士，历宁国路推官。

杨载是赵孟頫的门人，杨载《赵公行状》说："载受业于公之门几廿年，尝次第公语为《松雪斋谈录》二卷。"（《松雪斋文集》附录）《元诗选》初集卷二十七说："吴兴赵魏公孟在翰林，得载所为文，极推重之，由是文名隐然动京师。……于诗尤有法度，自其诗出，一洗宋季之陋云。"赵孟頫的诗学深受刘辰翁弟子戴表元影响，则作为赵孟頫门人的杨载，其诗学也自然会与刘氏诗学存在关系。

（九）欧阳玄

欧阳玄（1274—1357年），字原功，号圭斋，其先家庐陵，迁居浏阳，延祐二年（1315 年）进士，授岳州路平江州同知，召为国子博士，至元五年拜翰林学士承旨。

欧阳玄在元代文名很大，《元史·欧阳玄传》说："凡宗庙朝廷雄文大册，播告万方制诰，多出玄手，……王公贵人墓隧之碑，得玄文辞以为荣，片言只字流传人间，咸知宝重，文章道德，卓然名世。"欧阳玄与刘辰翁诗学渊源很深，其《元故隐士更斋先生刘公墓碑铭》称："尝侍先君子登巽斋欧阳守道之门，由是须溪刘辰翁、中斋邓光荐皆以忘年友之，先君子博雅能文，须溪号之曰'山中小集'古尤伟。"可见欧阳玄的父亲与刘辰翁同出自欧阳守道之门，二人有诗文切磋。由于这层关系，欧阳玄对刘氏诗学倍加推崇，其《罗舜美诗序》说："宋末须溪刘会孟出于庐陵，适科目废，士子专意学诗，会孟点校诸家甚精，而自作多奇崛，众翕然宗之，于是诗又一变矣。"（《圭斋文集》卷八）欧阳玄将刘辰翁视为当代诗坛的宗师。

六　刘辰翁其他弟子

黄可玉。刘将孙《清权斋集序》说："松瀑黄可玉……往从吾先君子讲悟，期之为太玄之一足。"（《养吾斋集》卷十）

彭希吕。刘将孙《送彭希吕远游序》说："希吕为吾先君子须溪先生之门人，盖称其才，望其达，十年前为叙送之。"（同上书，卷十四）刘辰翁《须溪集》卷二有《彭希吕亦乐堂记》。

郭则正。刘将孙《彭泽县学三贤祠记》说："（郭）则正，佳士，吾先君子须溪先生之门人。"（同上书，卷十六）

罗履泰。元贞节元年刻本、明刻本《须溪批点选注杜工部诗》有罗履泰序，说："每自恨赋远游、病索居，望先生之庐，有不能卒业之愧。"刘辰翁《须溪集》卷六有《语罗履泰》一文，以杜甫的"转益多师"之良训告诫罗履泰。

郭椿年。刘将孙《南安路上犹县新建县学记》说："（郭椿年）实尝游须溪先生之门，幸哉，斯文之犹有托也。"（同上书，卷十五）

萧学中。刘将孙《萧学中采词序》说："吾友萧壑冰之子学中，慨然有意兹事，学中固尝及吾先君子之教。"（同上书，卷九）

黄观乐。刘将孙《朱子成书序》说："（黄）观乐学于先子有年。"（元大德九年刊本《朱子成书附录》）

　　高楚芳。刘将孙《养吾斋集》卷三十一《高楚芳墓志铭》说："（高楚芳）始大，及侍朱南山、文丞相、吴先君子须溪先生。"元大德七年刻本《集千家注批点杜工部诗集》刘将孙序说："高楚芳类萃刻之，复删旧注无稽者、泛滥者，特存精确必不可无者，求为序以传。楚芳于是注用力勤，去取当，校正审，贤他本草草借吾家名欺者远甚。"

　　王常。元大德五年（1301年），《刘辰翁评点王荆公诗》由其门人王常刊行，刘将孙为之作序："安成王士吉，往以少俊及门有闻。"（《永乐大典》卷九百零七）

　　刘自昭。《须溪批点选注杜工部诗》之中《禹庙》"疏凿控三巴"后评语："刘芷堂光庭云：尝侍须溪先生，论及《禹庙》诗，至结语，先生云：此言禹功疏凿自三巴而始，禹庙在上流，故控持也，言三巴皆控持于此。'早知'，言其气力之盛壮也。"《须溪集》卷五《芷堂记》说："吾同姓自昭居何山，近市如陋巷。"刘将孙《养吾斋集》卷三十一《高楚芳墓志铭》说："吾友芷堂刘自昭为之客，日晚徘徊门外。"

　　宋末王梦应。《天下同文集》卷三十七王梦应《哭须溪墓》说："四方学者会葬须溪先生北郭外，其同门生长沙王梦应，以是日祗役故乡先茔。"①

　　元初薛昂夫。赵孟𫖳《薛昂夫诗集序》说："盖昂夫尝执弟子礼于须溪先生之门，其有得于须溪者当不止于是。"（《松雪斋集》卷六）刘将孙《薛超吾字说》说："薛君以昂夫为超吾之字，既称于四方，闻于大人君子，过庐陵，犹然问于须溪刘氏之子。"（《养吾斋集》卷二十四）②

　　以上便是刘辰翁诗学在元代传播的概况。

　　刘辰翁诗学之所以能够成为元代诗学法则，除了其诗学本身的因素之外，主要得力于刘辰翁诗学的有效承传。刘将孙《从孙千林小草序》说："夫一言之几于道，常旷一世百世而不可同，岂惟后生得遇大宗师，为之长上者为甚幸，而一时一姓，得可人者，相与共兹事，亦有幸也。……昔吾先君子须溪先生之门，以诗若文进者众矣。"（同上书，卷十一）刘辰

---

　　① 《宋诗纪事》卷七十七："梦应，字圣与，一字静得，长沙攸县人，咸淳十年进士，调庐陵尉，元兵陷临安，起兵勤王，兵败，奔永新卒。"

　　② 刘将孙《九皋诗集序》："乃见薛君印夫焉，印夫以公侯胄子，人门家地如此，顾萧然如书生，厉志于诗。"（《养吾斋集》卷十）

翁入元以后以诗学专门授徒，其中既有泛泛的布衣诗家，又有当代诗文大家和儒学大家担任其诗学的骨干，形成了专门的诗学系统，远非严羽诗学传播规模可比。

在众多的诗学门生之中，首先是政治高层人士程钜夫、吴澄等在朝廷为刘氏诗学向全国的传播开辟道路，然后是戴表元、赵孟頫、袁桷、虞集、揭傒斯、范梈、欧阳玄、傅若金等诗文大家积极实践刘氏诗学理念。这些学术政治与诗学领域的关键人物，最终成就了刘辰翁在元代诗学的独尊地位。刘辰翁对元代诗学的造就之功是不容置疑的，从这个意义上说，刘辰翁的确是元代诗学的一代宗师。

第二节　"元诗"学派

刘将孙说刘辰翁的诗学"尽扫江湖晚唐锢习之陋"，"隐然掇流俗心髓而洗濯之，于以开将来而待有作"（《须溪先生集序》），说明刘辰翁已经基本完成了诗学新范式、新理念的建立，为元代诗学的发展铺平了道路。这样，我们就可以具体考察刘辰翁诗学与"元诗"的内在逻辑联系，以及"元诗学派"的形成过程。

一　诗学的极盛

元代诗人具有很高的志向，他们在宋代诗歌结束以后，试图努力创造新一代诗学。

为了给诗学创新寻求合理依据，元人将新诗学的产生归结为世运演化的必然结果，如陈旅《马中丞文集序》说："文章何与乎天地之运哉？元化之斡流，神气之推荡，凡以之而生者，则亦以之而盛衰焉。"（《安雅堂集》卷六）其《国朝文类序》说："元气流行乎宇宙之间，其精华之在人，有不能不著者，发而为文章焉，然则文章者，固元气之为也。徒审前人制作之工拙，而不知其出于天地气运之盛衰，岂知言者哉？"（同上书，卷四）贡师泰《黄学士文集序》说："余尝论之，文章与世运同为盛衰，或百年，或数十年辄一见。先生当科目久废之余，文治复兴之日，得大肆力于学，以擅名于海内，虽其超见卓识有以异于人，其亦值世运之盛也，譬诸山川之风气，草木之花实，息者必复，悴者必荣，盖亦理势之必然。"（《玩斋集》卷六）都认为文章随着世运盛衰而转移，这是"理势之

"必然"，不可能陈陈相因，停滞不前，于是王沂提出了一代有一代之文学的观念，① 其《隐轩诗序》说："言出而为诗，原于人情之真。……一代之文有一代之体。"（《伊滨集》卷十六）这就是元人强烈的文学创新意识。

从诗学的生存环境看，元代诗学与唐宋诗学相比，最大的特点便是元代诗学突破了科场文化对诗学的制约，进入了自由成长的王国。

元代诗学的发达很大程度上是科举废除的结果，这一点元人都有共同的认识，如刘辰翁《程楚翁诗序》说："科举废，士无一人不为诗，于是废科举十二年矣，而诗愈昌，前之亡，后之昌也，士无不为诗矣。"（《须溪集》卷六）戴表元《张君信诗序》说："人之于艺，苟非其攻而好之者，则不能精。余少时……惟好攻诗最久，而异时以科举取士，余当治词赋，其法难精，一精词赋，则力不能及他学，……君信惭之，弃其诗，复专攻词赋，而科举废矣，于是君信若愠若狂，始放意为诗，不复如前却行顾忌。"（《剡源文集》卷八）其《陈无逸诗序》说："科举学废，人人得纵意无所累。"（同上书，卷八）其《陈晦父诗序》说："科举场屋之弊俱革，诗始大出。"（同上书，卷九）舒岳祥《跋王榘孙诗》说："自京国倾覆，笔墨道绝，举子无所用其巧，往往于极海之涯、穷山之巅，用其素所对偶声韵者，变为诗歌。"（《阆风集》卷十二）何梦桂《宋君巽诗序》说："科举业废，士以噎之气郁发于诗，诗之工而文之穷也。时异世殊，士之技亟变如此。"（《潜斋集》卷七）陈栎《张纯愚与先生书》说："爰自科举废，士以诗为习。"（《定宇集》卷十七）任士林《书蒋定叔诗卷后》说："科举事废，耳目明达之士，往往以诗自畅。"（《松乡集》卷七）吴澄《出门一笑集序》说："场屋举子多不暇为，……自选举法坏，而其业废，遂藉父兄之余为诗。"（《吴文正集》卷十五）陆文圭《跋陈元复诗稿》说："科场废三十年，程文阁不用，后生秀才气无所发泄，溢而为诗。"（《墙东类稿》卷九）科场与诗学的关系成为元人的一大议题，也能从一个侧面反映出元人对科举废除、诗学获得发展自由的时代的欢迎态度。

科举废除之后，士人无须用功于时文，而可以专心作诗，世运的嬗变

---

① 王沂，河北真定人，1342 年前后在世，与傅若金、陈旅、杨士弘唱和，《傅与砺诗文集附录》有王沂赠诗。

为诗学发展提供了难得的良机。于是作诗、论诗就成为宋亡以后士人精神生活的主题。与此同时，诗歌地位骤然得到提升，舒岳祥《跋王榘孙诗》说："方科举盛行之时，士之资质秀敏者，皆自力于时文，幸取一第则为身荣，为时用，自负远甚，惟窘于笔下，无以争万人之长者，乃自附于诗人之列，举子盖鄙之也。今科举既废，而前日所自负者，反求工于其所鄙。"（《阆风集》卷十一）戴表元《张仲实诗序》说："异时绅先生无所事诗，见有攒眉拥鼻而吟者，辄靳之曰：'是唐声也，是不足为吾学也，吾学大出之可以咏歌唐虞，小出之，不失为孔氏之徒，而何用是嗣嗣为哉？其为唐诗者，汩然无所与于世则已耳，吾不屑往与之议也。'诠改举废，诗事渐出，而昔之所靳者，骤而精焉则不能，因亦浸为之。"（《剡源文集》卷八）大致反映了诗歌由宋代"低谷"向元代"高峰"变迁的不可阻挡的历史趋势。又戴表元《张仲实文编序》说："诗者，文之事，余尝怪世之能诗家，常谦谦自托于不敢言文，而号工文者亦让诗不为，曰道固不得兼也。嘻噫，是何异于言医者曰：吾曾为小儿医，妇人医而不通乎他，言兵者曰：吾能车而不能徒，吾能谋围而不能谋斗，岂理也哉？"（同上）戴表元反驳了能文不能诗的观点，实际上是鼓励人们从"能文"转到"能诗"，将精力转到诗学上来。至此，衡量士人创作才能和自身价值的圭臬就不再是与富贵前程相连的时文，而是作为吟咏情性、释放艺术潜能的诗歌。

元代理学的发展并不比宋代弱，但是整个元代诗学没有像宋诗末流一样落入理障，削弱诗歌本色之美，这也是诗学普遍受到尊重的结果。赵孟頫《南山樵吟序》说："诗在天地间，视他文最为难工。"（《松雪斋集》卷六）将诗歌凌驾于其他文体之上，实际上就强调了诗歌与诗人的特殊性及其独特价值，这一观念也为元代理学家所认同，如大儒吴澄《朱元善诗序》说："不能诗者，连篇累牍，成句成章，而无一字是诗人语，然则，诗虽小技，亦难矣哉。"（《吴文正集》卷十八）吴澄在刘克庄等宋人之后再次强调诗人之诗与文人之诗的界限，认为诗人之诗乃是一种独立存在的艺术形态，它是诗人的专利而不是文人的附庸。吴澄的这个表态对于元人摆脱经学干扰、将诗歌当成诗歌来作是非常关键的。《四库全书总目》之《礼部集》提要评价深受真德秀影响的理学中人吴师道："诗文具有法度，……其诗则风骨遒上，意境亦深，哀然升作者之堂，非复《仁山集》中格律矣，盖其早年本留心记览，刻意词章，弱冠以后，始研究真德秀书，故其所作与讲学家以余力及之者迥不同。"所谓"与讲学家以余力及之者迥不同"，可以用以概括元代士人创作的一般特点，比如虞集、揭傒斯既属于儒林四杰，同时又是诗学大家，即便是大儒吴澄，其作诗虽然有接近邵雍之处，但是也能够坚持诗学本位，以诗家思维创作。《元诗选》初集卷十七说："其句法迢逸处，如'乔木啸清风，寒花醉香露'……俱清婉可诵也。"理学家而能诗，这种现象在元代是很普遍的。元人普遍主张戒除理学思维对诗学的熏染，实际上是尊重诗学本体，有意抬高诗学的地位。释来复《蜕庵集原序》说："呜呼，诗岂易言也哉？大雅希声，宫征相应，与三光五岳之气并行，天地间一歌一咏，陶冶性灵，而感召休征，其有关于治教，功亦大矣。"将诗歌视为天地之气的产物，极力提升诗歌对人生与政教的非凡意义与价值，反映了元人的尊诗风尚。

　　随着诗学地位的提高，诗歌作为一门艺术，逐渐显露出其本质与独立价值，元人在对宋代以理学抑制文艺的反思中，体现了他们对诗歌艺术高度尊重的立场和姿态。虞集《跋程文宪公遗墨诗集》说："故宋之将亡，士习卑陋，以时文相尚，病其陈腐，则以奇险相高，江西尤甚，识者病之。初内附时，公之在朝，以平易正大振文风，作士气，变险怪为青天白日之舒徐，易腐烂为名山大川之浩荡。"（《道园学古录》卷四十）其《庐陵刘桂隐存稿序》说："而宋之末年，说理者鄙薄文辞之丧志，而经学、文艺判为专门，士风颓弊于科举之业，岂无豪杰之出，其能不浸淫汩没于其间，而驰骋凌厉以自表者，已为难得，而宋遂亡矣。"（同上书，卷三十三）虞集将宋人对文艺的鄙薄视为导致国家灭亡的原因，将江西的奇险诗风视为国家不祥之征兆，都未免过于绝对，却指出了宋人鄙弃文艺、否认文艺的独立价值对士气振作与文化人格塑造的不利影响。既然士风堕落的总根源可以追溯到科举考试以及经学对诗体的浸染，那么消除了科举考试干扰的元人，正好可以借机回归诗歌艺术本体，张扬艺术的独立价值。刘因《静修集》续集卷三《叙学》说："孔子曰：'志于道，据于德，依于仁矣。'艺亦不可不游也，……今之所谓艺者，随世变而下矣，虽然，不可不学也，诗文字画，今所谓艺，亦当致力，所以华国，所以治物，所以饰身，无不在也。"刘因将诗歌的"自适"功能与"鸣国"功能合为一体，彻底消解了政治与诗学的对立，使诗歌艺术真正取得了它合法的身份。元人可以大张旗鼓地张扬艺术，这是科举文化的荡灭影响元诗最为深刻的地方。

　　由于元代废除科举，诗人的人生理想不再倾向于关注国家事业，儒家建功立业的进取意志骤然消退，转而关注诗人自身的生命情感与艺术趣味，诗歌真正成为自己性情的写照，不必顾忌诗教等重大政治使命。而且，随着科举的废除，士人的文化本领由科举考试的"应用文能力"（程文）转向了人的"艺术能力"（诗艺），激发了人的诗歌艺术创造的那部分潜能。虞集《谷居愧稿序》说："宋人尚进士业，诗道寥落。"（《道园学古录》卷三十三）认为科场的存在限制了士人的诗艺发挥，导致了诗道之弊。黄庚《月屋漫稿序》说：　"诗与文之极其弊而难于其起弊也。……诗盛于唐，唐之诗脉自杜少陵而降，诗以科目而弊，极于五代之陋，文盛于宋，宋之文脉自欧阳诸公而降，文以科目而弊，极于南渡之末年，以科目而为诗，则穷于诗，以科目而为文，则穷于文矣，良可叹哉！仆自龆龀时，读父书，承师训，惟知习举子业，何暇为推敲之诗、作闲散之文哉？自科目不行，始得脱屝场屋，放浪湖海，凡平生豪放之气，尽发而为诗文。且历考古人沿袭之流弊，脱然若酰鸡之出瓮天，坎蛙之蹄涔而游江湖也，遂得率意为之，惟吟咏情性，讲明礼义，辞达而已，工拙何暇计也。"黄庚认为唐宋两代由于受科举考试的限制，士人的才华精力不得不受到理学以及时文的钳制，诗学其实未能彻底实现它自身的本质，而这一切束缚诗学发展的弊端只有到了元代才被解除，诗歌可以彻底摆脱杜韩以来的"鸣国论"，无须再承担重大的政治功能或儒学精神价值，士人尽可以"脱然若酰鸡之出瓮天，坎蛙之蹄涔而游江湖"，在纯粹艺术层面上作诗，所谓"率意为之，惟吟咏情性"，作"推敲之诗、闲散之文"，这样，在摆脱科举之后，诗歌进入了它不受理学束缚、自由自在的生长状态。

　　戴表元《张仲实诗序》说："诠改举废，诗事渐出，而昔之所靳者，骤而精焉则不能，因亦浸为之。"（《剡源文集》卷八）心灵的自由与解放，就会使诗人专门在艺术的"尖端处"做文章，具体而言，也就是元人普遍实践的"冲淡"艺术或者"张力"诗学（详见下文），诗歌艺术的"精致"正是科举废除的必然产物。

　　总体来看，中国诗学进入元代以后，获得了千载难逢的发展机遇，政治文化的转型为诗学自由成长提供了足够的空间，在艺术上逐渐走向其黄金时代。

二　元代诗学的发展脉络与"元诗"体制的建立

明李东阳《怀麓堂诗话》说："汉魏、六朝、唐、宋、元诗，各自为体，譬之方言，秦晋吴越闽楚之类，分疆画地，音殊调别，彼此不相融，此可见天地间气机所动，发为音声，随时与地，无俟区别，而不相侵夺。"李东阳将元诗与唐、宋等诗体相提并论，认为元诗作为一代诗体形态，具有自身的个性，不可与唐诗、宋诗相互混淆，李东阳的"各自为体""不相侵夺"论，实质上确认了元诗在诗学史上不可取代的地位。

元杨维桢《西湖竹枝集序》说："天锡诗风流俊爽，修本朝家范。"所谓的"本朝家范"，实际上就是有意识地为元诗立体。杨维桢对于元诗以及整个唐宋诗本质的认识是很清楚的，认为元诗自有其独特本质存在。明朱权编《西江诗法》也提出"四君子体"与"元朝体"的概念，这说明"元诗"的确可以作为一个具有固定内涵的诗体而存在，这就需要我们厘清元诗体的形成过程。

（一）元代诗人主干

首先看领袖人物虞集论元诗发展历史。其《傅与砺诗集序》说："国初中州袭赵礼部、元裕之之遗风，宗尚眉山之体。至涿郡卢公，稍变其法，始以诗名东南，宋季衰陋之气亦已销尽。大德中，文章辈出，赫然鸣其治平，集所与游者亦众，而贫寒相望，发明斯事者，则浦城杨仲弘、江右范德机其人也。杨之合作，吴兴赵公最先知之，而德机之高古神妙，诸君子未有不许之者也。其后马伯庸中丞用意深刻，思致高远，亦自成一家，……而进士萨天锡者，最长于情，流丽清婉，作者皆爱之。……德机之里人傅君与砺，始以布衣至京师，……台省馆阁以文名者，称之无异辞，岂非以其风韵足以及于予所道诸君也哉？"虞集将卢挚视为元初转变诗风的关键人物，构成"卢挚—赵孟頫—杨载、虞集、范梈（揭傒斯）、马祖常—萨天锡、傅若金"这样一个诗人系列。

再看杨维桢论元诗。其《玩斋集序》说："郝、元初变，未拔于宋，范、杨再变，未几于唐，至延祐、泰定之际，虞、揭、马、宋诸公者作，然后极其所挚，……继马、宋而起者，世惟称陈、李、二张，而宛陵贡公，则又驰骋虞揭马宋诸公之间，未知孰轩而孰轾也。"杨维桢《刻韶诗序》说："我元之诗，虞为宗，赵、范、杨、马、陈、揭副之，继者迭出而未止。"（《东维子集》卷七）杨维桢在虞集建立的诗人系列的基础上，增加了"宋、贡奎、陈旅、李孝光、张翥、张雨",将范梈、杨载视为转变诗风的关键人物。杨维桢又特别尊崇虞集的诗学成就,将其视为元诗之大宗。这个看法在元代颇有代表性,如元谢肃《玩斋集序》也说:"盖自风雅以来,能集诗家之大成者,惟唐杜文贞一人而已,继文贞而兴者,亦惟我朝雍虞公一人而已。"(《玩斋集》卷首)就直接将虞集比作唐代的杜甫。

再次看《诗法正论》论元诗,"(本朝)一时文人,如刘静修、吴草庐、姚牧庵、卢疏斋、元复初、赵子昂诸先生,固已名世矣,大德中,有临江德机范先生……其在京师也,与伯生虞公、仲弘杨公、曼硕揭公诸先生,倡明雅道,以追古人,由是而诗学丕变,范先生之功为多。"将吴澄、姚燧、卢挚、赵孟頫等视为元诗开山大家,又格外推崇范梈的诗学地位。

总体来看,构成元代诗学的主导、主干人物,大致不出卢挚、赵孟頫、袁桷、虞、杨、范、揭、傅若金等几家,尤其是卢挚、赵孟頫、虞集三家,可以认为是元代诗学的标志性人物,而上述这些元诗大家都与刘辰翁诗学存在直接或者间接的联系。

(二) 元代诗人的派系

顾嗣立《寒厅诗话》论元诗流派说:"元诗承宋金之季,西北倡自元遗山,而郝陵川、刘静修之徒继之,至中统、至元而大盛,然粗豪之习,时所不免。东南倡自赵松雪,而袁清容、邓善之、贡云林辈从而和之。时际承平,尽洗宋金馀习,而诗学为之一变。延祐、天历之间,风气日开,赫然鸣其治平者,有虞、杨、范、揭,一以唐为宗,而趋于雅,推一代之极盛,时又称虞、揭、马、宋。继而起者,世惟称陈、李、二张,而新喻傅汝砺、宛陵贡泰甫、庐陵张光弼,皆其流派也。若夫揣炼六朝,以入唐律,化寻常之言为警策,则有晋陵宋子虚、广陵成原常、东阳陈居采,标奇竞秀,各自名家。兼有奇才天授,开阖变怪,骇人视听,莫可测度者,则贯酸斋、冯海粟、陈刚中,继则萨天锡,而后杨廉夫。"顾嗣立建立了一个元诗发展的系统:有元诗首倡者"赵孟頫",有继承者"袁桷、邓文原、贡奎",有大开风气者"虞集、杨载、揭傒斯、范梈、马祖常、宋褧",有继而起者"陈旅、李孝光、张翥、张雨、傅若金、贡师泰、张昱",这些诗家都归属于元诗之"流派"。顾嗣立尤其指出"赵孟頫—袁桷—元诗四家"之间一脉相承的关系。《元诗选》初集卷十九说:"赵子昂以宋王孙入仕，风流儒雅，冠绝一时，邓善之、袁伯长辈从而和之，而诗学又为之一变，于是虞杨范揭，一时并起。"

（三）"商论雅道"的诗友群体

元人往往以诗学为事业，极重诗友切磋。元仁宗皇庆、延祐年间（1312—1321 年），京城形成了诗学文化圈子，袁桷、虞集、范梈、揭傒斯、贡奎等任职于集贤、翰林两院，互相酬唱。天历二年（1329 年）朝廷设立奎章阁学士院，虞集、揭傒斯与先后在奎章阁任职的王沂、许有壬、柯九思、宋本、李泂、周伯琦、王守诚、吴元德、甘立等，形成了当时最大的诗人群体，如揭傒斯《忆昔四首》描述这一诗学盛事说："天历年中秘阁开，授经新拜育群才。"（《文安集》卷三）反映了天历年间诗坛上人才济济的状况。

元人的诗学研讨以延祐诗学四家最为典型。如范梈《杨仲弘集序》说："大德间，……及至京师，（杨载）与余定交，商论雅道，则未尝不与挺掌而说也。"（《杨仲弘集》卷首）《元诗选》初集卷二十七说："范亨父序其诗曰：'皇庆初，仲弘与余偕为史官，每同舍下直回翔留署，或至见月月尽，继烛相语，刻苦澹泊，寒暑不易者，惟余一二人耳。'虞文靖公与仲弘同在京师，每载酒诣，仲弘问作诗之法焉，……仲弘与虞范齐名，其相与切磋如此。"《元诗选》初集卷三十说揭傒斯："既复受知于王枢密约、赵承旨孟、元学士明善，东南文望如四明袁桷、巴西邓文原、蜀郡虞集，有盛名公卿间，曼硕与清江范梈、浦城杨载继至，翰墨往复，更相酬唱。"元代诗人群体涉及的范围很广，以江西籍诗人为核心，遍及浙江、安徽、福建、河北等全国各地，而诗艺切磋则有利于促进诗人群体的形成。

（四）元代诗学宗师

元人极为重视师友渊源，作诗讲究有本有源。元代的诗学创作其实有一个共同的诗学理论作指导，这个提供诗学资源的宗师人物就是刘辰翁。

刘辰翁在入元之后，隐遁不出，基本上以作诗、评诗为事业，同时开门授徒，专门讲授诗学，培养诗学后进，刘将孙《刻长吉诗序》说："先君子须溪先生于评诸家诗，最先长吉，第每见举长吉诗教学者。"（《养吾斋集》卷九）刘将孙对刘氏的授徒生涯多有叙述，如其《彭丙公诗序》说："丙公初以采诗见于先君子，一见喜其质可深造，繇是倾困倒廪以付之，虽足下家君相与上下论议，且语之曰：'吾此脉，贤子得之矣。'其厚愿之如此，今集中半经当日许可者。……（彭宏济）间携示余曰：'师门之绪言在，愿有序。'"（《养吾斋集》卷十一）刘将孙《从孙千林小草序》说："昔吾先君子须溪先生之门，以诗若文进者众矣，而族孙公永自往年以时文锐然请益，再见顿异，自后日异，时文废，肆力于诗古文，每见每进，吾家先生固尝对客称'此吾家寡二者'，又尝厚望之以老而成，深而道，今所刻千林小草，半经点定。"（同上书，卷十一）刘将孙《萧达可文序》说："惟吾家君须溪先生一见之即喜，尝以语门生儿子辈曰：'此其入处异乎诸子之撰，如人学道，参顿悟禅，即不成佛，已离初地。'"（同上书，卷十）刘将孙《高绀泉诗序》说："玄度诗本从霭霱入，初见来贽二篇，关涉宏阔，俛仰有态，先君须溪先生即援笔点如雨，和诗深致其意，自是从容论议，倾倒契悟，行吟提携，夜坐共赋，一朝出同门诸子上，或媚且疾，而先生益亲之，尝默自笑曰：'吾具眼，岂轻许可耶？'一日得其见寄闽归诗，几间取朱笔，赏记荧煌，复笑曰：'其以示群儿尔，嚣嚣自尊大，曾当吾意如此耶？自撵造语尝有此，吾靳不赏耶？'嗟乎，玄度得此语，可以传其诗矣。'……嗟乎玄度，吾家先生所为欣赏若此者，岂独以其诗哉？"（同上书，卷十一）这些都是刘辰翁诗学活动的真实反映。

上文我们已经考证了刘辰翁的诗学承传状况，可以断言，刘辰翁凭借其特殊的身份地位与深厚而独到的诗学修养，聚集了一大批诗学人才，在元初诗坛蔚为大观，这直接影响了元代诗学的走向。

刘将孙对刘辰翁的诗学地位评价极高，其《须溪先生集序》说："词章翰墨，自先生而后，知大家数笔力情性，尽扫江湖晚唐锢习之陋，虽发舒不昌，不能震于一世之上如前闻人，而家有其书，人诵其言，隐然掇流俗心髓而洗濯之，于以开将来而待有作。"（同上）其《赵青山先生墓表》说："今四方论文者知宗庐陵，而后进心胸耳目涵濡依向，无不有以自异，独时殊施狭，不能丕变当世，如昔六一公之盛，而私淑之文献，可以俟来世而不惑，夫岂一人一家之私言哉？"（同上书，卷二十九）其《送刘岳申序》说："吾家君之门，固无欧公之力，能振寒素，然润色退之，扶竖项斯，与凡为士者，口诵其文，家有其书，孰非所启发？"（同上书，卷十二）刘将孙所谓的"家有其书，人诵其言"，"孰非所启发"，就指出了刘辰翁诗学影响的广泛程度，认为刘辰翁的诗学理论批评的根本目的在于"开将来而待有作"，"可以俟来世而不惑"，绝非"一人一家之私言"，则指出了刘辰翁诗学批评的巨大意义及其对元代诗学的开启之功。从时间上看,《须溪先生集序》作于皇庆二年（1313 年）, 此时距刘氏去世已经有 16 年,《赵青山先生墓表》则大约作于延祐二年（1315 年）之后, 正值元代诗学的成熟期, 如《四库全书总目》之《道园学古录》提要就说:"有元一代, 作者云兴, 大德、延祐以还, 尤为极盛。"可见, 刘将孙对于刘辰翁历史地位的评价并非虚浮之词, 而是有其现实依据的。

  元人有强烈的师友渊源意识, 讲究诗学的正宗或者正统, 如揭傒斯《诗法正宗》说:"本无根源, 未经师友, 名曰杜撰, 正如有修无证, 纵是一闻千悟, 尽属天魔外道。"许有壬《跋纳琳文灿诗》说:"愚敢以所闻进, 曰学、曰师、曰识、曰力而已, 学以聚之, 师以传之, 识以别之, 力以终之, 四者不废, 一旦自得, 有不期然而然者矣。"(《至正集》卷七十一) 傅若金《赠魏仲章论诗序》说:"苟不足其所已能, 而必之通都大邑, 文物之会, 求名人而私淑之, 斯学之善者也, 审能是, 进于道矣; 况文辞乎?……孟子曰:'一乡之善士, 斯友一乡之善士, 一国之善士, 斯友一国之善士, 天下之善士, 斯友天下之善士, 以友天下之士为未足, 又尚论古之人。'仲章其尚论古之人欤?"(《傅与砺文集》卷五) 张翥《午溪集序》说:"余蚤岁学诗, 悉取古今人观之,……然亦师承作者以博乎见闻。"都是将诗学师承视为学诗的必要条件之一, 这种自觉的师友渊源意识可以贯通宋人的"道统"与"文统"传统, 自然会有利于形成诗学的宗派。

  随着元代前期科举取士制度的一度恢复, 诗坛创作风气与宋亡之后相比有所转向, 刘辰翁等遗民诗人的悲怨苦涩的诗风也逐渐受到冷落, 但是刘辰翁的诗学理念却并没有因此而被抛弃。元初论家多数能将刘辰翁的诗风与诗论区分对待, 所以即使是在诗风转变以后, 刘辰翁诗论的生命力以及其在元代诗坛的影响力依旧历久不衰, 刘氏所倡导的诗学原则一直被人奉为圭臬。程钜夫《严元德诗序》说:"自刘会孟尽发古今诗人之秘, 江西诗为之一变, 今三十年矣, 而师昌谷、简斋最盛。"(《雪楼集》卷十五) 刘氏诗学竟然影响诗坛达 30 年之久, 这种说法也从一个侧面证明刘氏诗学对元代诗坛的影响之深远。揭傒斯《傅与砺诗集序》说:"须溪, 衰世之作也, 然其评诗, 数百年之间一人而已, 独非子之师乎?"此文作于元统三年（1335 年）, 此时距离刘辰翁去世已有 38 年, 已经到了元代后期（元亡于1368 年）, 揭傒斯仍旧号召傅若金等学者以须溪诗学为依归,可见,刘辰翁诗学对元代诗学的沾溉与塑造几乎跨越了整个元代。

总之,刘辰翁的遗民诗风在元初的影响力虽然逐渐消减,但是他的诗学却一直影响到几乎整个元代,成为有元一代的"显学"。

(五) 元代诗学的群体风格与个性张扬

元戴良《皇元风雅序》说:"唐诗主性情,故于风雅为犹近;宋诗主议论,则其去风雅远矣,然能得夫风雅之正声,以一扫宋人之积弊,其惟我朝乎?"(《九灵山房集》卷二十九)戴良将元诗与唐诗、宋诗鼎立为三,说明元诗自有其独到的风范与成就。明胡应麟《诗薮》外编卷六说:"元人制作,大概诸家如一。"认为元代诗学虽然会有诗人个体之间的差异,但是众多诗家的诗歌却又具有大致相同的内涵与特质,可以将其视为一个统一的整体以区别于唐诗与宋诗。明李东阳《怀麓堂诗话》说:"宋诗深,却去唐远;元诗浅,去唐却近。"也承认元诗实际上是在宋诗结束之后而产生的新诗体。明朱权编《西江诗法》说:"至元时,有四君子体,……自赵子昂、欧阳玄而下诸公多鸣元之盛者,例谓之元朝体。"这里不仅指出"虞杨范揭"在诗歌风范上的一致性,而且将赵孟頫、延祐四家、欧阳玄等整合为一个诗体概念——"元朝体",这说明"元诗"的确是作为一个具有固定内涵的诗体而存在的。

元人重视师友渊源,却极力反对步趋蹈袭前人,而主张展现诗家独立的个性。陈旅《马中丞文集序》说:"尝谓人:'学诗文固贵有师授,至于高古奇妙,要必有得于天,吾未尝有所授,而为之讦所尝师者,往往为近世人语言,吾故自知吾之所为者非繇有所授而然也。'盖公以英特之资,而涵毓于熙洽之世,……则其文章又岂繇有所授而然哉?"(《安雅堂集》卷六)认为"师授"固然必不可少,但是诗歌写作的最终目的是要体现自己的个性,讲究"师授"与"得于天"的统一,也就是诗歌群体风格(时代风格)与诗歌多样性的统一,这是元人的共识,如刘诜《彭翔云诗序》说:"然诗之为言,品律固不尽同,要其同归于佳。"(《桂隐文集》卷二)也指出诗歌创作虽然可以遵循共同的诗学原则,但是诗人之间的"品律"却不应该也不可能整齐划一。傅若金《诗法正论》说:"后独称陶、韦、柳为一家,殆论其形而未论其神者也。"陶、韦、柳三家虽然同属于冲淡一派,却各有各的神韵风味。这种"求大同存小异"观念显然是指向诗歌的创新与个性追求的。《元诗选》初集说:"高季迪评其(宋无)诗谓:澹荡遒逸,于虞杨范揭外,别树一宗。"说明虞、杨、范、揭四家诗歌是有其共性的，可以构成"四君子体"，然而四家的诗学风貌却又个性鲜明，互不雷同，如傅若金《赠魏仲章论诗序》说："独尝远游于先辈之以文章名天下而及见之者，邹人范先生、蜀郡虞公、浚仪马中丞，其机轴不同，要皆杰然不可及者也，……其在朝者，翰林揭先生、欧阳公，深厚典则，学者所共宗焉，相继至者，王君师鲁、陈君仲众、贺君伯更、张君仲举，皆籍籍有时誉，而居省台及仕于外者犹不少，凡其学之所诣，虽不可合论，而皆捐去金人粗厉之气，一变宋末衰陋之习，力追古作，以鸣太平之盛。"（《傅与砺文集》卷五）所谓的各家诗歌"机轴不同"，"不可合论"，说明元代诗人在同一个诗学精神指引下，却能够做到各有所得，各展风采。揭傒斯《范先生诗序》说："伯生尝评之曰：杨仲宏诗如百战健儿，范德机诗如唐临晋帖，以余为三日新妇，而自比汉廷老吏也。"（《文安集》卷八）胡应麟对此加以解释说："百战健儿，悍而苍也；三日新妇，鲜而丽也；唐临晋帖，近而肖也，汉法令师（汉廷老吏），刻而深也。""伯生典而实，仲弘整而健，德机刻而峭，曼硕丽而新。"（《诗薮》外编卷六）这种阐释未必符合揭傒斯的原意，却能够说明元人的诗歌的确注重个性自由的抒发。除了虞集的"个性"论之外，不少元人对四君子的共性与个性也都有所揭示，如元人《名公雅论》引马祖常的评价就说："揭君典重，杨君雄浑，虞君雅丽，范君清高。"元释来复《蜕庵集序》说："德机范公之清淳，仲弘杨公之雅赡，伯生虞公之雄逸，曼硕揭公之森严。"（张翥《蜕庵集》卷首）柳贯《金溪羽人查广居墓表》说："久之，得杨推官仲宏诗七言今体，服其雄浩，又得范太史德机诗五七言古今体，服其清峻。"（《待制集》卷十二）这些评论都认为在"四君子体"这一大流派之中，又包含各不相似的"小流派"，指出了"元诗"其实是一个共性与个性的统一体。

（六）元诗的风格特征

欧阳玄《罗舜美诗序》说："我元延祐以来，弥文日盛，京师诸名公咸宗魏、晋、唐，一去金、宋季世之弊，而趋于雅正，诗丕变而近于古。"（《圭斋文集》卷八）释来复《蜕庵集序》说："逮及于元，静修刘公复倡古作，一变浮靡之习。"胡应麟《诗薮》外编卷六说："元人力矫宋弊。"证明元诗的使命是力革宋金粗豪习气，走的是"返宋入唐""宗唐得古"的道路，也就是包括越过"宋"诗尤其是江湖诗派、立足"唐"音、力追"魏晋"高风这样连续一贯的三个步骤。

卢挚被认为是开启新一代诗风的关键人物。虞集《傅与砺诗集序》说："国初中州……宗尚眉山之体，涿郡卢公，稍变其法。"（《傅与砺诗集》卷首）苏天爵《书吴子高诗稿后》说："我国家平定中国，士踵金宋余习，文辞率粗豪衰苶，涿郡卢公始以清新飘逸为之倡，延祐以来，则有蜀郡虞公、浚仪马公以雅正之音鸣于时，士皆转相效慕，而文章之习今独为盛焉。"（《滋溪文稿》卷二十九）而卢挚乃是以"魏晋"高风或者韦应物为师法对象。吴澄《盛子渊撷稿序》说："比年涿郡卢学士处道所作古诗，类皆魏晋清言，……见者能不为之改视乎？"（《吴文正集》卷二十二）认为卢挚是上追魏晋派。揭傒斯《萧孚有诗序》说："海内之学韦者，吾识二人焉，涿郡卢处道、临川吴仲谷，处道有爵位于朝，有声名在天下，其气完，故独得其深厚而时发以简斋。"（《文安集》卷八）虞集《李仲渊诗稿序》说："五言之道，近世几绝，数十年来，人称涿郡卢公，故仲渊自序亦属意卢公，……独吴兴赵公深知之，至以为上接苏州。"（《道园学古录》卷六）都指出卢挚的诗学宗趣其实与刘辰翁是保持一致的。

除了卢挚之外，赵孟頫也是"元诗"或者"元朝体"的开端者和奠基者，《元诗选》初集卷十九说："赵子昂以宋王孙入仕，……而诗学又为之一变。"而赵孟頫的诗歌也是上追魏晋高风，如戴表元《松雪斋集序》说："余评子昂……古诗沉涵鲍谢。"袁桷《跋子昂赠李公茂诗》说："松雪翁诗法，高踵魏晋。"（《清容居士集》卷四十九）这样，元诗的基调实际上就落实在"魏晋"高风或者"晋人"风范上了，也就是说，元人的诗学高标是放弃了宋人的"杜韩"范式，转而崇尚陶韦柳。

在元代人的诗学视野当中，"盛唐体"已经不再局限于"李杜"诗风。刘诜《与揭曼硕学士》说："李杜非不佳矣，学者固当以是为正途，然学而至于袭，袭而至于举世若同一声，岂不反似可厌哉？……故学西施者仅得其矉，学孙叔敖者仅得其衣冠谈笑，非善学者也，故李杜、王韦，并世竞美，各有途辙，……亦各务于已出。"（《桂隐文集》卷三）刘诜将王韦与李杜相提并论，不再像严羽一样将李杜视为号令诸侯的诗国天子，认为包括"李杜韩"在内的大名家都只是达于"古人"的手段，而不是目的。倪瓒《谢仲野诗序》说："吟咏得性情之正者，其惟渊明乎？……何则？富丽穷苦之词易工，幽深闲远之语难造，至若李、杜、韩、苏，固已烜赫焜煌，出入今古，逾前而绝后，校其情性有正始之遗风，则间然

矣。……歌诗不为愁苦无聊之言，染翰吐词，必以陶、韦为准则。"（《清
闷阁全集》卷十）认为在"幽深闲远"这一艺术领域，陶韦的造诣要超
出李杜韩苏，如此一来，李杜的独尊地位就遭到了颠覆与悬搁。

　　元代士人对于李杜韩尤其是杜韩的态度，可以用"尊而不亲"来概
括。辛文房的《唐才子传》成书于1304年，大致代表了元代初期（戴表
元、赵孟頫时代）诗学的新宗趣。辛氏对李白、杜甫的诗歌虽然评价很
高，认为其是"兼众善""集大成"，但是对李杜人格颇有微词，《唐才子
传》杜甫条引《唐新书·杜工部传》说："甫放旷不自检，好论天下大
事，高而不切，少与李白齐名，时号李杜。"又说："能言者未必能行，
能行者未必能言。"认为李杜之诗是"徒列空言"。而辛氏对于韦应物却
有极高的评价："律诗自沈宋之下，日益靡嫚，而闲雅平淡之气不存矣，
独韦应物驰骤建安以还，各有风韵，自成一家之体，清新雅丽，虽诗人之
盛大，亦罕其伦。"辛氏引用前人之论以为己论，颇有将韦应物置于李杜
之上的倾向。又如虞集门人张昱《可闲老人集》卷一《古诗》评杜甫说：
"一饭不忘君，危言以鸣世。……文章天地间，风雅可无愧。赋者邈接
迹，此作竟谁继。"张昱用"危言以鸣世"来评价杜甫，颇能流露出对杜
甫寒苦之词未能完全认同的微妙心态。在崇尚雅颂之声的元代，杜甫那种
凄怨沉郁的"变风变雅"之声，显然已经失去了往日的神圣光环。所谓
"赋者邈接迹，此作竟谁继"，就明显指出了杜诗精神在元代的失落。又
张昱接着评韦应物说："赋诗长日静，铃合余香至。……宜尔金玉音，风
雅存遗制。"像一般元人一样，张昱有意将韦应物视为风雅之音的典范。

　　其实在元人的文化视野里，杜甫诗歌一般仅仅具有"诗法"层面的
意义，而不具有诗学高标的意义，如《杜工部诗范德机批选》卷首虞集
序说："杜公之诗，冲远浑厚，……每篇之中，有句法章法，截乎不可
紊，至于以正为变，以变为正，妙用无方。"元代诗法中就有《杨仲弘注
杜少陵诗法》《杜陵诗律五十一格》。又《诗法正论》说："唐陈子昂、李
太白、韦应物之诗，犹正者多而变者少，杜子美、韩退之以来，则正变相
半，变体虽不如正体之自然。"范德机门人《吟法玄微》的说法与此相
同。元人明确将陈子昂、李太白、韦应物的古风视为正体，而将韩杜视为
正变相参之体，认为比不上正体之自然，显然，在尊重冲淡古风的时代
里，杜韩两家的诗学精神就失去了光芒。

　　另外，元人即使不废杜诗，也只是选择其中适合元人口味的一体进行

学习。孔旸《午溪集序》说："古今诗人莫盛于唐，唐之诗莫加于杜少陵，自少陵而后，学诗者未有不以少陵为师，然能造其藩篱者盖鲜，况升堂入室乎？盖少陵号集大成，不惟其古律诗皆备，而体制雄浑，穷妙极玄，实兼前人之所长，故其语有奇伟壮丽者，有冲淡萧散者，有高古者，有飘逸者，至论其入神处，则皆在于沉著痛快焉，学之者不辨其体制，而浑然一概师之，譬之欲涉江河，罔知津渡之攸在，虽沿江河而步，彷徨竟日，终不得而济矣。夫伯夷、柳下惠未得与吾夫子并，而得与吾夫子俱以圣称者，以其一偏之行，亦至乎极故也。学诗者，苟得少陵之一体而精焉，则可以言小成矣。"称道陈镒的诗："而兴趣之高，词意之雅，则皆悠然有一唱三叹之音，余始爱其五言，以为古诗学陶彭泽，律诗学孟襄阳，七言则因是而扩之尔，及吟讽之久，然后知其一出于杜少陵，盖非泛学杜集而专师其一体，所谓冲澹萧散者是已。"抛弃了杜诗中的"奇伟壮丽""沉着痛快"的一面，而专门学习其中"冲淡萧散"的一面，显然，杜诗在进入元代文化背景之后，实际上就被整合了，杜诗中深沉的忠君爱国的精神底蕴就被抽空了，这基本上能够代表元人对于杜甫的接受。[1]

元人有扬李抑杜的倾向，如陈绎曾《诗谱》评李白说："风度气魄，高出尘表，善播弄造化，与鬼神竞奔，变化极妙，乃诗中之仙，诗家之圣者也。其雄才大略，亘古尊之，无出右者。"评杜甫说："体制格式，自成一家，祖雅颂之作，故诗人尚之，以为诗家之贤者也。"认为从伦理价值上说，杜甫是诗家之贤，而从诗家立场看，李白乃是诗家之圣。[2]由于元人评诗往往倾向于作艺术（风格）评价，而不太重视道德（内涵）评价，又比较看重李白的飘逸仙风，所以《诗谱》的这个论断实际上体现的是扬李抑杜的立场。从元人的创作实践看，也的确能印证这个审美倾向，如宋荦《元诗选序》说："宋诗多沉僿，近少陵；元诗多轻扬，近太白。"

对于李白，元人采取的态度是扬弃。首先，元人在总体上也不将李白视为诗学高标，如刘壎《诗说》说："（平山曾公）作诗多雄健，于近世

---

① 孔旸《午溪集序》又说："往时闻刘须溪先生之语曰：'诗无论拙恶，忌矜持。'又曰：'晋人语言使壹用为诗，皆当掩出今古，无他，真故也。'"可见，孔旸也熟悉刘辰翁的诗学，这种对于萧散冲淡之境的推崇，显然是受刘氏诗学的影响。

② 《朱子语类》卷一百四十："李太白诗非无法度，乃从容于法度之中，盖圣于诗者也。"

诗深取苍山翁，且云少谒苍翁于行都，翁曰："君作丰大，合作颠诗一番，然后约而归之正，乃有长进。"问何谓颠诗，曰："若太白、长吉、卢仝是已。'"（《水云村稿》卷十三）宋末江西四大诗人之一曾原一（号苍山）将李白的诗称为"颠诗"，显然带有贬抑的意味，因为曾原一乃是以"平淡"为参照的，李白当然就落入了外道，所以在元人的"陶韦"诗学高标之中，就没有了李白的位置。其次，元人独取李白的古风与仙才，将其与陈子昂、王韦柳构成一系。揭傒斯《诗法正宗》说："唐陈子昂《感遇》诸篇，高古简远，出人意表，李太白古风，韦苏州，王摩诘，柳子厚，储光曦等古体，皆平淡萧散。"元人《王近仁与友人论诗帖》说："凡作诗文，当如行云流水，……如乘云御风，钧天九奏，瓢乎若将造王母而宴瑶池，斯又李供奉之仙才也。"李白的一部分风格进入了元人的诗学高标，而杜甫与韩愈则基本上被元人悬搁了。

对于韩愈，元人的态度完全是存而不论，陈绎曾《诗谱》说："韩退之祖风雅，宗汉乐府，不入诗境，其实有韵之文也。"《木天禁语》"家数"说："李白，雄豪空旷，韩杜，沉雄悲壮，陶韦，含蓄优游。"否定韩愈的诗人身份与诗学成就，将其归于尊而不亲的杜甫，而又将李白与杜甫分开，将李白的古风归于陈子昂、韦应物一系，这很能看出元人为了建立全新的诗学理念而煞费苦心。到了元代后期（虞集等四家时代）的杨士弘利用《唐音》进行选诗定体时就彻底将"李杜韩"三家放弃了，专门推重"王孟韦柳"一派，更能反映元人的诗学观念。

事实上，元人所追求的诗学高标不再是"李杜韩"，而是"陶韦"。①这个诗学转向在宋遗民之中早已开其端，如刘辰翁称仇远："诗逼陶韦。"（《武林梵志》卷八）元人继承了遗民诗人的陶韦情怀，形成了时代风气，如吴澄《跋冯元益诗》说："冯元益诗效陶靖节、韦苏州，欲其冲澹，自然而然，非求工于一字一句者。"（《吴文正集》卷五十八）程钜夫《卢疏斋江东稿引》说："诗不古久矣，自非情其情，而味其味，则东篱南山，众家物色，森戟凝香，寻常富贵，于陶韦乎何取？"（《雪楼集》卷十四）

---

① 像朱熹一样，元人不太重视王维，除了诗学方面的因素之外，主要是因为王维的人格气节不如陶、韦，如虞集《杨叔能诗序》："右丞冲澹，何愧于昔人？然而一旦患难之来，遽失所守，是有余于闲逸，不足于事变，良可叹也。必也大义所存，立志不贰，乃若所遇安乎其天，若陶处士者，其知道之言乎？"（《道园学古录》卷三十一）

袁桷《题楼生诗集》说："天和混融，不露斧凿，而其平淡造诣，有陶韦之风。"（《清容居士集》卷四十九）又其《题闵思齐诗卷》说："闵思齐示所为诗，冲澹流丽，亹亹仿唐人风度，寄兴整雅，将骎骎乎陶韦之畦町矣。"（同上书，卷五十）刘岳申《张文先诗序》说："故言诗者曰陶韦，而和陶效韦，高者不过自道，下者乃为效颦。"（《申斋集》卷一）唐元《梅庭弊帚诗序》说："和平冲澹之陶韦。"（《筠轩集》卷九）苏天爵《故静观处士刘君墓碣铭》说："为诗雍容冲雅，五言诸作，深得陶韦之体。"（《滋溪文稿》卷十四）甘复《张孟元诗稿序》说："最喜陶韦之作，故所为诗恬淡而不靡，优柔而有则，不琢雕以为奇，不藻饰以为丽。……余独爱其趣味之离俗也。"（《山窗余稿》）戴良《题贡尚书二诗》说："二诗甚有陶韦思致。"（《九灵山房集》卷二十二）倪瓒《谢仲野诗序》说："染翰吐词，必以陶韦为准则。"（《清閟阁全集》卷十）杨维桢《金信诗集序》说："其次为曹刘、阮谢、陶韦、李杜之迭自名家。"（《东维子集》卷七）王沂《鲍仲华诗序》说："（鲍仲华）以写其怀，以昌其诗，而庶几所谓平淡者，故其自序亦属意韦应物、陶渊明。"（《伊滨集》卷十六）无不以陶韦并举，尊尚其诗学精神。

于是，在诗学审美趣味上，元人就有意识地排斥了汉魏风骨和"杜韩"气格，而追求陶韦式的"平淡"萧散的韵味。陈旅《静观斋吟稿序》说："晋宋间则陶渊明为最，高后世之务为平澹者，多本诸此，……唐大名家如杜少陵诸人，不得专以是体论之，若韦苏州辈，其亦平而不凡，澹而不薄者乎？盖其天趣道韵之妙，有非学力所能致者。"（《安雅堂集》卷五）主动放弃了杜韩一派的"气骨"，而讲究陶韦式的"天趣道韵"。戴表元《方使君诗序》说："大篇清新散朗，天趣流洽，如晋宋间人醉语。"（《剡源文集》卷八）戴表元用"清新散朗，天趣流洽"来概括"晋宋高风"，这正是元人的诗学审美追求，与诗学史上的"建安风骨"和"盛唐风流"区别开来。

元人对李杜韩等传统大家数的降格，自然是导源于刘辰翁以破门户论为武器，对唐宋诗学进行整合的诗学新思维。

（七）元诗体制的纯化

元人为了清除宋调之弊，很讲究诗体的纯粹。揭傒斯《傅与砺诗集序》称道范梈与傅若金的诗："高风远韵，纯而不杂。"元《名公雅论》引虞集论诗歌十美，其中有"纯粹，莹净"两类。杨士弘更是以诗体的

"精粹"为标准选诗，其《唐音序》说："于是审其音律之正变，而择其精粹。"《唐诗始音目录并序》说初唐四杰："其律调初变，未能纯，今择其粹者。"《唐诗正音目录并序》说："五言律诗唐初作者虽多，选其精粹者十四人。""唐初作者，五言排律者多，然首尾音律往往不纯。""其（唐初七言律诗）音律纯厚自然可法者九人。""是编以其……音律之和谐，词语之精粹，类分为卷，专取乎盛唐者，欲以见音律之纯，系乎世道之盛。"

元诗是在宋诗的文化氛围中脱胎而出的，所以对于立志于创建新一代诗学的元人而言，就必须在诗体本质上进行一个"纯化"的过程，具体表现在：

第一，清除元初诗人的驳杂。元人是以彻底矫正宋金诗歌风气为旨归的，但是宋末元初人的诗歌往往还有宋人的痕迹，尚不是"纯正"的元音。胡应麟《诗薮》内编卷六评价刘因说："歌行学杜，《龙兴寺》《明远堂》等作，老笔纵横，虽间涉宋人，然不露儒生脚色，……至律绝种种头巾，殊可厌也。"《四库全书总目》之《静修集》提要说："其论诗有曰：'魏晋而降，诗学日盛，曹刘陶谢，其至者也，隋唐而降，诗学日变，变而得正李杜韩，其至者也，周宋而降，诗学日弱，弱而复强，欧苏黄其至者也'云云，所见深悉源流，故其诗风格高迈，而比兴深微，闯然升作者之堂，讲学诸儒未有能及之者。"认为刘因继承的是儒林传统，心怀振兴诗歌"气格"的使命，在诗歌源流观上仍旧跳不出"建安—李杜韩—欧苏黄"一系的笼罩，因而刘因还只是一个"儒家"诗人，他的诗风仍旧是"风格高迈"一路，如《元诗选》初集卷五就说刘因："诗才超卓，多豪迈不羁之气，流派师承于斯言见之矣。"

第二，赵袁虞范揭等人的纯粹定格。也正因为刘因等人的诗歌未能彻底摆脱宋诗命脉，所以他的诗学并没有被后学所发扬，代之而起的是新的诗学潮流。辛文房对诗歌体制有一个定位性的描述，其《唐才子传序》说："淡寂无枯悴之嫌，繁藻无淫妖之忌，犹金碧助彩，宫商自协。……清庙之瑟，熏风之琴，未或简其沉郁，两晋风流，不相下于秋毫也。"辛氏将晋人的冲淡之风视为和谐雅正之声，而这就是赵孟頫、虞集一派所引领的诗学。李东阳《怀麓堂诗话》说："极元之选，惟刘静修、虞伯生二人，……予独谓高牙大纛，堂堂正正，攻坚而折锐，则刘有一日之长；若藏锋敛锷，出奇制胜，如珠之走盘，马之行空，始若不见其妙，而探之愈深，引之愈长，则于虞有取焉。"李东阳是以明人的盛唐标准来审视评判元诗特色，所以格外看重刘因豪迈放旷诗风的价值。而从元代诗歌发展史的实际来看，引领诗学新潮流的却是与之相反的虞集诗学，所谓的"藏锋敛锷""如珠之走盘，马之行空，始若不见其妙，而探之愈深，引之愈长"，是对"愈离愈近"的张力诗学艺术的描述，可以用来概括元诗特色与成就。因此，根据李东阳的看法，刘因的诗风可以认为是渊源于"汉魏"风骨，而虞集的诗风乃是渊源于"晋宋"高风。

可以说，到赵孟頫、袁桷以及虞、范、揭出现之后，元人自己的诗歌风格才真正成型。虞集《李仲渊诗稿序》说："集贤直学士李君仲渊自录其五言诗，而题之《宗雅》。……五言之道，近世几绝，数十年来，人称涿郡卢公，故仲渊自序亦属意卢公，……独吴兴赵公深知之，至以为上接苏州。……某尝以为世道有升降，风气有盛衰，而文采随之，其辞平和而意深长者，大抵皆盛世之音也。"（《道园学古录》卷六）明确地将雅正的"盛世之音"定义为"平和而意深长者"，也就是他所推崇的陶韦之风。而一旦冲淡雅正的诗风被纳入了正统诗体而受到尊奉，那么豪放雄壮的杜韩气格甚至是汉魏风骨自然就被置于第二义了。虞集的这个诗体正宗论自然会引领元人的诗学走向，如陈旅《周此山集序》说："今考其（周此山）诗，简澹和平，无郁愤放傲之色，非有德者能如是乎？"（《安雅堂集》卷四）又其《跋段氏庸音集》说："古之作者辞淡而旨醇，貌直而思婉，声约而韵充。……传曰：'清庙之瑟，一倡而三叹。'……朱弦疏越，尚往鸣天地之和于清庙之间乎？"（同上书，卷十三）将"简澹和平""辞淡旨醇""声约韵充"的清庙之瑟视为正声，这种格调自然应该属于陶韦一派。

杨士弘《唐音》的问世标志着元人主流诗学观念的定性与元诗体制的成熟。《唐音》之作始于1335年，成于1344年（至正四年），此时范梈已经过世（1320年），揭傒斯则在同一年过世，而虞集仍然健在，该书的编选在时限上大致处在延祐四家的尾声，可以反映出鼎盛时期元人诗学思想的一般风向。虞集《唐音序》说："其合作者则录之，不合乎此者，虽多弗取，是以若是其严也。""其用意之精深，岂一日之积哉？"虞集对《唐音》深表认同，《唐音》体现出来的诗学思想也代表了虞集等人的意见。

杨士弘是江西临江人，与虞集同调，有地缘因素，而且杨士弘对唐音的界定有普遍性，是他的师友的共同意见。《江西通志》卷七十四《人物志九》说："刘永之，字仲修，清江人，……至正间与杨伯谦等讲论风雅，当世宗之。"明梁潜《泊庵集》卷八《竹亭王先生行状》说："所与游者皆当时名士，若襄城杨伯谦，秣陵周浈，豫章万石，大梁辛敬，清江彭镛、刘仲修，……与先生（王沂）之弟御史君子启，日赋咏往还，更唱迭和，以商确雅道为己事，温厚和平，出于自然，而音调格律之严，必合于典则。"《新元史》卷二百三十八说："杨士弘……与江西万白、河南辛敬、江南周贞、郑大同，皆以诗雄，名声相埒。"涉及的地域很广。

《唐音》的"正音"部分共选诗885首，① 王、孟、韦、柳四家之诗共选225首，占正音总数的1/4，可见，其对冲淡诗风的重视程度。杨士弘《唐诗正音目录并序》说："中唐来作者多，独韦柳追陶谢，可与前诸家（王、孟、储光羲等六家）相措而观。"可见，杨士弘的本意就是将"陶—王孟韦柳"冲淡一派树为五古正音。在"正音"的五言古诗部分，共选八家，而韦应物一人就选了45首，占正音五古总数的26%。元人讲究"宗唐得古"，所以杨士弘对于"唐音"的独特阐释，实际上是适应了元人的诗学审美趣味，是为建立以"陶韦"为高标的平淡雅正、流丽纯厚的元诗体制而张目的。

第三，元诗的正格与变格。欧苏黄江西诗派逐渐发展演变成宋调，但是宋人之中也会出现九僧、姜夔、四灵甚至梅尧臣、王安石的唐风，然而作为一个诗体概念，"宋诗"在基本内涵上实际上是排除了上述具有唐风的诗家，只有这样，才能体现宋诗与唐诗的本质差异。就元代诗学而言，元人几乎都遵循一个大的诗学原则，那就是"返宋入唐"，"宗唐得古"，但是具体到对"古"的内涵的理解，则会出现"汉魏"之古与"晋人"之古的差异。

杨维桢《无声诗意序》说："诗之弊，至宋末而极，我朝诗人往往造盛唐之选，不极乎晋、魏、汉、楚不止也。"（《东维子集》卷十一）认为元人以唐为资源而上追汉魏或者晋风，从而形成自己的风格，全面而准确地概括了元人的两大诗学路径。但是欧阳玄则认为元诗从延祐以来"京师

____

① 杨士弘所选篇目大部分都经过刘辰翁的评点，显然是受了刘辰翁的影响，在冲淡派之中又格外突出韦应物之说附之，此编所选可谓精矣。注意到了《唐音》与刘辰翁评点的可比性，实际上《唐音》的选诗与刘辰翁的评点的确存在着密切的关系。

诸名公咸宗魏、晋、唐，……诗丕变而近于古"（《圭斋文集》卷八《罗舜美诗序》），并没有将"汉"诗列入诗法高标。这说明元人自身对于"追古"的内涵有着不同的理解，即便是对于被经常提及的"魏"，也会有理解上的分歧，它既可以指向"汉魏风骨"，即侧重汉魏乐府古诗，也可以指向"魏晋高风"，即侧重阮籍、陶潜一派的高风绝尘，如刘将孙《感遇》说："晋人善语言，其言明且清。……安得三谢辞，远与陶阮并。"（《养吾斋集》卷一）将陶潜与阮籍并举，实际上就相当于他所谓的"晋人"概念。

　　既然如此，那么哪一种"追古"才能代表元诗的本质呢？上文已经说过，元人的诗学高标实际上是"陶韦"趣味，而不是汉魏风骨或者杜韩气格。奠定元诗格调的赵孟頫、袁桷以及元诗大宗虞集都是崇尚魏晋冲淡雅正之风的，再向上追溯到扭转诗歌风向的关键人物卢挚，也是推重韦应物的，而向下可以延伸到元代"儒林四杰"柳贯、黄溍、倪瓒以及元末戴良等人，其诗风依旧沿袭卢挚、赵孟頫、虞、范、揭等五家，如柳贯《题赵明仲所藏姚子敬书高彦敬尚书绝句诗后》说："高公彦敬画入能品，故其诗神超韵胜，如王摩诘在辋川庄，李伯时泊皖口舟中，思与境会，脱口成章，自有一种奇秀之气。"（《待制集》卷十八）其《亡友王君景先墓志铭并序》说："尤好为诗，趣尚恬素，辞亦清冲，在稿数十百篇，往往多可喜。"（同上书，卷十）其《俞器之诗集序》说："所逢有离合，一发于诗，而和平淡泊之音见于言。"（同上书，卷十七）其《送王云卿教授赴官严陵序》说："揽苍泱之清气，写潇洒之遗情。"其《题天野飞云编》说："是咀澹而厌华，幽光而凄韵，其多得于骚家之性者欤？"（同上书，卷十八）都体现了其崇尚陶韦一派冲淡韵味的诗学审美观念。钱基博《中国文学史》评价柳贯的诗："以唐矫宋，以晋参唐。……五七言律，理不犯纤，健不乖律，跌宕昭彰，大体不离于杜者为近，而七言古则以李白参杜甫，五言古则以阮籍、郭璞参陈子昂、李白。"[1] 认为柳贯的诗仍旧是由唐诗而上追魏晋高风。

　　黄溍的诗风也倾向于冲淡简远，杨维桢《故翰林侍讲学士金华先生墓志铭》说："遇佳山水，竟日忘去，形于篇什，多冲淡简远之情。"（《东维子集》卷二十四）苏天爵《题黄应奉上京纪行诗后》说："晋卿之诗，

---

① 钱基博：《中国文学史》，中华书局1993年版，第824页。

缜密而思清。"（《滋溪文稿》卷二十八）清人韩慧基《重校韩文献公诗文集序》说："或为诗歌，则和平淡泊，本于性情之正。"（《黄文献公集》卷首）钱基博《中国文学史》评价黄溍的诗："以坦迤出雄迈，含茂丽于简澹，卓尔大雅，足以上攀陈子昂，而远窥陶元亮。"①认为黄溍的诗仍旧是以晋参唐。

钱溥《清閟阁全集序》评价倪瓒说："清新典雅，迥无一点尘俗气，固已类其为人，然置之陶韦、岑刘间，又孰古而孰今也邪？大羹玄酒，不和而自醇，朱弦疏越，一唱而三叹有遗音者矣。"钱基博《中国文学史》比较王逢与倪瓒的诗风说："瓒以幽澹，逢以警丽。"②又比较杨维桢与倪瓒的诗风说："维桢以雄怪参才藻，瓒则以真率出清迥。"所以倪瓒是："其于唐人右韦柳而抑李杜。"③认为倪瓒的诗："大抵抑扬爽朗，不废俪语，以澹为绮，以晋参唐，于唐则韦应物参王维，于晋则陶潜参谢灵运，而润泽以陆机，秀爽于谢朓，有余于秀韵，不足于雄才，自是南风之敷柔，不同北调之亢厉矣。"④倪瓒所要追步的也是陶韦之风。

元末戴良的诗风也是上追晋宋，王祎《九灵山房集序》评价戴良的诗说："质而敷，简而密，优游而不，冲澹而不携。"钱基博《中国文学史》评戴良："其诗依仿晋宋，颇得其明丽。"⑤

这样就构成了以"卢挚—赵孟𬲀、袁桷—虞集、范梈、揭傒斯、傅若金、柳贯、黄溍、戴良"等为主干的"复古魏晋派"的系列，人数众多，他们应该是代表了元诗的本质或者主流。

《元诗选》初集卷五十五说："元诗之兴始自遗山，中统至元而后，时际承平，尽洗宋金余习，则松雪为之倡。延祐天历间，文章鼎盛，希踪大家，则虞杨范揭为之最。"顾嗣立将元好问视为元诗的开启者，但是就元好问的创作看，其实并不能与赵、袁、虞、范等构成流派，如果从元好问推崇陶韦柳从而影响了元人的诗学高标而言，则存在着一定合理性。元好问《李平甫为裕之画系舟山图闲闲公有诗某亦继作》说："五言造平淡，许上苏州坛。我尝读子诗，一唱而三叹。"其《论诗三十首》说：

---

① 钱基博：《中国文学史》，中华书局 1993 年版，第 823 页。
② 同上书，第 844 页。
③ 同上书，第 840 页。
④ 同上书，第 841 页。
⑤ 同上书，第 828 页。

"谢客风容映古今，发源谁似柳州深。""一语天然万古新，豪华落尽见真淳。南窗白日羲皇上，未害渊明是晋人。"可知元好问论诗并不独尊李杜，对于陶、谢、韦、柳一派也极为倾慕，这就会像刘辰翁一样影响元人对诗学宗趣的选择。

又有人将刘因视为元诗开山，如释来复《蜕庵集原序》说："逮及于元，静修刘公复倡古作，一变浮靡之习，子昂赵公起而和之，格律高深，视唐无愧。"不过，虽然刘因的"古选学陶冲淡"（胡应麟《诗薮》内编卷六），但是上文已经说过，刘因的诗歌实际上杂有宋诗风范，诗体很不纯粹，而且在整体风格上乃是倾向于汉魏盛唐的高迈雄壮，并不以陶韦为宗。

揭傒斯、虞集都认为在有名望的元代诗家之中，也只有卢挚是较早宗尚韦应物的（揭傒斯《萧孚有诗序》、虞集《李仲渊诗稿序》），方称得上元诗的正宗开山，元好问与刘因的诗学仍旧不脱汉魏的底蕴，都不能算是元诗新内涵的肇端者。

元人以"汉魏"为追古内容者，在刘因之后有杨载。释来复《蜕庵集原序》说："（杨载）尝谓学者曰：诗当取材于汉魏，而音节则以唐为宗。"然而杨载的诗歌相对于虞范揭实际上是一种变格。《四库全书总目》之《杨仲宏集》提要说："西昆伤于雕琢，一变而为元之朴雅，元伤于平易，一变而为江西之生新，南渡以后，江西宗派盛极而衰，江湖诸人欲变之，……相率而为琐屑寒陋，宋诗于是扫地矣。载生于诗道弊坏之后，穷极而变，乃复其始风规，雅赡雍雍，有元之遗音。"这里，对于杨载的诗学意义的评价主要是着眼于他与宋诗的内在联系，认为杨载在宋诗弊坏之后，能够克服江西诗派的"生新"与江湖诗派的"琐屑寒陋"，回归"雅赡雍雍"的"元之遗音"。这就是说，杨载的诗学宗旨在于复古宋诗真精神而不在于创造新诗体。这个评价未必准确，却指出了杨载诗学与宋诗在诗学入处上的一致。这就与赵袁虞揭范等人的追步魏晋产生了分野。释来复《蜕庵集序》说："临江范亨父序其诗曰：仲弘天禀旷达，气象宏朗，开口论议，直视千古，每大众广集，占纸命辞，敖睨横放，尽意所止，众方拘拘，已独坦坦，众方纡余，已独驰骏马之长坂。"《四库全书总目》之《杨仲宏集》提要说杨载的诗："故清思不及范梈，秀韵不及揭傒斯，权奇飞动尤不及虞集。"说明杨载的"汉魏—唐"相参的诗学方法与敖睨横放的诗风，在当时的确处在非主流状态。杨载比虞集早去世25年，比揭傒斯早去世 21 年，这个因素也自然会限制他所代表的诗风的扩张。范梈《杨仲弘集序》就很惋惜地说："至晚宋又极矣，今天下同文，而治平盛大之音，称者绝少，于斯际也，方有望于仲弘也，天又不年假之，岂非命耶?"杨载之后的诗学应当会更加倾向于走"以晋参唐"之路而不是由唐风追步汉魏。

与杨载的诗学路径和诗风比较接近的是马祖常、杨维桢、李孝光等名家，如《四库全书总目》之《石田集》提要称马祖常："其诗才力富健，如都门壮游诸作，长篇巨制，回薄奔腾，具有不受羁之气，至元间苏天爵……称其接武隋唐，上追汉魏。"《元诗选》初集卷五十五说："张伯雨曰：'……廉夫上法汉魏而出入少陵、二李之间，故其所作隐然有旷世金石声，又时出龙鬼蛇神，以眩荡一世之耳目，斯亦奇矣。'……则廉夫为之雄，而元诗之变极矣。"《明史·杨维桢传》说："宋濂称其……诗震荡陵厉，鬼设神施。"杨维桢《潇湘集序》说："（李）孝光以余言为骘，遂相与唱和古乐府辞，……馆阁诸老以为李杨乐府出而后始补元诗之缺，泰定文风为之一变。"（《东维子集》卷十一）但是，由于元人放弃了李杜韩苏黄，所以这种宏大劲健、雄壮豪迈的气魄并不能代表元诗特质之主流，如胡应麟《诗薮》外编卷六评价元代诗学："至大家逸格，浩荡沉深之轨，概乎未闻也。"评价刘因的诗歌："歌行学杜，……元七古苍劲，仅此一家。"《四库全书总目》之《五峰集》提要说："元诗绮靡者多，孝光独风骨遒上，力欲排突古人，乐府古体皆刻意奋厉，……七言颇出入江西派中，而俊伟之气自不可遏。"实际上是看到了汉魏苍劲风骨并非元诗的特质。《四库全书总目》之《青阳集》提要评余阙的诗歌："其诗以汉魏为宗，优柔沉涵，于元人中别为一格。"认为以"汉魏为宗"就是"别为一格"，这说明元诗的真精神不在于由唐追"汉魏"一派，而是在于由唐追"晋"一派，所以杨维桢说"我元之诗，虞为宗"（《剡韶诗序》）。谢肃将虞集视为元诗集大成者，将其比作唐代杜甫（《玩斋集序》），胡应麟将虞集视为"元中叶一代斗山"（《诗薮》外编卷六），《四库全书总目》之《道园学古录》提要认为有元一代，"要必以集为大宗"，《诗法源流》引揭傒斯说"能赋者，仅见范德机"，《诗法正论》说"诗学丕变，范先生之功为多"，在元诗四君子之中推尊虞集与范梈而不涉及杨载，都证明了入元之后的诗学宗趣由汉魏高格向晋宋高格的转向。

《唐诗正音目录并序》论述选诗标准说："或沦于怪，或迫于险，或近于庸俗，或穷于寒苦，或流于靡丽，或过于刻削，皆不及录。"《唐诗遗音目录并序》说："中唐以来虽皆卓然成家，然不能不堕入一偏之失，如李（贺）之险怪，卢（仝）之浮溢，孟（郊）之寒苦，元白之近俚，故不录于正音。"由于杨士弘编选《唐音》的目的在于通过选诗来维护一种诗体纯粹性，所以李贺、卢仝的险怪、孟郊贾岛的寒瘦、李商隐的靡丽，都排除在"正音"之外。

贡师泰《泰羽庭诗集序》说："夫学诗如学仙，仙不遇不能成仙，诗不悟不足论诗，……或曰：李白，诗之仙，贺，诗之鬼，然则果有小大浅深矣。"（《玩斋集》卷六）李白与李贺同具有仙风道骨，然而在元人眼里，二李可以代表追"晋风"与追"汉魏"两个诗学方向。贡师泰从"悟"的深浅来判定"天仙"与"鬼仙"的高低，而在李白与李贺之间，元人当然更多地倾向于李白的"天仙"之悟，杨维桢的效法李贺就落入了第二义的地位，他的追步汉魏乐府诗风就成了元诗的"变格"。①

第三节　刘辰翁与元代诗学精神

元程钜夫《严元德诗序》说："自刘会孟尽发古今诗人之秘，江西诗为之一变。"（《雪楼集》卷十五）认为刘辰翁通过对古今诗歌的评点，发现了诗歌的永恒规律，这些诗学规律与原理就成为元人建立自己诗学理论的资源。

元揭傒斯《吴清宁文集序》说刘辰翁的诗学理论："数百年之间一人而已，独非子之师乎？"（《文安集》卷八）言外之意是号召诗人将刘辰翁视为诗学宗师。揭傒斯《傅与砺诗集序》又说范梈与傅若金对于刘氏诗学："知之及此，言之及此，得之及此，……他日足为学诗者之依归也。"也流露出希望元人以刘氏诗学为旨归的期待。《诗法源流》说："曼硕揭公语人曰：近年诗流善评论者，无如刘会孟，能赋者，仅见范德机。"这个说法证实了刘辰翁的评点是直接指导元人创作实践的，元人也是以刘氏的诗学理论为指导的。

清何焯《义门读书记》卷五一《杜工部集》说："元人皆崇信辰翁，

---

① 虽然元代后期吴中有大规模雅集，但是其中的主要人物顾瑛、倪瓒的风格就与杨维桢不同，二人基本上属于陶韦一系的诗风。

莫有斥其非者。"刘辰翁在元人心目中的确具有崇高的威望，作为一代诗学宗师，刘辰翁直接造就了元诗精神。下面我们就具体考察刘氏诗学与元诗的内在关系，以便深入把握元诗的基本特质。

需要说明的是，刘辰翁的长子刘将孙完整地继承了其父的诗学衣钵，所以我们直接将刘将孙的诗论合并到刘辰翁的诗学理论之中。

一　诗人"天才"与诗歌"清气"

（一）关于"才子"派诗学时代的出现

元代诗学的发达不仅是科举废除、文化转型的产物（天时），还得力于诗人诗学才华的普遍提升（人和），辛文房将唐代众多诗家称为"才子"（《唐才子传》之名），既是对诗人身份的高度尊重，也寄予着对元代能诗家大量涌现的期盼。

刘克庄慨叹宋代"文人多，诗人少"（《大全集》卷九十四《竹溪诗序》），刘辰翁慨叹宋代宗室"有宗衮而无贺白，一恨"（《赵信之诗序》），而进入元代之后，诗学发展却迎来了诗学解放、诗人辈出的"李白李贺"时代。有元一代的诗家往往具有很高的诗学天赋，《元诗选》初集卷三十四说："明成化年间吴人张习企翱书其刻集后曰：元诗之盛，倡自遗山，……间有奇才天授，开阖变怪，……有元之兴，西北子弟尽为横经，涵养既深，异才并出。"所谓的"奇才天授""异才并出"，可以用来概括整个元代诗人群体的特质。诗人天分高，诗歌创作主张讲究自然天成与个性张扬，元诗学总体上可以被认为是"才子派"诗学。

作为元代诗学的宗师，刘辰翁本人就是一个超尘脱俗的艺术天才。元陈栎《定宇集》卷八《随录》评价刘辰翁："其学不自朱子来，是其天资高。"其子刘将孙也是天才派诗文大家，其门人曾闻礼《养吾斋集序》说："先生为须溪先生家督，天才宏澹，……诵佳句，为时文，辄翘然度越流辈。"刘辰翁的好友陈俞也是天才人物，刘辰翁《陈礼部墓志铭》说："求仙才与灵气惟舜卿。"（《须溪集》卷七）"仙才与灵气"这个评价也适用于刘辰翁本人。刘氏父子的天资高明与人格魅力，对于元代诗学的走向与成型影响至深，元代诗学基本上告别了"文人之诗"的时代而走向"诗人之诗"的时代，这一点可以以元代诗人的诗学才华为标志，元代的诗学大家与名家无不具有很高的天资。

刘因。《元史·刘因传》说："因天资绝人，三岁识书，日记千百言，过目即成诵，六岁能诗，七岁能属文，落笔惊人，甫弱冠，才器超迈。"苏天爵《静修先生刘公墓表》说："公生天资纯粹。"（《滋溪文稿》卷八）

戴表元。袁桷《戴先生墓志铭》说："七岁学古诗文，多奇语，年十三即加冠入乡校，……（方逢辰、刘辰翁）得先生程文，大奇之。"

赵孟𫖯、叶李。《元史·程钜夫传》说："帝素闻赵孟𫖯、叶李名，钜夫当临行，帝密谕必致此二人。"《元史·赵孟𫖯传》说："俯幼聪敏，读书过目辄成诵，为文操笔立就。""孟才气英迈，神采焕发，如神仙中人。"《元史·叶李传》说："李字太白，……少有奇质。"

袁桷。《元史·袁桷传》说："为童子时已着声部使者，举茂才异等。"

程钜夫。《雪楼集》附录《程钜夫年谱》说："公五岁入小学，读书即通大义，……公年十二岁……对客赋诗作文，应声而成，人服其敏。……公年十四岁，是年季父侍读公登进士第，省试三场文，公一览成诵，闻者惊异。"

吴澄。《元史·吴澄传》说："澄生三岁，颖悟日发，教之古诗，随口成诵，五岁日受千余言。"

虞集。刘诜《书虞邵庵送体仁叙后》说："邵庵虞先生少有仙才灵气。"（《桂隐文集》卷三）

范梈。《元史·范梈传》说："梈天资颖异，所诵读辄记忆，……于流俗中克自树立。"

揭傒斯。欧阳玄《揭公墓志铭》说："生而颖悟，年十二三，读书属文，即知古人蹊径，……稍长，豁然贯通，……司徒程楚公为湖北宪使，奇其才，妻以从妹。"（《圭斋文集》卷十）

傅若金。苏天爵《元故广州路儒学教授傅君墓志铭》记载傅若金："君赋质清美，自幼为诗，出语惊人。""傅君与砺挟其所作歌诗来游京师，……蜀郡虞公、广阳宋公方以斯文为任，以异材荐之。"（《滋溪文稿》卷十三）

刘诜。《元史·刘诜传》说："性颖悟，幼失父，知自树立。"

张仲实。牟巘《张仲实诗稿序》说："夫以仲实迈往不群，天分高而笔力胜，不肯稍从时尚。"（《牟氏陵阳集》卷十二）

欧阳玄。《元史·欧阳玄传》说："八岁能成诵，……日记数千言，即知属文，十岁，有黄冠师注目视玄，谓贯之曰：'是儿神气凝远，目光射人，异日当以文章冠世，廊庙之器也。'……年十四，益从宋故老习为词章，下笔辄成章。"

贡奎。马祖常《贡公文靖公神道碑铭》说："独爱公甚于他子，曰；'三郎和易端厚，颖悟若过人者，吾世有蕴德发，必在是儿也。'公年十岁辄能属文，已有闻于人。"（《石田文集》卷十一）

贡师泰。《元史·贡师泰传》说："师泰性倜傥，状貌伟然，既以文字知名。"

马祖常。苏天爵《马文贞公墓志铭》说："公幼有异禀，年六七岁即知读书，……蜀儒张公顺讲学仪真，公时未冠，质以经史疑义数十，张公奇之。"（《滋溪文稿》卷九）

黄溍。《元史·黄溍传》说："生而俊异，比成童，授以书诗，不一月成诵，迨长，以文名于四方。""天资介特。"

柳贯。《浦阳人物记》卷下记载柳贯："幼有异质，颖悟过人。"

吴莱。《元史·黄溍传》记载吴莱："天资绝人，七岁能属文，凡书一经目辄成诵，尝往族父家，日易《汉书》一帙以去，族父迫叩之，莱琅然而诵，不遗一字，三易他编，皆如之，众惊以为神。"

陈旅。《元史·陈旅传》说："旅幼孤，资禀颖异，……适御史中丞马雍古祖常使泉南，一见奇之，谓旅曰：子馆阁器也。"

张翥。《元史·张翥传》说："翥少时负其才隽，豪放不羁，……从仇远先生学，远于诗最高，翥学之尽得其音律之奥，于是翥遂以诗文知名一时。"

贯云石。欧阳玄《贯公神道碑》说："公生，神采迥异。"（《圭斋文集》卷九）

宋本。《元史·宋本传》说："自幼颖拔，异群儿。"苏天爵《宋公墓志铭并序》说："清河元公明善、济南张公养浩、东平蔡公文渊、王公士熙方以文学显于朝，见公伯仲，惊叹以为异人，争尉荐之。"

姚式。元陆友仁《研北杂志》卷下说："赵子昂尝谓人曰：姚子敬天资高爽，相见令人怒，不见令人思。"

陈绎曾。《元史·陈旅传》说陈绎曾："为人虽口吃，而精敏异常。"

上述诸家大都是元代诗学的代表人物，他们的诗学成就显然与其天资颖异密不可分，才子作诗，乃是元代诗学的突出标志。

在仕元的宋遗民之中，最具影响力的才子当属赵孟頫。《四库全书总目》之《松雪斋集》提要评价赵孟頫说："论其才艺，则风流文采，冠绝当时，不但翰墨为元代第一，即其文章，亦揖让于虞杨范揭之间，不甚出其后也。""表元不妄许与，而此序推挹甚至，其有所以取之矣。"赵孟頫对于元代文化的影响主要表现在其艺术才华对士人的感召。赵孟頫《陈子振诗序》说："予友邓善之、张仲实、陈无逸，皆英爽之士，其言语文字足以雄一时，予爱之重之。"（《松雪斋集》卷六）赵孟頫承接刘辰翁的才子余绪，以其特殊的政治地位与艺术气质，凝聚起一大批江南才子，对于元代文学艺术的塑造至为重要。直到元代末期，江南才子仍旧涌现不止，明王世贞《艺苑卮言》之六说："吾昆山顾瑛、无锡倪元镇，俱以畸卓之资，更挟才藻，风流豪赏，为东南之冠，而杨廉夫实主斯盟。"

元代诗学的发达乃是才子们集体腾跃的结果，有元一代的诗人、书画家普遍具有艺术创作的天赋，元代真正是一个诗学艺术"自觉"的时代。

（二）关于诗人"清气"

元《诗家一指》说："诗，乾坤之清气。"朱彝尊《静志居诗话》卷二评价元诗说："清者每失之弱。""清气"是元诗的特质之一，明人偶桓的元诗选本就以《乾坤清气集》命名，是准确捕捉了元诗风味的。

刘将孙常常以"清才"来要求诗人，如其《彭宏济诗序》说："犁然而神境会，一日而沛然发于情性者，清才辈出。"（《养吾斋集》卷十一）其《送彭元鼎采诗序》说："安成彭元鼎以明经世美，清才能诗。"（同上书，卷九）其《送彭庭兰序》说："安城彭弘深，清材雅士，吾家君须溪先生之所许可。"（同上书，卷十二）其《勤窗记》说："履常盛年清才，有志于斯文。"（同上书，卷十九）刘将孙所谓的"清才"，实际上就是诗人的诗学才华与艺术气质，刘将孙是将"清才灵气"视为诗学的根本，格外强调诗人天然的作诗才能，如其《振玉斋记》说："故夫琴者，非清才灵气不能悟其趣，非幽闲深远不能发其微。"（《永乐大典》卷二五四零）其《送道士秋泉序》说："余也审知其非仙才灵气不足以与于斯矣。"（《养吾斋集》卷十四）仙才灵气，在刘氏诗学之中具有了第一义的价值，成为衡量诗家本领的首要标准，这就与强调经史学养的宋诗学截然不同。

与极重诗人灵气相关，刘氏父子将飘然出尘的"清气"视为诗歌永恒的品质。刘将孙《彭宏济诗序》说："天地间清气，为六月风，为腊前雪，于植物为梅，于人为仙，于千载为文章，于文章为诗，……清气者，若不必有而必不可无，……往往无清意则不足以名世，夫固各有当也。"在刘将孙看来，诗人的第一品格便是"清气""清意"，否则便不足观，"清气"是诗人与诗歌之所以成立的最重要的品格。

刘将孙倡导的"清气"说在元代有普遍的回应，如萨都剌《寄金坛元鲁宣差行操二年兄》说："自是诗人有清气，出门千树雪花飞。"（《雁门集》卷四）陈旅《题画图》说："骑驴客子清如鹤，恐是襄阳孟浩然。"（《安雅堂集》卷一）而且作为一个诗学原则，"清意"成为元人诗歌创作的自觉追求，形成了元诗特质之一，如苏天爵《书吴子高诗稿后》说："涿郡卢公始以清新飘逸为之倡。"（《滋溪文稿》卷二十九）其《静修先生刘公墓表》说："气清而志豪，才高而诚正。"（同上书，卷八）欧阳玄《赵文敏公神道碑》评赵孟頫的清才说："嗟干之资，唯一清气，人禀至清，乃精道艺，天朗日晶，一清所为，……清气所萃，乃臻瑰奇，允矣魏公，玉壶秋冰，巧出天智，智窥神能。"（《圭斋文集》卷九）《元诗选》初集卷十七评价吴澄说："其句法迢逸处，如'乔木啸清风，寒花醉香露'，……俱清婉可诵也。"虞集《题范德机墨迹后》说："凡骨蜕余清似雪，高情起处一丝轻。"（《道园遗稿》卷五）《元诗选》初集卷三十评价揭傒斯说："虞学士评其诗谓如三日新妇，又谓如美女簪花，殆即史所称清婉丽密者欤？"元人《名公雅论》引马祖常评诗说："范君清高。"释来复《蜕庵集原序》说："德机范公之清淳。"柳贯《金溪羽人查广居墓表》说："又得范太史德机诗五七言古今体，服其清峻。"（《待制集》）《元诗选》二集卷七说邓文原："诗尤简古而丽逸，句章任士林曰：善之浑厚以和，沉潜以润，如清球在县，明珠在乘。"陈应符《句曲外史集附录》评张雨说："外史先生蕴句吴清淑之气。"徐达《曲外史集序》评张雨说："负逸才英气，以诗著名，格调清丽，……清声雅调闻诸馆阁之上。"《元诗选》初集卷三十四说："云石、海涯、马伯庸以绮丽清新之派，振起于前，而天锡继之，清而不佻，丽而不缛。"欧阳玄《燕石集序》评宋褧说："燕人凌云不羁之气，慷慨赴节之音，一转而为清新秀伟之作。"苏天爵《燕石集序》说："诗尤清新飘逸。"钱溥《清闷阁全集序》评价倪瓒："清新典雅。"等等，都说明刘氏父子、卢挚首倡的"清新飘逸"诗风成为元代诗学的特质之一。

出于对诗体的纯粹性的追求，元人将"清气说"作为克服宋金诗歌末流之弊的手段。苏天爵《书吴子高诗稿后》说："涿郡卢公始以清新飘逸为之倡，延祐以来，……士皆转相效慕。"（《滋溪文稿》卷二十九）适应时代的转变，以"清新飘逸"克"粗豪衰苶"，元人诗学风格的转移具有鲜明的目的性。这种诗学风格的时代性转移，直接得力于刘辰翁的倡导。刘辰翁《胡仁叔诗序》说："清嫩与浅嫩异，政未可少也，如轻风淡日，时花美女，小儿晥初语，别能令人赏爱，有味亦不在多，固未可与彼老者同年而语也。"（《须溪集》卷六）刘辰翁有意抬高"清嫩"的价值以反驳诗歌的人文化倾向，元诗一反宋人的"老成""枯劲"而倾向于"清新""淡雅"，显然是响应了刘辰翁的"清嫩"说。

天资超卓的元人主张作诗要有"仙才灵气"，不可强作，实际上是反驳宋人的"文人之诗"，而正是刘氏父子这类天才派诗人的倡导，才开启了一个崇尚"清才"与"清意"的"才子之诗"的时代。

二　"情性之真"与诗家个性

（一）尊情性

刘辰翁论诗极重情性，认为"情性"在则"诗"在，这是刘辰翁对诗歌本体的认识，其《答刘英伯书》说："三百篇情性，皆得之容易。"（《须溪集》卷七）刘辰翁评韦应物《凛凛岁云暮》说："末意耿耿，情性适然，不假外物而见。"刘辰翁《宋贞士罗沧洲先生诗集序》说："用吾情，诗非难事，前此所以极力而不得其要者，由其性情或近或不近。"（《皕宋楼藏书志》卷九二）刘将孙《感遇》说："文章犹小技，何况诗云云。沛然本情性，以是列之经。"（《养吾斋集》卷一）其《须溪先生集序》说："词章翰墨，自先生而后知大家数笔力情性。"（同上书，卷十一）其《本此诗序》说："诗本出于情性，哀乐俯仰，各尽其兴。"（同上书，卷九）其《题曾霖岩先生诗后》说："霖岩慷慨事功，不以诗为意，而情性所发，愈见其真。"（同上书，卷二十五）其《如禅集序》说："诗者，则眼前景，望中兴，古今之情性，使觉者咏歌之，嗟叹之，至于手舞足蹈而不能已。"（同上书，卷十）其《彭宏济诗序》说："目之于视，口之于言，耳之于听，类不知其所以然而然，有得于情性者，亦如是而已。"（同上书，卷十一）其《胡以实诗词序》说："发乎情性，浅深疏密，各自极其中之所欲言，若必两两而并，……此岂复有情性哉？"（同上）其《九皋诗集序》说："夫诗者，所以自乐吾之性情也。"（同上书，卷十）其《黄公海诗序》说："常料格外，不敢别写物色，轻愁浅笑，不复可道性情。"（同上书，卷十一）可见性情是刘氏论诗的核心概念。

刘氏的"情性"本体论也为元人所继承，如元《诗家一指》说："诗，乾坤之清气，性情之流至也。"《木天禁语》说："涵养情性，发于气，形于言，此诗之本原也。"《总论》说："夫作诗之法，只是自己性情中流出。"《诗法正宗》说："吟咏本出情性。"陈绎曾《诗谱》说："十六情，十七性。""抒发真情。"释来复《蜕庵集原序》说："善赋之士，往往主乎性情，工巧非足尚，盖性情所发，出于自然，不假雕绘。"杨维桢《剡韶诗序》说："诗本情性，……声和平中正，必由于情，情和平中正，或矢于性。"（《东维子集》卷七）

（二）尚"真"

除了用"情性"描述诗歌本体之外，刘辰翁又拈出"真"字来描述诗歌本体。其《简斋集序》说："余尝谓晋人语言，使壹用为诗，皆当掩出古今，无他，真故也。"所谓的"真"，也就是诗人的真情性，是诗人"个性"的真实显现。

元人论诗重情性之真，如元《诗法源流》说："吾尝亲承范先生之教曰：诗贵乎实而已，实则随事命意，遇景得情，如传神写照，各尽状态。"乃是隐括刘氏论诗之言。吴澄《谭晋明诗序》说："诗以道情性之真，发乎自然而非造作也。"（《吴文正集》卷十七）其《陈景和诗序》说："夫诗以道情性之真，自然而然之为贵。……《黍离》之诗曰：'知我者谓我心忧，不知我者谓我何求？'此情之至也，亦诗之至也。"（同上书，卷二十三）王沂《隐轩诗序》说："言出而为诗，原于人情之真，……尚而击壤、康衢之谣，降而越棹、讴楚、春相，情有感发，流自性真。"（《伊滨集》卷十六）陈绎曾《诗谱》评汉乐府说："真情自然。"评《古诗十九首》说："景真，情真，事真，意真。"评蔡琰说："真情极切，自然成文。"评陶渊明说："情真，景真，意真，事真。"

强调情性之真的实质就是高度尊重诗人的个性。《诗法源流》说："诗者，原于德性，发于才情。心声不同，有如其面，故法度可学，神意不可学。"程钜夫《题晴川乐府》说："要之情吾情，味吾味，虽不必同人，亦不必强人之同。"（《雪楼集》卷二十五）唐元《与友人论诗因成五言奉寄称隐府判》说："今人浩浩来，各自出机综。人面讵能同，发矢必奇中。"（《筼轩集》卷一）

（三）"追古"

刘辰翁论诗主张由今复古，其《简斋集序》说："吾执鞭古人，岂敢叛去?"（《简斋集序》）其《赵仲仁诗序》说："赵仲仁自盱来，……相过弥月，时时与之上下前人律绝，务进于古。"（《须溪集》卷六）其《欧氏甥植诗序》说："植初读《选》诗，间一二语有古意，亦其资近耳。"（同上）要求诗歌"务进于古"，表明了刘氏的"追古"立场。

刘辰翁又说："用吾情，诗非难事。"（《宋贞士罗沧洲先生诗集序》）可见，刘辰翁的"复古"论并非要求诗歌模拟古人，实际上仍旧与他的"情性之真"说同条共贯。《诗家一指》说："盖古之时，古之人，而其诗如之。"诗歌本来就是特定时代的诗人心境的真实写照，因而后人作诗不可模拟前人，从而失去自我。刘辰翁"进于古"说的实质，就是要求摆脱模拟蹈袭，切入诗歌抒写真情的本体，回归古人作诗风规。对此，元人也多有解说，程钜夫《严元德诗序》说："夫学者必求之古，不求之古而徒胶胶夏夏取合于一时，其去古人也益远矣，其不为会孟所笑者亦寡矣。"（《雪楼集》卷十五）吴澄《谭晋明诗序》说："诗以道情性之真，……不炼字，不琢句，不用事，而情性之真，近于古也。"（《吴文正集》卷十七）杨维桢《潇湘集序》说："兵兴来词人又一变，往往务工于语言，而古意浸失，语弥工，意弥陋，诗之去古弥远。"（《东维子集》卷十一）作诗求之于"古"，就是要贯彻永恒不变的诗学原则：吟咏情性。为此，诗人必须努力克服今人诗律技法对诗歌本体的遮蔽。诗歌如果不能突破语言技法之累，就必然落入言筌而淹没情性之真，可见刘氏的复古论实际上就是对诗歌本体的拯救，也是对格调说的颠覆。

刘辰翁的"进于古"之说直接影响了元人对诗歌本质的理解。揭傒斯《傅与砺诗集序》说："自至元建极，……稍知复古，至于诗，去故常，绝模拟。"赵贽《玩斋集序》说："诗道至宋之季，高风雅调，沦亡泯灭，殆无复遗，国朝大德中，始渐还于古。""然终莫能方驾前代者，何哉？大率模拟之迹尚多，而自得之趣恒少也。"（《玩斋集》卷首）可见，所谓的"复古"就是"去故常，绝模拟"，回归情性本体，真正让诗歌成为自己生命的写照，这就是元人的诗歌本体观，如程钜夫《严元德诗序》说："夫学者必求之古，不求之古而徒胶胶夏夏取合于一时，其去古人也益远矣。"（《雪楼集》卷十五）张翥《午溪集序》说："伯铢年正强，才正裕，苟不绝于吟而会通所作焉，古不难到也。"刘诜《与揭曼硕学士》说："盖士非学古则不能以超于今，而今亦何必不如古，使吾自能为古，则吾又后日之古也，若同然而学为一体，不能变化，以自为古，恐学古而不离于今也。盖尝读阁下之书，上不逊于古，下不溺于今，诗古矣，而不可以指曰自某氏，……此善学者也，学古而能使人不知其学古，则吾自为古矣，无他，学古而能为古人之实，不徒为古人之文，此所以能使人不知其学古也，此所以能自为古也。"（《桂隐文集》卷三）苏天爵《魏郡马文贞公墓志铭》说："喜为歌诗，每叹魏晋以降，文气卑弱，故修辞立言，追古作者。"（《滋溪文稿》卷九）许有壬《马文贞公神道碑铭并序》说："尤致力于诗，凌轹古作。"（《至正集》卷四十六）王守诚《石田文集序》说："公志气修洁，而笔力尤精诣，务刮除近代南北文士习气，追慕古作者。"杨维桢《吴君见心墓铭》说："子欲辈季唐，伎亦至高，欲追古，必焚灭旧语。"元人作诗主张由唐诗达之于汉魏晋，直逼情性之真。可以说，元诗就是从刘辰翁倡导的"追古"论上发展起来的。

元人的追古论实质上就是情性论。王沂《熊石心诗序》说："余谓言出而为诗，一原于人情之真，声发而为歌，……古之作者皆是也，所谓真而不杂者。"（《伊滨集》卷十六）讲究诗歌的"纯真不杂"，消解语言之障，直逼性情本"真"之体。杨维桢《赵氏诗录序》说："诗之情性神气，古今无间也，得古之情性神气，则古之诗在也。"（《东维子集》卷七）"得古"就是今人在情性上与古人进行沟通交流。其《无声诗意序》说："诗者，心声画者心。……诗之弊，至宋末而极，我朝诗人往往造盛唐之选，不极乎晋、魏、汉、楚不止也，画亦然，吁，此岂人性之有异哉？"（同上书，卷十一）指出元人诗学讲究由唐达到汉魏晋之古，而其归宿乃在表现自己的心声。无独有偶，元末明初《编类》也说："以唐人之诗法，形容自己之性情，譬犹使之将命耳，吾但见以唐人为仆，未见臣仆于唐人也。"所谓"以唐人之诗法，形容自己之性情"，就是对元人"宗唐得古"实质最恰当的解释。

（四）不拘一格，反对模拟

讲究情性之真，必然会认同诗歌生态的多样性。刘将孙《彭宏济诗序》说："自风雅来三千年于此，无日无诗，无世无诗，或得之简远，或得之低黯，或得之古雅，或得之怪奇，或得之优柔，或得之轻盈，……夫固各有当也。""清以气，气岂可揠而学、揽而蓄哉？"指出诗人情性的差异必然导致诗歌风格的纷繁复杂，而各种诗体都具有存在的价值，不必进行轩轾，更无须独尊一家，这就彻底打破了宋人的种种门户之见。

尊重诗学风格的多样性也是元人的共识，元人论诗大都主张融会百家，力破宗派门户。如赵孟頫《南山樵吟序》说："由古及今，各有名家，或以清瞻称，或以雄深著，或尚古怪，或贵丽密，或舂容乎大篇，或收敛于短韵，不可悉举，而人之好恶不同，欲以一人之为，求合于众，岂不诚难工哉？"（《松雪斋集》卷六）戴表元《蜜谕赠李元忠秀才》说："酿诗如酿蜜，酿诗法如酿蜜法。……必使酸咸甘苦之味无可定名，而后成蜜。若偏主一卉，人得咀嚼其所从来，则不为蜜矣。诗体三四百年来，大抵并缘唐人数家：豁达者主乐天，精赡者主义山，刻苦者主阆仙，古淡者主子昂，整健者主许浑，惟豫章黄太史主子美，子美之于唐为大家，豫章之于子美又亢其大宗者也。故一时名人大家，举倾下之无问诸子，自是以后，学豫章之徒一，以为豫章支流余裔，复自分别标置，专其名为江西派，规模音节，岂不甚似？似而伤于似矣。"（《剡源集》卷二十四）其《桐江诗集序》说："紫阳方使君，平生于诗无所不学，盖于陶谢学其纤徐，于韩白学其条达，于黄陈学其沉骛，而居常自说，欲慕陆放翁。"（同上书，卷八）其《董叔辉诗序》说："诗之成家，无一不学。"（同上书，卷九）吴澄《皮照德诗序》说："诗之体不一，人之才亦不一，各以其体，各以其才，各成一家，信如造化生物，洪纤曲直，青黄赤白，均为大巧之一巧，自《三百五篇》已不可一概齐，而况后之作者乎？宋氏王、苏、黄三家，各得杜之一体。涪翁于苏，迥不相同，苏门诸人，其初略不之许，坡翁独深器重，以为绝伦，眼高一世，而不必人之同乎己者如此。"（《吴文正集》卷十五）其《鳌溪群贤诗选序》说："《诗经》有十五国之别，国别之中，又有不同者，来者不容不本其地，编者不敢不离其篇也。国风远矣，近年有中州诗，有浙间诗，有湖湘诗，而江西独专一派，江西又以郡别，郡又以县别，岂政异俗殊而诗至是哉？山川人物，固然而然，土风自不可以概齐也。"（同上书，卷十六）其《黄体元诗序》说："不必其侣，而惟其可，最为善述前人者。"（同上书，卷十七）其《董震翁诗序》说："不《选》不唐，不派不江湖"（同上书，卷十五）袁桷《曹邦衡教授诗文序》说："夫不自是其是，必有则于古，守其私说，不能以自广，将固且隘，博以求之，精以思之日，迁而岁异，当于是乎？"（《清容居士集》卷二十二）贡师泰《陈君从诗集序》说："（陈君从的诗）备众作而不拘一体。"（《玩斋集》卷六）都主张融贯众家，不拘一体。

　　讲究兼备众格也就是要反对模拟，打破一切偶像，建立自己的一家诗学，这是元人的志向。吴澄《张君才诗序》说："（张君才）不专一长，无施不宜，可谓全能也。已非蹈袭，非摹拟其似也，天然益丰其本，而自成一家，其不为一代大诗人乎？"（《吴文正集》卷二十三）吴澄《朱元善诗序》说："诗不似诗，非诗也，……诗而我尤难。"（同上书，卷十八）袁桷《书余国辅诗后》说："余尝以为声诗述作之盛，四方语谚，若不相似。……法立则弊生，骤相模仿，豪宕怪奇，而诗益浸淫矣。临川王文公语规于唐，其自高者，始宗师之，拘焉若不能以广，较而论之，其病亦相似也。"（《清容居士集》卷四十八）刘诜《与揭曼硕学士》说："古今文章甚不一矣，后之作者期于古而不期于袭，期于善而不期于同。……李杜非不佳矣，学者固当以是为正途，然学而至于袭，袭而至于举世若同一声，岂不反似可厌哉？"程端礼《道士吴友云集序》说："古人一家篇句，声韵风度，老少自不能似，谢不似陶，杜不似李，建安大历元和诸家，各不相似，今愈求其似，将愈不似，纵悉似焉，还之古人，则子无诗矣，能名家乎？"（《畏斋集》卷三）贡师泰《陈君从诗集序》说："世之学诗者必曰杜少陵，学诗而不学少陵，犹为方圆而不以规矩也，予独以为不然。少陵诗固高出一代，然学之者句求其似，字拟其工，其不类于习书之模仿，度曲之填腔者几希。"（《玩斋集》卷六）杨维桢《铁崖古乐府》卷二《大数谣》下吴复记录杨维桢论学习李贺的话："故袭贺者，贵袭势不袭其词也，袭势者，虽蹴贺可也，袭词者，其去贺日远矣。"杨维桢《吴复诗录序》说："后之人执笔呻吟，模朱拟白以为诗，尚为有诗也哉？故摹拟愈逼，而去古愈远。吾观后之模拟为诗，而为世道感也远矣，间尝求诗于摹拟之外，而未见其何人。……又使人人如复，不以摹拟为诗。"（《东维子集》卷七）其《李仲虞诗序》说："诗者，人之情性也，人各有情性，则人有各诗也，得于师者，其得为吾自家之诗哉？"（同上）元人论诗不守门户，追求风格多样化，彻底摆脱了宋人的江西、晚唐、盛唐等门派之争，开启了直抒性灵的写作时代。

　　吴澄《谭晋明诗序》说："无所造作，无所模拟，一皆本乎情之真。"（《吴文正集》卷十七）指出"情性之真"与反对模拟、追求个性之间实际上是一体二面的关系。元人凭借其天才的诗学造诣，突破了语言之障而臻于诗学本体，凸显了诗歌的"真实""情性"与"个性"，最终成就了一代诗魂。

三　超尘脱俗与"飘逸"之美

像赵孟頫一样，刘辰翁是一个极富艺术才气的人物。刘辰翁《行香子·和北客问梅白氏长安人》自注："公（江万里）尝谓余仙风道骨，不特文字为然。"刘辰翁的诗学宗趣很大程度上导源于其"仙风道骨"的人品。

刘氏父子论诗特别重视诗家的"仙风"，也就是那种飘然超诣的风致。刘将孙《风月吟所记》说："古今称太白、子瞻，飘然如仙，而二公之得意语，正在风月间，'清风明月不用一钱买'者，太白之神情犹可想见，……吾吟吾所绝尘奔轶二仙者，精意浮动。"（《养吾斋集》卷二十二）其《九皋诗集序》说："言之又精者为诗，使其翮翮也皆如鹤，其诗之矫矫也，如其鸣于九皋，将人欲闻而不可得闻，诗至是，始可言趣耳。""飘飘乎如青田之君子立乎吾前，泠泠乎如华表之仙人戛然于吾侧，爽兮如饮金茎，醉玉液，不知其骖蓬莱而梦赤壁也。""故渊明之冲寂，苏州之简素，……皆如嵇延祖之轩轩于鸡群，宜其超然尘埃混浊之外，非复喧啾之所可匹侪，凡学诗者，必不可以无此意也。"其《彭宏济诗序》说："如月明闻笛，疑有飞仙，如蝉鸣绿阴，风日妍寂，从中而起，又如惊啼过树，矫然林表，转盷惊绝，因物所感，高山流水，遏契琴趣，混合自然，眼前意中，宛然不食烟火。"将飘然不群、超然尘埃的高风视为诗家之命脉。

事实上，元代诗学建立的哲学基础或者人生理念不是经世的儒学，也不是空寂的佛学，而是主张超尘脱俗的道家哲学。① 在诗歌立足点上，元人虽然选择了唐诗，但是其审美趣味或者人生底蕴却是魏晋高风，格外向往飘逸超诣的风范。倪瓒《拙逸斋诗稿序》说："五言若陶靖节、韦苏州之冲淡和平，得性情之正。"（《清闷阁全集》卷十）戴良《皇元风雅序》说："语其为体，固有山林、馆阁之不同，然皆本之性情之正，基之德泽之深。"（《九灵山房集》卷二十九）由于山林文学在"性情之正"方面可以与台阁文学找到共同点，于是山林文学的这种超然特质就由江湖转移

---

① 与宋人以禅喻诗不同，元人往往"以仙喻诗"，如刘将孙《牛蓼集序》："学诗如学仙，时至骨自换。"（《养吾斋集》卷十）吴澄《朱元善诗序》："学诗如学仙，时至气自化。"（《吴文正集》卷十八）程端礼《道士吴友云集序》："学诗如学仙，时至则自化。"（《畏斋集》卷三）

到了馆阁，冲淡飘逸诗风从"隐逸"诗人的专利，变成了士人鸣国的方式，被纳入了国家政教之中。元诗特点乃是"山林""馆阁"的融合，或者山林文学的台阁化。

程钜夫到江南访求"隐逸"，就诗学发展而言，其最大的功效就是连带地将陶韦隐遁之风也带进了朝堂，他所引荐的艺术领袖人物赵孟頫，就是将这种审美观念固定下来的关键人物。元陆友仁《研北杂志》卷下说："（赵子昂）又尝赠诗云：吾爱子姚子，风流如晋人，白眼视四海，清谈无一尘。"明何良俊《何氏语林》卷十七说："鲜于伯机（鲜于枢）目赵子昂神情简远，是神仙中人。"《元史·赵孟頫传》说："诗文清邃奇逸，读之使人有飘飘出尘之想。"杨载《赵公行状》评赵孟頫的诗："诗赋文辞，清邃高古，殆非食烟火人语，读之使人飘飘然若出尘世外。"（《松雪斋集》附录）赵孟頫其人其诗的出尘仙风对于元代诗歌基调的确立影响至深，元《名公雅论》引虞集论诗歌十美，就将"出尘"视为诗美之一。余阙《题涂颖诗集后》说："（涂颖诗）平淡闲适，不减孟浩然。……余尝论学诗如炼丹砂，非有仙风道骨者不能有所成也，叔良殆有仙风道骨者耶？"（《青阳集》卷六）将诗歌的"仙风道骨"气质视为第一生命因素，没有这种诗家风旨便不能作诗。朱晞颜《题陈克明环籁小稿》说："至若脱略陈腐，变化气质，则几仙矣，诗道亦然。……子能吐其故，纳其新，日锻月炼，务求去其凡近之习，而造乎希夷之境，则虽一刀之末，洒然轻蜕，以之冲举寥廓，唱喁太清，何俚俗比竹之多云也。"（《瓢泉吟稿》卷五）学仙与学诗都是为了超脱尘世之境，追求自身"清气"。

元人普遍追求超尘脱俗的"飘逸"之美，将其构成元诗精神之一。如揭傒斯《范先生诗序》说："范德机诗……如空山道者，辟谷学仙，疲骨崚嶒，神气自若，又如豪鹰掠野，独鹤叫群，四顾无人，一碧万里。"（《文安集》卷八）范梈"独鹤叫群"、飘然不群的诗风正是对刘氏"仙风道骨"诗歌理念的实践。又如刘诜《夏道存诗序》说："今观夏君道存所为诗，琢清贮澹，凝幽拔奇，不肯苟简一语，飘乎如轻雪之度风也，冷乎如寒泉之落涧也，澹乎如古罍，洗之不可杂众器也，非有得于古与？"（《桂隐文集》卷二）傅若金《清意斋为一清题》说："高斋闻道无尘俗，好客惟应数往来。幽共白云秋缥缈，迥同玄鹤夜徘徊。……况有文章每相发，也知韦柳最多才。"（《傅与砺诗集》卷六）赵贽《玩斋集序》说："先生之诗……不矫矫于违俗，而自远于尘滓。"贡师泰《泰羽庭诗集序》

说："夫学诗如学仙，仙不遇不能成仙，诗不悟不足论诗，蝉蜕污浊之中，神游太空之表，非超然真悟者能之乎?"（《玩斋集》卷六）无不仰慕超尘脱俗、空灵玄妙的诗歌境界。"飘逸"之美在元代变成了正统审美情趣，苏天爵《书吴子高诗稿后》说："涿郡卢公始以清新飘逸为之倡，延祐以来，则有蜀郡虞公、浚仪马公以雅正之音鸣于时，士皆转相效慕。"（《滋溪文稿》卷二十九）元人诗歌的超绝特质，既是艺术审美情趣的转向，也是一代士人人生观由入世向出世转变的反映，同时是关涉士人从"宋型"文化心理向"元型"文化心理嬗变的大问题。

四　自然天成与入神合道

刘氏论诗极重自然天成。刘将孙《须溪先生集序》说："古今斯文之作，惟得于天者不可及，得于天者，不矫厉而高，不浚凿而深，不斫削而奇，不锻炼而精，若人之所为，高者虚，深者芜，奇者怪，精者苦。"（《养吾斋集》卷十一）其《本此诗序》说："后之为诗者，锻炼夺其天成，删改失其初意，欣悲远而变化非矣。"（同上书，卷九）将艺术的至境定位在天成，就隐含了对讲究人工锻炼的苦吟派的轻视。

重"天成"而轻"人力"也是元人的普遍观念。吴澄《书秋山岁稿后》说："鸣吾天籁，发吾天趣，若局局于体格，屑屑于字句，以争新奇，则晚唐诗也。"（《吴文正集》卷五十四）其《陈景和诗序》说："夫诗以道情性之真，自然而然之为贵。……履常去非杰出于半山、坡、谷之后，极深极巧，妙绝一世，不可及矣，揆之自然，不无少慊焉。"（同上书，卷二十三）范梈《赠答杨显民四方采诗》说："今人论学古人诗，事皆天者非人为。"（《范德机诗集》卷五）欧阳玄《赵文敏公神道碑》说："诸体诗造次天成，不为奇崛，格律高古，不可及。"（《圭斋文集》卷九）陈旅《马中丞文集序》说："尝谓人学诗文，固贵有师授，至于高古奇妙，要必有得于天。"（《安雅堂集》卷六）宋褧《先兄正献公坟所寒食五首》说："诗向眼前得，兴从天外来。成章多坦率，犹待故人裁。"（《燕石集》卷五）张翥《午溪集序》说："余蚤岁学诗，悉取古今人观之，若有脱然于中者，由是知性情之天，声音之天，发乎文字间，有不容率易模写。"贡师泰《孙元实墓志铭》说："其所为诗歌，……意出天巧，绝类王维、孟浩然。"（《玩斋集》卷十）杨维桢《玩斋集序》说："其诗也得于自然，有不待雕琢而大工出焉。"张端《云林倪先生墓表》说："清姿玉立，冲淡淳雅，得之天然。"（《清闷阁全集》卷十一）张昱《可闲老人集》卷四《与胡奎言诗》说："风雅不删真妙制，性情所得是天机。"陈绎曾《诗谱》主张抒发真情要做到"须平日涵养，自然而然"。

刘氏又用"入神合道"或"超悟"来描述诗歌天成境界。刘将孙《见心堂记》说："于虚舟罗公为师友，潜心合道，出天入神，以'见心'名堂。"（《养吾斋集》卷十九）刘辰翁《题刘玉田选杜诗》说："凡大人语不拘一义，亦其通脱、透活、自然。"（《须溪集》卷六）刘将孙《如禅集序》说："诗固有不得不如禅者也。……使人爽然而得其味于意外焉，悠然而悟其境于言外焉，矫然而其趣其感他有所发者焉，夫岂独如禅而已，禅之捷解殆不能及也。……诗但患不能禅耳，傥其彻悟，真所谓投之所向，无不如意。"（《养吾斋集》卷十）所谓"合道入神""通脱透活""彻悟"实际上都是指向玄学的"言""意"之辨，天成的诗歌境界往往脱略翰墨蹊径，达到不落言筌的神妙境地，是诗人以人合天的结果。刘将孙《感遇》说："道本无一言，无言乃为天。……多言固破碎，不言非空玄。……何斯黄面老，不立言语禅。悟入得近似，捷解驰联翩。……至今讲糟粕，未得离蹄筌。"（同上书，卷一）其《高绀泉诗序》说："高玄度诗陶冶精炼，不在言语文字间。……一言几于道犹且难之，而况于玄度之矗矗哉？"（同上书，卷十一）其《清权斋集序》说："予尝默有感于诗之故，而壹非语言文字间意也。"（同上书，卷十）都是着眼于诗歌语言的奥妙即"言意"关系来讨论诗歌的神化之境。

元人极为看重诗歌艺术境界的营造，"入神""合道"也是他们努力攀缘的至高境界。如虞集《李仲渊诗稿序》称道赵孟頫说："吴兴博古通艺，精诣入神。"（《道园学古录》卷六）揭傒斯《范先生诗序》说："范德机诗如秋空行云，暗雨卷雷，纵横变化，出入无朕。"（《文安集》卷八）贡师泰《泰羽庭诗集序》说："夫学诗如学仙，……非超然真悟者能之乎？……不明于徽，不入于道，何足以语此？"（《玩斋集》卷六）揭傒斯《诗法正宗》说："超脱如禅，飘逸如仙，……则极玄造妙矣。"邓文原《雪庵长语诗序》说："若上智则不假世缔，直悟宗乘，法性既空，言于何有？几于得意忘象，得象忘言者耶？"其《头陀师李大方诗集序》说："大方之诗，融会贯彻，……凡学必有悟而入，若扁之斫轮，庆之削，痀瘘之承蜩，……知道者视诗为末，然非知道不足以言诗，……经之言曰：'文字不内不外，不在中间，是故无离文字。'说解脱也，知此，则佛道几矣,岂惟诗哉?"(《巴西集》卷上)仇远《马霞外诗集序》说马臻的诗:"陶衷于空,合道于趣,浑然天成。"(《山村遗集》)都是从诗歌的"言意"关系来形容诗歌的浑然天成之境。

以刘将孙开其端,元人描述诗歌意境往往出玄入禅,讲究"精诣入神""极玄造妙""明于徼,入于道""出入无朕""融会贯彻""解脱""合道于趣",在诗学史上开辟了一个"玄思"诗学时代。

五 "以晋参唐"与冲淡流丽

刘辰翁的诗学批评重在揭示一种诗学方法。程钜夫《严元德诗序》说:"求古之道,当何如?能如会孟之融会,斯可矣。"(《雪楼集》卷十五)所谓"融会"就是不同艺术质素的交互参融从而创造新诗体的方法。①

上文已经详细分析了陈与义的学杜路径,认为他成功地克服了苏轼的"肆"和黄陈的"强",在杜甫"雄健"之路上往回收敛,而能进入韦柳易简平淡之域,从而形成了独特的"以陶谢韦柳参杜黄"的诗学方法。也就是说,"陈简斋体",不仅仅是一种诗学风格,更重要的是它可以作为一种诗学方法,启发后学的诗学之路,刘辰翁极力推崇陈简斋体的本意就在这里。

程钜夫《严元德诗序》说:"自刘会孟尽发古今诗人之秘,江西诗为之一变,今三十年矣,而师昌谷、简斋最盛,余习时有存者,无他,李变眩,观者莫敢议;陈清俊,览者无不悦。此学者急于人知之弊也。变眩、清俊,固非二子之本,亦非会孟教人之意也,因其所长,各有取焉耳。"(《雪楼集》卷十五)程钜夫在这里指出了刘辰翁评点诗学与元代诗学的密切关系,而刘辰翁影响、缔造元代诗学的具体途径,就是通过对简斋体、荆公体等诗歌体制的评点,揭示一种永恒的"诗学原则",从而对后世诗学的推陈出新产生示范作用。

简斋体对于元人很有吸引力,成为元人的重要诗学议题之一,如牟巘

---

① 这种艺术方法其实与宋人的诗学"中介论"一脉相承,可以认为其是"中介论"的变异。参见第五章第一节。这种观念一直延续到元代,如陈栎《张纯愚与先生书》:"倘能由黄、陈溯李、杜,上及《选》《骚》,以达《三百篇》之旨,则得风雅正传,岂不可和其声,以鸣国家之盛?"(《定宇集》卷十七)

《唐月心诗序》说："故陈简斋亦欲学诗者，以唐诗掇入少陵步骤绳墨中，大抵句律是尚。"（《牟氏陵阳集》卷十三）仇远《读陈去非集》说："简斋吟册是吾师，句法能参杜拾遗。"（《元诗选》二集卷一）吴澄《何敏则诗序》说："近代参政简斋陈公，比之陶、韦，更巧更新。"（《吴文正集》卷二十二）其《董震翁诗序》说："宋参政简斋陈公，于诗超然悟入，吾尝窥其际，盖古体自东坡氏，近体自后山氏，而神化之妙，简斋自简斋也。"（同上书，卷十五）揭傒斯《诗法正宗》说："简斋以李杜之才，兼陶韦之体，最为后来一大宗本。"虞集《谷居愧稿序》说："若陈简斋参政、放翁陆公、诚斋杨公，擅名当世，……盖有追古作者之意，而公诗真率调畅，简散深至，兼诸子之长焉。"（《道园学古录》卷三十三）都将陈简斋体的地位与价值抬得很高。

上文已经说过，刘辰翁极为欣赏晋人的萧散之风，如刘氏评韦应物《效陶彭泽》就说："苏州诗去陶自近，至效陶，则复取王夷甫语用之，故知晋人无不有风致，可爱也。"刘辰翁《简斋诗集序》说："余尝谓晋人语言，使壹用为诗，皆当掩出古今。"刘氏所谓的"晋人语言"，其实就是指"陶谢韦柳"所体现的冲淡萧散的诗歌风范。刘氏之所以如此看重"晋人语言"，乃是因为它可以作为一种有利于抒发情性的艺术素质，而担当起解救诗学之弊、开拓诗道的使命。刘辰翁对于陈简斋体的研究，主要是因为陈与义成功地引进了这种艺术风范，从而创造了新的诗学范式，具体而言，则表现为陈与义是"以李杜之才，兼陶韦之体"（《诗法正宗》），简斋体就是一种融贯了"晋人"艺术精神的新诗体。

作为一种艺术方法，简斋体的这种参融特质可以简称为"以晋参唐"之法。刘氏所揭明的这种艺术方法对于元人诗学观念影响至深，主要表现在以下几方面。

第一，推崇陶韦之风，将陶渊明一派的诗学视为永不枯竭的诗学源泉，诗家可以从中汲取诗学活力。

舒岳祥《刘正仲和陶集序》说："自唐以来，效渊明为诗者，皆大家数，王摩诘得其清妍，韦苏州得其散远，柳子厚得其幽洁，白乐天得其平淡。"（《阆风集》卷十）《诗法正宗》说："《文选》……诸诗，渊明全集，此诗之宗也。……韦苏州，王摩诘，柳子厚，储光羲等古体，皆平淡萧散，近体亦无拘挛之态、嘲哳之音，此诗之嫡派也。"随着宋诗末流以及江湖诗派淡出诗坛，陶王韦柳一派自然就逐渐浮出历史地平线。吴澄

《谭晋明诗序》说："宜黄谭德生晋明，天才飘逸，绰有晋人风致，其为诗也，无所造作，无所模拟，一皆本乎情之真，潇洒不尘，略无拘挛局束之态，……盖非学陶韦而可入陶韦家数者也。"（《吴文正集》卷十七）在宋诗以才学为诗之后反思诗学方法：崇尚陶韦晋人之风，抒写性情之真，崇尚自然潇洒地抒情。

袁桷《书薛严二道士双清编》说："余幼好读《黄庭》《真诰》二书，私谓学古诵诗，当准其音节程度，后读陈子昂、李太白诸贤诗，飘飘然清逸冲远，纤言腐语，刊落俱尽，则知二书要其标准矣。……夫学诗而为魏晋有道之语，亦少近古，其不至成就，力不逮焉耳。……二师诗足以昌其道，余独焉致意而不置者，愧吾徒之学为可懯，而不在于今日之弊也。"（《清容居士集》卷五十）这种议论全本刘辰翁评陈子昂《感遇三十六首》之语意："古诗惟《参同契》似先秦文，他如道家《生神章》《度人歌》，类欲少异世人者。此诗于章节犹不甚近，独刊落凡语，存之隐约，在建安后自为一家，虽未极畅达，如金如玉，概有其质矣。"[①]刘氏与元人都是在倡导与汉魏建安诗学不同的"晋"人诗风，也就是那种富有"仙风道骨"风范的浪漫风旨，将此作为昌明诗道的法宝。贡师泰《跋赵书韦诗》说："世称韦诗出陶，赵书出王，或谓：自是苏州诗，吴兴书。"（《玩斋集》卷八）韦应物与王羲之书法都是晋人艺术精神的典范，只可作为当代诗学的指引。

第二，建立"由晋追唐"的诗学方法。

戴表元《洪潜甫诗序》说："唐且不暇为，尚安得古？……诚若此，其升阶而趋唐入室而语古，不患不自得之。"（《剡源文集》卷九）戴表元《张仲实诗序》："（张仲实）尝与庐陵刘公会孟往复，是能为唐而不为唐者也，故吾概举诸人所疑于古者告之。"（同上书，卷八）元人提出宗唐的概念，但是其本意并不是要追摩唐音，[②]而是要以唐音为基点，上追古意，从而在艺术相参的过程中创造诗歌新范式。这一点，刘辰翁已经通过

---

① 《唐诗品汇》卷三。

② 元人认为唐诗并非艺术的至境，它本身也有内在缺陷，如黄庚（1305年前后在世）《月屋漫稿序》："唐以诗为科目，诗莫盛于唐，而诗之弊至唐而极。"这个看法也是受刘辰翁的影响，刘氏认为建安、唐诗均非最佳范式。参见上文第四章第四节，关于严羽、刘辰翁的诗学高标之争。

评价简斋体作出了示范。①

上文已经说过，元人的"追古"实际上可以有追"汉魏"与追"魏晋"两种路径，而主流的思潮乃是追魏晋高风，也就是主张"以晋参唐"。释弘道《题仇远自书诗》形容仇远的诗歌书法说："波澜唐句法，潇洒晋贤风。"（《元诗选》二集卷一）晋唐相参，其实也可以用来形容元人诗歌风味，如揭傒斯《范先生诗序》说："余独谓范德机诗以为唐临晋帖，终未逼真。"（《文安集》卷八）揭傒斯所谓的"逼真"指的是元诗真精神，而"唐临晋帖"也暗示了元人以晋参唐的诗学之路。仇远《马霞外诗集序》说马臻："大抵以平夷恬淡为体，清新圆美为用。"（《山村遗集》）这种"体用"关系的实质就是晋唐相参。揭傒斯《萧景能墓志铭》说："以汉魏晋为宗，下此惟陈子昂、李太白、韦应物，以为稍近于古。"以汉魏晋之古为体，以唐人陈、李、韦之今为用，是对"以晋参唐"诗学方法的概括。袁桷《题闵思齐诗卷》说："冲澹流丽，亹亹仿唐人风度，寄兴整雅，将骎骎乎陶、韦之畦町矣。……由远自迩，渐入魏晋，诗宁有不工者乎？"（《清容居士集》卷五十）所谓"由远自迩，渐入魏晋"，也就是由唐达至魏晋，以魏晋参唐。

钱基博《中国文学史》总评元代诗学特色说："以唐矫宋，以晋参唐，意趣冲旷，语参游仙，一祛西江粗犷之弊而趋。"② 这个论断十分精确。事实上，元人诗学方法的主流就是以晋参唐，这一诗学方法在诗坛宗主虞集身上有最佳体现。

虞集对于荆公体的诗法意义领会很深，杨士奇《杜律虞注序》说："伯生学广而才高，味杜之言，究杜之心，盖得之深矣。""伯生尝自比汉廷老吏，谓深于法律也。"而胡应麟《诗薮》外编卷六则指出虞集的学杜特色："虞文靖学杜，间及六朝。"钱基博《中国文学史》评虞集的诗："其五言古，襟怀冲旷，辞笔轩爽，而出以游仙，发其逸趣，欲攀陈子昂，上参郭璞。七言古朗丽而出以驰骤，惝恍而不害现实，俊迈跌宕，具体李白，五言律意趣清真，妙能秀润，王维之遗音也。"③ 又说："集具体

---

① 袁桷《书汤西楼诗后》："夫律正不拘，语腴意赡者，为临川之宗。"（《清容居士集》卷四十八）实际上王荆公体也是以晋参唐，这一点上文已经辨析清楚，参见第四章第五节，刘辰翁、严羽关于荆公体之争。

② 钱基博：《中国文学史》，中华书局 1993 年版，第 757 页。

③ 同上书，第 811 页。

盛唐，不住一家，而欲窥晋宋。"① 说明虞集走的就是以陶谢参杜或者以晋参唐的路径，因此翁方刚下结论说："虞伯生七律精深，自荆公以后，无其匹敌。"（《石洲诗话》卷五）虞集的确是接受了简斋体的启示而又能自出新格，他成为元诗的领袖人物不是偶然的。

另外还有赵孟頫、袁桷、揭傒斯、范梈、傅若金等元代名家，都主张立足唐音上追魏晋高风，走以晋参唐之道，如：戴表元《松雪斋集序》说："余评子昂……古诗沈涵鲍谢。"袁桷《跋子昂赠李公茂诗》说："松雪翁诗法高踵魏晋，为律诗，则专守唐法，故虽造次酬答，必守典则。"钱基博《中国文学史》评价赵孟頫的诗说："其实孟书，喜临智永千文以窥二王，欲以晋化唐；而孟诗则出入陈子昂、李白，以攀郭璞、陶潜，亦以晋化唐。"②

钱基博《中国文学史》评价袁桷的诗说："语多比兴，杂以幽闲，其原出于陈子昂、李白，而上阐张协、郭璞，下参晚唐李商隐，以博丽就宋诗之野，以缥缈救宋诗之直者也。以唐救宋，以晋参唐，亦与戴表元同蹊径，惟表元美于回味，其意旷；而桷则才能发藻，其趣博也。"③

《诗薮》外编卷六说："范、揭时参韦、孟，而天韵疏。"又说："揭曼硕师李（白），旁参三谢（谢灵运、谢朓、谢惠连）。"柳贯《金溪羽人查广居墓表》说："又得范太史德机诗，五七言古今体，服其清峻。"（《待制集》卷十二）范梈的诗在"清峻"之风上与陈与义相同。钱基博《中国文学史》评范梈的诗："萧闲之境，沉郁之意，令人味之娓娓不倦。"又说："古体胜于近体，五言古出于陈子昂，七言古学李太白，达而能敛，秀而不绮。""梈诗如晓钟疏唱，清音独远，意有沉郁，语会缥缈，以魏晋之缥缈，发唐人之沉郁。"④ 评揭傒斯的诗："以秀爽出婉媚，力湔浮藻而自然朗丽。"又说其诗："擅有左思之风力，发以明远之警挺。"⑤

揭傒斯《送行序》说傅若金："至于歌诗，盖无入而不自得焉，其高出魏晋，下犹不失于唐。"（《傅与砺文集附录》）讲究各种艺术的相参相

---

① 钱基博：《中国文学史》，中华书局 1993 年版，第 842 页。

② 同上书，第 793 页。

③ 同上书，第 801 页。

④ 同上书，第 817 页。

⑤ 同上书，第 814、815 页。

济，正是元代诗学的重要特色，元人正是凭借刘辰翁开示的这一艺术原理
来建立自己的诗学风范的。

第三，创立"平淡流丽"的诗学风格。

流丽畅达，是刘氏对诗体的基本要求，刘辰翁《简斋集序》说："诗
无论拙恶，忌矜持。……流荡自然，要以畅极而止。"（《简斋集序》）其
《答刘英伯书》说："文犹乐也，若累句换字，读之如断弦失谱，或急不
暇舂容，或缓不复收拾，胸中尝有咽咽不自宣者，何为听之哉？柳子厚、
黄鲁直说文最上，行文最涩，《三百篇》情性，皆得之容易。"（《须溪集》
卷七）刘将孙《黄公诲诗序》说："至散语，则匍匐而仿，课本小引之断
续，卷舌而谱，杂拟诸题之碟裂，类以为诗人当尔，吾求之《三百篇》
之流丽，卜子夏之条畅，无是也。"（《养吾斋集》卷十一）元人作诗讲究
以天成为宗，自然也承接了刘氏父子的"流丽"论，如赵文《李叔登诗
序》说："谢公问子弟诗中何句最佳，遏称'昔我往矣，杨柳依依，今我
来思，雨雪霏霏'以对，谢公乃独爱'吁谟定命，远猷辰告'，今之谈诗
者，岂以谢公之说为然哉？……大率前辈尚浑含，后生喜流丽。"（《青山
集》卷一）指出了入元之后，元人诗学观念发生了变化，诗歌走向了
"流丽"一路。

"流丽"，成为元人评诗的核心概念，如王礼《萧伯循诗序》说："大
篇舂容，短章峭洁，流丽而无矜持，疏放而有兴趣。"（《麟原前集》卷
五）戴表元《周公谨弁阳诗序》说："公谨少年诗，流丽钟情。"（《剡源
文集》卷八）其《送张叔夏西游序》说："平生所自为乐府词，……流丽
清畅。"（同上书，卷十三）其《题王理得山中观史吟后》说："君又早工
诗，妥律流丽。"（《剡源文集》卷十九）赵孟頫《薛昂夫诗集序》说：
"发而为诗乐府，皆激越慷慨，流丽闲婉。"（《松雪斋集》卷六）王恽
《玉堂嘉话》卷二说："二王行书，……其端庄流丽，皆有余韵。"（《秋涧
集》卷九十四）张雨《和坡仙寒食诗并序》说："周颜□先生论书有云：
端庄杂流丽。"（《句曲外史集》卷下）袁桷《跋吴子高诗》说："绮心者
流丽而莫返。"（《清容居士集》卷四十九）王沂《王叔善文稿序》说：
"诗流丽，富情致，余所未至焉者。"（《伊滨集》卷十三）柳贯《三月十
日观南安赵使君所藏书画古器物》说："杂诗流丽满一卷，铜甬篆法无能
逾。"（《待制集》卷三）杨维桢《宾月轩记》说："尤爱其为量靓深，时
吐章句，流丽娟好。"（《东维子集》卷十七）贡师泰《孙元实墓志铭》

说："其所为诗歌，流丽清远。"（《玩斋集》卷十）释来复《蜕庵集原序》说张翥："风日和煦，百卉竞妍，此其流丽也。"陈应符《句曲外史集附录》说："今观其适意之作，则犹太虚冲融，风日流丽。"等等。

"流丽"被元人上升为一种雅正的美学风格而备受尊崇，如刘埙《跋朱梅边西湖款乃集》说："情致流丽，句律妥熟，奕奕有富贵气，非三家村中夫子语，盖治世之音如此。"（《水云村稿》卷七）虞集《傅与砺诗集序》说："进士萨天锡者，最长于情，流丽清婉，作者皆爱之。"诗歌"流丽"特质的确立，标志着元人诗学趣味的转移，也标志着元诗作为一种新诗体的最终形成。

诗歌的"流丽"是艺术上以晋参唐的必然结果。刘辰翁主张追古，但是其本意乃是主张在抒写真情上回归古人风规，并不是要求模仿古人，所以在诗歌风范上，刘辰翁同样反对形似古人而主张折中古今，以成新貌。刘辰翁《答刘英伯书》说："作文、作字，皆一种意见，谅好古甚，以为贤于不好者，然不若不好也。"（《须溪集》卷七）具体到陶谢、韦柳晋唐之风的选择，当然还是倾向于在唐人韦柳的基础上加以升华，不必斤斤于追步晋人陶潜之冲淡，所以他极为推崇融贯了"陶谢—韦柳—杜黄"之风的陈简斋体，刘辰翁的这一思想最终造就了元诗"尚丽"的特色。

受刘辰翁这一思想的指导，元人虽然将陶韦推尊为诗家最高范式，却并不希望追摩陶韦，也不希望将诗歌风格落实于陶潜式的"高古""平易"，而是要求以陶韦的艺术张力为体，以唐诗的艺术资源为用，最终超越具体的诗体范式，抒写真情，自成一家。吴澄《何敏则诗序》说："近代参政简斋陈公，比之陶、韦，更巧更新。"（《吴文正集》卷二十二）陈旅《跋段氏庸音集》说："尚平易而厌平易，古之作者辞淡而旨醇。"（《安雅堂集》卷十三）说明元人的诗学既不是停留于唐诗的风流，也不是一味追求陶韦式的冲淡古风，而是要像陈简斋体一样，将两者交互融合，成就全新的诗学风貌。

虞集《故临川处士吴仲谷甫墓志铭》说："先生从之（甘泳）学诗，尤得其音节气岸，久而造于冲雅，则其自得也。故翰林学士同郡吴公以为有盛唐之风，而今学士豫章揭公曼硕引以比诸涿郡卢公挚，以为卢公位显而气完，不若先生之幽茂疏澹，皆确论也。"（《道园学古录》卷四十三）虞集首先认为吴定翁的诗风"冲雅"，超越了甘泳的"气岸"，而甘泳的诗讲究"高深劲健"之气格，仍不出宋诗格调的范畴，如《元诗选》三集卷二评甘泳的诗："高不诞，深不晦，劲不粗，全体似李贺，而不涉于怪怪奇奇。"所以，虞集对甘、吴二人的这个比较，就相当于说元诗以冲淡雅丽超越了宋诗的气格高胜。其次，虞集认为吴定翁的诗讲究"幽茂""疏澹"之统一，这一点要高于过于冲淡平易的卢挚的诗。可见，虞集的审美宗趣并不是想停留于追摩陶韦冲淡之风貌，而是更多地关注诗体内部的"雅丽"的内涵。

元人在书法领域的做派也能说明"流丽"风格的来源，如虞集《王知州墓志铭》说："吴兴赵公子昂，精审流丽，度越魏晋。"（《道园学古录》卷十九）吴师道《赵子昂书东坡诗》说："东坡先生《月夜饮酒杏花下》诗，风致流丽，神情洒落，子昂每爱书之，亦其平生有契焉耳，予评赵公之书，当如苏公之诗。"（《礼部集》卷十六）指出赵孟頫书法的"精审流丽"是超越魏晋、融合唐宋之风的结果，这种书法风范如同诗歌领域的艺术参融一样，实际上是以晋参唐的产物。① 正因为元诗体制内部融贯了晋唐两种艺术风范，所以袁桷又用"冲澹流丽"来形容这种诗体的独特性，其《题闵思齐诗卷》说："闵思齐示所为诗，冲澹流丽。"（《清容居士集》卷五十）冲澹、流丽两种相反相成的艺术质素统一于一个艺术体，构成艺术张力，这是很符合元诗总体风格的。

元人在反思宋诗、晚唐诗派的基础上，主张在诗学方法上走"宗唐得古"之路，试图将各种艺术特质相参相济，以期摆脱对唐宋自家诗体的模拟蹈袭，最终推陈出新，自成一家风格。② 而且元人更加侧重"以晋参唐"，讲究以平夷冲淡为"体"，以流丽清新为"用"，所以元诗的总体特性最终没有表现出陶韦式的平淡，而是一种富有张力的全新的风格——流丽清婉。以晋参唐，这是由刘辰翁开示给元人的诗学方法，它成为元人建立一代诗学的家法。

---

① 元代书学可以通于诗学，如虞集评价范梈的诗如同"唐临晋帖"，也能侧面证明"晋唐相参"之道与流丽风格的因果关系。

② 艺术"参融"思想在元代深入人心，如袁桷《书清江罗道士诗后》："近世工清俭者局于律，师宕逸者邻于豪，角立墨守，迄无以融液，诗几乎息矣。……审剂轻重，分析清浊，大者合绳墨，小者适程度，似欲各取其长，诚非苟于言诗者。"（《清容居士集》卷四十七）袁桷《书汤西楼诗后》："夫稡书以为诗，非诗之正也，谓舍书而能名诗者，又诗之靡也，若玉溪生，其几于二者之间矣。"（《清容居士集》卷四十八）

六　艺术张力与"冲淡"奇趣

刘将孙《彭丙公诗序》说："往年侍先君子须溪先生，……因请曰：'诗宜得如此景趣，意者画手犹难之也。'先君子欣然证之曰：'诗道具此矣。浓者欲其愈浓，淡者不厌其更淡，繇是观于诸家，始略得浓淡真处。'"（《养吾斋集》卷十一）刘氏所谓的"浓淡真处"，也就是讲究"表—里""深—浅""浓—淡"所构成的"张力"，乃真诗道之所在，这是刘辰翁诗学的精髓所在。

张力，是一种极难达到的诗歌艺术境界，这种艺术品性具体落实到诗体特征上，就产生了陶韦一派的"冲淡"。牟巘《高景仁诗稿序》说："夫和平之词，恬淡而难工，非用力之深，孰能知声外之声、味外之味而造夫《诗》《颂》之所谓和且平者乎？故精能之至，及造和平，此乃诗之极致也。……景仁其亦知恬淡之难，而又欲造乎和平之极致焉耳。"（《陵阳集》卷十四）揭傒斯《诗法正宗》说："唐司空图教人学诗，须识味外味，若学陶王韦柳等诗，则当于平淡中求真味，……淡非果淡，乃天下至味。"恬淡和平的实质就是张力的存在，因而平淡就成了艺术的最高境界。只有张力才能提升诗歌艺术境界，只有从陶韦之中充分发掘张力精神才能拯救诗道之弊，这就是刘辰翁所揭示的极为有价值的"古今诗人之秘"。

随着中国诗学由宋转元，诗学宗趣立足唐音、力追陶韦高风，才子派诗歌表现出极强的艺术化性质。为了增强对诗歌的阐释能力，元人就沿袭刘辰翁所揭示的"浓淡真处"，使用了"张力"这一诗学概念来命名本朝家范，[1] 这一诗学范畴的出现，标志着中国诗学批评上升到了一个新的层次。

讲究诗歌"张力"，标志着元人在诗艺追求上所达到的新高度。揭傒斯《诗法正宗》说："古人精力尽于此，要见语少意多，句穷篇尽，目中恍然别有意境界意思。"就是对中国诗学精髓——以少出多的诗歌张力的领会与企慕。牟巘《张仲实诗稿序》说："必期于简洁深稳而后止，譬束波澜，就熨帖，为力盖甚难。"（《牟氏陵阳集》卷十二）张翥《午溪集序》说："盖有变若极而无穷，神若离而相贯，意到语尽而有遗音，则夫

---

① 参见第四章第四节，有关"张力"的内涵与使用。

抑扬起伏，缓急浓淡，力于刻画点缀，而一种风度自然，虽使古人复生，亦止乎是而已矣。"（陈镒《午溪集》卷首）王沂《鲍仲华诗序》说："诗造于平淡，非工之至不能也。……及其年至而功积，华敛而实食，向之英且锐刮落，则平淡可造矣，是盖功力之至而然，不以血气盛衰而言也。"（《伊滨集》卷十六）《元诗选》初集卷六十五说："（马臻）至云：'苦心雕琢易，出口浑成难。道合天心易，篇终鬼胆寒。'非深于诗者不能道也。"都将冲淡视为一种不易达到的艺术至境，也是元人为自己树立的艺术高标。

元人论诗对于"冲淡"有一种普遍的价值认同。戴表元《洪潜甫诗序》说："梅圣俞出，一变而为冲淡，冲淡之至者可唐，而天下之诗于是非圣俞不为。"（《剡源文集》卷九）吴澄《陶渊明集补注序》说："陶子之诗悟者尤鲜，其泊然冲澹，而甘无为者，安命分也。"（《吴文正集》卷二十一）其《张君才诗序》说："（张君才）或泊然冲澹，似霞外超逸之仙。"（同上书，卷二十三）其《陈景和诗序》说："（陈景和）作诗随所感触而写其情，皆冲淡有味。"（同上书，卷二十三）其《跋冯元益诗》说："颖川冯元益诗效陶靖节、韦苏州，欲其冲澹，自然而然。"（同上书，卷五十八）其《故逸士熊君佐墓志铭》说："为诗冲澹潇散，不求工而自理致。"（同上书，卷七十三）其《儒学教授陈君墓碣铭》说："以其余力为诗，冲澹绝去雕饰。"（同上书，卷八十七）袁桷《次韵席士文御史六首》说："乌府先生玉屑清，论文冲淡去浮轻。"（《清容居士集》卷五）其《题闵思齐诗卷》说："闵思齐示所为诗，冲澹流丽。"（同上书，卷五十）刘埙《跋吴贯道所藏邓月巢与吴云卧书》说："月巢冲澹闲雅，云卧简洁清修，而诗各如其人焉。"（《水云村稿》卷七）欧阳玄《贯公神道碑》说贯云石："诗亦冲澹简远。"（《圭斋文集》卷九）邓文原《雪庵长语诗序》说："不智能，不着贪欲，故为诗冲淡粹美。"（《巴西集》卷上）同恕《李承直八十寿诗序》说："间作诗歌，萧散冲澹，皆性情之发。"（《榘庵集》卷二）陈旅《跋许益之古诗序》说："而此诗冲澹蕴藉，音节跌宕，而兴致高远。"（《安雅堂集》卷十三）唐元《与友人论诗因成五言奉寄称隐府判》说："陶韦尚冲澹，黄杜千钧重。"（《筠轩集》卷一）苏天爵《贞孝先生传》说："作诗纡余冲淡，得韦柳体。"（《滋溪文稿》卷二十三）舒頔《云台观燕集序》说："观其诗冲澹雅洁，复出尘表，固自成一家。"（《贞素斋集》卷二）倪瓒《拙逸斋诗稿序》说："陶

靖节、韦苏州之冲淡和平，得性情之正。"（《清闷阁全集》卷十）释来复
《蜕庵集原序》说张翥："春空游云，舒敛无迹，此其冲淡也。"无不是以
"冲澹"为准则展开诗学批评，元人的诗学就是致力于冲淡之境的追求，
冲淡是打开元代诗学批评内部解构的最为关键的切入点。

　　而冲淡的实质就是艺术张力，元人对张力之原理有很深刻的认识。程
钜夫《跋程文宪公遗墨诗集》说："见其冲澹悠远，平易近民，古人作者
之风，……而公之为，政不大声色以为厉，而严重崇高，隐然泰山岩岩之
势。"（《道园学古录》卷四十）所谓的"冲澹悠远""不大声色"与"严
重崇高"就构成了张力关系。吴澄《送彭泽教谕刘芳远序》说："人徒见
其（陶潜）冲澹退逊，而绚丽雄健藏于中。"（《吴文正集》卷二十七）
看到了陶诗乃是"冲澹退逊"与"绚丽雄健"的统一，也就是其艺术形
式与内在蕴含之间的张力。元人大都讲究这种发源于陶潜的张力艺术，如
舒岳祥《俞宜民诗序》说："思尚远而语尚近，神贵藏而色贵茂。"所谓
的"思远—语近""神藏—色茂"就是一种张力。刘诜《张子静诗词》
说："（张子静）五言古体，贮幽寄淡，而不失散朗，崇朴反古，而自是
敷腴。"（《桂隐文集》卷二）"幽淡—散朗""古朴—敷腴"分别构成艺
术张力。刘岳申《张文先诗序》说："其诗（陶渊明）以至腴为至澹，以
雄奇恢诡为隐居放言，……其诗（韦苏州）以盛丽为简寂，以疏宕为幽
雅。"（《申斋集》卷一）"至腴—至澹""雄奇恢诡—隐居放言"，"盛
丽—简寂""疏宕—幽雅"都构成诗歌张力。贡师泰《鹊华集序》说：
"观其澹而能华，质而能文，直而不倨，简而不啬，敛而不拘，优柔而有
容，深潜而有光。"（《玩斋集》卷六）所谓的"澹—华""质—文"
"直—不倨""简—不啬""敛—不拘""优柔—有容""深潜—有光"，都
是张力的统一体。袁桷《题闵思齐诗卷》说："所为诗冲澹流丽。"而
"冲淡—流丽"就是一对张力概念。《元诗选》二集卷七说邓文原："诗尤
简古而丽逸，句章任士林曰：善之浑厚以和，沉潜以润。"其中的"简
古—丽逸""浑厚—和""沉潜—润"，都是张力关系。邓文原《雪庵长语
诗序》说："为诗冲澹粹美。"（《巴西集》卷上）"冲澹"与"粹美"可
以构成矛盾统一。张雨《和坡仙寒食诗并序》说："周颜□先生论书有
云：端庄杂流丽，刚健含裊娜。"（《句曲外史集》卷下）"端庄—流丽"
"刚健—裊娜"可以构成张力。吴师道《张文忠公云庄家集序》说："和
平冲澹之中，错以奇崛藻丽。"（《礼部集》卷十五）"和平冲澹—奇崛藻

丽"构成艺术张力。虞集《谷居愧稿序》说："公诗真率调畅，简散深至。"（《道园学古录》卷三十三）所谓"简散—深至"，自然构成张力。虞集《故临川处士吴仲谷甫墓志铭》说："卢公位显而气完，不若先生之幽茂疏澹。"所谓的"幽茂—疏澹"，就是一种艺术张力。萧散冲澹、宁静平夷之"趣"构成元诗精神之一。

　　元人对于这种张力思想的描述，可以追溯到宋人，如苏轼《评韩柳诗》说："所贵于枯淡者，谓外枯而中膏，似淡而实美。"（《说郛》卷八十一）其《书黄子思诗集后》说："渊明作诗不多，然其诗质而实绮，癯而实腴。""独韦应物、柳子厚，发纤秾于简古，寄至味于淡泊。"黄庭坚《与王观复书三首》说："句法简易，而大巧出焉，平淡而山高水深。"杨时说："陶渊明诗所不可及者，冲澹深邃。"（《龟山集》卷十《语录》）刘克庄《刘圻父诗序》说："枯槁之中含腴泽，舒肆之中富掔敛，非深于诗者不能也。"等等。

　　从艺术本质上说，张力艺术体现的不再是汉魏杜韩的"气格"，而是一种艺术体内部的"奇趣"以及由此而产生的无穷之"韵"。《冷斋夜话》记载苏轼论诗说："渊明诗初视若散缓，熟视有奇趣。"（《苕溪渔隐丛话》前集卷四）所谓"奇趣"，就是"外枯而中膏，似淡而实美""质而实绮，癯而实腴""发纤秾于简古，寄至味于淡泊"的艺术张力。宋元人往往以"趣"来描述陶韦柳的本质，如《朱子读书法》卷三说："作诗须从陶柳门庭中来乃佳耳，盖不如是，不足以发萧散冲澹之趣。"张栻《承议郎吴伯承墓志》说："诗慕陶谢纡余闲澹之趣。"（《南轩集》卷四十一）刘将孙《九皋诗集序》说："如其鸣于九皋，将人欲闻而不可得闻，诗至是，始可言趣。"仇远《马霞外诗集序》评马臻的诗说："陶衷于空，合道于趣。"（《山村遗集》）倪瓒《谢仲野诗序》说："韦、柳冲淡萧散，皆得陶之旨趣。"（《清閟阁全集》卷十）傅若金《邓林樵唱序》说："（邓舜裳诗）古体幽澹闲远，有自得之趣。"（《傅与砺文集》卷四）陈旅《静观斋吟稿序》说："若韦苏州辈，其亦平而不凡澹而不薄者乎？盖其天趣道韵之妙，有非学力所能致者。"（《安雅堂集》卷五）杨维桢《郭羲仲诗集序》说："皆悠然有思，澹然有旨，兴寄高远，而意趣深长。"（《东维子集》卷七）揭傒斯《诗法正宗》说："如画，不观形似，而观萧散淡泊之意，如字，不为隶楷，而求风流萧散之趣。"元末《编类》说："景与情合，神与事会，自然有趣，有态，有气，有神，流动充满。"元人建立

"陶韦"范式，就是要追求这种萧散淡泊、意味深藏的"奇趣"。一旦诗体具备这种奇趣，就会产生艺术之"韵"。范温《潜溪诗眼》说："必也备众善而自韬晦，行于简易闲淡之中，而有深远无穷之味。"诗歌的"韵"就包含在这个"简易闲淡"而又深自韬晦的艺术体之中。元人在艺术上讲究"表里深浅浓淡"的张力结构，力求在艺术体内部营造出"趣"与"韵"这种至美之境，元人的艺术志向是极为高超的。

刘氏父子以及元人的"平淡"诗学观，是中国诗学文化长期积累的产物。北宋人对于平淡的艺术本质早有阐明，如苏轼《与侄帖》说："气象峥嵘，采色绚烂，渐老渐熟，乃造平淡，其实不是平淡，绚烂之极也。"（《侯鲭录》卷八）《韵语阳秋》卷一也说："陶潜、谢朓诗皆平淡有思致，非后来诗人忧心刿目雕琢者所为也。……大抵欲造平淡，当自组丽中来，落其华芬，然后可造平淡之境，……平淡而到天然处，则善矣。"当然，刘氏以及元人的平淡哲学还可以近溯至朱熹，比如揭傒斯（或题虞集）《诗法正宗》就说："朱文公《答巩仲至书》，与诗道源委正变，最为详尽。"倪瓒《秋水轩诗序》也说："子朱子谓陶柳冲淡之音，得吟咏性情之正，足为学之助矣。"（《清閟阁全集》卷十）再看朱熹《答巩仲至》对古今诗体的论述："下及《文选》汉魏古词，以尽乎郭景纯、陶渊明之所作，自为一编，而附于《三百篇》《楚辞》之后，以为诗之根本准则。……律诗则如王维、韦应物辈，亦自有萧散之趣。""来喻所云：'漱六艺之芳润，以求真澹。'此诚极至之论。"（《晦庵集》卷六十四）可见，朱熹对刘氏以及元人的启发之功。朱熹在苏轼之后极力推崇陶韦柳的"真澹"以及"萧散之趣"，成为刘氏及其后学的理论源头之一。

这种"平淡"思想发展到元代，就一跃而变成了元人最为核心的文化价值观念，被视为一种至高的人生哲学与艺术境界。陈旅《静观斋吟稿序》说："为平澹而貌不凡，味不薄，此以为甚难也。……若韦苏州辈，其亦平而不凡澹而不薄者乎？"（《安雅堂集》卷五）倪瓒《谢仲野诗序》说："富丽穷苦之词易工，幽深闲远之语难造。"（《清閟阁全集》卷十）上文已经说过，元人诗学的发达，得益于科举的废除，因为只有废除科举才能让诗歌取得独立的艺术价值，彻底摆脱儒家诗教对诗歌艺术的束缚，处在这个历史阶段的元人可以将"冲淡"悬为艺术高标，毫无顾忌地大力研究"张力"艺术。元人在这一诗学领域，最终不仅超越了宋人苏黄，也超越了唐人李杜，将诗歌艺术推进到幽深玄思之境，如倪瓒《谢仲野诗序》说："幽深闲远之语难造，至若李、杜、韩、苏，固已烜赫煌，出入今古，逾前而绝后，校其情性有正始之遗风，则间然矣。"（同上）可以说，正是元人放弃了对传统儒学人格的塑造与诗歌劲健之格的追求，才导致了诗学艺术的发达与诗歌艺术精神的再度高涨。

简而言之，元诗的价值主要不在于诗歌的题材或者内容，而在于极富挑战意义的艺术形式美。刘将孙《彭宏济诗序》说："惟发之真者不泯，惟遇之神者必传，惟悠然得于人心者必传。"杨维桢《郭羲仲诗集序》说："皆悠然有思，澹然有旨，兴寄高远，而意趣深长，读之使人然自得，且爽然自失。"抒写"情性"之"真"，而能"入神"天成，又不失"意趣深藏"的张力，三者合一，臻于恍惚迷离、韵味悠长的艺术至境，这就是元人的诗学理想，也正是元诗的魅力所在。

七　小结

杨维桢《玩斋集序》说："我朝古文殊未迈韩柳欧曾苏王，而诗则过之。"（贡师泰《玩斋集》卷首）王士祯《论诗绝句》说："耳食纷纷说开宝，几人眼见宋元诗。"（《渔洋精华录》卷四）指出了"元诗"作为一个独立的诗体概念，具有不同于"宋诗"和"唐诗"的特性。元人作诗特别注重师友和诗歌的正统性，元代诗学的发展有诗学宗师做理论指引，形成了群体风格，南北诗人在朝交游唱和，形成了核心团体，诗学精神上充分发展了"天成"诗学，诗法上讲究"欲离欲近"的冲淡诗趣（张力），风格上追求"以晋参唐"的流丽冲淡清婉，从而形成了一个具有稳定内涵的诗学流派，我们可以称之为"元诗学派"。

而元诗种种特色的形成无不是源于刘辰翁父子的引导、启发与示范，刘辰翁毫无疑问就是造就元代诗学的一代宗师。

第四节　由山林到台阁：刘辰翁遗民风致的正统化

元邓文原《雪庵长语诗序》说："（李玄晖）为诗冲淡粹美，有山林老学贞遁之风焉。……然必先淡泊而后通变化，岂惟书哉？诗道亦由是尔。"（《巴西集》卷上）所谓的"冲淡粹美"四字，正可以用以概括元人的诗学理想。不过，刘辰翁倡导的这种以陶韦为典范的诗学高标，原本是作为遗民"隐遁避世"情怀的一种寄托，这与杜韩积极用世的诗风迥然有别。那么，陶韦一派又何以会成为元人诗学的主流和正统呢？这里就有一个元人因势利导，促成将遗民的冲淡超诣诗风正统化、台阁化的过程，① 对于这一过程的解释，有助于理解刘辰翁诗学与严羽诗学在元代的命运沉浮的原因。

一　隐逸之风的雅正化

元人的"陶韦"情结直接来源于宋代遗民的隐遁之风。《元诗选》初集卷六十五说："当是时，江南甫定，兵革偃息，遗民故老如周草窗、汪水云之徒，往往托于黄冠以晦迹。"宋廷的覆亡和世事的巨变，加深了士人的人生幻灭感，在入元之后，心系故国的诗人除了隐居于诗歌的仙境之中，别无选择。刘辰翁入元之后隐遁不出自不必说，就是入元复出的士人也往往沉浸于隐逸文化氛围，如赵孟頫《缩轩记》说："俄而戴子有归志，……余仰而听，俯而惑曰：'……今子貌枯而道腴，家贫而德新，人将畏子，子何畏于人而何缩之云乎？'戴子曰：'……自以为读先王之书出而用之，上可以佐时，下不失自娱，当是时，志进而已，君子得时则大行，不得则龙蛇，吾闻之，知进而不知退，知存而不知亡，千岁之后，人将谓我愚，……山林之乐，江湖之性，虽有韶之音，子都之姣，一旦遇之，飞者决起，游者深潜矣，忧患怵乎吾情，而事物感乎吾心，世且与我违矣而欲不缩，得乎？'余喟而叹曰：'……由是言之，则子所谓缩者，岂非屈于一时而伸于后世者耶？"（《松雪斋集》卷七）处在"忧患怵乎吾情，而事物感乎吾心"的境况之下，士人唯一的选择就是要求从现实事务中"退缩收敛"，回归内心的平静淡泊，以维持宋亡之后士人内心情感的平衡，这是一种比较典型的遗民心态。

这种超然绝俗的审美情趣一直延续到元政权巩固之后，并且又继续被固定为一种"正统"的诗学理想，直到元朝覆亡。黄溍《云蓬集序》说："其为文也和易而不迫，……皆伏而不耀，蕴积之厚，殊未易量，……予闻昔人论文有朝廷台阁、山林草野之分，所处不同，则所施亦异，夫二者岂有优劣哉？"（《金华黄先生文集》卷十八）元人抹杀了"朝堂"与"山林"文学的界限，实际上就是因势利导，将宋遗民欣赏的这种陶韦式

---

① 明李东阳《怀麓堂诗话》："朝廷典则之诗，谓之台阁气，隐逸恬澹之诗，谓之山林气，此二气者，必有其一，却不可少。"

的超世之志与超诣之诗风在新时代"合法化"。

宋代覆亡之后，随着科举文化的废除，出现了极为繁盛的诗歌创作时期，这一时期诗歌创作的最大特点就是恢复了诗人的"自由歌唱"这一古人的诗学风规，而随着元朝政权的巩固与新一代士人群体的产生，这种自由歌唱就遭到了某种程度的规范，原先不受政教束缚的诗歌，不得不再次面临被政治化与官方化的命运，这主要表现在两个方面。

（一）诗歌情感类型的扬弃

揭傒斯《吴清宁文集序》说："须溪没一十有年学者，复靡然弃哀怨而趋和平，科举之利诱之也。"（《文安集》卷八）出于科举与政治的需要，士人"弃哀怨而趋和平"，这就指出了诗歌从遗民抒情向朝政的雅颂气象靠拢的历史性转变。倪瓒《樵海诗集小引》说："兵兴几四十年，鲜有不为悲忧困顿之辞者。秦君文仲则不然，处穷而能乐，颠沛而能正，其一言一字皆任真而不乖其守，闻之者足以惧而劝，非其中所守全而有以乐不能也，……诗以吟咏性情，渊明，千载人也，当晋宋之间，讽咏其诗，宁见其困苦无聊耶？"（《清閟阁全集》卷十）要求诗歌由遗民时代的"悲忧困顿""穷苦无聊"转向陶潜式的平和淡定。

于是，元人扫除了诗歌美刺之旨，放逐了"可以怨"之功能。辛文房《唐才子传》卷六论李群玉说："屈原仕遭谮毁，不知所诉，心烦意乱，赋为《离骚》，盖言离愁也。国人莫知我兮，又何怀乎故都，委身鱼腹，魂招不来。……群玉继禀修能，翱翔大化，人不知而不愠，禄不及而不言，……款君门以披怀，沾一命而潜退，风景满目，宁无愧于古人，……亦云难矣。"辛氏在屈原的心烦意乱、悲怨陨身与李群玉的"翱翔大化，人不知而不愠，禄不及而不言"之间，显然倾向于后者。傅若金《邓林樵唱序》说："然屈辞多悲愤悒郁之声，而舜裳所谓樵唱者不类乎是，……治世之音安以乐，亡之音哀以思，邓林樵唱其安乐之音乎？"（《傅与砺文集》卷四）主张戒除屈原的"悲愤悒郁之声"，而崇尚和平中正的"安乐之音"，颇能反映出元人处世观念的转变。

在元人的诗学范式中，何以会只有"陶韦"而没有柳宗元，这也与元人对情感的简择纯化有关。如刘岳申《张文先诗序》说："柳子厚《贺王参元》语愤激，吾读文先诗不止此，故以陶、韦、杜发之，以待知言者。"（《申斋集》卷一）柳宗元的"愤激"与陶、韦的至善至美境界显然还有距离，而一旦着眼于情感类的判别，则元人必然会认为陶韦柳虽是一体，却各有风味或者存在境界之高下，如傅若金《诗法正论》说："后独称陶、韦、柳为一家，殆论其形而未论其神者也。"《编类》说："韦应物诗，得渊明之冲淡而情思自然，柳子厚诗，得渊明之句法而志趣抑郁，……惟其所遇有不同，故其诗亦有不同也。……学之者，舍其异而会其同。"就诗歌之"神"而言，陶韦两家的内在"冲淡而情思自然"应该高于柳宗元的外在"句法而志趣抑郁"。①

　　这种诗歌功用观的转变，集中表现在元人对"诗能穷人"说的反驳。杨维桢《玩斋集序》说："先辈论诗谓必穷者而后工，盖本韩子语，以穷者有专攻之技，精治之力，其极诸思虑者不工不止，如老杜所谓癖耽佳句、语必惊人者是也。然《三百篇》岂皆得于穷者哉？当时公卿大夫士，下及闾夫鄙隶，发言成诗，不待雕琢而大工出焉者，何也？情性之天，至世教之积习，风谣音裁之自然也，然则以穷论诗道之去古也远矣。"（《玩斋集》卷首）认为诗歌并非穷者的专利，对诗歌功用的理解应该有更加开阔的视野，诗人的天性之中自然有家国观念的基因，诗歌为政教而作，这是不容偏废的。黄溍《山愁吟后序》说："古之为诗者，未始以辞之工拙验夫人之穷达，以穷达言诗，自昌黎韩子、庐陵欧阳子始。昌黎盖曰：'穷苦之言易好'，庐陵亦曰：'非诗能穷人，殆穷而后工耳。'自夫为是言也，好事者或又矫之以诗能达人之说，此岂近于理也哉？《匪风》《下泉》，诚穷矣，《凫鹥》《既醉》，未或有不工者，窃意昌黎、庐陵持指夫秦汉以来，幽人狷士悲呼愤慨之辞以为言，而未暇深论乎古之为诗也。"（《金华黄先生文集》卷十八）黄溍认为穷者之诗仅仅是诗歌领域的一种形态，并不能取代古人作诗的全部本意，这就意味着宋遗民"悲呼愤慨"式的歌唱已经成为明日黄花，幽人狷士的情感内涵必须经过一番纯化，方能成为为朝廷所用的雅正之音。虞集《李仲渊诗稿序》说："其辞平和而意深长者，大抵皆盛世之音也。"（《道园学古录》卷六）在宋遗民诗歌生态群落之中，选定陶韦式的"平和深长"作为盛世之音的基调，而抛弃了过于外放的一切悲怨愤激狂怪之情，这就是元人对初期诗学系统的规范化。

―――――――――――

　　① 关于韦、柳高低，元人的这种看法也来自刘辰翁，参见第四章第七节，严羽与刘辰翁关于韦柳高低之争。

经过这番自觉的自我规范，"弃哀怨而趋和平"就变成了元人的终极价值追求，如袁桷《题闵思齐诗卷》说："思齐敏而且勤，辍食忘寝，和平多而凄怨少，气完体充，不以沮折为可挠。"（《清容居士集》卷五十）由于诗人"和平多而凄怨少"，所以导致了"气完体充"，生命的完遂，透露出元人情感类型选择背后的养生意识。杨维桢《郭羲仲诗集序》说："古之诗人类有道，故发诸咏歌，其声和以平，其思深以长，不幸为放臣逐子、出妇寡妻之辞，哀怨感伤，而变风变雅作矣，后之诗人一有婴拂，或饥寒之迫，疾病之楚，一切无聊之窘，则必大号疾呼，肆其情而后止，间有不然，则其人必有大过人者，而世变莫之能移者也。……翼蚤岁失怙，中年失子，家贫甚屡病，宜其言之大号疾呼，有不能自遏者，而予每见其所作，则皆悠然有思，澹然有旨。"（《东维子集》卷七）主张戒除变风变雅的"哀怨感伤""大号疾呼"，而追求"悠然、澹然"的诗风。

（二）诗歌由个人化"自适"功能导向政教化的"鸣国"功能，要求诗歌承担双重职责

杨士弘《唐音序》说："诗之为道，非惟吟咏情性，流通精神而已，其所以奏之郊庙，歌之燕射，求之音律，知其世道，岂偶然也哉？"一方面讲究诗人情性的真实，要求吟唱出一代诗人的心声；另一方面又要求诗歌必须"奏之郊庙，歌之燕射"，真实反映一代文化政治，诗歌应当是"自适"与"鸣国"的合奏。因此，元人将诗歌作为"观世"之资，强调了"诗可以观"一端。赵孟頫《薛昂夫诗集序》说："夫词章之于世，不为无所益，盖今之诗犹古之诗也，苟为无补，则圣人何取焉？繇是可以观民风，可以观世道，可以知人。"（《松雪斋集》卷六）虞集《唐音序》说："音也者，声之成文者也，可以观世矣。……风俗颓靡，愈趋愈下，则其声文之盛，不得不随之而然，必有特起之才，卓然之见，不系于习俗之所同。"都主张诗歌不徒作，它必须发挥更大的文化功用。元人对诗歌功用观的全面理解，其实对于提升诗歌地位与价值是极为有利的，因为一旦给诗歌赋予了文化意义，就自然将诗歌从江湖诗人的工具论中拯救出来，荡灭寒伧鄙陋之气而复归雅正之位。

出于诗歌鸣国的需要，元人放弃了六义之中的"风"，努力张扬"雅、颂"之声。袁桷《书程君贞诗后》说："风雅异义，今言诗者一之，然则曷为风？……夫诗之言风，悲愤怨刺之所由始，去古未

远，则其道犹在，越千百年，日趋于近，是不知《国风》之作出于不得已之言也。……雅也者，朝廷宗庙之所宜用，仪文日兴，弦歌金石，迭奏合响，非程君其谁？"（《清容居士集》卷四十八）既然"诗之言风，悲愤怨刺之所由始"，则元人为了顺应以鸣太平之盛的使命，必然会倾向于雅颂之体，如虞集《李仲渊诗稿序》说："某尝以为世道有升降，风气有盛衰，而文采随之，……善夫袁伯长甫之言曰：'雅颂者，朝廷之间，公卿大夫之言也。'……观宗雅者，可以观德于当世矣夫。"（《道园学古录》卷六）陈旅《周此山集序》说："风雅颂不作，诗之变屡矣，大抵与世相为低昂，其变易推也。近世为诗者，言愈工而味愈薄，声愈号而调愈下，日锻月炼，曾不若昔时间巷刺草之言，世德之衰以至于此。我国家以淳庞大雅之风，丕变海内。"（《安雅堂集》卷四）欧阳玄《罗舜美诗序》说元诗："诗雅且正，治世之音也，太平之符也，郑笺言诗可以观治道之盛衰，岂不信哉？"（《圭斋文集》卷八）袁桷《跋吴子高诗》说："风雅颂，体有三焉，释雅颂，复有异焉，夫子之别明矣。黄初而降，能知风之为风，若雅颂，则杂然不知其要领，至于盛唐，犹守其遗法而不变，而雅颂之作得之者，十无二三焉。"（《清容居士集》卷四十九）对于雅颂的强调就标志着元代台阁体诗学的成熟。

元人努力在诗人自由抒情、艺术创新与"鸣国之盛"三者之间找到共鸣，而这个结合点就是"陶韦"诗学范式。

虞集《秋堂诗小序》说："性情之正，冲和之至，发诸咏歌，自非众人之所能，而士大夫各以其见见之耳，生未可自喜自画也。"其诗云："有子能读书，幽怀发微吟。天高风露下，涧泉落危岑。神仙绝饮食，秽浊无留沉。所以听夜诵，共爱风满林。神清易以哀，情长恐成淫。大冶昔有作，九牧归吉金。熬枢下五石，工成振鸿音。宣风万物畅，神祇肃有临。凤鸟鸣岐山，人文示来今。候虫入床下，嗟哉苦劳心。"（《道园学古录》卷二十七）其中引用韦应物的诗句"共爱风满林"，就是承认诗人以韦应物为高标，标举他的"性情之正，冲和之至"，同时虞集反对"候虫"之吟，要防止诗歌"神清易以哀，情长恐成淫"，即诗人面对现实政治，不要过于"清高"，终归要走向诗教之路，所谓的"大冶昔有作，九牧归吉金。熬枢下五石，工成振鸿音。宣风万物畅，神祇肃有临。凤鸟鸣岐山，人文示来今"，就是要求诗歌回归到鸣国之盛的轨道上来。① 这样，虞集就将刘辰翁开创的"陶韦"范式纳入歌颂国家政治轨道上来，一经规范，就形成了"陶韦诗人之冲淡"与"理学之冲淡"的合流，形成了诗人隐居情结与国家盛世之声的合一，在诗学与政治之间一旦找到了这个共振点，就消解了彼此之间的对立冲突。

这种诗学上的"三者共荣"思想也是揭傒斯的思想，其《萧孚有诗序》说："夫为政与诗同，心欲其平也，气欲其和也，情欲其真也，思欲其深，纪纲欲明，法度欲齐，而温柔敦厚之教，常行其中也。孚有之诗，韦出也，读苏州韦公之诗，如单父之琴，武城之弦歌，不知其政之化而俗之迁也。"（《文安集》卷八）揭傒斯首先认为"平和"不仅是诗歌正声的特质，也是盛世气象的本质，② 既然如此，真情的平和、法度（艺术技法）的中和、政教的和气，都可以统一在"陶潜—韦应物"这一艺术体之中。另外，袁桷《书程君贞诗后》也说："程君贞其为诗，淡而和，简而正，不激以为高，舂容怡愉，将以鸣太平之盛。"（《清容居士集》卷四十八）也指出温和怡愉的情感、简澹的艺术形式与鸣太平之盛之间的和谐统一。

元人极力主张由唐而"追古""得古"，而所谓的"古"主要就是追步陶韦之风范。在元人价值体系之中，"陶韦"不仅是一个永不枯竭的诗学资源，而且是一个支撑新型文化范式的基石，具有文化建构的意义。

二　艺术风格与人生哲学

与宋代诗学不同，元人没有政治权力的压制与诗祸的打击，其诗学特色的形成不是士人避祸的结果，而是诗道拯救或开拓的结果。不过，元代诗学仍是元代政治文化的产物，所以其诗学理想的背后必然关涉元人的政

---

① 诗歌的鸣国功能成为虞集一贯强调的重点，其《谢杨士弘为录居山诗稿二首》："少陵不尽山林吟，季子偏知雅颂音。贞观诗人同制作，太平乐府人沉吟。明年何处听鸣凤，春昼梧桐满院阴。"（《道园遗稿》卷三）《飞龙亭诗集序》："其公卿大夫朝廷宗庙、宾客军族、学校稼穑、田猎宴享，更唱迭和，以鸣太平之盛者，则谓之雅。……文皇帝成功盛德，如天地之大日月之明，若其治化之精微，思虑之熙广，盖不胜纪焉。然而书诸简册者，不如见于咏歌者之悠长，告于神明者严，不如播诸臣民者之周浃。"（《道园学古录》卷三十一）

② 这一价值观念来源于宋人刘克庄的说法，《后村诗话》卷一说："陶公如天地间之有醴泉、庆云，是惟无出，出则为祥瑞。"

治理想、人生观念，元代诗学不过仍旧是元人文化范式的表现形式。

从宋人的"陶杜"范式一变而为元人的"陶韦"范式，从根本上来说是一种人格文化类型的嬗变。陶韦之风经过元人的重新阐释之后，就被当作了出世与气节的文化标志，隐含着元人隐遁的人生思想：诗歌的"平淡"折射出人格、生命的内敛与节制。在新文化体制之中，士人普遍追求不怨不怒，平夷从容，而诗歌的"张力"既是一种艺术美的形态，也是一种人生处世哲学态度，它要求人与现实保持恰当的距离，与现实不即不离，试图在"张力"经营之中体现出自己的心性智慧与心灵自由。因此，元人的诗学理念既是"美"的又是"善"的。

（一）对淡泊心境的追求

虞集《杨叔能诗序》说："澹然有余，而不堕于空寂，悠然自适，而无或出于伤怛，乃若蝉蜕污浊，与世略不相干，而时和气清，即凡见闻而自足，几乎古人君子之遗意也哉？吾尝以此求诸昔人之作，得四家焉，则陶处士、王右丞、韦苏州、柳子厚其人也。苏州学诗于憔悴之余，子厚精思于窜谪之久，然后世虑销歇，得发其过人之才，高世之趣于宽闲寂寞之地，盖有惩创困绝，而后至于斯也。右丞冲澹，何愧于昔人？然而一旦患难之来，遽失所守，是有余于闲逸，不足于事变，良可叹也。必也大义所存，立志不贰，乃若所遇安乎其天，若陶处士者，其知道之言乎？"（《道园学古录》卷三十一）虞集之所以独尊"冲澹"的哲学，原因在于他认识到在国家灭亡之后，一味哀怨愤激，并无益于文化重建，士人亟须压抑亡国之痛，寻求一种抚平创伤的理论依据或者文化榜样，恢复心灵的平静，所谓虽有"惩创困绝"，也必须"世虑销歇"，"发其过人之才，高世之趣"，则只有以陶韦为榜样，才能既守护民族气节，又安乎天命，解决生命的忧患难题。于是这种飘飘欲"仙"的处世姿态和"冲淡"诗风就变成了慰藉士人亡国之痛的良药。

另外，虞集号召诗人不要怨怒，把持心灵的平和淡泊，也有其积极的意义，它可以维系一个民族的文化传统不至于因时代巨变而断裂。他所表彰的淡泊生命哲学影响于诗学艺术，则造成了极为有品位的"冲淡"的张力诗学的发达。元人普遍认同陶韦范式，以魏晋高风为宗，以及以晋参唐的艺术方法的文化根源就在这里。

元人的"淡泊"之说，首先是作为一种人生哲学而被尊崇的。揭傒斯《诗法正宗》说："吟咏本出情性，……必人品清高，必神情简逸，……若做得好人，必作得好诗也。"黄溍《白云许先生墓志铭》说："其处心盖如此，而素志冲澹，以道自乐。"（《文献集》卷八下）在元人文化氛围之中，"淡泊"首先是一种心灵状态，一种人生境界的追求，认为处在现实中的人应当保持一种如水般平静的心态，如刘将孙《清权斋集序》说："下至韦苏州，悠然者如秋，泊然者如水。"（《养吾斋集》卷十）虞集《题范德机墨迹后》说："玉堂只在人间世，回首萧闲愧后生。"（《道园遗稿》卷五）都证明元人对飘然出世的清高萧闲心境的向往。

　　元人这种人生观念是积极响应老子"无为"思想的结果，如吴莱《司马子微天隐子注后序》说："予观天隐子冲澹而闲旷，虚靓而寡欲，黄老之遗论耳。"（《渊颖集》卷十二）袁桷《董道士雷泉斋》说："无为合冲澹，神化凌上清。"（《清容居士集》卷五）受老子无为思想的指引，元人普遍操持"禁欲"主张，如牟巘《跋缪淡圃文集》说："古有山泽癯，列仙之癯，……盖能得天地间至清之气，是以自号淡圃：淡于进取，淡于声利，淡于嗜欲。"（《牟氏陵阳集》卷十七）辛文房《唐才子传》卷八方干条说："'先生甘天下之淡味，安天下之卑位，不戚戚于贫贱，不遑遑于富贵……'方干韦布之士，生称高尚，死谥玄英，其梗概大节，庶几乎黔娄者耶？"倪瓒《樵海诗集小引》说："秦君不汲汲于富贵，不戚戚于贫贱。"（《清闷阁全集》卷十）徐达《曲外史集序》说："至若奔竞功名，蹀躞声利，醉生梦死，不自觉者，则二子之罪人也，抑其风度其将追严子陵陆修静之武欤？易曰：'不事王侯，高尚其事。'二子其庶几乎？"元人又将这种"恬淡寡欲"理念，视为一种养生之道，如陈旅《书王尚书小像后》说："生平冲澹保天和，每见芝眉瑞色多。"（《安雅堂集》卷一）唐元《与友人论诗因成五言奉寄称隐府判》说："有客为余言，诗也何所用。温柔养性真，弦歌资咏诵。"（《筠轩集》卷一）元人已经无意于奔竞功名，而着意追求"淡于进取，淡于声利，淡于嗜欲"的人生哲学。

　　在艺术领域，元人也同样追求艺术的"平淡美""中和美""静穆美"，以体现诗人的"性情之正"。如舒岳祥《题王德渊水西稿》说："子有婉微句，藏之平淡间。……吾知子用意，欲挽陶韦还。欲以静息竞，欲以柔镌顽。坐使听者心，悠然和且安。"（《阆风集》卷一）心态上讲究"以静息竞"，平淡和安，以"陶韦"为人生楷模。钱用壬《玩斋集序》评价贡师泰说："优柔而不迫，和平而不躁。"讲的也是艺术形式与人格情性的和平之度。杨维桢《郭羲仲诗集序》说:"古之诗人类有道,故发诸咏歌,其声和以平,其思深以长,……翼蚤岁失怙,中年失子,家贫,甚屡病,宜其言之大号疾呼,有不能自遏者,而予每见其所作,……读之使人然自得,且爽然自失,而于君亲臣子之大义或时有发焉,未尝不叹其天资有大过人者,而不为世变之所移也。"(《东维子集》卷七)主张将现实的不幸遭际化解在诗歌的平淡形式之中,追求悲伤困苦之后的悠然自适、平静之气。程钜夫《跋程文宪公遗墨诗集》说:"见其冲澹悠远,平易近民,古人作者之风,其可及哉?而公之为,政不动声色以为厉。"(《道园学古录》卷四十)"冲澹悠远,平易近民","不动声色以为厉",表现的就是一种心灵与艺术的静穆之美。值得注意的是,"不动声色"是刘辰翁的评诗用语,如刘氏评韦应物《见紫荆花》说:"不动声色,不能无情。"评王安石《张良》"从来四皓招不得,为我立弃商山芝"句说:"它口语毒,'立弃'二字有疑,便如'天发一矢胡无酋',不动声色。"①由此可见刘辰翁对塑造元代士人"不动声色"的人格与诗学的关键作用。

元人以"淡泊"为纽带,贯通了人生与艺术,如邓文原《雪庵长语诗序》说:"然必先淡泊而后通变化,岂惟书哉?诗道亦由是尔。"(《巴西集》卷下)将人的淡泊之志视为书法、诗歌艺术进境的动因。虞集《郑氏毛诗序》说:"圣贤之于诗,将以变化其气质,涵养其德性,优游厌饫,咏叹淫泆,使有得焉,则所谓温柔敦厚之教,习与性成,庶几学诗之道也。"(《道园学古录》卷三十一)诗歌是用来涵养德性、变化气质的手段,因而必须从印证、提升情性之正出发,将诗歌做得温柔敦厚、和平冲淡。

总之,元人的冲淡论是对"知道"人生的追求,它讲究时势事变与心态闲逸之统一,"入世"与"气节"的统一,其终极关怀乃是服务于现实人生。

(二)对"张力"处世哲学的追求

在宋元人的文化视野中,陶潜既是一个人生的楷模,又是一个艺术的高标,如范温《潜溪诗眼》说:"众善皆备而露才见长,亦不足以为韵,必也备众善而自韬晦,行于简易闲淡之中,而有深远无穷之味,……唯陶彭泽体兼众妙,不露锋芒。……是以古今诗人唯渊明最高。""所谓有余

----

① 《须溪批点李璧注王荆文公诗》卷五。

之韵，岂独文章，自圣贤出处、古人功业，皆如是矣。""左丘明、司马迁、班固之书，意多而语简，行于平夷，不自矜炫，故韵自胜。"范温将"圣贤出处、古人功业"与诗道贯通，主张士人处世"不露锋芒"，"备众善而自韬晦"，反对"露才见长"，艺术上则追求"简易闲淡之中，而有深远无穷之味"，两者可以统一于"张力"。范温将"简澹"作为一种人的生存智慧，乃是宋代士人遭受政治权力压制而不得不避祸的产物。

作为一个处世哲学与诗歌艺术的统一体，陶潜提供给元人的最重要的文化智慧就是这种关乎人生与艺术的"张力"。刘岳申《张文先诗序》说："陶渊明本志，不在子房、孔明下，而终身不遇汉高皇、蜀昭烈，徒赋诗饮酒，时时微见其意，而托于放旷，任其真率，若多无所事者，其在晋人中，可与刘越石、陶士行并驱争先，而超然远引，不可为孔文举、嵇叔夜，故其诗以至腴为至澹，以雄奇恢诡为隐居放言，要使人未易窥测。韦苏州……胸怀本趣薄富贵，厌纷华，故其诗以盛丽为简寂，以疏宕为幽雅……故言诗者曰陶韦。"(《申斋集》卷一)士人在"终身不遇"、遭遇困厄之后，便应"托于放旷"，"超然远引"，"薄富贵，厌纷华"，将一己之生命寄托于"至腴为至澹""以盛丽为简寂，以疏宕为幽雅"的诗歌之中，在艺术观照中体验生命的丰厚与人生的真实。吴澄《送袁用和赴彭泽教谕诗序》说："渊明千载士也，有华焉，有实焉，……究其实，当与子房、孔明相后先。然其为诗也冲澹，华而不炫，如里之锦，读者莫知其藏绚丽之美也，其为人也隐退实而不沽，如匣中之剑，论者莫知其负经济之略也。"(《吴文正集》卷三十一)认为陶潜具备经世之才华，但在具体的现实中又能主动隐退敛藏，将生命之"绚丽之美"融化在"冲澹"的艺术形式之中。邓文原《雪庵长语诗序》说："(李公玄晖)不智能，不着贪欲，故为诗冲淡粹美。"就是扣紧人生哲学与诗歌风格的内在联系而立论，可以视之为元人普遍的对艺术的理解方式。

刘岳申说"薄富贵，厌纷华"，吴澄说"华而不炫"，邓文原说"不智能"，都是将陶潜的"张力"艺术视为陶潜人生方式的表现形式，揭示了元人的生存之道与艺术之道：深藏内敛，不露锋芒，完全回应了范温所谓的收敛锋芒、善自韬晦之论。刘岳申将陶潜与魏晋士人的狂狷相比照，告诫士人"不可为孔文举、嵇叔夜"，则是将这种人生哲学与艺术哲学的产生归结于避祸的需要。可见，元人的淡泊思想不仅直接来源于遗民的隐遁避世思潮，而且可以上溯至宋代的相党政治斗争与宋人的惧祸意识，它是中国忧患处世哲学在士人心灵中长期积淀的必然产物。

　　作为一种富有张力的生存智慧，"平淡"哲学讲究的是"和顺积中，英华发外"（《永乐大典》卷二五三七刘将孙《养吾斋铭》），因而"外柔中刚"张力的夺得首先要注重内在的修养与丰厚，要深入修道，力追"德人深致"。刘诜《彭翔云诗序》说："亡友彭君翔云诗，锻炼精确而不废真意，如幽林晓花，真寂不赏，如寒机夜织，神专而心苦，如深山遗老，语言近质，终有德人深致。"（《桂隐文集》卷二）袁桷《书瞿上人慈照师行述后》说："荒林绝壑，旷达冲澹，非有道之士不能为其言也。"（《清容居士集》卷五十）陈应符《句曲外史集附录》说："外史先生……充养益粹，故其诗辞自得，情逸调谐，挥洒所至，神闲势应。"这种对人格内在内涵的注重，必然培养了元人极为内敛而深厚的心性，成为张力艺术的根本与不竭之源。王沂《题胡士恭濠上稿》说："嗜欲炽则神疲而意昏，忧患集则气折而语陋，囿二者之累而求诗之工，难矣哉！蜕氛埃，处闲旷，日与逸人胜士游，固无嗜欲之惑，远声光，遗势利，遐想夫灏气之初，太素之始，又绝乎忧患之挠，……由是而工之不已，宕其兴，含之弥章，幽其趣，韬之弥光，洁其气，远之弥芳，澹其味，咀之弥长，清其韵，聆之弥扬，与夫柳宗元、韦应物、李太白、陈子昂上下乎清都之境，翱翔乎白云之乡，……则观鱼之乐，亦有合于蒙庄。"（《伊滨集》卷二十二）这里，王沂从人格修养与诗学关系着眼，分析了张力诗学产生的过程。他认为诗人必须戒除"嗜欲"，"远声光，遗势利"，韬光养晦，保持神情意志的旺盛与充盈，游心于清幽玄妙之境，排除"忧患"干扰，这样才能与道合一，产生艺术玄思，这样的诗歌才能具备不露锋芒而又幽深浑厚的无穷趣味。

　　李东阳《怀麓堂诗话》评虞集的诗说："若藏锋敛锷，出奇制胜。"所谓的"藏锋敛锷"，既体现了静穆之美，又体现了"张力"之度；既是人生哲学的，又是艺术风格的，可以用以概论元人文化心理特色与诗学精神。

　　总之，元人心态与艺术观念是在宋代遗民的文化基础上改造嬗变而来的，它延续了刘辰翁等遗民的老庄哲学与超世之志，讲究哲学、艺术、人生的三位一体、互相印证，元代诗学在本质上是新型文化的一种表现形态。因此，对于元诗精神特质的探讨，也必须在更为广阔的元代文化心理背景之下进行。

三　结论

通过以上分析，我们大致厘清了宋元诗学转型的具体过程，以及元诗的来龙去脉及其独到的成就，证明元人的诗学理论与实践都是承接刘辰翁而来的。

晚宋诗坛流派纷呈，晚唐、江西成为有识之士反思的对象自不待言，即使是严羽的盛唐格调论在入元之后也被刘辰翁的诗学所整合。严羽极力主张以"汉魏盛唐"为法，推尊"李杜高岑"那种雄浑廓大的气象之美，轻视陶韦柳王一派的冲淡空灵，而元人则恰好相反，在诗学高标的选择上，放弃了为宋人所效法的"李杜韩"（李白的古风与仙风除外）三家，转而以"陶韦"为诗学入处，开辟了"以晋参唐""宗唐得古"的诗学方法论，创成一代诗体——"元诗"。经过元人对诗歌本体的纯粹化过程之后，冲淡平和的"张力"诗风不仅被视为士人的正宗情趣，而且被定为诗人鸣国家之盛的正统诗体。因此，元人的诗歌风格在总体上就表现出雅正平和、冲淡流丽的特色。

元人普遍将悲怨、激愤等意绪视为人生与国家的不祥之兆，[①] 仍旧延续了"亡国之音哀以思"的思路，于是，严羽所心仪的"悲壮""凄婉""感慨"的盛唐风范以及浩瀚的屈骚悲情，在入元之后就成为已陈刍狗，中国诗歌范式从李、杜、韩式铺张扬厉、豪放雄浑的"壮美"，走向了陶、韦、柳式平静内敛、淡泊清新的"柔美"，这就是宋元诗学发展的大势。

---

① 如辛文房《唐才子传》于条就说："观唐诗至此间，弊亦极矣，独奈何国运将弛，士气日丧，文不能不如之。"

主要参考文献

1. （晋）陶渊明著，逯钦立校注：《陶渊明集》，中华书局 1979 年版。

2. （唐）李白著，（清）王琦注：《李太白全集》，中华书局 1977 年版。

3. （唐）杜甫著，（清）仇兆鳌注：《杜诗详注》，中华书局 1979 年版。

4. （唐）韦应物著，陶敏、王友胜校注：《韦应物集校注》，上海古籍出版社 1998 年版。

5. （宋）朱熹：《朱子语类》，中华书局 1986 年标点本。

6. （宋）叶适：《水心集》，文渊阁《四库全书》本。

7. （宋）陈善：《扪虱新话》，中华书局上海编辑所 1960 年版。

8. （宋）洪迈：《容斋随笔》，上海古籍出版社 1978 年版。

9. （宋）方勺：《泊宅编》，中华书局 1983 年版。

10. （宋）俞文豹：《吹剑录》，文渊阁《四库全书》本。

11. （宋）韩淲：《涧泉日记》，文渊阁《四库全书》本。

12. （宋）罗大经：《鹤林玉露》，中华书局 1983 年版。

13. （宋）吴子良：《荆溪林下偶谈》，文渊阁《四库全书》本。

14. （宋）方回编选，李庆甲汇评：《瀛奎律髓汇评》，上海古籍出版社 1986 年版。

15. （宋）李壁：《王荆文公诗李壁注》，上海古籍出版社 1993 年版。

16. （宋）苏轼著，（清）王文诰辑注，孔凡礼校点：《苏轼诗集》，中华书局 1982 年版。

17. （宋）黄庭坚：《豫章黄先生文集》，《四部丛刊初编》本。

18. （宋）黄庭坚著，任渊、史容、史季温注：《山谷诗注》，《四部备要》本。

19.（宋）黄庭坚：《山谷题跋》，《津逮秘书》本。

20.（宋）陈师道著，任渊：《后山诗注》，《四部丛刊》本。

21.（宋）陈师道著，冒广生笺注：《后山诗注补笺》，中华书局1995年版。

22.（宋）曾几：《茶山集》，《武英殿聚珍版书》本。

23.（宋）吕本中：《东莱先生诗集》，《四部丛刊续编》本。

24.（宋）陈与义著，白敦仁校注：《陈与义集校笺》，上海古籍出版社1990年版。

25.（宋）刘过：《龙洲集》，上海古籍出版社1978年版。

26.（宋）杨万里：《诚斋集》，《四部丛刊初编》本。

27.（宋）陆游著，钱仲联校注：《剑南诗稿校注》，上海古籍出版社1985年版。

28.（宋）敖陶孙：《臞翁诗集》，汲古阁景钞《南宋六十家小集》本。

29.（宋）陈起：《江湖小集》，文渊阁《四库全书》本。

30.（宋）陈起：《江湖后集》，文渊阁《四库全书》本。

31.（宋）陈起：《前贤小集拾遗》，《南宋群贤小集》本。

32.（宋）陈起：《中兴群公吟稿戊集》，《南宋群贤小集》本。

33.（宋）陈思：《两宋名贤小集》，文渊阁《四库全书》本。

34.（宋）韩淲：《涧泉集》，文渊阁《四库全书》本。

35.（宋）徐玑：《二薇亭诗集》，浙江古籍出版社1985年版《永嘉四灵诗集》本。

36.（宋）翁卷：《苇碧轩诗集》，浙江古籍出版社1985年版《永嘉四灵诗集》本。

37.（宋）高斯得：《耻堂存稿》，《丛书集成》本。

38.（宋）包恢：《敝帚稿略》，文渊阁《四库全书》本。

39.（宋）徐照：《芳兰轩诗集》，浙江古籍出版社1985年版《永嘉四灵诗集》本。

40.（宋）刘宰：《漫塘文集》，文渊阁《四库全书》本。

41.（宋）高翥：《菊涧小集》，汲古阁景钞《南宋六十家小集》本。

42.（宋）赵师秀：《清苑斋诗集》，浙江古籍出版社1985年版《永嘉四灵诗集》本。

43.（宋）赵汝𨫰：《野谷诗稿》，汲古阁景钞《南宋六十家小集》本。

44.（宋）郑清之：《安晚堂诗集》，汲古阁景钞《南宋六十家小集》本。

45.（宋）薛师石：《瓜庐诗》，汲古阁景钞《南宋六十家小集》本。

46.（宋）杜范：《清献集》，文渊阁《四库全书》本。

47.（宋）洪咨夔：《平斋文集》，《四部丛刊》本。

48.（宋）岳珂：《玉楮集》，文渊阁《四库全书》本。

49.（宋）王迈：《臞轩集》，文渊阁《四库全书》本。

50.（宋）葛天民：《葛无怀小集》，汲古阁景钞《南宋六十家小集》本。

51.（宋）周弼：《汶阳端平诗隽》，汲古阁景钞《南宋六十家小集》本。

52.（宋）叶绍翁：《靖逸小集》，汲古阁景钞《南宋六十家小集》本。

53.（宋）吴潜：《履斋遗集》，文渊阁《四库全书》本。

54.（宋）刘翰：《小山集》，汲古阁景钞《南宋六十家小集》本。

55.（宋）陈起：《芸居遗诗》，汲古阁景钞《南宋六十家小集》本。

56.（宋）薛嵎：《云泉诗》，汲古阁景钞《南宋六十家小集》本。

57.（宋）陈鉴之：《东斋小集》，汲古阁景钞《南宋六十家小集》本。

58.（宋）叶茵：《顺适堂吟稿》，汲古阁景钞《南宋六十家小集》本。

59.（宋）许棐：《梅屋诗稿》，汲古阁景钞《南宋六十家小集》本。

60.（宋）武衍：《适安藏拙余稿》，汲古阁景钞《南宋六十家小集》本。

61.（宋）罗与之：《雪坡小稿》，汲古阁景钞《南宋六十家小集》本。

62.（宋）姚镛：《雪蓬稿》，汲古阁景钞《南宋六十家小集》本。

63.（宋）曾极：《金陵百咏》，文渊阁《四库全书》本。

64.（宋）崔与之：《菊坡集》，《两宋名贤小集》本。

65.（宋）裘万顷：《竹斋先生诗集》，文渊阁《四库全书》本。

66.（宋）戴复古：《石屏诗集》，文渊阁《四库全书》本。

67.（宋）刘克庄：《后村先生大全集》，《四部丛刊》本。

68.（宋）刘克庄：《后村集》，文渊阁《四库全书》本。

69.（宋）戴昺：《东野农歌集》，文渊阁《四库全书》本。

70.（宋）严羽：《沧浪严先生吟卷》，文渊阁《四库全书》本。

71.（宋）严羽著，陈定玉辑校：《严羽集》，中州古籍出版社 1997
年版。

72.（宋）方岳：《秋崖集》，文渊阁《四库全书》本。

73.（宋）林希逸：《竹溪鬳斋十一稿续集》，文渊阁《四库全
书》本。

74.（宋）乐雷发：《雪矶丛稿》，《南宋群贤小集》本。

75.（宋）罗椅：《磵谷遗集》，《豫章丛书》本。

76.（宋）文天祥：《文山先生文集》，《四部丛刊》本。

77.（宋）汪元量著，孔凡礼校辑：《增订湖山类稿》，中华书局 1984
年版。

78.（宋）郑思肖：《郑思肖集》，上海古籍出版社 1991 年版。

79.（宋）谢翱：《晞发集》，文渊阁《四库全书》本。

80.（宋）方回：《桐江集》，商务印书馆影印《宛委别藏》本。

81.（宋）方回：《桐江续集》，文渊阁《四库全书》本。

82.（宋）刘辰翁著，段大林点校：《刘辰翁集》，江西人民出版社
1987 年版。

83.（宋）刘辰翁：《须溪先生校本王右丞集》，《四部丛刊》影印元
刻本。

84.（宋）刘辰翁：《刘须溪评孟浩然集》，明凌濛初刻朱墨套印本。

85.（宋）刘辰翁：《须溪批点选注杜工部诗》，明正德四年云根书屋
刻本。

86.（宋）刘辰翁：《须溪先生校点韦苏州集》，明凌濛初刻朱墨套
印本。

87.（宋）刘辰翁：《笺注评点李长吉歌诗》，文渊阁《四库全
书》本。

88.（宋）刘辰翁：《刘须溪评点孟东野诗集》，明凌濛初刻朱墨套

印本。

89．（宋）刘辰翁：《须溪批点李壁注王荆文公诗》，陟园影印元大德本。

90．（宋）刘辰翁：《须溪批点王状元集诸家注分类东坡先生诗》，汪氏《诚意斋集》书堂影刊本。

91．（宋）刘辰翁：《须溪先生评点简斋诗集》，日本翻刻明嘉靖朝鲜本。

92．（宋）刘辰翁：《须溪评点精选陆游诗集》，《四部丛刊》影印明刊本。

93．（宋）欧阳修：《六一诗话》，人民文学出版社 1983 年版。

94．（宋）葛立方：《韵语阳秋》，上海古籍出版社 1979 年版。

95．（宋）惠洪：《冷斋夜话》，中华书局 1988 年版。

96．（宋）姜夔：《白石道人诗说》，《历代诗话》本，中华书局 1981 年版。

97．（宋）叶梦得：《石林诗话》，中华书局上海编辑所 1958 年版。

98．（宋）许𫖮：《许彦周诗话》，《丛书集成初编》本。

99．（宋）朱弁：《风月堂诗话》，中华书局 1988 年版。

100．（宋）张戒著，陈应鸾校笺：《岁寒堂诗话校笺》，巴蜀书社 2000 年版。

101．（宋）敖陶孙：《诗评》，《丛书集成初编》本。

102．（宋）刘攽：《中山诗话》，《历代诗话》本。

103．（宋）陈师道：《后山诗话》，《历代诗话》本。

104．（宋）吕本中：《童蒙诗训》，《宋诗话辑佚》本。

105．（宋）阮阅编：《诗话总龟》，人民文学出版社 1987 年版。

106．（宋）吴可：《藏海诗话》，《历代诗话续编》本，中华书局 1983 年版。

107．（宋）葛立方：《韵语阳秋》，上海古籍出版社 1984 年影印本。

108．（宋）周必大：《二老堂诗话》，《历代诗话续编》本。

109．（宋）周紫芝：《竹坡诗话》，《历代诗话》本。

110．（宋）胡仔：《苕溪渔隐丛话》，人民文学出版社 1962 年版。

111．（宋）刘克庄：《后村诗话》，中华书局 1983 年版。

112．（宋）魏庆之：《诗人玉屑》，上海古籍出版社 1978 年版。

113.（宋）黄昇：《玉林诗话》，《宋诗话辑佚》本。

114.（宋）蔡正孙：《诗林广记》，中华书局 1982 年版。

115.（宋）范晞文：《对床夜话》，《历代诗话续编》本。

116.（元）杨士弘：《唐音》，《四库全书》本。

117.（元）牟巘：《陵阳集》，文渊阁《四库全书》本。

118.（元）刘埙：《隐居通议》，《丛书集成》本。

119.（元）戴表元：《剡源集》，文渊阁《四库全书》本。

120.（元）赵文：《青山集》，文渊阁《四库全书》本。

121.（元）程钜夫：《程雪楼文集》，《元代珍本文集汇刊》本。

122.（元）袁桷：《清容居士集》，《丛书集成》本。

123.（元）黄庚：《月屋漫稿》，《四库全书》本。

124.（元）刘将孙：《养吾斋集》，《四库全书》本。

125.（元）刘诜：《桂隐文集》，《四库全书》本。

126.（元）刘因：《静修先生文集》，《丛书集成初编》本。

127.（元）吴澄：《吴文正公集》，文渊阁《四库全书》本。

128.（元）赵孟頫：《松雪斋集》，文渊阁《四库全书》本。

129.（元）柳贯：《柳待制文集》，《四部丛刊》影印元至正刊本。

130.（元）杨载：《杨仲宏集》，文渊阁《四库全书》本。

131.（元）范梈：《范德机诗集》，《四部丛刊》影印元抄本。

132.（元）欧阳玄：《圭斋集》，《四部丛刊》本。

133.（元）揭傒斯：《揭傒斯全集》，上海古籍出版社 1985 年版。

134.（元）虞集：《道园学古录》，《四部丛刊》据景泰本影印本。

135.（元）黄溍：《金华黄先生文集》，《丛书集成初编》本。

136.（元）傅若金：《傅与砺诗文集》，《四库全书》本。

137.（元）张翥：《蜕庵集》，《四库全书》本。

138.（元）杨维桢：《东维子集》，《四部丛刊》影印鸣野山房本。

139.（元）刘埙：《隐居通议》，《四库全书》本。

140.（明）高棅：《唐诗品汇》，上海古籍出版社 1982 年影印本。

141.（明）杨慎：《升庵诗话》，《历代诗话续编》本。

142.（明）谢榛：《四溟诗话》，《历代诗话续编》本。

143.（明）陆时雍：《诗镜总论》，《历代诗话续编》本。

144.（明）胡震亨：《唐音癸签》，上海古籍出版社 1981 年版。

145.（明）胡应麟：《诗薮》，上海古籍出版社 1962 年版。

146.（清）黄宗羲等：《宋元学案》，中华书局 1986 年点校本。

147.（清）王士祯：《带经堂诗话》，人民文学出版社 1983 年版。

148.（清）方东树：《昭昧詹言》，人民文学出版社 1961 年版。

149.（清）叶燮：《原诗》，人民文学出版社 1979 年版。

150.（清）何文焕辑：《历代诗话》，中华书局 1981 年版。

151.（清）吴之振、吕留良编选等：《宋诗钞》，中华书局 1986
年版。

152.（清）顾嗣立编选：《元诗选》，中华书局 1985 年至 2001 年版。

153.（清）厉鹗：《宋诗纪事》，上海古籍出版社 1983 年点校本。

154.（清）张景星等编选：《宋诗别裁集》，中华书局 1973 年点
校本。

155. 丁福保辑：《历代诗话续编》，中华书局 1983 年版。

156. 丁福保辑：《清诗话》，上海古籍出版社 1978 年版。

157. 陈衍编选：《宋诗精华录》，江西人民出版社 1984 年版。

158. 陈衍：《石遗室诗话》，人民文学出版社 2004 年版。

159. 陈衍辑：《元诗纪事》，上海古籍出版社 1987 年版。

160. 高步瀛编选：《唐宋诗举要》，上海古籍出版社 1992 年版。

161. 钱锺书：《宋诗选注》，人民文学出版社 1994 年版。

162. 钱锺书：《谈艺录》，中华书局 1984 年版。

163. 朱自清：《宋五家诗选》，上海古籍出版社 1981 年版。

164. 北京大学古文献研究所编：《全宋诗》，北京大学出版社1991—
2000 年版。

165. 四川大学中文系唐宋文学研究室编：《苏轼资料汇编》，中华书
局 1994 年版。

166. 傅璇琮：《古典文学研究资料汇编·黄庭坚和江西诗派卷》，中
华书局 1978 年版。

167. 傅璇琮等：《唐才子传校笺》，中华书局 1987—1990 年版。

168. 华文轩编：《古典文学研究资料汇编·杜甫卷》，中华书局 1964
年版。

169. 吴文治主编：《宋诗话全编》，凤凰出版社 1998 年版。

170. 吴文治主编：《辽金元诗话全编》，凤凰出版社 2006 年版。

171. 白敦仁：《陈与义年谱》，中华书局 1983 年版。

172. 程章灿：《刘克庄年谱》，贵州人民出版社 1993 年版。

173. 郭绍虞：《清诗话续编》，中华书局 1983 年版。

174. 郭绍虞：《宋诗话辑佚》，中华书局 1980 年版。

175. 郭绍虞：《宋诗话考》，中华书局 1979 年版。

176. 郭绍虞校释：《沧浪诗话校释》，人民文学出版社 1961 年版。

177. 郭绍虞主编：《中国历代文论选》，上海古籍出版社 1979 年版。

178. 郭绍虞：《中国文学批评史》，百花文艺出版社 1999 年版。

179. 罗根泽：《中国文学批评史》第三册，上海古籍出版社 1984 年新一版。

180. 张少康：《中国文学理论批评发展史》，北京大学出版社 1995 年版。

181. 陶秋英编选：《宋金元文论选》，人民文学出版社 1984 年版。

182. 龚鹏程：《诗史本色与妙悟》，台湾学生书局 1993 年版。

183. 龚鹏程：《江西诗社宗派研究》，文史哲出版社 1983 年版。

184. 龚鹏程：《中国文学批评史论》，北京大学出版社 2008 年版。

185. 胡晓明：《中国诗学之精神》，江西人民出版社 2001 年第二版。

186. 钱基博：《中国文学史》，中华书局 1993 年版。

187. 程千帆等：《两宋文学史》，上海古籍出版社 1991 年版。

188. 程千帆等：《被开拓的诗世界》，上海古籍出版社 1980 年版。

189. 梁昆：《宋诗派别论》，商务印书馆 1938 年版。

190. 缪钺：《诗词散论》，上海古籍出版社 1982 年版。

191. 胡云翼：《宋诗研究》，商务印书馆 1935 年版。

192. ［日］吉川幸次郎著，郑清茂译：《宋诗概说》，台湾联经出版事业公司 1977 年版。

193. 张高评：《宋诗之传承与开拓》，台湾文史哲出版社 1990 年版。

194. 张高评：《宋诗之新变与代雄》，台北洪叶文化公司 1995 年版。

195. 张高评：《宋诗特色研究》，长春出版社 2002 年版。

196. 齐治平：《唐宋诗之争概述》，岳麓书社 1984 年版。

197. 顾易生等：《宋金元文学批评史》，上海古籍出版社 1996 年版。

198. 周裕锴：《宋代诗学通论》，巴蜀书社 1997 年版。

199. 周裕锴：《中国禅宗与诗歌》，上海人民出版社 1992 年版。

200. 周裕锴：《文字禅与宋代诗学》，高等教育出版社 1998 年版。

201. 莫砺锋：《江西诗派研究》，齐鲁书社 1986 年版。

202. 张伯伟：《禅与诗学》，浙江人民出版社 1992 年版。

203. 张健校笺：《沧浪诗话校笺》，上海古籍出版社 2012 年版。

204. 王术臻：《沧浪诗话研究》，学苑出版社 2010 年版。

205. 张宏生：《江湖诗派研究》，中华书局 1995 年版。

206. 钱志熙：《黄庭坚诗学体系研究》，北京大学出版社 2003 年版。

207. 张毅：《宋代文学思想史》，中华书局 1995 年版。

208. 许总：《宋诗史》，重庆出版社 1992 年版。

209. 吕肖奂：《宋诗体派论》，四川民族出版社 2002 年版。

210. 沈松勤：《南宋文人与党争》，人民出版社 2005 年版。

211. 方勇：《南宋遗民诗人群体研究》，人民出版社 2000 年版。

212. 欧阳光：《宋元诗社研究丛稿》，广东高等教育出版社 1996 年版。

213. 曾永义：《元代文学批评史资料汇编》，台北成文出版社 1978 年版。

214. 张健：《元代诗法校考》，北京大学出版社 2001 年版。

215. 李修生、查洪德主编：《辽金元文学研究》，北京出版社 2001 年版。

216. 杨镰：《元诗史》，人民文学出版社 2002 年版。

217. 杨镰：《元代文学编年史》，山西教育出版社 2005 年版。

218. 查洪德：《理学背景下的元代文论与诗文》，中华书局 2005 年版。

219. 叶维廉：《中国诗学》，人民文学出版社 2006 年修订版。

220. 张隆溪：《道与逻各斯》，江苏教育出版社 2006 年版。